KB153317

끝나지 않은 전쟁 지리산 양민 학살의 진실 다큐멘터리

지리산 킬링필드

강평원 지음

도서출판 **선영사**

지리산 킬링필드

1판 1쇄 인쇄 / 2003년 06월 20일
1판 1쇄 발행 / 2003년 06월 30일
1판 2쇄 발행 / 2020년 04월 10일

지은이 / 강평원
펴낸곳 / 도서출판 선영사
주 소 / 서울시 마포구 서교동 485-14 선영사
전 화 / (02)338—8231~2 FAX / (02)338—8233
E—mail / sunyoungsa@hanmail.net

편집 주간 / 장상태
표지·재킷 / 김영수
제작·편집 / 김범석
마케팅 / 박진석

출판등록 / 1983년 6월 29일 (제02—01—51호)

ISBN 978—89—7558—108—3 13320

이 책을 읽기 전에……

집필에 적극 지원과 격려를 해 주시고 증언 녹취길을 동행하여 기록 사진과 자료 수집에 애쓰신 한국예총 김해지부 김좌길 지부장님과 김해고등학교 총동창회 허영호 회장님께 감사드립니다.

《OHC 북파공작원》이 여러 악조건 속에서 출판에 어려움을 겪을 때 선뜻 출판을 맡아주시고 이번 《지리산 킬링필드》역시 정치적으로 민감한 원고임에도 불구하고 흔쾌히 출판해 주신 선영사 김영길 사장님, 전라도와 경상도 토속사투리 원고 교정에 애쓰신 장상태 주간님과 편집 디자인에 애써 주신 김범석 편집부장님, 책표지 도안을 여러 번 수정에 고생한 김영수 대리님, 그외 도서출판 선영사 가족 여러분께 감사드립니다.

이 책은 필자가 2001년 9월 15일부터 한국전쟁 당시 집단 살육과 양민 학살이 자행된 현지에 일일이 찾아가서 20여 명의 증언자와 대담 형식으로 녹취한 후 집필된 것입니다.

녹취를 통해 처음 밝혀진 내용과 그 동안 출간된 책에서 일부 내용을 발췌하고 신문 보도 자료를 인용 집필한 것입니다.

특히 미국 국립문서보관소에 비밀 해제를 요청하여 입수한, 국내에 알려지지 않은 서울·대전·대구에서 벌어진 6·25양민학살 사건 관련 사진을 《월간 말》과 〈디지털 말〉을 통해 국내에 발표한 바 있는 이도영 박사님께서 본 책에 사진을 쓸 수 있도록 허락해 주신 데 대해 감사드립니다.

　이 책을 통해 전쟁의 소용돌이 속에서 빚어진 같은 동포끼리의 살육이라는 우리나라의 역사적 비극이 그 동안 가리어졌던 베일을 벗고 진실로써 밝혀지기를 희망하며, 겸허한 마음으로 우리 역사의 상처가 치유되기를 바라는 마음 간절합니다.

　끝으로 양민 학살의 희생자들의 주권을 찾아주려 끊임없이 노력하시는 이도영 박사님, 그리고 《월간 말》과 〈디지털 말〉에 감사드리며, 늦으나마 당시 학살된 가족들에게 심심한 애도의 마음을 전하며, 희생자들의 명복을 빕니다.

추 천 사

사단법인 한국소설가협회회장 정을병

작가 강평원은 5년 전만 해도 그냥 평범한 이 사회의 중소기업인이었다. 그런데 승용차 급발진 사고로 몸을 크게 다쳤다. 이때 병원에 입원 중, 자신이 몸소 겪었던 군생활을 바탕으로 처음 집필한 《애기 하사 꼬마 하사 병영일기》로써 문단에 등단하였다.

이 작품이 세상 사람들의 뜨거운 호응과 반향을 불러일으켜 KBS 〈아침 마당〉에 소개되어, 여기서 휴전선 고엽제 살포 사실이 공개됨으로써 정부는 물론 군 당국을 비롯해 각계각층의 비상한 관심을 갖게 한 책으로 유명하다.

뒤이어 두 번째 작품인 《저승 공화국 TV특파원》(전2권)으로 한국소설가협회 회원으로 등록하였으며, 다시 《짬밥별곡》(전3권)을 출판하여 군납용으로까지 납품해 화제를 모았고, 《쌍어속의 가야사》를 집필해 가야국의 존재에 대한 진위를 정통 사학자들이 연구하게 함으로써 역사 재발견에도 공헌하였다.

뒤이어 《북파공작원》(전2권)을 출판하여 그 동안 베일에 가려져 있던 공작원의 실체와 그들의 명예 회복 및 보상을 받게 하는 데 그 자료의 구실을 하였다.

 이번 작품 역시 〈끝나지 않은 전쟁〉이란 부제를 달고 집필한 소산물이다. 한국전쟁 당시 지리산 자락에서 저질러졌던 양민 학살 사건을 현지에 직접 찾아가서 가해자와 피해자의 증언을 녹취하여 다큐멘터리 형식으로 집필하였다. 작가는 비록 이 일이 정치적으로 민감한 사항이지만, 훗날을 위해 자료로 쓸 수밖에 없었다고 했다.

 더욱이 이 책에서 주목할 만한 것은 1950년 12월 7일 전남 〈남산뫼양민학살사건〉 당시 여동생을 살리기 위해 공비에 끌려가 빨치산이 됐던 노인(당시 23세)의 증언이 최초로 담겨 있다.

 노인은 그때 산 속에서 빨치산과 함께 인육과 개고기를 넣은 된장국을 먹었다는 증언을 했다. 참으로 충격적이 아닐 수가 없다. 빨치산도 당시 참혹하게 살해된 양민들 못지않은 인간 이하의 생활을 했던 것으로 밝혀진 대목이다.

 작가는 해묵은 역사를 들추어내서 무얼 하느냐는 질책을 받은 적도 많았다고 한다. 그러나 이것들은 우리 시대에 벌어졌던 분단의 상처가 전국 도처에 널려 있는데, 이는 우리 세대가 해결치 않고 후손에게 물려주는 것은 너무나 큰 짐이다.

가해자와 피해자가 같은 하늘 아래 엄연히 살아 있는데, 덮어주자는 것은 작가의 양심으로는 도저히 용납되지 않았을 것이다. 가해자는 잘못을 뉘우치고, 피해자에게는 명예 회복과 동시 적절한 보상이 이루어지길 바라는 마음으로 이 책을 썼다고 했다.

일독을 권하는 바이다.

사단법인 한국 소설가 협회 회장
정을병

학살관련 사진자료

　이도영 박사님께서 미국 국립문서보관소에 비밀해제를 요청해 입수한 사진자료 입니다. 서울, 대전, 대구에서 벌어진 6.25 양민 학살 사건의 진상을 참혹하도록 생생하게 확인할 수 있습니다.

　좀더 많은 자료는 http://www.genocide.or.kr를 참조세하요.

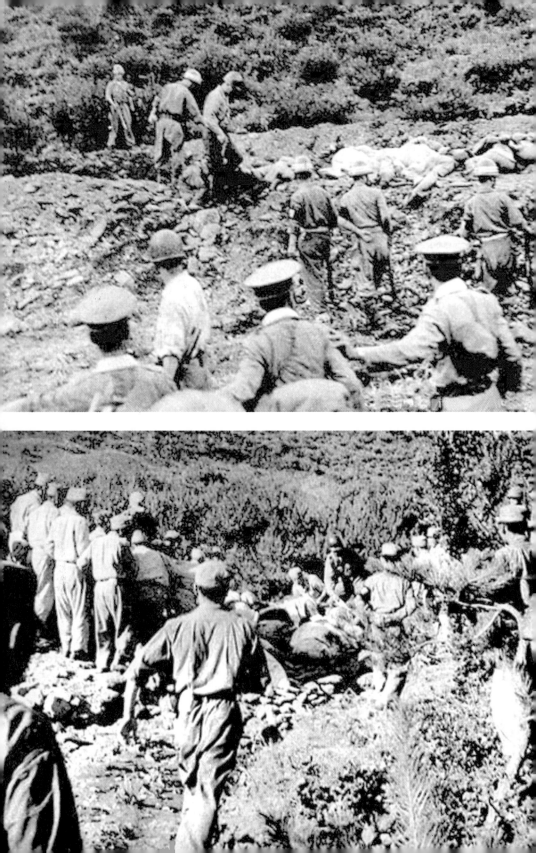

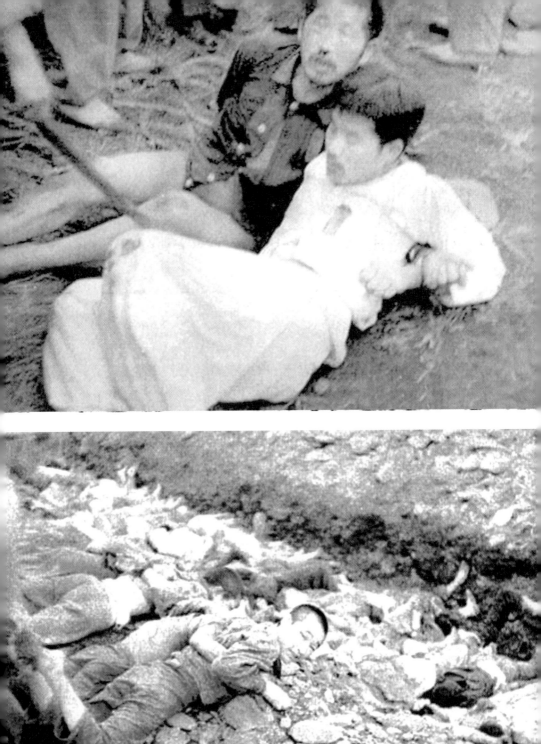

머 리 말

원고를 탈고할 때마다 느끼는 것은 아쉬움이 남는다는 점이다. 이 책 역시 그렇다. 그것은 지난 해 출판한 《OHC 북파공작원》 책이 엄청난 스트레스를 주었기 때문이다. 또한 2번의 계약 파기, 4번의 제목 바뀜이 있었기 때문이다.

책이 출판되어 서점가에 나오자 〈조선일보〉 보도, 〈문화일보〉 및 지방 신문들과 월간지 서평이 줄을 이었으며, M BC 라디오에 초대되어 1월 17일 30분간 방송하였고, 2월 2일 국군의 방송의 〈문화가 산책〉에 초대되어 1시간 방송되었다.

작가가 원고를 탈고한 후 출판사를 물색할 때 종종 겪는 것이지만, 종교적 비판이 많을 때는 출판사 대표가 종교인이어서 출판을 못하는 경우도 있다. 앞의 책은 '정부의 햇볕정책에 부합되지 않기 때문에 대형 출판사, 또는 언론 관련 계통 출판사들이 많은 관심을 가지고 있으면서도 출판은 역시 어렵다'라는 답신이었다.

그리고 세무 사찰로 무언의 압력을 가하는 수도 있다는 것이다. 출판 계약이 되어도 책 내용에 대한 책임은 저자에게 있는데도 말이다. 민주주의를 표방하는 나라에서 그런 일이 있다니 한심한 일이다.

이 책은 한국전쟁 당시 지리산에 은거하면서 유격 활동을 하는 공비 소탕에 나선 국군 11사단 최덕신(崔德新)이 예하 부대 9연대에 내린,《손자병법》에 있는 '견벽청야(堅壁淸野)'라는 작전 명령에 의한 대학살 각본에 따라, 좌익이 무엇이고 우익이 무엇인지 모르는, 지리산 자락에 허리가 휘어지도록 조상 대대로 거친 땅을 일구어 살아온 양 같은 선량한 양민을 죽이고, 그들이 사는 주거지마저 불태워 버린 금수 같은 토벌대의 전쟁 광기(狂氣)로 얼룩진 경남의 거창·산청·함양, 전북의 남원, 전남의 함평 등에서 벌어진 살육 잔치 이야기이다.

2년간의 자료 조사에서 증언자들은, 총을 겨누며 협조하라, 협조하지 않으면 가족을 죽이겠다는 협박에 그들의 요구 조건을 들어줄 수밖에 없었다고 하였다. 토벌대는 통비자(通匪者) 가족을 몰살하였고, 천운으로 살아남은 피해 가족들은 전쟁이 끝난 뒤 연좌제(連坐制)라는 죄목을 쓰고 고통을 당하였으며, 정든 고향을 등지고 호적을 바꾸어 살아가기도 했다.

대통령 영부인 권양숙 여사 부친 역시도 가족을 볼모로 잡고 협조하라고 위협하는 데 협조하지 않을 수 없었을 것이다. 어느 누구도 가족을 죽이겠다고 위협하면 그렇게 행동할 수밖에 없을 것이다. 노무현 대통령께서 장인을 빨치산이라고 야당이 공격해 선거 때 어려움에 처하자,

"장인의 과거 잘못 때문에 그 자손이 피해를 보아야 합니까? 대통령이 되기 위해 아내를 버리란 말입니까?"

하고 절규하는 모습을 우리 국민은 TV 화면을 통해 보았을 것이다. 필자는 그 동안 가해자와 피해자를 많이 만나 녹취를 하여 원고에 옮길 때는 많은 생각을 했다. 그 이유는 가해자나 피해자를 두고 어느 한쪽에 치우치는 글을 쓰지 않아야겠다고 다짐하며 사실 그대로 집필하였다. 모든 판단은 독자의 몫이다.

이 책은 중요한 시기에 나왔다고 본다. 국민과 나라를 적으로부터 보호해야 하는 국가의 최고 통치자가 마지막 쓰는 카드는 전쟁이다. 그 임무를 엄격히 수행해야 할 사람들이 국군이다. 한국전쟁 당시 명령을 내린 자와 임무를 수행한 그들의 잘못으로 인

하여 조상 대대로 지리산 자락에 둥지를 틀고 살아온 무고한 양민이 희생된 것이다.

노무현 대통령께서도 이 책을 꼭 한번 읽어보셔야 할 것이다. 통치자가 잘못하면 장인이 당하였던 억울한 누명과 처가집 가족들이 당한 연좌제 꼬리표를 달고 수많은 불이익을 당하였던 것처럼, 다시는 전쟁 피해자들이 이 땅에서 일어나지 않게 통치를 해야 할 것이기 때문이다.

강편원

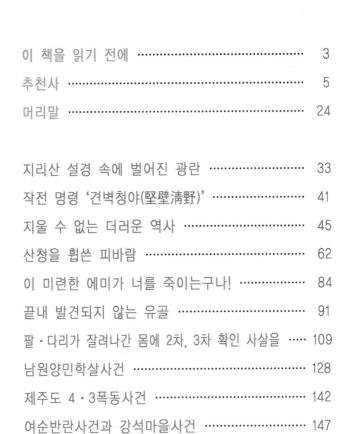

" 끝나지 않은 전쟁 지리산 양민 학살의 진실 다큐멘터리 . "

" 노무현 대통령과 권양숙 여사의 시대적 아픔 상처 "

지리산 킬링필드

KILLING FILEDS

강평원 지

북파 공작원 작가
강평원 씨가 밝히는
지리산 양민 학살의 진실
전격 대공개!!

도서
출판 선영사
www.sunyoung.co.kr

하늘에 묻는 짓 그만두어라.
전쟁의 피해자는 늘 무고한 사람들이다.
행위는 항상 결과를 동반한다.
전쟁은 선과 악의 대결이다.
하지만 결국은 선으로 하였던 전쟁도
악의 편으로 돌아선다.
바로 그것이 전쟁 광기이다.
흔히들 우리 나라 역사를 수난과 시련의 역사라고 한다.

지리산 설경 속에 벌어진 광란

1951년 1월 27일, 경남 산청군 관내 지리산 끝자락 가현 부락 쪽에서 고룡재를 향하여 30대 젊은 여인이 등에 어린아이를 업고 무엇엔가 쫓기듯이 바쁜 걸음을 재촉하고 있다.

산골이어서 마을 곳곳에서 새벽을 알리는 닭의 울음소리가 들려온다. 여인은 목에 숨이 가득 찬듯 가쁜 숨을 몰아쉬며 비포장 자갈길을 거의 뛰다시피 걸어가고 있다. 계곡 사이 실개천에서 형성된 실안개가 자욱하게 깔린 데다, 새벽녘이라 먼 거리의 사물은 식별하기가 어렵다.

사나운 산짐승 늑대가 낮에도 출몰하고, 멧돼지가 떼거리로 몰려다녀 남정네들도 혼자 다니기에 무서운 곳인데, 여자 혼자서 이른 새벽에 길을 재촉하는 것은 말 못 할 급한 사정이 있는 듯하다. 여인이 숨이 목에 차도록 헐떡거리며 고룡재 입구에 거의 다다를 무렵이다. 갑자기 여인의 앞을 가로막는 검은 두 물체의 출현에 여인은 소스라치듯 놀라 손에 들었던 무명 보자기 보따리를 땅에 떨어뜨린다.

길을 막고 선 검은 물체는 공비들이었다. 손에는 PPSH−41(일명 따발총, 중공제)을 들었고, 다른 한 명은 시모노프 소총(중공제)을 들고 있었다. 등에는 봇짐을 하나씩 지고 있었다. 꽤나 무거운 듯 어깨가 처져 있다. 두 공비는 여인의 양쪽에 서서 한 손에 총을 들고, 한 손은 여인의 손을 잡고 길 아래 논으로 끌고 간다.

여인의 얼굴은 사색이 되어 반항 한 번 못하고 끌려가고 있다. 산골 다랑이논은 겨울 낟가리를 해두었고, 논 가운데는 두엄을 모아두었다.

두엄 앞에 이르자 공비들은 발걸음을 멈추고 여인에게 앉으라고 한다. 그때서야 여인은 "살려 주세요! 친정에 설을 세러 가는 중"이라고 하며 무릎을 꿇고 애원한다. 등에 업힌 아이는 깊은 잠에 들었는지 미동도 하지 않는다.

공비 한 명이 시모노프 총끝으로 여인의 젖가슴을 헤집자 여인은 자지러질 듯 놀란다. 다른 공비가 여인의 저고리 옷고름을 풀어제낀다.

처음에 여인은 반항하듯 몸을 비틀어 보다가 이내 체념한다. 등에 업힌 아기 때문이다. 이들이 하는 대로 따라준다면 아이는 죽이지 않을 것이다. 공비들이 지리산으로 숨어든 것이 몇 개월이 되었지만, 죄 없는 부녀자와 노인과 어린아이는 죽이지 않았다.

이들의 요구를 순순히 들어주면 목숨을 부지할 수 있을 것이다. 이른 아침, 인적이 거의 없는 깊은 두메 산골짝이기 때문에 보는 사람도 없고 하니 여인은 미친 개한테 물린 셈치고 그들이 하는 대로 몸을 맡길 수밖에 별도리가 없다는 판단을 한 모양이다.

여인은 두엄 위에서 비스듬히 누워 다리를 펴니 몸뻬가 벌어져 여인의 속살이 그대로 드러난다. 귀밑머리 마주 푼 뒤로 남정네

앞에서 다리를 벌리고 드러누운 것은 처음이다. 부끄러워서 여인은 눈을 감고 입술을 지그시 깨물었다.

이때 이들의 하는 행동을 지켜보는 눈이 있었으니, 다름 아닌 공비 토벌에 나선 국군 9연대 3대대 병력이었다. 지리산으로 숨어든 공비들이 양민을 괴롭히고, 치안을 맡고 있는 경찰 지서를 습격하고 있다는 정보가 있자, 그들을 섬멸하고자 매촌리에서 출발한 후발대 병력이다.

1월 26일, 선발대로 나선 국군 토벌대가 가현(佳峴) 마을 근처에서 순찰 도중 공비들의 기습을 받아 6명이 희생당하여 본대가 작전을 나섰는데, 고룡재에서 이들을 발견한 것이다.

"아니 저것들 봐라. 이 추운데 빠구리(성교)를 하고 있다니. 정신이 헷가닥한 새끼들 아니여?

"겁도 없는 놈들이구만."

"글씨 말이여."

"두 놈이 교대로 계매를 붙을 모양이여!"

"분대장님 어떻게 할까요?"

분대원이 분대장에게 물어보지만 분대장 역시 난감하다. 자칫 잘못하였다간 여인과 어린아기가 위험하다. 거리는 400미터 이상 떨어져 있는 거리다.

이들은 공랭식 LMG중기관총과 수랭식 HMC중기관총을 고개 중턱에 설치하고 적을 기다리고 있던 빨치산 소탕작전에 파견된 토벌대의 기동 타격대 요원들이기도 하다.

상부에서는 순찰 도중 6명의 희생자를 냈다는 보고를 받고 분위기가 어수선한 때이다. 중대 본부에 상황 보고를 하니 즉시 작전을 하라는 지시가 떨어졌다.

전시 때는 분대장인 말단 지휘자가 단독 작전을 할 수 있으나, 민간인 여인과 어린아기가 있기 때문에 중대에 보고하였던 것이다. 잠시 후면 광란의 잔치가 벌어질 터인데 살을 에이는 듯한 동지섣달 추위를 아랑곳하지 않고 육체의 향연이 벌어지고 있다.

그때 작전 명령이 떨어졌다.

"공비는 사로잡아라, 아군은 단 한 명도 희생시키지 말라!"

"첫번째 작전이 실패할 경우 모두 사살하라!"

"절대로 놓쳐서는 안 된다."

명령에 따라서 LMG중기관총 총구가 논 가운데 두엄에서 벌어지는 육체의 향연 장면을 향하여 겨누어졌다. 중기관총 사수의 눈은 야수의 눈처럼 빛을 발한다. 전쟁이란 너와 나의 존재마저도 무시하는 것이 아닌가? 병사들은 죽은 자에 대한 연민을 느낄 필요가 없는 냉혈적인 인간이 되지 않고는 전쟁을 치러낼 수 없기 때문이다.

1월의 지리산은 흰 눈으로 도배한 설국의 풍광이다. 그 아름다운 설경 속에 죽이고 죽는 공포에 떨고 있는 전쟁터 병사들의 동공은 표적을 향해 멈춰 버렸다. 대치 미학이라고나 할까?

곧 광란의 잔치는 시작될 것인데 지리산은 말이 없다. 갈길을 잃은 매서운 칼바람이 억새풀 사이를 헤집고 지날 때마다 귀신의 신음소리처럼 들려와 을씨년스럽게 한다. 그 음산한 분위기의 침묵 속에 새벽 공기를 깨고 "공격 개시!" 소리에 병사들의 행동은 본능처럼 움직인다.

"탕!" "탕!"

콩을 볶는 듯이 연속으로 들리는 기관총 소리는 천근만근 같은 침묵의 숨소리조차 실종된 태고의 적막감을 깨고 뇌성 벽력처럼 찢어진다. 바람을 가르는 M1 총소리, 악마의 불을 토한 뒤 "칭" 하고 뛰어나오는 탄창의 크립 소리, 마대를 찢는 듯한 독특한 LMG와 HMC 중기관총 소리가 잠든 명산 지리산 골짜기를 갈기 갈기 찢으며 흔들어 깨운다.

고요함 속에 갈갈이 흩어지는 광란의 불빛에 멈춰 섰던 심장이 다시 고동친다. 파괴의 본능을 자극하는 총탄 소리 뒤에 산골짜기 에는 초연이 자욱하다. LMG기관총에서 발사되는 예광탄은 곡선 을 그리며, 시뻘건 탄착 거리인 논 가운데 두엄 위에 잔치를 벌이 는 곳으로 포물선을 그리며 쏟아진다.

천둥소리 같은 총소리에 놀라 도망치는 빨치산 공비 한 명이 논 두렁을 오르려다 움찔하더니 미끄러져 논바닥에 나뒹굴고, 한 명 은 다랑이 옆 도랑을 뛰어넘으려다 기관총의 집중 사격을 받고 논고랑에 거꾸로 처박힌다.

두엄 위에 누워 있던 여인의 몸은 몇 번인가 꿈틀대다가 조용해 진다. 광란의 잔치가 끝나자 3명의 병사가 '옆구리총' 자세를 하고 서 조심스럽게 논 가운데로 가서 확인한다. 여인의 몸은 기관총에 집중 사격을 받아 벌집처럼 되었고, 백일도 안 되었을 것 같은 아 기는 형체를 알아볼 수 없을 정도로 총알이 지나갔다.

낟가리 해둔 갈개 사이로 두엄을 타고 내린 피가 건물과 합쳐져 붉다 못해 새까만 물이 되어 살얼음 밑으로 흘러내린다.

공비 한 명은 머리통이 떨어져나가 논고랑에 뒹굴고 있다. 다른 한 명의 공비에게 '겨누어총'을 하고 다가간 토벌대 병사는, "이 개자식!, 아기 엄마를 강간하다니 갈갈이 찢어 죽일 놈!" 하면서 얼굴을 군화발로 사정없이 찬다.

고통을 느끼는지 안 느끼는지 공비 얼굴에는 표정이 없다. 거친

숨을 내쉴 때마다 검붉은 피가 아래 복부를 관통한 곳에서 비누 거품처럼 나온다.

그럴 때마다 역겨운 피비린내가 코끝을 자극한다. 얼굴을 보니 깡말랐지만 15세 전후의 아주 앳된 얼굴이다. 천인 공노할 괴뢰집단은 어린 학생까지 동원하여 동족을 죽이는 현장까지 투입시킨 것이다.

어린 공비는 말 한 마디 못 하고 동공이 흐려지면서 눈이 감기고 이내 머리가 힘없이 젖혀지는가 싶더니 숨을 거둔다.

"분대장님! 이놈들이 빠구리한 것이 아닌 것 같은데요?"

M1총을 어깨에 가로지기로 멘 괴팍스럽게 생긴 한 병사가 말하자 분대장 역시 고개를 끄덕인다.

병사의 말처럼 어린 공비 둘은 여인을 강간한 것이 아니라, 토벌대가 투입되면서부터 그동안 산골 마을에서 강탈하여 가서 먹었던 주·부식이 차단되면서부터 며칠 먹지를 못하여 꼭두새벽에 마을에 몰래 들어와서 닭을 잡아가던 길에 여인을 만난 것이다.

공비들은 허기에 지친 나머지 아기 엄마인 여인의 젖을 빨아먹은 것인데, 400여 미터 먼 거리에서 보니 흡사 강간하는 것처럼 보인 것이다. 토벌대는 충분히 거리를 좁혀서 작전을 할 수 있었으나, LMG중기관총을 이동하는 데 불편하며, 한 정의 HMC중기관총은 수랭식이어서 더욱 불편한 것이다. 원거리 사격에서는 기관총의 화력이야만 목표물을 강타할 수 있으며, 또한 삼각대 위에 장착하여 사격시 1,800미터 거리의 목표물도 타격할 수 있는 무지막지한 화기다.

더구나 두 명이어서 정찰조로 착각한 것이다. 정찰조 뒤에는 본대가 있기 때문에 부하들의 희생을 막기 위하여 먼 거리에서 작전을 한 것이다.

어린 공비들이 젖을 먹었을 것이라고 판단할 수 있었던 것은, 여인의 아래 속옷은 입혀진 그대로이고, 두 공비들의 바지도 입혀진 채이다. 더욱이 젖을 강제로 먹었다고 확신할 수 있는 것은 여인의 상의가 반쯤 벗겨진 상태에서 두 개의 커다란 유방이 노출되어 있었고, 또한 젖먹이 어린아이 어머니였기 때문이다.

참으로 아이러니컬한 일이 벌어진 것이다. 꿈속을 헤매던 천진난만한 아기는 꿈속처럼 하늘나라로 갔고, 친정에서 부모 형제를 만나 설을 쇠려던 여인은 적으로부터 보호받아야 할 국민의 군대인 국군의 총에 맞아 죽어갔다.

인민을 해방하여야 한다는 감언이설에 속아 동원된 어린 공비역시 배고픔을 참지 못하여 젖 한 통 먹으려다 어디서 날아오는지도 모른 총탄에 맞아 저승행이 되어버리고 만 것이다.

국군 토벌대는 시체를 논 가운데 있는 두엄 위에 모았다. 내년 벼농사에 거름으로 쓸 볏단과 생솔가지를 대검으로 잘라서 시체 위에 수북이 덮은 다음 불을 붙이고 난 뒤, 노획한 두 정의 총을 들고 학살의 현장을 떠난다.

이것이 지리산 양민 학살의 숨겨진 첫 비극이다. 이 부대가 이 동하는 주변 마을은 폐허가 되어 버렸다. 인간 사냥이 시작된 것이다. 마녀 사냥처럼……. 매촌리(梅村里)에서 9연대 3대대 병력이 구정인 설을 보내고 이동하면서 가현·점촌·자혜·주상·화계에서 화산으로 갈라지고, 서주까지 지나면서 살육과 함께 마을을 방화하여 초토화시켜 버린 사건의 서곡이 이곳에서부터 시작된 것이다.

산청군은 경상남도 서부에 위치하고 있으며, 군의 동쪽은 의령군과 합천군, 서쪽은 함양군이 있고, 남쪽은 진양군과 하동군, 북쪽은 거창군과 경계를 이루고 있다.

지세는 천왕봉 1,915미터를 중심으로 한 지리산의 한 줄기가 군의 서부를 남북으로 뻗어내려 경상남도 하동군과 함양군의 경계를 이루고, 동북부에는 황매산 1,108미터, 소룡산 779미터, 전암산 696미터 등이 합천군과 거창군의 경계를 이루고 있다.

군의 남부에는 주산 831미터, 우방산 570미터가 있으며, 중앙부에는 운석봉 둔철산 812미터 등이 있다. 둔철산은 철이 많이 있다는 데서 이름이 유래된 것이다.

하천은 경호강이 군의 중앙을 양천과 황매산에서 발원하여, 단계천이 군의 동부를, 덕천강이 서부를 각각 남류하면서 진주 남강으로 흘러들어간다. 고원 산악지대에서는 기온 변화가 심하다.

작적 명령 '견벽청야(堅壁淸野)'

　1951년 2월 5일, 국군 11사단 9연대 3대대(대대장 소령 한동석)가 거창군 신원면에 들어와 노약자까지 군수물자 운반에 강제 동원시켜, 신원면을 빠져나와 매촌리를 출발하였다.

　이 곳에 동원된 면민들은 자기와 자기 가족을 죽일 탄약을 운반하였으니 참으로 기구한 운명을 타고난 사람들이다. 이 부대는 구정을 지내고 음력 정월 초이틀 양민 학살 발생 지역 입구인 고룡재를 지나 가현 부락에 2월 8일 오전 7시경에 도착하였다.

　이들은 거창에서 7백여 명의 양민을 학살하기 이틀 전인 51년 2월 8일, 인근 신원 지서를 지키다가 작전 명령 '견벽청야'라는 대학살 각본에 따라 산청으로 이동하면서 530여 명의 양민을 학살하였다.

　그들은 지나는 곳을 모두 초토화시켜 버렸다. 이들은 거창으로 이동하여 7백여 명의 순진무구한 거창군 양민 대참살극을 연출한 것이다. 지금도 끝나지 않은 전쟁이란 바로 줄기차게 주장하는 양민 학살사건의 본말은 이렇다.

'견벽청야'를 해석하면 아군의 진지를 견고하게 지키되, 포기해야 할 곳은 인적·물적 자원을 모두 철수시켜 적이 이용할 수 있는 여지를 완전히 없애라는 뜻이다. 이 문구는 《손자병법》에 나오는데, 그 당시 11사단장(崔德新)이 예하 부대 9연대에 내린 빨치산 토벌 작전 명령이다.

이 작전 명령은 전선이 형성되지 않은 지역에서는 나무랄 데 없는 작전 명령이다. 그러나 작전 명령이 사단에서 예하 부대인 연대로, 다시 연대에서 대대로 하달되는 과정에서 해석이 잘못되어 문제를 일으켰고, 비극을 부른 것이다. 우리 군은 창설 당시 하사관 이상 장교들은 거의가 일본군(일본에서 배운 군사 교육) 출신들이어서 군대 용어도 일본식으로 통용되었다.

그 가운데서 당시 우리 군의 가장 취약 부분이 일본 군대의 나쁜 습성이다. '상명 하복(上命下服)'의 복무 치침을 우리 군은 그대로 답습한 것이다. 어쩌면 군은 군기가 생명일 수도 있다. 왜냐하면 군기가 없는 군은 오합지졸이 되기 때문이다. 군은 국가로부터 선택된 직업이다. 나라를 지키고 국민을 보호할 의무를 지닌 것이다.

그러한데도 토벌 작전에 투입된 국군이 선량한 국민을 죽였다. 이는 역사적으로 지울 수 없는 비극의 현장에 투입된 군 장교들이 함량 미달인 자들이 많았기 때문이다. 장교로서 덕목을 갖추지 못한 당시 토벌대에 배속된 일부 지휘관들이 '견벽청야 작전' 명령을 잘못 해석하였다.

공비 토벌에 출동한 현지 군인들은 지역 주민들이 명령을 거부하거나, 정보와 물자를 제공하고 노역을 하여 공비들에게 협조한 사람을 색출한 뒤, 현장에서 총살하라는 것으로 해석하여 저질러진 사건으로 역사는 기록하고 있다. '집 안 청소를 깨끗하게 하면 바퀴벌레가 살지 못한다'라고 해석하듯이, 지리산 자락에 있는 마을들을 '청소하듯이 없애 버려라'는 작전 명령으로 해석한 미련한 군대는 그 곳에 존재하고 있는 모든 생명체까지 없애려고 한 것이다.

전쟁터에서 사로잡힌 포로도 현장 사살이 없다. 서로 죽이고 죽이는 전쟁터에서는 부상을 당하였을 때 아군이나 적군을 가리지 않고 서로 치료를 해 주는 것이 상례이다. 그런데 지리산 자락에서 살아온 백의민족 단군의 자손들인 당시 양민들은 공비를 토벌 나온 국군에게 총칼을 들고 대항하지도 않았다. 아니, 대항할 능력도 없는 사람들이었다.

국가와 국민을 지켜야 할 국민의 군대가 제대로 싸워보지도 못하고 공산당 북괴에 밀려서 국토를 유린하게 한 일차적인 책임이 있다. 임무를 다 하지 못하게 된 토벌군은 사과 한 마디 없이 소탕하라는 빨치산 대신, 죄 없는 선량한 촌로와 부녀자 및 어린아이까지 파리채로 파리 잡듯이 총과 칼로 학살한 것이다.

다중 인격의 잔혹성을 가진 토벌대는 이유 있게 사용하여야 할 힘을 잘못 사용한 것이다. 지식과 힘은 이유 있게 사용하여야 한다. 사람이 살아가는 것은 일종의 투쟁이다. 그래서 인간은 투쟁한다. 아니, 모든 동물은 투쟁하여 상대를 굴복시키고, 또 그 위에 군림하는 본능을 갖고 있다.

그 중에서도 가장 비열하다고 할 만큼 상대를 굴복시키는 게 인간이다. 그리고 인간 중에 군인의 그 알량한 계급장이거나, 아니면 조직 특성상 상위직 내지 관리 직책을 권력으로 악용, 천부적인 소질을 발휘하는 악의 유전자들을 지닌 자들이 있다.

비무장인 민간인을 백의민족 단군의 자손인 한 핏줄을, 대항 능력도 없는 늙은이들을 죽이고, 어린아이까지 총칼로 도륙하였으며, 부녀자를 강제로 성폭행하고 죽였으니, 이들은 정녕코 이 나라 군대가 아니었고, 인간이기를 포기한 금수 같은 자들이었다.

그들이 지리산 일대에서 저지른 만행은 피해자 증언으로서는 풀기 어렵고, 가해자 증언도 들어보아서 역사의 심판을 받게 할 현장을 찾아가 증언을 들어야 하는데, 증언을 해 주는 사람들마다 그 현장에서 억울하게 희생당한 사람은 총칼을 목에 겨누고 협박하여서 시키는 대로 하였을 뿐이라고 말한다. 한결같이 그들은 부모 형제, 일가 친척, 다정했던 이웃을 볼모로 잡고 시키는 데 좌익이고 우익이고 따질 입장이 아니었다고 항변하였다.

고도로 특수 훈련을 받은 자도 피붙이를 볼모로 잡고 협박하면 두말없이 협조하는 것을 영화·연속극·책 들에서 보았을 것이다. 피붙이를 죽이겠다는데 협조 안 할 자 있으면 나와 보라고 필자에게 소리쳤다.

지금부터 필자는 그들을 대신하여 그들의 절규를 지우려 했던 역사를 돌이켜보려고 한다.

지울 수 없는 더러운 역사

50여 년 전 지리산 자락에 살고 있던 선량한 우리 국민은 빨치산과 국군에 의하여 양쪽으로 시달림을 받았다. 그리고 빨치산들에게 시달림을 받고 있는 주민들의 고통을 덜어주고자 출동하였던 국군 토벌대는 적군인 빨치산보다도 더 많은 선량한 민간인을 살상하여, 빨갱이보다 더한 적이 되어 버렸다.

그때 희생자는 대부분 평범한 민간인이었다. 당시 학살당한 사람들의 연령을 보면 15세 이하의 어린이가 전체 절반이었고, 저승사자 소환장을 기다릴 노인이 7퍼센트 정도이었으며, 여자들이 거의 절반에 이르렀다.

희생자 대부분이 연약한 어린이·노인·여자들로서, 이는 전쟁이나 빨치산과는 무관한 평범한 민간인이었다는 사실을 말해 준다. 따라서 이 사건은 국군에 의해 의도적으로 자행된 무고한 민간인 집단 학살이라는 사실이 명백하다.

또한 학살이 인간으로서 차마 할 수 없는 잔인한 방법으로 이루어졌다는 사실이 주목된다. 주민들은 죄목도 없이 재판은커녕 최소한의 소명 절차조차 이루어지지 않은 채 아주 잔인한 방법으로 학살당하였다. 뿐만 아니라 대부분의 주민들은 "곧 큰 전투가 시작될 것이다", "작전이 끝나면 되니까 며칠간 피난 갔다오면 수복될 것이다"라는 군인들의 말에 속아 죽음의 순간까지도 자신들이 죽는다는 사실과 죽는 이유를 모르고 있었다.

또한 국군 토벌대는 주민들을 모아놓고 집단 사격 내지 인간 타깃으로 사용하였고, M1소총 실탄이 몇 사람을 죽일 수 있는가 실험을 하는가 하면, 인마 살상용으로 금지되어 있는 철갑탄을 사용하여, 뒤에서 사격하여 9명을 관통시켜 죽이는 것을 보았다는 것이다.

"내사! 개진머리가 와서 사랑채 구덜막에서 이불은 덮고 대갈빼이만 내놓고 있었는데, 권총을 겨누고 방으로 들어선 장교가 군화발로 낯짝을 뽈 차듯이 차면서 '빨리 나오지 않으면 곧 전투가 벌어져 총에 맞아 죽을 수 있으니 빨리 마을 공터로 나오라' 하고 갔지만, 아무리 생각해 봐도 장교 하는 행동이 곤대만대(곤드레만드레)된 채로 어눌한 말과 괴팍한 행동을 하는 것이 믿기지 않아 산으로 피신하여 겨우 살아났심더."

이것은 당시 살아난 피해자 증언이다.

"그렇다면 토벌대 장교가 술이 취한 상태였습니까?"

"하모! 하모!"

"아침부터 말입니까?"

"글타 카이, 갓신했시믄 구덜막에서 골로 갈빼했다 카이. 산으로 도망쳐 숨어 있었는데, 벅신벅신하던 동네가 갑자기 조용하여 산삐알을 내려와 집에 도착하니 아무도 없는 기라. 마을 앞 카도에 있는 점빵 집마당 앞쪽으로 갔더니 까꾸막 쪽에서 벅신벅신하여 쳐다보니 마을 사람들이 전부 있는 기라. 토벌대 글마들이 볼까봐 점빵집 뒷간으로 가서 똥눌 때 궁둥이 보이지 말라고 커튼처럼 쳐놓은 겨릅대로 만든 끄적데이(거적때기) 사이에 숨어 보니까, 갈가리 해둔 밭에 사람을 줄을 지어 세워두고 뒤에서 총을 쏘는데, 댕구 소리(대포 소리)가 나서 주저앉았다가 일어나서 보니 밭에 사람들이 쓰러져 있는데 열 명은 되고, 그 옆에 줄에는 너댓 명 되더라 카이. 뒤에 안 일이지만 한 줄은 M1총, 옆줄은 칼빈총으로 쏴 죽였는데, 몇 명씩 총알이 사람을 뚫고 지나가는 것을 실험한 기라 카데요."

"정말입니까?"

"선생! 선생은 거짓말만 하고 다니는교? 내는 선생한테 가납사니 짓 하기 싫소. 달구치지 마소!"

도끼눈을 하고 필자를 노려본다.

"아니, 하도 기가 막혀서 하는 말입니다."

"뒤에서 계속 총을 쏘니 안 죽으려고 밭 가새머리로 도망갔지만, 사람이 총알보다 빠를 수 있는교? 산삐알 까꾸막 쪽 고바이(언덕)를 오르려다 기관총알을 맞고 굴러떨어져 차례대로 고랑에 차곡차곡 쌓여져서 네 발 뻗고 깨고리(개구리)처럼 죽은 기라."

그렇다면 토벌대는 적에게도 사용되지 않는 철갑탄을 사용한 셈이다. 이들은 적군도 아니고 흔히들 말하는 지옥의 악마들이었다. "뒤돌아보면 죽인다!" 하고 위협 사격을 하여 일렬종대로 서 있는 양민들을 향하여 등 뒤에서 정조준 발사한 납탄은 몇 사람을 관통, 철갑탄은 몇 사람 관통, 카빈탄은 몇 사람 관통했는지 총기 성능 실험을 하였다는 것이다. 그뿐만 아니라, 학살 후 시체를 그대로 방치하거나 기름을 뿌려 소각하였다. 이들이 한 짓을 미루어

보면 최소한의 인권조차도 그들의 머릿속에는 존재하지 않았음이 틀림없었다.

'국군이 민간인을 대량 학살하다니!'

오늘날 상식으로는 도저히 이해할 수 없는 이러한 일이 어떻게 일어날 수 있었을까? 전후 세대들은 무슨 소설 같은 이야기인가 할 것이다. 하지만 소설이 아니다. 행여 필자가 소설가여서 소설이겠지! 하는 독자도 있을 것이다. 분명 소설이 아니라 역사의 한 페이지이다.

지울 수 없는 더러운 역사가 국군에 의해 저질러졌다. 씻을 수 없는 오욕의 역사가 50여 년 전 이 땅에서 이루어졌다. 우리는 그동안 평화와 인권의 기초가 튼튼하게 되려면 민주주의를 통해서만 쌓여진다는 사실을 알고 있다. 그런데 민주국가를 표방한 우리는 아직까지 양민 학살 사건을 매듭짓지 못하였다. 피해자와 가해자가 엄연히 이 땅 위에 살고 있는데도 말이다.

우리의 역사를 되돌아볼 때 민간인에 대한 집단 학살은 과거 일본군에 의해서 처음 자행되었다. 일본 제국주의가 우리 민족을 침략하면서 의병이나 3·1운동, 그리고 을사보호조약 때 독립군을 탄압하고자 민간인에 대한 무차별 대량 학살을 자행하였다.

해방 후 민간인에 대한 무차별 대량 학살은 일본군이 우리 민족에게 했던 짓을 따라한 것과 다름없다. 따라서 일본군이 우리 민족을 인간으로 취급하지 않았기 때문에 대량 학살을 한 것과 마찬가지로, 당시 국군 토벌대도 우리 국민을 나라의 주인으로 인정하지 않았기 때문에 일어난 비극이라고 단정할 수밖에 없다.

"작전 지역 내에 있는 모든 사람을 총살하고 모든 집은 불태워 버려라."

견벽청야 작전 명령 비극의 피해자 증언을 들어본 뒤, 필자가 1년을 찾아다녀 3명의 가해자 증언을 어렵게 녹취한 것을 기록한 것이다.

"토벌대 글마들이 우리 부럭데이(소의 애칭) 이마빼이다 총을 쏜기라. 숨골에 정통으로 맞어야 거꾸러지는데, 총을 빗맞은 부럭데이 황소가 귀퉁이에 땅강생이(일제 시대에 식량 공출을 많이하여 먹을 것이 없고 배가 고파 견디기 어려운 시절 '땅강아지'를 소귀에 넣으면, 땅강아지는 특성상 뒤로 가는 곤충이 아니고 앞으로만 흙을 뚫고 가기 때문에 소 귓속을 계속 파고드니 소가 귀가 아파 날뛰므로 미친 소로 알고 도축을 허락하여 마을 잔치를 한 것이 유래된 말) 들어간 것처럼 날뛰니 묶어둔 끈내기(끄나풀)가 끊어져서 산으로 도망쳐버리니 잡을 수 있나. 우리 집 부럭데이는 중소라서 등빨이 끝내준 기라."

소를 잡으려다 소머리 급소를 잘못 쏴서 소가 도망가 버리자 토벌대는 돼지를 비롯하여 씨암탉까지 잡아서 마당에서 잔치를 벌인 뒤 술에 취하여 난동을 벌였다고 하였다.

"갸네들요! 동네 가축을 자기 마음대로 잡아서 묵고, 구정 명절 때이라 집집마다 탁베이(막걸리)가 있었는데 강제로 잡은 돼지고기에다 걸대짐치를 걸쳐서 배불뚝이가 되도록 처묵고는 일마들이 곤대만대가 되어서 토벌대 한 놈이 시부지이 나가서 아무도 살지 않는 오돔페이에서 잠이 들었다가 밤까지 자는 바람에 빨갱이한테 당한 기라! 글마들이 탁베이를 많이 처먹고 깊이 잠이 든 기라!"

"잔치를 하고 이동하면서 인원 파악도 안 하였던가요?"

"글마들 탁베이 처먹고 동네 여자들 반반한 사람 골라 구덜막에

서 지랄 떨고 아적절까지 디비져 잔 뒤 깨비는 얼나들한테 아름
작거리더니 가악중에 오구탕치면서 미친게이처럼 사람들을 죽인
기라!"

"설마 그럴 리가?"

"메라 카노! 조작베이 말이다, 이 말인교?"

"죄송합니다. 저는 적과 대치하고 있는 전쟁터에서 수복지역 주
민들의 가축을 잡아서 술과 같이 먹고 부녀자를 성폭행까지 하는
군대가 어떻게 나라를 지키겠습니까. 그래서 해 보는 소리이니 너
무 노여워 마십시오."

"낮에는 글마들이 얼씬 안 하고 있으니 토벌대 일마들이 지랄
떤 기라 안 카나?"

어지간히 화가 난 모양이다. 입에서 안주와 침이 섞인 파편이
필자 얼굴에 날아든다.

"알겠습니다. 화 푸시고 제 잔 받으십시오."

못 먹는 소주잔을 단숨에 비우고 잔을 내밀자,

"와 이런교? 내는 기분 나빠 안 묵는다 안 카나! 보소, 선생이
그런 식으로 할라 카면 엄뚠짓 할 줄 내는 모르요!"

"죄송합니다. 제가 입이 헤퍼서 그렇습니다."

"강선생, 글쟁이라 그라나, 느물거리며 달구치는 말솜씨 보기와
는 드다르러 밑천 동 나것소. 내는 뻥덩니에다 눈까풀에 쥐젖(사
람의 살가죽에 생기는 젖꼭지 모양의 사마귀)난 토벌대 일등 중사를
잊을 수 없데이. 글마 소갈머리가 글쿠나 모지락 스러불까……
강선생은 몬 바서 함부로 이바구 하는 기라. 또 한 번 에멘소리
하면 입에 작구(지퍼) 체워 불라요!"

"……"

도끼눈으로 필자를 노려보더니 주먹을 쥐고 일어 날 자세를 취한다.

"정말 죄송합니다."

"이보소, 강선생! 내는 쌍달가지가 이력 캐도 그때 일은 조작베이 안 하요!"

"알겠습니다. 한 잔 더 드시고 당시에 벌어졌던 그대로 얘기하면 한 자도 빠뜨리지 않고 쓰겠습니다. 정말입니다. 정말 죄송합니다."

손을 잡고 정중하게 사과를 하자 그제서야 노기가 가라앉은 모양이다. 입가에 묻은 오물을 닦은 뒤 바로 자세를 고쳐 앉으면서,

"참말로 강선생 미얄시럽데이. 글 쓰는 사람이 아니면 그냥……."

하더니 한쪽 손으로 필자 무릎을 툭 친다.

"……."

"앵꼬바도(아니꼬워도) 참으소!"

미안하다고 사과한다.

만나본 증언자 모두는, "그럴 수가 있습니까?" 하는 필자의 반문에 화를 냈다. 당신처럼 믿으려 하지 않았기 때문에 제대로 된 학살 사건 진상이 밝혀지지 않았다는 것이다.

"강선생, 술을 인제 얼 요구되었으니 그만 주소! 나도 미안하요! 내는 뿔뚝 성질이 그때 그 일 딩한 뒤로부터 길들여진 기라. 좋은 일 한다 카는데 내도 미안하요. 갓신했시몬(까딱했으면) 그때 내는 몽달귀신 될 뻔한 기라요. 내도 그때 죽을 긴데 살아나서 험한 꼴 보고 산기라……!"

"그래도 살아 있는 게 좋은 것 아닙니까? 어르신이 살아 계시기

때문에 진상도 정확하게 밝힐 수 있고, 진상이 밝혀져 어르신이 말씀하신 기록을 남겨두면 후대에 이 기록을 보고 다시는 이 땅에 그러한 비극을 예방할 수 있는 것이니 얼마나 우리 역사로 보아서 어르신이 중요한 분입니까!"

"강선생 입장에서 보문 세갈머리 없는 등시이 할배로 볼지는 몰라도 내가 한 말들이 후우재(특별히 정하지 않은 다음 날, 먼 뒷날) 조작베이 말이 아니구나 할 거요!"

"어르신, 그 동안 양민 학살 사건을 다룬 자료들이 중구 난방으로 기록된 것이 있지만, 제가 이번에 마지막 기록이라고 생각하고 쓰겠습니다. 절대로 말하지 않겠다는 가해자들의 증언을 받아서 이번에 같이 기록하기 때문에 어르신의 증언도 아주 중요합니다."

"토벌대 일마들 뒤넘스럽게 쎄도가지(혓바닥)를 놀리는 것 보면 기도 안 찬 기라. 처음에는 공손하게 주민들에게 말을 하여 믿고 글마들을 따라서 동구나무가 있는 마을 공터에 모이면 가악중에 썸둑시럽게 말을 하는 기라. 인간들이 글캐도 고약할까! 발걸음도 단지(종종)걸음으로 가는 할배, 할망구와 애엘냥거리는 갓난이들이 부역하고 공비하고 내통한 것도 아닌데 호불애비 자식들이 살려 달라고 무릎 꿇고 파리손으로 빌면서 애걸복걸하여도 '흥'하고 코똥만 끼고 총을 쏜 기라. 글마들 손목데이 빼가지를 도치(도끼)로 자르고 싶어도 힘이 있나. 내는 그때 생각만 하면 가슴이 벌렁벌렁하여 억장이 무너질라 카는 기라……칵……."

하고 가래를 끌어올리더니,

"글마들 쌍판대가리에다가……."

말을 멈추고 한숨을 쉰다.

"양민들을 학살하면서 총기 실험을 하였다고 증언을 하는 사람이 있었는데, 이 곳에서는 없었습니까?"

"매촌리 있던 글마들하고 방곡리 일마들이 왕산(923미터) 빨갱이 소탕할라고 득달같이 가면서 왕산 근처서 밤에 이동 중 짐승 잡을라고 파논 허방에 빠진 기라. 허방에 빠지면서 놀래 총을 쏴 버렸는데, 매촌리 토벌대 글마들하고 방곡리 일마들 하고 싸움이 붙었는데, 가들 대갈빼이 처박고 사격을 하였으니 총알이 전부 하늘로 날아간 기라. 씰데없이 총알만 없앤 것 아이가? 빨치산하고 전쟁다운 전쟁도 한번 못 해 본 허새비인 기라 글마들이……."

"서로 교전을 하여 총알이 떨어지니 교통이 불편했을 때라 탄약 보급을 제때 못 하여 양민을 학살할 때 한 줄로 세워 놓고 사격하였다는 말 아닙니까?"

"거창에서 그런 일이 있다 카드만! 태까이(토끼) 잡으려고 흘룽개(올가미)와 큰 짐승 잡으려고 허방을 파서 사냥을 했는데, 토벌대 글마들이 왕산 부근에서 난리쳤다 카든데, 가들 무슨 챙피고. 글마들 껍데이만 군인이지……!"

혀를 끌끌 찬다.

함양에서 넘어온 토벌대 일부가 산청군 금서면 방곡리에서 살육을 하고, 거창군으로 이동하면서 그들이 지나는 마을을 폐허로 만들고 말았다.

주민들은 국군이 와서 이제 빨치산에게 시달림을 받지 않겠구나 하고 반겨주었는데, 토벌대는 그들의 작은 희망을 죽음의 골짜기로 내몰고 가서 무참히 사살한 것이다. 이들이 산청에서 저지른 행위는 예고편에 불과했다.

국군 토벌대는 거창에서 본격적으로 악의 본성을 드러내, 나라를 지킬 군대가 적을 무찌르지 못하고 순하디순한 국민을 죽인

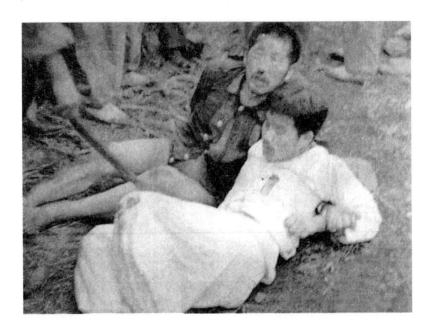

것이다. 인마 살상용 NATO 탄납탄을 사용해야 하는데, 화력 실험한답시고 여자들을 앉혀놓고 고개를 숙이게 한 뒤 차량이나 탱크·장갑차·비행기 등에 사용하는 철갑탄을 사용하여 살상한 것이다.

죽은 자들의 시체를 끌어모을 때 M1소총탄을 사격하여 사살한 줄에서는 8~9명씩 총알이 뚫고 간 자리가 똑같았다고 한다. 카빈 소총탄을 쏴서 사살한 줄에서는 4~5명이 죽었다고 하였다. 피해자 증언에서 이번에 새로 밝혀진 것이다. 이 얼마나 천인 공노할 일인가!

철갑탄은 탄알이 강철이기 때문에 여러 명을 죽일 수 있다. 더구나 7.62m/m M1총이나 AR기관총, LMG중기관총 위력은 총열이 길어 힘이 배가 된다. 피해자 증언과 가해자 증언에서 같은 증언이니, 그들이 총알이 없어 그런 짓을 한 것이 아닌가 생각할 수도 있지만, 토벌대 기관총 사수는 사람 죽이는 것을 즐거워했다는 것이다.

뒤에 가해자 증언에서 기록되겠지만, 3사단 18연대로 전출간, 북한 출신으로 하사관이 된 LMG사수는 자기가 쏘고 싶은 곳을 정해 놓고 사격을 하였다고 한다. LMG는 삼각대에 고정시켜 놓고 쏘면 사수가 표적 목표물을 향해 정확하게 쏠 수 있는 총이다. 무시무시한 화력과 귀청이 떨어질 듯한 총성은 곁에서 구경만 하여도 두렵다. 벨트 급탄 방식이고, 탄통에 250발이 벨트로 되어 방아쇠만 당기면 250발이 순간적으로 쏟아부어져 탄착 지점 목표물은 걸레처럼 갈기갈기 찢어진다. 그 무시무시한 화력을 자랑하는 기관총을 2~3대씩 설치하고 양민들을 계곡으로 몰아넣어 집중 사격을 하였다니, 생각만 하여도 등골이 오싹해진다.

다섯 발마다 예광탄이 있어 야간 사격시 탄착 지점을 확인하면서 사수가 정확한 화력 지원을 할 수 있게 한 것이지만, 유류 저장고에 사격하여 불을 내게도 한다.

다섯 발당 예광탄이 발사되지만, 야간 사격시 그 광경을 보면 빨간 줄이 쳐 있는 것처럼 보여 상대편의 사기를 꺾어 버리는 화기이기도 하다. 화기가 무거워 사수와 조수 두 명이 한 팀으로 한다. 그 무섭고 잔인한 화기 앞에서 힘없는 양민들은 추풍 낙엽처럼 떨어야 했다.

토벌대가 양민 학살 때 사용하였던 M1소총은 미국이 세계 최초로 개발한 자동 장전식(가스 압력에 의하여 총알이 장전됨)으로 미국 브라우닝 병기 공작창에서 제작된 병기이다. 1919년 존 C. 개런드의 설계로 1941년부터 사용된 총이다. 한국전쟁 때 50만 정이 만들어졌으며, 미국도 한국전쟁 이외에는 사용하지 않은 총이다.

M1소총은 강력한 30m/m~06M2, 7.62m/m×63을 사용하여 명중률이 대단히 높고 다루기도 쉬워 미국 국민에서는 사냥용 총이 되었다.

탄창은 4발씩 2열로 8발이 들어 있고, 8발 사격이 끝나면 '징' 하고 노리쇠가 뒤로 후퇴하면서 튕겨나온다. 그 즉시 다른 탄창을 갈아넣고 노리쇠를 전진시키면 장전된다. 탄창의 송탄 방식은 급탄 방식과 스프링 방식이 있다.

한국전쟁 때 중공군이 참전한 한겨울의 적막한 밤에 서로 대치하여 전투 중, 천둥 같은 총소리 뒤에 '징' 하는 소리를 중공군은 잘도 알아듣고 크립(탄창)을 교환하는 그 짧은 틈을 노려 인해 전술로 돌격해 왔다는 일화가 있다.

총신 길이가(110.6cm, 착검 140cm) 길고, 무게가 많이 나가 체격이 왜소한 동양인에게는 잘 맞지 않는다. 구경 30m/m의 7.62m/m탄을 사용하여 명중률과 파괴력은 끝내준다. 철갑탄을 사용하면 철모도 관통한다. 그래서 철갑탄은 인마 살상용으로 쓰지 못하게 되었다.

"탕! 탕! 탕!"

따르르륵 탕탕! M1소총과 카빈소총·중기관총·경기관총이 불을 뿜어냈다. 고요하던 지리산 골짜기 평화로운 마을에 설빔으로 차려입은 선량한 사람들을 향하여 '갑자기' 군인들이 총을 쏘기 시작하였다. 사람들은 비명을 지르며 가을걷이가 끝난 전답에서 메뚜기 떼처럼 이리 뛰고 저리 뛰고 비명을 지르며 쓰러져 갔다.

군인들은 사격을 끝낸 후 시체를 모아 나무로 덮고 기름을 부은 다음 불을 질렀다.

"나는 무서워서 꼼짝 못하고 죽은 듯이 엎드려 있었지요. 그때 나는 도랑물 속에 있어서 살아남을 수 있었습니다. 동네 앞 묵정밭(곡식을 심지 않고 잡초가 우거져 있는 상태의 버린 밭)에서 말타기 놀이를 하던 친구들은 군인들이 오니까 총을 보려고 모두 달려갔지요. 그때 총은 아이들에게는 신기하였거든요. 눈이 초롱초롱한 아이들에게는 어떻게 총을 쏠 수 있을까요? 얼마나 놀랐는지 바지에다 오줌을 쌌을라고요? 군인들이 돌아가고 나서도 한참 동안 겁에 질려 꼼짝도 못 하고 그 자리에 있다가 나와 보니 마을 사람들이 전부 죽었더라고요. 그때는 어른들은 설이어서 명주 바지에 흰 두루마기를 입었는데, 총에 맞아 피가 흘러서 멀리서 보니까 상여 꽃송이 같더라니까요. 문종이로 만든 상여꽃 말이지요."

우리는 백의민족이다. 필자도 어렸을 때 설날에는 흰옷을 입었던 기억이 난다. 어르신들은 모두 흰 두루마기에 흰 명주옷 아니면 무명옷을 입었다. 설빔 차림으로 모여든 사람들에게 무지막지하게 기관총과 소총을 쏴서 죽였으니 그렇게 보였을 것이다.

"당시는 정월 초에서부터 대보름까지 명절이었지요."

그때 생각만 하면 군인들을 다 때려잡고 도로 바닥에 혀를 박고 죽고 싶은 심정이라고 했다. 피해자 서씨의 이야기를 들어보자.

"어르신, 토벌대가 무지막지하게 늙은이에서 부녀자와 갓난아기까지 전부 사살하였다는 것은 도저히 이해가 가지 않습니다."

"메라 카는교? 내가 에맨소리하는 줄 아는교? 이녘이 그 당시 상황을 모르니 하는 소리요. 토벌대 일마들이 빨치산 절마들보단 느까(늦게) 온 기라. 먼저 온 빨치산이 죽인다 카는데 협조 안 할 수가 있는교. 농갈라(나누어) 준 양석을 등짐 지고 보급대가 되어 산에 갔다온 것인데 통비자라고 죽인 기라. 느까 온 국군이 잘못 아닌교?"

"그것이야 다 아는 사실이지요. 남부군 김지희가 이끄는 빨치산이 지리산으로 숨어들어 유격 활동 주무대가 관공서를 습격하여 피해를 주고 치안을 어지럽히자 토벌대가 빨치산을 토벌할 목적으로 파견된 것 아닙니까?"

"하모! 하모! 글마들이 빨갱이만 소탕한 것이 아니라, 생판 죄 없는 사람을 모지락스럽게 죽인 게 잘못인 기라. 강선생은 재야 사학자라 카면서 그것도 모르는 것처럼 하니 내는 지금 억수로 기분나쁜 기라."

"피해자 증언을 들어보면 인간의 탈을 쓰고 그러한 행동을 할 수 있다는 것이 납득이 안 가니 하는 소리이지, 어르신 말을 부정하는 것이 아닙니다."

"글카면 내가 조작베이 한 말이다 그런 뜻인교? 토벌대 일마들 하는 행우지 보문 기도 안 찬 기라, 글쿠나 씸둑스러불라고."

"토벌대도 부모 형제들이 있는데 부역과 관련이 없는 늙은이와 힘없는 부녀까지 죽였다는데, 피해자들이 일부는 과장해서 말하지 않았는가 하는 생각이 들어서입니다."

"글라 카면 말 시키지 말고 퍼득 가소. 쌔도가지 아프게 하지 말고 살똥스럽은 글마들이 부역자들 가족을 가려낸다고 마을 어른들을 족대기질(남을 못 견디도록) 하는 것을 본 보았으면 앵종가리지 마소."

"어르신 죄송합니다."

"보소! 선생! 우리 오촌 아재가 우녘 장사하고 돌아다니다가 설을 보내기 위하여 쩌짜 까꾸막 카도를 내려오면서 보니 고바이마다 토벌대가 기관총을 설치하는 것을 보고 무서워서 응답소리를 하면서 오는데, 토벌대 한 명이 집까지 따라와서 등짐 지고 온 보따리에 식구들 주려고 사온 선물 보따리 검사해 보고 통째로 가져갈려고 하여 시비가 붙었는데, 우녁 장사 몇 개월 하고 설날 얼나들 선물 줄려고 사온 것이니 못 가져간다고 우기자 총을 겨누면서, 전부 주지 않으면 쏴 죽이겠다고 하여, 밤이라 어둡재 급하기는 급하여 뒷간으로 도망을 쳤더니 다행히 총을 쏘지 않고 설팎을 나가는 것을 보고, 베틀 위에 있는 도토마리를 들고 뒤비이져 부러라 하며 이망빼이를 치자 깨꼬리처럼 뻗어 버려서 고환을 발로 차니 게거품을 입에서 뽀갈뽀갈 쏟더니 사타구니를 잡고서 오뉴월 학질 걸린 놈처럼 달달 떨다가 기암하는 것을 보고 '오메야! 토벌대를 죽였으니 살아남기는 인제 틀렸구나' 하고 산삐알로 도망쳤다가 산에서 하룻밤을 꼬박 뜬눈으로 지새우고 마을에 내려와 보니 이상하게도 조용하여 용캐도 살아남은 이웃 점방에 가서 할머니한테 물어봤다카데요. 올매나 놀랐는지는 모르지만 말을 못 하고 벌벌 떨기만 하더라요. 그래서, 처음에는 피난간 줄 알았는데…… 토벌대가 죽어 그 보복 때문인지 이튿날 마을 사람과 가족이 몰살당했다 카데요."

"그 어르신이 도토마리로 때려죽인 토벌대 때문일 수도 있겠네요?"

"아재는 글카 생각했겠지만, 후우재 밝혀졌지만 우리 아재가 마누라는 얼나들을 데리고 친정에 가서 설을 세려고 하였는데, 토벌대가 그 곳까지 찾아가서 처가집 식구까지 모두 죽였다 카데요."

"아재 가족들은 어떻게 되었습니까?"

"토벌대원이 아제집에서 죽었기 때문에 조사를 하여 친정에 가

있는 가족을 찾아 싸그리 죽인 기라. 토벌대와 시비가 붙어 도토마리로 때린 것이 토벌대를 화나게 하여 마을 사람들을 죽였다는 죄책감 때문에 우리 아재가 탁베이만 드시면 엄뚠 짓만 하고 다녀 마을 사람들이 미친개이라고 하요."

"현재 그 어른 가족은 없습니까?"

"뽈뚝 성질에다가 세갈머리도 없고 탁베이만 먹었다 하면 미얄시런 짓 하지 누가 같이 살라고 하것소. 날구지만(비가 오려고 먹구름이 잔뜩 낀 날) 하면 남의 집에 시부지이(슬그머니) 들어가 해꾸지나 하고 다녀 정신 병원에 가두고 하였는데, 동네 사람들이 불쌍하다고 오갈 데 없는 정지 담사리 하고 짝을 맞추어 주어 아들 하나 낳아서 길러주고, 에편네는 서방질하다가 도망갔다고 카데요."

"지금 생존해 계십니까?"

"자기 때문에 마을 사람과 가족이 몰살당했다고 생각하는 사람이니 반미친개이가 된 것인데, 한 곳에 오래 붙어 있지도 못하고 어중이떠중이가 되어 절간에서 나무나 해 주고 밥이나 얻어먹고 살았는데, 지금 80이 다 되어 떠돌이 생활하다가 행려병자로 취급하여 어느 교회 목사가 불쌍한 인생 거두어 요양원에다 입원시켜 떠돌이 때보다 편하게 지낸다고 캅디다만, 차라리 죽는 게 낫지 참말로 무슨 업보를 타고 태어나 죽음보다 더 한 그 많은 세월을 살고 있는지!"

함양서 만행을 저지른 토벌대 일당은 함양군과 거창군의 경계지역인 금서면 방곡리·주상리 등 12개 리를 돌면서 공포의 도가니를 만들고, 금서면 가현 부락부터 살육 잔치를 벌였다.

토벌대는 경남 일원 지리산 주변인 함양군·산청군·거창군 등의 지역을 돌면서 도리깨로 알곡식 타작하듯 이동하면서 순진무구한 양민을 학살하고, 태고 때부터 살아온 주거지마저 불태워 버린 만행을 저지른 것이다. 그들은 인간으로서 최소한 지켜야 할 도덕이란 단어를 모른 무식한 자들로 채워진 집단이었다.

함양·산청·거창 등의 지역에서 광란의 살육 잔치는 히틀러가 유태인에게 저질렀던 행위보다 더 한 살인 행위였다. 히틀러는 적에게 가한 행위였지만, 토벌대는 같은 민족 핏줄에게 저질러진 학살 행위였기 때문이다.

산청을 휩쓴 피바람

역사와 겨레가 모두 침묵하고 있는 2·8학살사건, 아침부터 저녁까지의 대학살, 총성은 산청군 지리산 계곡을 뒤흔들었다. 양민들이 공비와 내통, '통비 분자'로 규정된 데서 비롯됐다.

그러나 학살당한 529명 중 남자는 불과 50여 명뿐. 그것도 60~70을 넘긴 고령이 대부분이었고, 나머지는 갓 시집온 새댁과 임산부와 부녀자를 비롯하여 거동도 불편한 병자, 그리고 천인 공노할 일은 1백여 명의 어린이까지 끼여 있었다는 점이다.

대항 능력도 노동력도 없는 노인과 아낙네들, 그리고 정말 어이없게도 10살 미만의 어린애들이 과연 통비분자였을까?

"어떻게 살아났는지를 모릅니다. 어린 여동생 2명을 데리고 시체 더미가 쌓여 있는 논두렁에 서서 울고 있으니까 군인 두 명이 다가왔습니다. 그 중 한 명이 이년들 죽여 버리자며 총구를 우리에게 들이대자 나머지 한 명이 '놔둬라, 이것들은 오늘 밤 호랑이 밥거리다'며 순간적인 은전이라도 베푼 듯 함께 가 버렸습니다. 이 한많은 세상을 살아오면서 지금도 호랑이밥이라며 우리를 죽이지 않고 그냥 가버린 그 군인이 증오스러워 견딜 수가 없습니다. 왜 그때 우리를 죽이지 않고 살려줘 이렇게 서러운 세상을 살게 하는지 모르겠습니다."

이 사건은 사람으로서 경험할 수 없는 대참살이었다.

산청 양민 학살사건의 생존자인 여인(당시 8세)의 증언처럼, 당시 피의 참극은 말로 형용할 수가 없다.

이 여인은 산청군 금서면 가현 부락에 거주하다 새벽녘에 들이닥친 학살대에게 어머니와 할머니를 잃고 세 자매가 뿔뿔이 흩어져 오늘날까지 한많은 50년의 세월을 지내왔다.

인근 거창 학살사건이 매스컴 등에서 대대적으로 부각되는 동안에도 2·8산청 양민 학살사건에 대해서는 세인의 관심조차 없었다.

단 10여 시간 동안에 수많은 양민이 무모하게 사라졌지만, 국민의 군대에게 무차별 죽임을 당한 이 사건이 그 동안 알려지지 않았던 까닭은 생존자가 거의 없었기 때문이었다. 또 비록 몇 사람이 간신히 살아 있다손 치더라도 너무나 무지하고 가난에 찌들어 모두들 입을 다물고 세상을 원망하는 속앓이만 태웠기 때문이다.

그런 참극을 모면한 피해자들이 하나둘씩 고향에 관심을 갖기 시작한 것은 민주화 물결을 타고 인근 거창 사건이 부각되면서부터이다.

거창 학실 사건 당사자들은 합동묘를 마련했다. 이로 인해 똑같은 장소에 같이 모일 수가 있었다. 그러나 산청의 피해자들은 학살당한 시체들이 산돼지·미친개들에 의해 마구 찢겨지고 짓이겨져 없어졌기 때문에 묘를 만들 수도 없어 자연히 같이 모일 기회도 없었다는 것이다.

거창 사건이 부각되면서 이들은 힘을 얻기 시작했다. 자신들의 억울함을 후세에라도 알려야 되겠다는 생각을 했다. 이심전심으로 매년 곡우날, 학살의 현장이며 고향땅인 산청군 방곡리에 모이고 있다. 산청읍에서도 포장길을 1시간 남짓 달려야 나타나는 지리산 자락의 방곡리. 호랑이가 나타났다는 옛말에 어울릴 정도로 험준한 산자락에 자리잡고 있다.

10여 가구나 될까. 화전민이 살고 있는 곳이라고 표현해야 옳을 만큼 늙은 가옥 잔해들의 모습과 함께 마을은 쥐죽은 듯 고요하기만 하다. 때마침 산에서 내려오는 촌로에게 마을 사람들의 행방을 물었다. 산계곡 자락에 모여 있는 현지 주민과 고향을 떠났던 피해자들은 40여 명 정도. 그 동안 그들이 겪었던 한과 눈물의 세월만큼 그들의 표정은 무표정이었고, 할말이 너무 많아 말문을 열지 못했다.

인근 오부면 양촌리에 살면서도 50년 동안 한 번도 고향을 찾지 않다가 이날 처음으로 학살의 현장을 찾아온 허중식 씨, 그는 당시의 상흔으로 두 발목이 모두 잘려 나간 채 통한의 50년 세월을 휠체어가 아니면 기동할 수 없는 1급 장애인이 되어 지내온 생존자이다.

"당시 아홉 살이었지요. 윗마을인 가현에서 총소리가 나자 젊은 남자들은 모두 피난을 갔습니다. 마을엔 할아버지·할머니·아낙들과 어린애들뿐이었습니다. 그런데 군인들이 이른 아침 들이닥치면서 좌담회가 있으니 집 안의 쓸 만한 물건들을 들고 마을 앞 논두렁으로 모이라고 했지요. 마을 주민들을 강제로 끌어낸 군인들은 남자와 여자를 갈라 세우고 남자들을 아랫논으로 모이게 한 후 먼산 쪽으로 보라고 하더니 갑자기 콩 볶는 소리가 났습니다."

당시 겁에 질려 엉겁결에 논바닥에 엎드려 있었던 어린 허씨가 땅거미가 지고도 한참 있다가 눈을 떠보니 윗논과 아랫논 주위는 온통 피투성이가 된 시체들로 깔려 있었다. 어떤 시체는 형체를 알아볼 수 없을 정도로 떨어진 삼베조각처럼 산산조각이 나 있었다.

학살 사건 후 허씨는 기적적으로 생존하기는 했으나 허씨의 어머니·누나, 그리고 동생 2명 등 일가족은 몰살됐다. 허씨는 총에 맞아 두 발목이 잘려 나갔고 총알이 옆구리를 관통, 죽음 직전까지 놓였었다.

방곡리 참살 때 허씨와 함께 기적적으로 생존한 곽분달 여인(산청군 방곡리)은 당시의 끔찍한 광경을 재현했다.

"군인들이 아낙네들 보는 앞에서 남자들을 먼저 죽였습니다. 그다음 군인들은 여자들 쪽으로 와 앞산을 보고 앉으라고 했습니다. 이제 죽었구나 싶었지요. 마침 내가 안고 있던 5살 먹은 딸애를 품고 앞으로 엎드렸습니다. 그런데 총소리가 나더니 딸애를 감싸 안고 있던 내 손가락이 잘려나가고 총알이 내 딸의 머리를 관통했습니다."

당시 22살로 새댁이었던 곽여인은 방곡리 학살로 시어머니·시아버지와 5살짜리 딸을 모두 잃고 말았다. 그야말로 부초 같은 생활을 계속하다 오갈 데 없어 어쩔 수 없이 그 끔찍한 학살의 현장에서 지금까지 산 증인으로 살고 있다.

곽여인이 가장 안타깝게 생각하는 것은 잃어버린 어린애들이었다며 말을 잇지 못했다.

마침 명절 때라 친척집에 놀러온 애들도 있었다.

"군인들이 총칼을 들이대며 일렬로 줄을 서라니까 무슨 좋은 선물이라도 주는 줄 알고 서로 희희낙락거리며 앞에 서려고 애쓰던 천진 난만했던 동네 아이들의 모습들이 아직도 가슴에 찡하게 남아 있다."

라고 곽여인은 술회했다.

물론 그때 서로 앞에 서려고 애쓰던 애들까지 모두 학살당했다.

"공비들도 임신한 여인네나 어린애들은 죽이지 않았습니다. 그런데 등시이 같은 국민의 군대인 국군이 자신들의 동생·아들·딸과 같은 그 천진한 애들까지 무슨 죄가 있다고 총을 겨누고 조준, 학살을 했는지 알 수가 없습니다. 아마도 짐작컨대 그들은 사람이 아닌 짐승이었을 겁니다."

곽여인의 한맺힌 절규는 끊일 줄 몰랐다.

곡우날 방곡리에는 알맞은 훈풍과 봄날 특유의 화사함이 감돌고 있었다. 마을 어귀에는 때늦은 개나리가 언뜻언뜻 모습을 드러냈고, 길 밑으로는 파릇파릇한 민들레의 꽃망울이 노랗게 물들어 있었다. 방곡리 마을 회관 앞 보리밭에도 그 옛날과 같이 강아지 키만한 보리가 봄바람에 잎파리가 나부끼며 싱싱하게 흔들리고 있었다.

바로 이 자리다. 50여 년의 세월이 흘러 보리밭엔 전봇대 하나가 우뚝 섰다. 계절은 비록 당시의 겨울처럼 춥지는 않았지만, 바로 마을 회관 앞 여기 이 보리밭에서 180여 명의 방곡 마을 양민들이 무차별 학살을 당했다. 그 수많은 목숨이 한 톨의 보리씨로 싹트고 있는 것일까?

희생양들 가운데는 곽분달 여인의 5살 난 딸도 있었고, 40년 만에 이곳을 다시 찾은 허중식 씨의 어머니·누나·동생들의 원혼도 팔 베게하고 누워 있을 것이다.

나라를 지키라고 총을 받았고, 적의 심장을 쏘라고 사격술을 배운 그 국민의 군대가 곽분달 여인의 5살 난 딸의 머리를 쏘아 죽였다며 허씨는 분통을 터뜨렸다.

허씨는 보리밭에 엎드려 끝없는 오열을 터뜨렸다. 이 보리밭 위로 반 세기의 역사는 말없이 흘렀고, 그들의 잊혀지지 않는 한만 서려 있다.

"누가 보상해 줄 것인가. 누가 알기라도 해 줄 것인가. 끝없는 업보여……."

갈 곳을 정하지 못하고 허씨는 날이 저물도록 일어설 줄 몰랐다.

경남 산청군 금서면 가현리, 도대체 사람이 살고 있는 마을이라고 여겨지지 않을 만큼 조용하다.

마을 어귀에는 뼈대만 앙상한 고목 한 그루가 휑하니 서 있을 뿐 들려오는 소리라곤 바람소리, 개짖는 소리뿐이다. 섬뜩하다. 사람이 사는 곳이 이처럼 을씨년스럽고 삭막할 수 있을까. 집이라곤 다 쓰러져 가는 돌담과, 늙은 지붕 토담집이 대여섯 채. 나머지는 잡초만 무성하고 황량한 빈 집터뿐……

4월 20일 곡우. 오늘은 사철 중 가장 청명한 계절인 봄 중에서도 또한 갖가지 곡식이 윤택해진다는 날이다. 계곡에는 거울면 같은 물이 도란거리면서 흐르고, 하늘엔 알맞은 훈풍, 땅에는 따스한 온기로 피어나는 온갖 꽃들이 어우러지는 아름다운 시절이다.

이 곳이 비록 우리가 입버릇처럼 말하는 '함양·산청, 지리산 골짜기 2·8학살사건의 현장'일지라도 때가 되면 돌아오는 자연의 순환은 어김이 없다.

그러나 가현 마을은 온통 차가운 정적과 메마름으로 가득 차 있는 듯했다. 정녕 만물이 기지개를 켜며 생동하는 봄이 아니었다. 이것은 꽁꽁 얼어붙은 겨울 같고 생을 마감한 메마른 갈대들의 천국인 것 같았다.

가현 마을엔 현재 7가구가 살고 있다. 이들도 선대부터 뿌리를 내려 살던 사람들이 아니고, 몇 년 전 외지에서 이주해 온 사람들이다. 그렇다면 가현 마을은 불과 몇 년 전에 생겨났단 말인가.

아니다. 수많은 사람들의 정이 모아져 만들었을 허물어진 수많은 집터와 사이사이에 버려져 있는 이끼 낀 기왓장들은 이 곳이 오래 된 마을임을 보여주고 있다. 수십 개의 폐허로 남은 집터는 수십 가구의 주민들이 이 곳에 살았음을 증명해 주고 있다.

이젠 객지에 살던 자식이 찾아오는 기척을 듣고 똥개 백구와 늙으신 어머니가 버선발로 뛰어나와 반겨주던 풍경은 사라지고 없다. 그 당시에는 집집마다 지리산 약초들과 땔감이 그득했으며, 인근 밭에서 캔 감자·고구마들로 곡간은 항상 가득 찼다.

명절 때면 지리산의 약초와 더불어 감자·고구마 등을 늙은 어머니들은 정수리가 내려앉을 만한 무게를 이고 자갈길 신작로 먼 길을 걸어 산청 장날에 내다팔아 순이네 집에는 고무신, 돌이네 집에는 때때옷 무명 저고리를 마련해 온 가족이 설레는 마음으로 설빔을 준비하기도 했다.

53가구가 비록 풍족하지는 않지만 사이좋게 모여 살던 산골 마을 가현. 우리네 거실안 액자 속 산수화 그림이 되어 걸려 있을 것 같은 풍경…… 그 평화롭던 우리의 고향 마을이 50년이 지난 지금은 형체마저도 찾아볼 수 없을 정도로 폐허가 되어 버렸다.

산청군 금서면 가현리. 지라산 중턱에 자리잡은 이곳에서 아래를 보면 방곡리가 발 아래 보이고, 그 아래로 점촌·자혜·화계·화산·주상 마을 등이 길 따라 그림처럼 펼쳐져 있다.

바로 이 곳이다. 1951년 2월 8일 음력 초이튿날. 생각하기에도 끔찍한 산청양민학살사건이 바로 이 곳 가현 마을에서부터 그 잔인한 범죄 행위가 시작되었다.

당시 인근 거창군 신원면에서 신원 지서를 지키던 공비 토벌대 11사단 9연대 3대대가 산청 공비 토벌을 위해 산청군 면과 금서면에 주둔하고 있었다. 이 부대가 2월 8일 동이 틀 무렵 고룡재를 넘어 가현 마을을 덮치면서 엄청난 대학살의 비극이 시작된 것이다.

"음력 초이튿날이었습니다. 당시 열두 살이던 저는 여느 때와 마찬가지로 아침에 눈을 뜨자마자 친구 이순덕의 집으로 놀러갔습니다. 친구집 텃밭가에 서 있는 감나무에서 깐체이(까치)가 울어 반가운 손님이 오려나 보다 하고 기분이 좋았습니다."

12살의 소녀로 가현 학살에서 기적적으로 생존한 박금점(산청군 금서면) 여인은 그때의 상황을 이렇게 술회했다.

"아침 일고여덟 시쯤 됐을까. 갑자기 군인들이 까마귀 떼처럼 새까맣게 마을로 들이닥쳤습니다. 그러고 나서 온 마을 사람들을 다 끌고나와 마을 맨 윗집에 모이게 했습니다. 마침 순덕이 할머니가 그때 구십 세쯤 돼 다리가 오그라들어 나갈 수 없다고 하자 군인 한 명이 업고서라도 나오라디군요. 친구와 같이 좋은 일이 있는가 싶어 군인들을 따라갔습니다. 마을에 총을 메고 군인들이 많이 오기는 처음이고, 아침부터 길조인 깐체이가 울어서 신이 났지요."

박여인은 군인들에게 이끌려 마을 사람들이 모여 있는 곳에 가니 어머니·아버지·언니도 모두 끌려나와 있었다. 재빨리 엄마 옆에 다가섰다. 군인 오빠들이 등짐을(완전 군장한 배낭) 지고 왔기 때문에 아이들이 선물을 줄 것으로 생각하고 먼저 받으려 서로 다투며 앞에 서려고 하였다.

"군인들이 마을 사람들을 모아 놓고, 어느 집 장롱에서 끄집어 냈는지 모르지만 태극기를 들고서, 태극기를 그린 사람은 앞으로 나오라더군요. 같은 반 친구인 먼 친척 아재집 아들이었는데, 그 때 그애 부모는 애가 나가면 죽을 줄 알고 애를 자기 집 변소에 숨겼다가 들켜 멱살을 잡혀 끌려나와 결국 그애는 국군의 총에 맞아 죽고 말았습니다."

태극기를 정성을 다 해 그린 어린이가 결국 국군의 총에 맞아 죽는 비극의 희생물이 됐다.

"토벌대는 변소에 숨어 있던 소년을 데리고 마을 공터로 끌고 와 장승에다 끄네기로 묶어두었는데, 아이가 묶인 손이 아프다고 울자 이웃 어르신이 끄네기를 풀어주었죠. 겁에 질려 도망가는 아이를 향해 총을 쐈습니다. 총을 맞은 아이는 그 자리에 꼬꾸라졌 습니다. 인간 사냥을 한 토벌대는 끄네기를 풀어준 어르신도 장승 에 묶고 총 개머리판으로 때렸습니다. 어르신이 나무라자 토벌대 원의 욕설과 함께 곧이어 총소리가 나고, 어르신 머리가 힘없이 젖혀졌습니다. 앞쪽 가슴 두 군데서 피가 배어 나오더니 어르신 몸은 미동도 없어졌지요."

산청 대학살의 정의는 어쩌면 이 소년과 노인의 죽음 하나로 상 징될 수 있을 것이다.

군인들은 이렇게 공포심을 불어넣어 마을 사람들을 모이게 한 후 20여 미터 떨어진 산 계곡으로 소몰이하듯이 밀고 갔다. 여기

70 지리산 킬링필드

서 그들은 마을 사람들을 4열횡대로 앉힌 후 무차별 살상을 단행
했다.

"맨 앞줄에 엄마가 앉고, 저는 엄마 무릎에, 그리고 다음에는 언
니가 앉았습니다. 갑자기 엄마가 나를 꽉 껴안는 동시에 천지가
뒤집히는 총소리가 들려서 귀를 막았습니다. 잠시 후 깨어보니 엄
마의 머리는 온데간데없고 몸뚱이만 저를 꽉 껴안고 있더군요"

박여인은 여기서 더 이상 말을 잇지 못했다. 12살짜리 막내를
살리려고 온몸으로 총탄을 대신 맞은 박여인의 어머니. 머리가 달
아나고 이미 숨은 끊어졌건만, 두 팔은 여전히 막내딸을 움켜쥐고
놓지 않던 박여인의 어머니. 이렇게 살아난 박금점 여인은 목이
달아난 어머니를 50년 동안이나 가슴 속에 깊이 품어두고 한많은
세월을 살아온 것이다.

어머니를 방패로 기적적으로 살아난 12살짜리 박금점 소녀의 한을 누가 풀어줄 수 있을까. 비록 세월은 흘러 50년이 지났건만, 박여인의 가슴에 맺힌 한은 점점 커져만 갈 뿐 사그라들 줄 모르고 있다. 이 엄청난 비극은 박금점 여인에게서 그치지 않는다.

서음전 할머니(산청군 금서면)도 당시 90여 명이 숨진 가현 학살에서 살아난 몇 안 되는 생존자이다.

서할머니는 당시 27세. 바로 아랫마을인 방곡리에서 가현으로 시집온 새댁으로 마을 사람들로부터 효심이 지극한 착한 새댁으로 칭찬을 받고 있었다.

"설날 차례를 모시고 난 다음날 아침 조반 전인 기라, 군인들이 새까맣게 몰려와 마을 사람들을 전부 계곡에 밀어넣고 총을 쏘아 산똥이 나오고 소피가 질겁거려 오금을 펼 수가 없드라 카이. 남편과 같은 줄에 서 있었는데, 남편은 그대로 죽고, 나도 죽은 줄만 알았는데, 한밤중에 누가 심하게 흔들어 눈을 떠보니 온 삭신이 욱씬거리고 손을 꼼짝 할 수 없는 기라. 불두덩도 다쳐서 아질아질하여 다시 군드러진 기라."

서할머니는 왼쪽 어깨와 오른쪽 팔에 총을 맞았다. 한밤중까지 정신을 못 차리고 있는 서할머니를 깨운 사람은 가현 마을의 이장이었던 왕순구 씨(사망)로, 왕씨는 마을 남자들과 함께 군인이 오는 것을 보고 산으로 몸을 피했다가 밤중에 자신의 부인을 찾으러 마을로 내려온 것이었다.

그러나 왕씨의 부인은 죽고 말았다. 왕씨는 쌓인 시체를 뒤지다가 마침 서할머니를 구한 것이었다. 왕씨는 지붕도 없는 집에서 서할머니의 상처에 호박을 불에 태워 바르는 등 극진한 간호로 서할머니의 생명을 구한 것이었다.

그러나 3일 후 혼미를 거듭하던 서할머니는 위독한 상태에까지 이르렀다. 왕씨는 서할머니를 산청읍에까지 업고 가 병원에 입원시켜 눈물 없이는 볼 수 없는 극진한 간호로 회복시킨 것이었다.

결국 서할머니는 생명의 은인인 왕씨와 재혼, 오늘까지 방곡리에 살고 있다. 어쩔 수 없는 경제적 환경과 믿을 수 없는 사태에서 이들은 서로 의지하며 살아왔다.

지난 88년 5월 17일, 서할머니는 37년간 그녀의 뼈를 깎으며 왼쪽 어깨에 박혀 있던 총알을 뽑아냈다. 진주 제일병원에서 수술을 받은 그녀의 몸에서 빠져나온 것은 국군 토벌대가 쏜 '카빈소총 실탄'이었다.

지아비를 잃고 친정 식구 모두를 잃어버린 학살의 현장에서 한 많은 목숨을 이어온 서할머니는 총알이 몸에 박혀 살아오는 동안 날이 궂을 때마다 온몸이 아픈 것보다, 가족을 잃고 살아온 세월이 원흉의 총탄보다 더 아팠다고 하였다. 서할머니는 자신의 몸에서 빠져나온 징그러운 실탄을 보는 순간 당시의 악몽이 되살아나듯 끝없는 오열을 터뜨렸다고 한다.

90여 명의 양민이, 어린애들이, 여인들이, 다리가 오그라들어 걸을 수도 없는 90할머니도 통비분자라는 죄명으로 재판도 없이 학살당했다. 가현 학살사건은 저 끔찍한 거창 양민 학살사건의 서곡이었다.

음력 정월 초이틀. 지리산의 겨울은 유난히 추웠다. 젖먹이 어린애·아낙들·노인네들의 시신이 나뒹굴고 있는 가현 산골짜기에 뒤늦게 가족을 찾아온 마을 남정네들과 먼 곳의 친지들은 우선 시신을 묻어야겠다는 생각에 땅을 팠다. 그러나 온 마을을 불지르고, 집집마다 쇠붙이 등 쓸 만한 것들을 모조리 군인들이 가져가고 난 후여서 괭이나 삽이 있을 턱이 없었다.

자루 없는 삽으로, 괭이로 정월 초순 지리산 자락 꽁꽁 언 땅을 팠던 생존자들의 울음소리는 지리산을 통곡케 했다. 그들은 피눈물을 흘린 것이었다. 남정네들은 자기의 부모와 아내, 자식의 차가운 몸을 쓰다듬으면서 끝없는 오열을 터뜨렸다.

당시 12세이던 박금점 여인은 자신을 살리려고 목이 달아난, 목 없는 어머니를 부여잡고 넋을 잃었다. 모질고 여문 땅은 파지지 않았고, 얼음 반 흙 반으로 주인 없는 시신들은 한꺼번에 합장됐다. 말이 매장이지 실제는 얼음 흙을 시신들 위에 덮어놓을 정도였다.

봉분도 없는 한많은 합장묘. 이 억울한 묘소가 지금은 거의 흔적을 찾아볼 수 없이 풍상에 사라졌다. 국민의 군대에게 살상을 당한 시신들은 미친개와 멧돼지들에게 할퀴고 찢기었다.

세월은 흘러 화사한 봄이건만, 이 곳 가현 마을 정자나무 가지엔 이름 모를 늙은 새 한 마리가 죽을 때가 다 되었는지 구슬프게 울고 있었다. 다음은 최노인의 증언이다

"대갈빼이 새똥도 안 버꺼진 놈이(나이가 어린) 꼭두새벽부터 생지랄을 하더라 카이. 밤에 빨갱이들이 설쳐댈 때는 암시롱토 안 하고 등시이 같은 토벌대 글마들이 어른을 알길 개조지로 알고 아구지를 함부로 놀려대더라 카이. 토벌대 글마가 아부이한테 난뎃사람한테 말하는 것같이 '빨갱이한테 양석 왜 노나줬노?' 하면서 반말을 하니, 부릿가락으로 화롯불을 손질하는 아부이는 앵꼬바서 도치눈을 해가지고 글마를 노려보면서 보탄지침만 하고 말대꾸를 안 한 기라! 그러자 일마가 가악중에 미친게이처럼 총을

쏜 것이 잘못 쏴 부삭 아구지에서 불을 때던 어무이가 맞은 기
라!"

"위협 사격을 잘못하였군요? 말대답도 하지 않고 흘겨본 아버지
한테 위협을 한 것이 아닙니까?"

"아니라니 까이, 정조준하여 아부이를 쐈는데, 사격 실력이 아주
형편 없는 기라. 총소리에 놀라 동네 사람들이 모여들어 벅신벅신
하자 일마가 총을 또 쏘자 뿔뚝 성질이 있는 동네 아지매가 이바
구한 기라."

"화를 돋구었군요? 뭐라고 했기에 시비가 붙었습니까?"

"군인이 나라는 안 지키고 도대체 뭐하는 기고? 숨카논 양식도
뺏어가고 없는데 노나줄 끼 어디 있노? 군인도 농갈라 주고 밤손
님도 농갈라 줬다 우짤 끼고! 어줍잖은 것들이 죄 없는 동리 사
람들에게 떽깔을 쓸라 카나! 하면서 토벌대 일마들한테 난뎃놈들
에게 하듯이 나무라는 말이 끝나자마자 총을 미치게이처럼 쏴대
던 글마가 총 개머리판으로 아지매 볼테이를 치더니 찌까대비발
로 디꼬마리를 차더라고, 여자가 심 있나! 깨고리처럼 넘어진 사
람을 멀커데이를 잡고 '이년 아구지에다 총알을 넣어 주마' 하고
'팡' 하고 쏴서 죽인 기라, 내사 떼뜸질(죽어서 무덤에 들어가는 것)
하기 전에는 못 잊을 끼다."

"말대꾸하고 군인들을 비하하는 말을 했다고 죽인 것 같군요?"

"글마들 사람 죽이기로 작정하고 온 것인데 일찍 죽었다 뿐이지
거의 다 죽임을 당했다 안 카드나. 내는 안즉도 그 일 못 잊는데
이. 가당치도 않은 그 아지매 악바리 성격에 토벌대 얼나에게 악
장치다 죽은 기라."

말을 끝내면서 눈에 눈물방울이 맺히자 이내 지리산 칼바람이

흔적도 없이 훔쳐서 계곡을 향해 달아난다.

"제가 가해자들한테 들은 이야기입니다만, 공비하고 내통한 사람들이 토벌대 주둔지를 알려주어 토벌대가 공비한테 희생당하자 문책을 받은 장교들이 화풀이로 저질러진 비극이라 하던데요?"

"오메야! 언놈의 자슥이 그런 말하든교? 혓바닥 빼가지를 부러뜨릴 놈 새끼들……."

"어르신 감정적으로 생각하면 진실이 밝혀지기 어렵습니다."

"왜 이카노. 일마들이 처음부터 마을 사람들에게 냉갈령거려 사날없는 경상도 사람 때문에 사달난 기라. 그런 줄도 모르고 선생이 누구 편 드는교?"

"어르신, 제가 그 현장에 있던 사람도 아니고, 또 지금 누구 편을 들고 책을 쓰는 것이 아닙니다. 제가 군에 있을 때 장기 복무자와 단기 복무자 간에 갈등도 있었습니다. 장기 복무자는 많은 혜택이 이루어지고 있는데, 단기 복무자에겐 같은 계급이라도 차별을 둔 때입니다. 한 가지 예를 들면 휴전선에 무장 공비가 침투하여 지피(GP)를 습격하였는데, 교전에 가담한 단기 하사(3년 복무)는 훈장 상신 때 인헌무공훈장이고, 작전 당시 비번이어서 근무 안 한 장기 하사에게는 화랑무공훈장이 상신된 것을 제가 직접 보았기 때문에, 군 조직상 장기 복무 장교나 하사관은 징계가 있으면 진급에서 누락되기 때문입니다. 항시 스트레스를 받고 근무를 합니다. 통비자가 토벌대 위치를 발설하여 피해가 있으면 소속 장교는 징계를 먹기 마련입니다."

"아무리 글캐도 늙은 아부이가 토벌대 시커문 얼라가 씸둑스럽게 물덤벙 술덤벙거리며 난뎃말로 씨부렁거려서 앵꼬바 아름작거린다고 총을 쏜 기 잘못인 기라."

"……."

"전쟁도 한번 제대로 못 하고 밀린 허새비 같은 글마들이 얼나까지 죽였다 카이! 아무리 글캐도 젖먹이 얼라에서 똥칠막데이하는 늙은이까지 와 죽이노 말이다."

"미친 사람도 아닌데 밝은 낮에 죄 없는 사람을 죽였겠습니까?"

"메라 카노? 강선생이 깔딱수(기절하는 것)되는 것 볼라 카나? 처음부터 살천스럽은 토벌대 글마들 아침에 쌍판떼이 보니 알것더라 카이. 밤새 곤대만대되어 새북녘에 깊은 잠 들면 빨갱이들이 시부지이 와서 죽이는데, 지놈들 잘못이재, 빨갱이들이 토벌대 있는 곳을 갤차(가르쳐)달라고 하면 모딜띠 까디비는 기라. 가족을 죽인다 카면서 자기한테 총을 겨누는 데 언 놈의 배때기에 강철판 깔았나? 갤차주는 수밖에 없는 기라."

"작전 나온 토벌대가 가축을 잡아먹고 술을 먹고 근무했단 말입니까? 보았습니까?"

"오메야! 강선생, 메라 카나. 글마들 아침에 쌍달가지 보면 눈깔이가 풀려 썩은 명태 눈까리처럼 풀려서 알았는 기라. 낮에는 부역자 골라낸다고 동네 사람 진종일 보대끼 놓고 밤새 꿈쳐놓은 탁베이 진국 처묵고……. 글마들 지랄 떠는 것 못 바부서 탁베이 도가지를 통시에 들고 가서 쏟아 버린 기라."

"총 맞은 어머니는 어떻게 되었습니까?"

"총알이 정통이로 맞힌 게 아니라 살짝 허북지를 지나갔는데, 어무이 꼬장중우가 피에 다 젖은 기라. 나는 이우재(이웃) 동네에 한약방이 있었는데, 약방 주인 데불로 바지런히 가는데 갑자기 총소리가 요란하여 까꾸막 고바이를 오르다 뒤돌아보니 온 마을이 불바다가 된 기라. 한동안 총소리가 지랄을 떨더니 조용하여 사달

날까 봐 오도가도 못 하고 아적절(오전) 동안 산에 서 있다가 토벌대가 이우재 동네로 가는 것을 보고 집으로 갔더니 식구가 모두 총에 맞어 죽고 똥개를 끄슬러 놓은 것처럼 끄슬려 있는 기라, 뜨거운 불 때문에 손발이 오그라들어 각(관)에 시체를 넣을 수가 없어……. 씨벌놈들 나불거리는 아구창을 뿌사뿔고 싶었지만 히마리가 있나?"

두 손을 부르르 떨며 이를 간다. 그때 보았던 처참한 광경이 떠오르는 모양이다. 담배를 꺼내 입에 물고 불을 붙여 한 모금 깊이 빨아들이더니 길게 한숨을 토하듯이 뿜어내고 이야기를 계속한다.

"글마 자석들 모두 똥물 진국에 헹가갖고 전소매(오줌 오래 된 것) 삶아 죽여도 화가 안 풀릴 끼다. 칠팔월 염천 뙤약볕에서 배를 갈라 왕소금을 뿌려 죽일 놈들…… 나가 등시이인 기라. 마루에 서답방마이(빨랫방망이) 두 개가 있었는데, 그것으로 사부자기(살짝이) 뒤통수 대갈빼이를 갈겼으면 되는 긴데…… 몬 한 기 팔피소가 아닌교? 그때 죽을 낀데."

"총을 들고 있는데 겁이 나서 못하였겠지요?"

"내는 그때부터 성질이 사박스럽어진 기라."

최노인의 얼굴에 표독하고 살기 등등한 기색으로 입가에 게거품을 내면서 이야기를 한다. 필자가 질문도 못 하고 바라보자,

"와요? 앵조가리는 아구지를 바알로(바늘) 집어 불고 싶어요?"

대답을 안 하자 심통이 났는지 최노인은 필자를 툭 치면서,

"말 좀 하소! 애애꼽다 이건교? 멀끄럼히 보기는……."

"아닙니다. 제가 어르신 입장이라면 삼 대를 빌어 처먹고 오 대를 피똥 싸고, 정지 바닥에 쌔빠닥(혀)을 박고 죽어라 하겠습니다!"

"……."

최노인은 도끼눈을 하고 필자를 노려보더니,

"선생은 내칸보담 욕도 억수로 잘 하네. 그 문디 작(자식)들이 지랄한다고 불을 질러 시체 손발이 오그라들어 펴지지 않아 할 수 없어 꽁꽁 얼어 버린 시체를 녹을 때까지 기다릴 수가 없는 기라. 멧돼지와 미친개들 때문에 방치할 수 없어 살아남은 몇몇 사람들이 설레발쳐가며 도치로 짤랐는데, 각(관)도 살 수 없어 돌 띠같이 언 시체 토막을 끄적데이로 돌돌 말아 끄네끼로 묶어서 돌팍에 올려놓고 초상을 치렀는데, 그때를 생각하면 억장이 무너질라 안 카나!"

필자가 심한 욕을 해 주었더니 감정이 많이 누그러졌다.

"어르신은 부역을 하였습니까? 제가 생각해 보기에는 자청하여 산사람이 되었을 것 같은데요?"

"선생은 미얄시럽게 묻소만…… 잘몬 봤십니다."

"가족이 토벌대에 전부 죽임을 당하였는데 토벌대한테 보복을 하기 위하여 산사람이 되었을 법해서 물어본 것입니다. 오해 마십시오!"

"강선생 말도 맞것쟤. 초상 치루고 나니 반 미친게이가 된 기라. 생각해 보소. 시체 위에다 기름을 뿌려 시체가 불에 타면서 심줄이 땡겨 손발이 뽀짝 오그라들어 각(칠성관)에 넣을 수도 없고 그냥 묻을 수도 없고 나무 쪼개는 도치로 시체 무릎·허북지·어깻죽지·팔꾸마리를 잘라 각에도 못 넣고 끄적데이에 돌돌 말아서 끄네끼로 얼기설기 묶어 지게에 짊어지고 가서 묻었으니 미친게이 안 될 사람 어디 있겠는교?"

"……."

"글마들······!! 천벌(벼락) 맞아 죽을 짓을 했쟤."

"어르신 혼자 살아남았습니까?"

"언지예! 삼이우지(서넛집 이웃) 사는 깨불알 친구도 살았쟤. 이 얼라는 자고 나니 가악중에 개애대가리(감기) 온기라. 이우재 동네 약방에 약 구하러 갔다가 산 기라. 내캉 같은 기라. 둘 다 갓신했시몬 골로 갔쟤."

"하늘이 도운 거네요?"

"하모! 하모! 글캐도 하나님은 없는 기라. 있으면 글마들 새끼들 해꼬지하고 다녀도 살려주었으니 하나님은 없는 기라. 있다 캐도 소용없는 기라. 젊은 놈들이 썸둑시럽게 어른들에게 난뎃놈들에게 말하는 것같이 쎄도가지를 나불대니까 마을 어른들이 모라쿤(야단 친) 것 가지고 트집을 잡고 자기들 아부이·어무이 같은 어른들 에게 호적에 잉크 물도 안 마른 시꺼면 얼라 자식들이 총 개머리 판으로 어르신 얼굴을 찍고 늙은 어무이 멀커데이를 잡고 끌고 가는 놈이 나라 지키는 군인이라니, 기도 안 찬 일인 기라."

"토벌대 전체가 행패를 부린 것이 아니고, 개중에는 착한 사람 들이 있었다고 하던데요?"

"하모! 먹물 많이 먹은 놈(배운 자)들이 더 지랄뺑 많이 하고 패 액시럽기를 끝이 없는 기라."

"군인은 명령에 살고 명령에 죽는 것이 군의 생리입니다만, 아 무리 명령이라 하더라도 작전권을 가지고 있는 지휘자의 자질 문 제이긴 합니다. 그 동안 어르신은 줄곧 이 곳에서 살아왔습니까?"

"진주로 도망가서 전쟁이 끝날 때까지 어중쟁이가 되어 비럭질 도 하고, 그것도 힘들면 이 마을 저 마을 잔칫집이나 초상집 찾아 다니면서 서뭇따래기 짓을 하며 공짜술 먹고, 문뱃내 나는 주둥바리로 악질에 삐갓허몬 깽판치고 무지렁이가 되어 지서에 치깐 다니듯 드나들며 살다가, 나처럼 부모 형제 모두 잃고 정지담사리 하고 있는 참한 여자와 머리 얹어 진주 시내서 살았는데, 도가집 (막걸리 제조집) 정지방에서 젓방사리(곁방살이)하면서 술배달꾼이 되어 공짜 탁베이를 자꾸 먹다 보니 성격이 패액시럽어져 버려 술주정에 못 견딘 애편네 야반 도주하고 호불애비가 되어 산 기라.”

“같은 처지이니 서로 아픈 상처 다독거리며 살아야 되는데 술 먹고 행패를 부리니 같이 살겠습니까? 잘못하여도 많이 잘못했습니다.”

“그때 행우지 보면 미친게이 짓으로 설래발치고 싸다닌 기라. 얼라도 아니고 난봉짓이나 하고 애편네 말에 코똥만 끼었으니 탁베이 때문에 패액시러버진 기 한동안 호불애비가 됐다 아이가.”

“지금까지 줄곧 혼자 살았습니까?”

“탁베이만 먹으면 엄뚠 짓하여 개장에(형무소) 1년 갇혀 있다가 나온 뒤 느까 정신차리고 사람 구실한 기라. 지금은 얼나들 데리고 이 곳 빈집에서 살고 있어. 합가해서 살고 있지.”

“지금은 술 많이 안 하겠네요?”

“묵는 음석 안 묵을 수 있겠는교? 젊어서는 탁베이 한 사발이면 얼 요구됐는데 인자는 탁베이는 간에 기불도 안 가서 소주로 갈았재.”

“지금은 부부 싸움 같은 것 안 하지요?”

“……술을 많이 무면 곤조가!”

“그것 보세요! 차라리 먹을 바엔 막걸리로 하세요. 늘그막에 구박당하지 마시고 젊어서 고생한 부인을 생각해야지요.”

"강선생 참말로 얄궂다. 젊어서는 만수받이 마음씨였는데 늙으면서 마누라가 냉갈령(몹시 인정 없고 쌀쌀한 태도) 해져 버립디다."

"늙어가면서 속살 부디끼며 살아야 덜 외롭다고 하는데 술 먹으면 소시때 버릇 나와 싸울 것 아닙니까? 술버릇 고치는 게 마약 같은 거라서 한번 해본 소립니다."

"선생도 젊은 나이에 알 것을 모두 알고 있으니 늙으면 할마씨 치마꼬래이 잡고 다니것구만. 허~허~ 젊을 적에 잘 해주소. 늙어서 나처럼 할마씨한테 냉갈령당하지 말고……"

녹취 중 김노인은 처음 웃었다. 한때는 통시가데이가 있는 집(변소로 전용하는 집)에서 떵떵거리며 살았노라 하였다. 조상 때부터 뼈대 있는 집안이었기 때문에 지리산 골짝 오지에서 딸까지 고등학교 교육을 시켰노라 하였다.

정치 잘못한 정치인 때문에, 국군 통수권자인 이승만이 잘못하여 나라 전체가 총칼로 유린당하고, 순하디순한 사람들이 산 좋고 물 좋은 명산 지리산 자락에 옹기종기 모여 이웃이 하나의 일가가 되어 살았는데, 나라를 지키라고 뼈빠지게 농사 지어 낸 세금으로 산 총칼로 무지막지하게 양민을 죽여 멸문지화가 된 집도 있다고 했다.

필자가 만나본 피해자나 가해자 모두가 이는 정부 잘못이며 군인들의 잘못이라고 말했다.

"강선생! 내가 허덜시럽게 말하는 것이 아니요! 우리 면에서 동네까지 올려면 우리 땅 밟고 와야 했다 카이. 내가 고등학교 때부터 우리 집에 중신애비를 보냈다니까 알 만하지요. 통시가데이가 있는 집에서 살았다 카이. 우리 아부이 양반 보탄 지침 때문에 집안이 풍지박살나고 말았다 카이."

라고 하면서 돌아가신 아버지를 원망하는 김노인의 증언을 들으며, 우익이 무엇이며 좌익이 무엇인지 모르는 양민들이 좌우익 이념 대립의 희생물이 된 것이다.

최노인이 아버지 보탄 지침 때문이라고 자기 위안을 삼으려 했지만, 모든 것은 계획된 군장교의 어리석은 판단 때문에 저질러진 사건일 수도 있겠구나 하는 생각을 떨쳐 버릴 수가 없었다.

"강선생! 그쪽(호남) 사람인께 김대중 대통령한테 이 말 전해 주소. 민주주의가 먼가 핸 사람들 보상도 해 주니 우리들처럼 곧 죽어갈 억울한 사람들도 보상해 달라고 하소."

"어르신, 지금 정치하는 꼴도 한국전쟁 때보다 더 혼탁합니다. 패거리가 되어 남이야 죽든 말든 자기 주변만 잘 되면 그만이라는, 그야말로 먹을 것을 놓고 물고 뜯고 하는 이리떼 같습니다. 제가 생각해 보아도 보상과 명예 회복은 우선 순위가 있는데, 광주 민주화 운동의 보상은 잘못된 것이라고 대다수 국민들이 생각하지만, 한국전쟁 처리 과정에서 보면 민주화운동 보상과 명예 회복 처리는 모두가 순서가 바뀐 것이라고 합디다. 책이 출판되면 자연 알겠지요! 지금 정부는 서로 잘한다고 흙탕물에서 매일 디잽이하고 있으니 걱정입니다."

이 미련한 에미가 너를 죽이는구나!

우씨의 고향은 산청군 금서면 가현 마을. 산청 학살사건 당시 제일 처음으로 90여 명의 양민이 숨진 가현 마을이 바로 그의 고향이다.

학살 사건이 나던 51년, 우씨의 나이는 19세. 18세 때 결혼해 한참 신혼의 단꿈에 젖어 있었다. 위로는 부모님, 그리고 우씨 부부 아래로 남동생과 함께 우씨 가정은 마을에서도 알아주는 효자 집안이었고 다복했다. 가난했지만 항상 웃음꽃이 피어났고, 저녁 무렵이면 밭에서 돌아온 가족들이 오순도순 피우는 이야기꽃에 날 밝는 줄 몰랐다.

이렇게 행복했던 우씨 가정에 칠흑같은 죽음의 그림자가 드리워지기 시작한 것은 설날을 하루 넘긴 음력 초이튿날. 산골 마을이 으레 다 그렇듯이 가현 마을 사람들도 최대 명절인 설날의 즐거움과 포근함에 젖어 이튿날은 평일보다 조금씩 늦게 자리에서 일어났다.

아침 7시경이나 됐을까. 오줌이 마려워 자리에서 일어나 밖으로

나오니 멀리 뒷산에서 군인들이 까마귀 떼처럼 새까맣게 내려오
고 있었다. 놀라서 뒷산으로 도망치려 하니 어머니께서 저번에 왔
던 군인들도 우리에게 친절하게 대해 줬는데 별일이야 있겠느냐
며 그냥 집에 있으라고 해 불안한 마음으로 집에 있었다. 우씨는
내심 군인들이 산에서 내려오는 것을 보고 도망을 치려고 하던
참이었다.

당시 상황을 모르는 지금 우리에게는 혹 우씨나 이미 도망쳤던
마을 남자들이 모두 통비분자, 즉 '빨간물'이 든 사람이 아니었느
냐는 의심을 갖게 한다. 그러나 산청 학살 지역에 있었던 모든 생
존자들의 공통된 증언은 이와는 전혀 다르다. 그들은 국군이 와도
도망을 쳤고, 산에서 빨치산들이 내려와도 도망을 쳤다고 한다.

국군이 오면 온갖 잡심부름과 짐 등을 그들의 목적지까지 날라
주는 부역을 했고, 빨치산들이 마을에 들어오면 마을 남자들을 끌
고가기 예사였기에, 힘없고 선량한 양민들은 국군이건 경찰이건
빨치산이건 가리지 않고 무조건 산으로 도망을 쳤다.

경찰이나 국군이 마을에 들어오면 왜 빨치산들이 왔을 때 고구
마나 쌀 등을 줬느냐며 때리고 족쳤다. 빨치산들은 총칼로 마을
부녀자들을 위협하며 식량을 빼앗아 가기 일쑤였다.

결국 경찰의 보호권에서 멀리 벗어나 있는 지리산 골짜기 산골
마을 사람들은 경찰이나 국군의 보호도, 그리고 빨치산의 보호도
받지 못하는 미운 오리새끼 신세였다.

단지 지리산 골짜기 오지에 살고 있다는 이유 하나만으로 이들
은 모든 것으로부터 버림을 받았다. 이들은 '좌익이니 우익이니'
하는 단어도 모르는 선량한 민초였다. 아니, 글을 모르는 문맹인
이었을지도 모른다. 산 좋고 물 좋은 오지 산골, 공비들이 자주

출몰하는 지역에 살고 있다는 이유로 이들은 국군이나 경찰에게 두들겨맞고 빨치산에 쫓겼다. 그리고 사느냐 죽느냐 하는 초읽기 인생을 살아야 하는 괴로움을 당했다.

이념이나 사상보다 이들에게는 내일의 식량이 중요했고, 민주주의나 공산주의보다는 남편이나 처와 자식의 생존이 중요했다. 때문에 이들은 단지 목숨을 부지해야 된다는 본능으로 국군이나 빨치산을 보면 무조건 몸을 숨겼다.

우씨도 그 중의 한 사람이었다. 어머니의 만류로 도망치는 것을 포기한 우씨는 곧 후회를 했다. 낌새가 예사롭지 않았기 때문이었다.

군인들이 집집마다 돌며 마을 사람들을 끌어낸 후 장롱 속의 무명이나 삼베를 가져 나갔고, 소까지 끌고 갔다. 우씨의 증언뿐만 아니라, 모든 생존자들은 한결같이 군인들이 집집마다 쓸 만한 물건을 다 쓸어갔고, 가옥을 불태웠다고 주장했다.

우씨는 우씨의 부모, 그리고 아내와 동생 등 5명의 가족이 함께 마을 사람이 있는 대로 끌려나갔다. 우씨는 "군인들의 어깨에 붙은 화랑 마크가 선명했다"고 증명했다. 9연대 3대대의 견장이었을 것으로 추측된다.

"마을 사람들을 윗집에 모이게 한 다음 일장 연설을 했습니다. 연설 요지는 생각나지 않지만 연설을 끝낸 군인들이 마을 사람들을 20미터쯤 떨어진 골짜기 벼랑으로 끌고 갔습니다."

우씨는 여기서 또 한 번 치를 떨었다.

"골짜기로 내려가는 벼랑에 이르자 사람들이 벼랑에 떨어지지 않으려고 멈칫멈칫 했습니다. 불과 몇 분 후 자신들이 죽을 목숨이라는 것을 짐작하면서도 10미터여 벼랑에 떨어지지 않으려고 발버둥을 쳤습니다. 똑바로 걷지 못한다면서 발을 걸어 넘어지게 한 뒤 공을 차듯 발길질을 했습니다."

높은 벼랑끝에 이르러 마을 사람들이 멈칫거리며 내려가지 않으려고 몸부림을 쳤다. 이때 군인들은 여지없이 그들의 포악성을 드러냈다.

"M1총 개머리판으로 내려치고 대검을 착검한 채 찔러 순식간에 마을 사람들을 골짜기로 밀어 떨어뜨렸습니다. 이 과정에서 어떤 사람은 발목이 부러지고, 서너 명은 죽었으며, 아기를 감싸안은 어떤 아낙네는 팔뼈가 부러지기도 했습니다."

골짜기는 아수라장이 되었다. 부상자와 겁에 질려 우는 아이들, 살려달라고 애원하는 사람들의 소리로 지옥이 있다면 바로 이러한 장면일 것이다.

도살장으로 끌고가는 소나 돼지도 죽이기 전까지는 되도록 곱게

대하는 게 상례이다. 그러나 피에 굶주린 군인들은 아기를 감싸안은 아낙이 10미터 낭떠러지를 못 내려가 멈칫거리자, 뒤에서 M1 총 개머리판으로 내리쳐 굴러떨어지게 했다.

"이렇게 골짜기로 주민들을 몰고온 다음 4열횡대로 앉혔습니다."

우씨의 기억으로는, 자신이 속해 있는 줄의 맨끝에 우씨가 앉고, 바로 앞에 우씨의 어머니가 앉았다고 한다. 갓난아기·할머니·할아버지·새댁, 그리고 눈이 올망졸망한 양민들을 4명씩 줄지어 앉힌 군인들.

"군인들을 보고 앉아 있던 어머니가 갑자기 뒤로 돌아 나를 껴안았습니다."

우씨는 그때 어머니가 남긴 말을 잊지 못한다고 했다. 아니, 자신을 대신해 죽은 어머니를 죽어서도 잊을 수 없다 했다.

"내가 너를 죽이는구나. 아침에 네가 도망치려 할 때 말리지 않았다면 너를 살릴 수 있었을 텐데. 이 미련한 에미가 너를 죽이는구나, 한영아."

우씨를 붙들고 오열했다. 그 순간 총알을 장전하는 "철그덕" 소리가 연이어 산발적으로 계곡을 울렸다. 이어 우씨의 어머니는 우씨의 머리를 자신의 다리 사이에 파묻으며 온몸으로 우씨를 감쌌다.

동시에 천지를 진동하는 소리가 났다. 5분쯤 계속된 총성이 그치고 우씨가 정신을 차리자, 우씨는 자신이 살았다는 것을 알았다. 그러나 자신의 온몸 위로 흘러내리는 피. 온몸으로 감싸고 있던 아기와 함께 벼랑으로 굴러떨러지면서 아기를 놓쳐 버린 아낙은 이마가 찢어지고 눈을 다쳐 얼굴에 피범벅이 되어 한 발치 앞이 안 보여 우는 아기를 찾으려고 비탈을 오르려다 미끄러지기를 반복하다가 기절하였다. 어머니는 머리와 등에 총을 맞은 듯 하염없는 붉은 피가 우씨의 온몸을 적셔 내리고 있었다.

낭떠러지에서 품고 있던 아기를 놓쳐 찾으려다 기절하여 깨어난 아낙도 아기도 악마 같은 토벌대 총탄에 맞아 죽어갔다.

우씨가 몸을 꿈적거리며 일어나려 할 때,

"살아 있는 사람들은 모두 일어나라. 살려주겠다."

라는 목소리가 들렸다.

"설마 하고 계속 엎드려 있는데 5, 6명이 일어났습니다. 그러나 이어 또 총소리가 났습니다. 살려주겠다는 군인들의 말에 속아 일어섰던 사람들이 다시 총을 맞은 겁니다."

확인 사살을 하지 않아 천운으로 우씨는 몸에 상처 하나 입지 않고 살아났다. 물론 우씨를 살리려는 어머니의 목숨을 건 희생이 뒤따랐기 때문이었다.

우씨는 학살 사건으로 양친을 잃고 기적적으로 함께 살아난 동생 부인과 함께 친척집에서 눈칫밥을 먹으며 전전하다가 부산으로 이주, 50이 넘어서야 겨우 자리를 잡았다.

우씨는 그 동안 살아온 과정을 생각도 하기 싫다는 말로 대신했다. 꼬치꼬치 필자가 질문을 하자 우씨는 끝내 "당신이 알아서 무엇해"라며 눈물어린 역정으로 말문을 닫아버렸다.

우씨의 말을 빌리자면 가현 마을의 생존자는 얼마 되지 않는다고 했다. 학살 현장에 있다가 생존한, 그 얼마 되지 않는 사람들은 우씨와 우씨 가족, 그리고 이 마을 정음전 할머니와 호랑이밥으로 남겨진 정점순 여인 등 6명만이 현재까지 생존해 있음이 확인되고 있다.

확인이라는 용어도 무슨 남겨진 서류나 호적 초본 등에 의해 증명된 것은 아니다. 단지 당시 살아난 사람들이 지금쯤 어디서 살고 있다는 서로의 풍문으로 알고 있을 뿐이다.

얼마 전 어렵게 만난 우씨와 정점순 여인은 서로 첫인사가 "가현에 살았습니까?"였다. 서로 고향을 등진 지 50년. 당시 8살이던 이 여인과 18살이던 우씨가 50년 만에 만나 서로 얼굴을 알아볼 수 없는 그들의 사이였다.

어디 어디에 살던 누구더라는 말이 오가고, 서로를 확인한 후 그들은 서로의 얼굴만 쳐다보고 말을 잃었다. 아마도 자신들이 살아온 그 끔찍한 50년 세월을 반추하며 말로 표현하지 못할 반 세기의 세월을 원망했을 것이다. 정 여인은 "지금도 그때 살아난 것이 그렇게 원망스러울 수 없다"며 자신의 버려진 생을 원망했다.

2·8학살사건의 역사는 구멍 뚫린 역사로밖에 이해할 수 없다. 이 엄청난 대학살. '양민 사냥'의 서곡은 가현에서 90명을 단 1시간 만에 살상함으로써 끝나 버렸다.

부역 낙인이 겁나서 침묵하고 살아왔다. 살아남은 자들은 그 세월이 더 힘들었다.

끝내 발견되지 않는 유골

1951년 2월 8일. 설날 떡국을 끓여먹고 있던 방곡 마을 주민들은 2킬로미터쯤 떨어진 윗마을 가현에서 들려온 천지가 찢어질 듯한 총소리에 놀라 모두들 숟가락을 놓고 말았다. 공포에 질린 눈으로 서로 마주 쳐다볼 뿐이었다.

1분쯤 계속된 총성은 평상시 때 듣던 산발적인 것이 아니었다. 마치 지축을 뒤흔드는 소리가 한꺼번에 터져나온 것이었다. 마을 사람들은 밥을 먹다 말고 모두 집 밖으로 나와 가현쪽을 바라보았다. 무슨 일이 있었는지는 모르지만 시꺼먼 연기가 마을 전체를 뒤덮고 있었다.

"빨치산이다."

"아니, 국군이다."

누구의 소행인가를 따지다가 마을 사람들은 모두 섬뜩한 기분에 잠겼다. 빨치산의 은신처를 없애기 위해 마을 전체를 불태우고, 마을 주민들을 다른 곳으로 이주시키는 일명 '소개 작전'을 전라도 지방에서 했다는 소리를 여러 번 들은 적이 있었다.

그러나 이 지역에서 마을이 불타면서 수백 발의 총성이 들린 것은 이번이 처음이었다. 방곡 마을 사람들은 너나 할 것 없이 불안한 마음으로 웅성거리기 시작했다.

집집마다 할머니·할아버지, 그리고 아기를 등에 업은 아낙네들은 남정네들의 등을 떠밀며 "빨리 도망쳐라"고 성화를 부렸다. 총으로 쏘아 죽일 사람이 있다면 건장한 남정네들이지 결코 연약한 노인이나 아낙들은 아닐 것이라는 당연하고 평범한 생각에서였다. 이렇게 해서 방곡 마을 남정네들은 아침을 먹다 말고 산 속으로 몸을 숨겼다.

장상렬 씨도 그때 도망친 사람 중의 한 사람이다. 떡국을 끓여 먹다 말고 장씨는 도망을 치며 아내 서씨에게, "저녁때 산에서 내려올 테니 그리 알아라"고 말한 뒤 황급히 몸을 피해 집 뒤 울타리를 뛰어넘어 산비탈 쪽으로 달려갔다. 그것이 사랑하는 아내 서씨와의 마지막 이별 순간이었다.

밤이 되자 마을에는 군데군데 불빛이 보였다. 도깨비불 같았다. 집 대들보 같은 큰 목재들이 늦게까지 타고 있었기 때문이다. 추워서 살아남은 사람들이 불을 끄지도 않고 주변에 모여 있었기 때문이다. 장씨가 한밤중에 산에서 내려오니 온 마을은 쑥대밭이었다. 장씨의 집은 물론, 마을 전체가 불타 버렸다.

마침 산에서 먼저 내려온 마을 사람을 만나니 온 마을 사람들이 아랫논에서 숨져 있다는 것이었다. 그리고 장씨의 아버지는 논두렁에 숨져 있다고 했다.

"아랫논의 논두렁에 아버지와 동생 두 명이 숨져 있고, 어머니와 아내는 윗논에서 나란히 죽어 있었습니다."

저녁에 산에서 내려오면 당연히 사랑하는 아내와 부모 형제를 만날 줄 알았던 장씨는 일가족의 몰살을 지켜본 순간 넋을 잃고 말았다.

당시 방곡 마을에는 72가구가 살고 있었다. 윗마을 가현, 아랫마을 점촌·자혜 등과 더불어 인심 좋은 부자 마을이었고, 인근에서 가장 큰 마을이었다.

방곡 마을은 지리산 산골 마을 중에서 그런대로 논과 밭이 많은 풍성한 마을이었다. 마을 옆에는 항상 마르지 않는 샘물과 개울이 흐르고, 그 개울을 따라 산골 마을에서는 보기 드문 논밭이 펼쳐져 있다.

방곡 사람들은 이 논밭을 끔찍이 아꼈다. 마을 앞에 열 마지기 남짓한 논은 이 마을의 희망이었고 생명선이었다. 논이 없어 일 년 열두 달 고구마나 감자만 먹어야 하는 인근 마을 사람들과는 달리 방곡 사람들은 논 덕분으로 쌀밥을 먹어볼 수가 있었다. 하지만 이 마을 사람들은 그들이 끔찍이 아끼던 이 논에서 몰살을 당했다.

남자들은 아랫논에서, 그리고 여자들은 윗논에서 학살을 당했다. 대부분이 할아버지·할머니들이었고, 젊은 남자들이 모두 몸을 숨기고 난 후라 아낙들과 젖먹이 어린애들뿐이었다. 남녀노소 180명이 이 곳에서 죽었다.

일가족 8명이 모두가 숨지고 기적으로 살아난 이갑수 여인(산청군 금서면)은 당시 10살이었다. 집에서 늦은 아침밥을 먹고 있는데, 군인들이 들이닥치며 마을 앞 논에서 간담회가 있으니 모두 모이라고 했다.

마침 이여인의 집에는 설날이라고 출가한 언니가 놀러와 있다. 군인들이 갑자기 들이닥쳐 마을 사람들을 논바닥에 앉히면서 집에 있는 중요한 물건을 모두 가지고 나오라고 소리쳐 이여인은 언니가 시댁에서 가져온 옷가지들을 챙기려 다시 집으로 들어갔다.

"그 순간 군인들이 집집마다 불을 지르기 시작했습니다. 우리 집에 불을 붙이는 순간 언니가 옷가지들을 챙기려 집으로 뛰어들었습니다. 그리고 몇 분 후 언니는 옷을 챙기는 도중에 집 안에서 군인의 총에 맞아 죽었습니다. 그때 언니는 옷보따리를 꼭 안고 있었습니다."

군인들은 이렇게 끔찍한 광경을 보고 있던 마을 사람들을 남자들은 아랫논으로, 여자들은 윗논으로 끌고 갔다.

"할아버지·아버지, 그리고 예닐곱 살 된 남동생 두 명이 아랫논으로 끌려갔고, 할머니와 젖먹이 동생을 안은 어머니, 그리고 나는 윗논에 있었습니다."

아랫논으로 남자들을 끌고 간 군인들은 '군대 갈 사람 나오라'고 소리쳤다. 그러나 대부분 나이 든 늙은이와 어린애들뿐이라 한 사람도 나오지 않았다.

"갑자기 천지가 진동하는 소리가 났습니다. 그리고 마을 남자들이 모두 쓰러졌습니다."

군인들은 가족들이 보는 앞에서 마을 남자들을 무참히 살상한 후 다시 여인들에게로 왔다.

"남자들을 죽이고 난 후 와서 두말도 없이 여인들을 앞산을 보고 앉게 한 후 또 총질을 했습니다."

여기서 이여인은 할머니와 채 돌도 지나지 않은 젖먹이 동생, 그리고 동생을 안은 어머니와 함께 총격을 당했으나 천운으로 다리에 관통상을 입고 살아났다.

94 지리산 킬링필드

친정에 설 쇠러 온 언니, 젖먹이 동생, 한창 개구쟁이짓을 하던 두 남동생 등 일가족 8명을 한꺼번에 잃어버리고 기적적으로 살아난 이여인은 지금까지 한많고 서러운 50여 년 세월을 인근 화계리에서 돌부리처럼 살고 있었다.

당시 방곡 마을의 생존자들은 가현 마을 생존자들과는 달리 특별한 증언을 하고 있다. 일가족 4명이 몰살당하고 두 다리가 절단된 채 살아났던 오중식 씨는 당시 9살로 군인들이 수류탄을 던졌다고 분명히 증언하고 있다. 그리고 몇몇 사람이 불에 타 죽어가고 있는 것을 목격했다고 진술했다.

훗날 밝혀질 이야기이지만 허씨의 증언이 확실하다면 군인들은 애당초 대량 학살을 계획하고 수류탄을 휴대해 왔던 것으로 추측된다.

갓난애와 어린애들, 그리고 아녀자와 늙은이에게 수류탄을 던진 국민의 군대. 국민의 생명을 지키라고 국민들이 사준 대량 살상용 수류탄을 갓난애들과 어린애들에게 던졌다면 이것은 단순한 살생 행위와는 엄격히 다른 가공할 일이다. 대량 살상을 미리 염두에 두고 수류탄 투척 허가를 받았을 것이고, 애당초 마을 주민 단 한 명도 살려두지 않을 것이라는 계산이 깔려 있었을 것이다.

방곡 학살 당시 생존자들은 한결같이 증언한다. 당시 180명의 양민들 중 어린애들이 절반을 차지하고 있었다. 젖먹이를 안고 있다가, 아기는 죽고 자신은 두 손가락을 잘린 김분달 여인은 분명히 어린애들이 1백 명은 넘었다고 주장한다.

설 명절이라 친척집에 놀러온 어린애들이 많았기 때문에 방곡 마을에 살고 있던 어린애들보다는 실제 학살당한 숫자가 훨씬 더 많았을 것이라는 게 생존자들의 추측이다.

당시 16살이던 허용이 씨는,

"아침에 빨리 도망가라는 어머니의 말씀을 듣고는 산으로 피신했습니다. 저녁 무렵 산에서 내려오니 어머니와 어머니가 안고 있던 두 살 난 여동생이 윗논에 무참히 나뒹굴고 있었고, 아버님은 복부에 관통상을 입고 아랫논에 쓰러져 있었습니다."

허씨의 아버지는 그때 총상으로 26년간을 병상에서 신음하다 지난 78년 한많은 이 세상을 등지고 말았다.

오중식 씨·김분달 씨, 그리고 이갑수 씨 등은 학살 현장에서 살아난 기적적인 생존자들이다. 이들 3명 외에도 당시 생존자들은 자신의 쓰라린 악몽을 되씹으며 이름 모를 곳에서 처절한 생을 영위하고 있을 것이다.

"이 불명예를 우리의 후손에게 물려줄 수는 없습니다. 통분에 쌓인 이야기를 전염시킬 수 없습니다. 이제 거짓 역사를 지우고, 아직도 안주하지 못하는 설움에 겨운 유족들을 넉넉한 자유의 땅에 서게 해야 합니다. 또한 지금껏 구천을 떠도는 원혼들을 위로하고 눈물의 잔이 아닌 사랑의 잔을 따를 수 있도록 해야 하며, 그렇게 하는 것이 우리 유족들의 의무요, 민주화의 대로에 선 우리 모두의 의무라고 생각하기에……."

이는 산청 학살 당시 희생당한 유족들의 모임인 '동심계'에서 각계에 보낸 청원서의 일부이다. 동심계는 학살 사건이 있은 지 2년 후인 1953년 유족들이 하나둘씩 모여 연락을 하며 자연적으로 만들어진 친목계이다.

처음엔 서로 연락도 되지 않았다. 그리고 연락을 할 수도 없었다. 왜냐하면 자신들을 무참하게 살상한 정부의 무시무시한 짓밟음이 다시 닥칠지 그 누구도 몰랐기 때문이다. 살아 있는 듯 죽은 듯 당국의 눈을 피해 살아야만 했던 당시의 세파였다.

아무튼 이유 없이 전가족을 몰살당하고, 또 자신이 직접 총상을 당하고도 이들은 그동안 긴 한숨 소리조차 내지 못하고 숨어 다녔다. 자칫 잘못하면 부역꾼으로 몰릴 것이 뻔했다.

어떤 이는 너무 무지해서 그럴 수밖에 없었다고 말을 하지만, 실상 이들은 우리의 '버려진 자식'이었고, 아무 죄도 없이 밝은 태양을 피해 다녀야만 했던 죄인 아닌 죄인 신세였던 것이다.

이러한 상황에서 그들은 친목계 형태의 '동심계'를 조직, 1년에 한 번 곡우날 참살의 현장 방곡리에 모여 소리 없는 울음을 울고 있었던 것이다.

전상근 씨의 고향은 산청군 금서면 방곡리. 학살 사건 당시 전씨는 16세로 1년 전에 결혼, 아랫마을 주상리에 신방을 차리고 있었다.

설날을 맞은 전씨는 부모님과 형님 내외분, 그리고 조카 5명이 살고 있는 고향 방곡으로 설을 쇠러 와 있었다.

"아침 떡국을 먹고 있는데 윗마을인 가현에서 총소리가 요란하게 났습니다. 그때 아버님께서 저더러 주상으로 빨리 내려가라고 독촉했습니다."

김씨는 부친의 권유로 마침 자신의 신변을 걱정하던 어머니, 그리고 아내와 함께 주상으로 내려갔다. 전씨가 주상으로 내려온 후 방곡에 남아 있던 전씨의 일가족은 결국 몰살을 당했다.

그 당시 숨진 사람은 전씨의 아버지·형수, 그리고 어린 조카 5명 등을 합하여 7명이었다. 방곡에서 일가족을 잃은 전씨의 불행은 그것으로 그치지 않았다.

방곡에서 학살을 끝낸 국군 3대대 병력이 점촌 마을을 초토화시키고, 자혜·주상·화계·화산 마을 주민 3백여 명을 이끌고 함양 상주리에 집결, 또 한 번 대량 학살을 감행한 것이다.

상주리에 피신해 있던 전씨는 방곡 학살을 끝낸 군인들에 의해 다시 서주로 끌려갔다. 서주에서 전씨는 함께 끌려간 어머니·아내와 함께 극적으로 살아났으나, 전씨의 어머니는 상주에서 총상을 입고 14년을 고통스럽게 살다가 목숨을 잃었다.

전씨는 현재 방곡에 살고 있다. 학살 사건 당시 방곡은 72가구가 살 정도로 번창했으나, 지금은 34가구가 모여 마을을 이루고 있다. 그 34가구 중 학살 사건 유족들이 6가구나 포함돼 있다.

방곡에 살고 있는 6가구의 유족들은 지금도 설날만 되면 즐겁기는커녕 그 옛날을 되뇌게 하는 조상들의 차례로 서글프기 짝이 없다. 아침엔 설날 차례를 지내고, 저녁엔 초이튿날 학살 때 숨진 가족들의 제사를 올려야 하기 때문이다. 1년 중의 최대 명절인 설날이 이들에겐 제일 고통스런 날이 되고 있다.

방곡 유족들이 지금도 애타게 찾고 있는 것은 학살 때 몰살당한 일가족들의 유골이다. 학살 현장에서 생존했거나, 몸을 피했다가 돌아온 유족들은 우선 논바닥을 파서 시신들을 합장했다. 그것은 그 당시 생존자들이 가족들의 시신을 일일이 찾아 매장할 경황이 없었기 때문이다.

그 뒤 생존자들 대부분이 한많은 고향을 등지고 지금까지 돌아오지 않고 있다. 그 중 6가구만이 학살 사건이 한참 지나 기억에서 잊혀질 무렵 이 곳에 속속 들어와 지금까지 살고 있는 것이다.

180여 명이 묻힌 논바닥. 유족들이 방곡에 돌아왔을 즈음 마을 앞논은 이미 파헤쳐져 그들 가족의 유골은 찾을 길이 없었다. 수

소문해 본 결과 언제인지는 정확하지는 않지만, 강씨란 노인이 마을 논을 개간하기 위해 논바닥을 파헤쳤을 때 유골을 발견, 이를 마을 밖 어느 곳에 매장했다는 말만 전해지고 있다.

강노인이 파낸 유골은 80kg들이 쌀가마 6가마 분량이었다고 한다. 그 중의 대부분은 어린아이들의 뼈였고, 팔 길이 정도 되는 갓난아이 뼈도 상당히 많았다고 했다.

뒤늦게 유골이 없어진 것을 안 유족들은 강노인이 유골을 매장한 곳을 찾아헤맸다. 마을 언덕 산골짜기 계곡 등 유골을 묻을 만한 장소를 찾아 수없이 삽질을 해댔다. 그러나 유골은 끝내 발견되지 않았다. 그렇다고 죽은 강노인이 꿈에 나타나 현몽을 해 줄리도 없었다.

방곡 유족들은 끝내 가족들의 유골을 찾지 못한 채 50여 년 세월을 지내고 있는 것이다. 산청학살사건 유족 모임인 '동심계'는 1953년에 만들어져 주로 방곡 마을 사람들을 중심으로 모여왔으나, 지금은 다른 부락 유족들도 함께 참여하고 있다. 이들이 계모임으로 모인 지 50여 년이 됐으나 그동안 알려지지 않은 데는 이유가 있었다.

산청학살사건은 당시 정부와 군당국이 강압으로 외부에 알려질 수 없었다. 그러다가 1960년 4·19가 발발하면서 산청 사건은 조금씩 알려지기 시작했다. 특히 산청군 출신 도의원 문치재 씨(사망)는 한많은 영혼과 유가족들의 명예 회복 및 보상을 위해 도의회에서 산청 사건을 정식 발의했다가 5·16군사쿠데타 후 이 사건으로 투옥당하는 수난을 겪었다.

이 사건 이후 유족들은 겨울철의 개구리처럼 겨울잠을 자야만 했다. 아무 소리도 할 수 없었다. 도의원이 잡혀가는 마당에 힘없고 무지한 유족들은 입 한번 뻥긋할 수조차 없었다. 그저 부초마냥 외톨이로 이곳 저곳을 떠돌아다니며 질긴 목숨을 부지했을 뿐이었다.

그나마 60년의 4·19의거는 유족들에게 새로운 전기를 마련해 주었다. 민주화와 자유를 부르짖은 젊은이들은 산청 골짜기에도 봄바람을 불게 해 60년께부터 누가 먼저랄 것도 없이 매년 하루 곡우날 방곡 마을에 모여들었다.

처음 몇 년간은 남자들이 대부분이었다. 남자들은 대부분 피신을 해 목숨을 부지했고, 집에 남은 부인과 아이들은 거의 목숨을 잃었기 때문이었다.

이렇게 해서 탄생한 것이 '동심계'였다. 아직 유족회라는 이름도 붙이지 못하고 회원 명부도 없다. 그래도 이들은 요즘 들어 희망에 부풀어 있다. 그것은 6·29선언 이후 소위 민주화 바람 때문이다. 거창 유족들이 숱한 고난을 겪으면서도 세인들의 주목을 받고 있는 것을 이들은 알고 있다. 비록 그 동안 이유 없이 숨어다니고 쉬쉬했지만, 세상이 민주화 바람으로 치닫고 있어 억울하게 숨진 유족들이 가만히 앉아 있을 수만은 없었던 것이다.

각계에 탄원서를 보내고 부산·산청 등지를 중심으로 '향우회'라는 이름으로 모였다.

"광주 사건에 대한 명예 회복과 유족 보상도 이미 해결됐습니다. 그러나 정작 광주 사건보다 더 억울하고 원통하게 숨겨간 우리 가족들의 원혼은 누가 달래줍니까?"

전상근 씨는 산청 사건은 엄격하게 광주 의거와 다르다고 못박는다.

"광주 사람들은 반정부 투쟁을 하고, 데모를 하고, 독재 정권에

도전했습니다. 그러나 산청 사람들은 데모도 투쟁도, 그리고 저항도 하지 않았습니다. 이들은 시키면 시키는 대로 일하고 따라다녔을 뿐입니다."

전씨는 산청의 죽음은 총을 들고 독재 세력에 대항하다 숨져간 광주의 그것과는 너무도 엄격하게 다르다고 주장하고 있다. 정의와 법은 모두에게 공평할 줄 알았는데, 힘없고 돈없는 자에게는 이 땅의 법과 정의는 무용지물이었다고 울분을 토했다.

광주의 죽음이 혁명 전사의 죽음이라면, 산청의 죽음은 순수한 양민의 죽음이라는 것이다. 그리고 양민이라 하기에도 앳된 어린 이들과 젖먹이들의 죽음이라는 것이다.

이정자 씨는 당시 8세였다. 이여인도 방곡 학살 현장에서 살아난 기적적인 생존자로, 다른 이들과 비슷한 증언을 하고 있다.

"연설을 한다고 마을 사람들을 논에 모이게 했습니다."

이여인은 군인들이 뭔가에 쫓기듯 급박해 있었으며, 신경질적이었다고 회상한다.

"집에 할아버지와 할머니가 계셨는데, 조금 꾸물거리자 개머리판으로 등을 후려치며 빨리 안 나가면 쏘아 죽여 버리겠다고 협박했다."

라고 증언했다. 군인들의 눈에는 핏발이 서 있었으며, 집집마다 돌며 소를 끌어내 일단의 군인들이 소를 몰고 마을 아래로 내려가는 것을 이여인은 분명히 보았다고 했다. 이씨의 증언도 역시 다른 이들과 똑같다. 군인들이 마을 사람들에게 "쓸 만한 물건은 모두 가지고 나오라"고 소리친 후 집집마다 불을 질렀다고 한다.

허씨는 어머니·언니·할머니와 함께 윗논에서, 할아버지와 어린 남동생 2명이 아랫논에서 죽는 것을 목격했다고 증언했다.

방곡에서 이여인은 할아버지·할머니·어머니·언니, 그리고 어린 동생 2명 등 6명의 가족을 잃었다. 그리고 정여인도 팔목에 총을 맞아 지금도 궂은 날이면 팔이 떨어져 나가는 듯한 고통에 시달리고 있다.

"위령비가 세워지지 않아도 좋습니다. 그리고 우리들의 누명조차 벗겨지지 않아도 좋습니다. 단지 알고 싶은 것은 우리 일가족을 죽인 당사자들은 지금 어느 하늘 아래서 어떻게 살고 있는지 그것이 궁금합니다."

정씨의 눈은 증오로 가득 찼다. 한 마을을 휩쓸고, 젖먹이 어린아이까지 모조리 죽인 학살자들. 그 학살자에 대한 처벌이 자신들의 명예 회복보다 더 크고 깊은 것이었다.

그러면 정씨가 그토록 미워한 학살 당사자들은 그 뒤 어떻게 살아왔는가. 11사단 9연대 3대대 병력은 산청에서 529명의 양민을 학살한 후 다시 거창으로 가, 이틀 후 719명의 양민을 또다시 학살했다.

그 후 2달 뒤 거창양민학살사건이 알려지면서 51년 4월 7일 국회 진상조사단이 거창에 파견됐다. 그러나 자신들의 죄상이 알려질 것을 두려워한 학살자들은 공비로 위장, 김종순·신중목·김의준 등 조사단 일행에 위협 사격을 가해 이들을 도망치게 해버린 것이다.

결국 위장 공비 사건은 발각이 되고, 내무·법무·국방장관 등 3부 장관이 사임했다. 그리고 직접 총격 사건에 가담한 학살 당사자들은 무기징역 등 중형을 언도받았으나 얼마 되지 않아 1, 2년 만에 모두 풀려났다.

학살 부대인 11사단 9연대 3대대의 11사단장 최덕신 준장은 저

끔찍한 '견벽천야'라는 작전 명령을 내린 장본인이다. 그러나 그는 군대에서 계속 승승장구한 후 소장으로 예편, 미국으로 이민을 가 반한(反韓) 단체의 회원으로 활동하다 사망했다.

9연대장 오익경 중령은 56년 대령으로 예편한 후 역시 미국으로 이민을 갔다.

앞서 지적했듯이 학살극을 직접 지휘한 3대대장 한동석 소령은 수도 사단 군수참모를 비롯해 27사단 부연대장 등을 거쳐, 5·16 후 강릉·원주 시장을 두루 역임한 후 보사부 서기관까지 지냈다.

두 다리를 잘리고 일가족 전부가 몰살당한 오중식 씨, 두 살짜리 젖먹이의 머리가 자신의 품안에서 총알에 부서지는 것을 지켜본 김분달 여인, 이갑수·전상근·박금점, 그리고 어머니의 가랑이 사이에서 어머니의 죽음을 대신해 살아난 우씨의 처절한 삶. 총칼로 양민을 학살한 사람들과 아무 이유 없이 일가족을 몰살당한 유족들의 삶. 이 두 삶의 차이와 명암이 50여 년 세월이 지난 지금까지도 바로잡혀지지 않은 것은 어쩌면 우리 민족만이 안고 있는 수치요, 업보가 아닐 수 없다.

그 후 3년간 골짜기의 출입도 허락받지 못한 채 살아남은 유가족들은 기름진 옥토를 버려두고, 부모·아내와 사랑하는 자식들의 시신을 꽁꽁 얼어붙은 논밭에 내버려둔 채 안타까워하고만 있었다.

살아남은 양민들은 고향을 등지고 뿔뿔이 떠났다. 고향 주변을 맴돌던 그들은 배고픔과 공포와 추위에 떨었다. 2년이 지난 53년께부터 그들은 산을 넘어 감시병들의 눈을 피해 자신들의 논밭으로 숨어들어가 농사를 짓기 시작했다. 날이 밝을 때 들어가 해가 지기 전에 나와야만 했다.

왜냐 하면 어두워지면 감시병 숫자가 늘고 이상한 소리나 물체가 보이면 사정없이 총을 쏘아댔기 때문이다. 살아남은 유족들은 자신들의 땅에 농사도 짓지 못하고 거리에 나가 친척집을 전전하며 눈칫밥을 얻어먹어야만 했다.

죽음을 무릅쓰고 현장으로 뛰어들어 시신을 거둔 몇몇 유족들을 제외하고는 시신이 까마귀밥이 되어도 그냥 둘 수밖에 없었다.

9개 마을 4곳의 살육 현장에서 총에 맞아 부상당한 사람은 33명. 이들 중 몇 남지 않은 생존자 중의 한 사람인 오중식 씨(산청군 오부면. 당시 11세)의 삶은 차라리 죽음보다 못 한 한많은 인생이었다.

오씨는 당시 방곡리에서 어머니, 그리고 3명의 여형제와 어려운 농촌 생활이었지만 오붓하고 따뜻하게 살고 있었다. 그날 마을 앞 논바닥에 끌려간 가족들은 토벌군들이 쏘아댄 흉탄에 어머니와 품에 안겨 있던 1살 난 여동생을 잃었다. 그의 인생길이 완전히 뒤바뀌는 순간이었다.

오씨의 왼쪽 옆구리로 총탄이 관통했다. 발목에도 총알을 맞아 발목이 날아가 버렸다. 허옇게 으스러진 뼈와 살이 한눈에 보였다. 죽은 줄만 알았던 그는 한밤중에 깨어나 움직일 수 없는 몸으로 엄마를 부르며 울부짖고 있었다.

그때 어디서 왔는지 누구인지도 모르는, 군복을 입은 자들이 공비들이 들고 다니던 총을 가지고 나타났다. 그의 옆구리와 발목을 붕대로 감아 응급 치료를 해준 뒤 날이 밝기 전 떠나 버렸다. 꼼짝할 수 없는 그에게 다리에 총을 맞은 할머니가 쩔뚝거리며 다가왔다. 할머니에게 겨우 이끌려 집으로 갔다.

당시에는 공비이든 토벌군이든 간에 닥치는 대로 양식을 약탈해

가기 때문에 쌀을 집 뒷간 땅 속 장독 속에 숨겨두고 있었다. 그 할머니는 쌀을 꺼내 죽을 쑤어 누워 있던 오씨에게 떠 먹이며 3일간을 지냈다.

4일째 되던 날 삼촌이 숨어들어 왔다. 삼촌은 오씨를 업고 자신의 집이 있는 함양군 유림면으로 데리고 갔다. 막상 그 곳으로 갔지만, 찢어지게 가난한 살림살이 때문에 병원에 갈 수도 없었고, 약마저 엄두도 내지 못했다.

차츰 죽음의 구렁텅이로 빠져들고 있던 오씨를 그의 당숙이 들쳐업고 산청군 생초면에 있는 '배약국'으로 데려가 사정사정을 해 외상 치료를 받았다.

당시에는 주사약이 귀해 마취도 하지 않은 채 발목에 박힌 총알을 뽑아내었다. 지금도 오씨는 그때의 소스라치도록 아팠던 기억을 잊지 못하고 있다. 집으로 돌아와 호박을 태운 재를 상처에 붙이며 1년간 앓았다. 상처는 거의 완치가 되었으나 절름발이 다리는 어쩔 수가 없었다.

누나와 여동생 등 3명이나 삼촌집에 얹혀살다 보니 자연히 눈치가 보였다. 당시 15세난 누나는 성장하여 식모살이 하러 떠나 버렸다.

여동생 또한 9세의 어린 나이지만 산청군 생초면으로 식모살이를 떠나 행복하고 단란했던 그들 3남매는 또 한 차례 이산의 아픔을 겪어야만 했다. 이들은 졸지에 뿔뿔이 생이별한 것이다.

오씨는 4년 후인 15세가 되던 해 삼촌집을 나와 뒤뚱거리는 걸음으로 혈혈단신 산청군 오부면 양촌리에 도착했다. 15세 난 소년에게 먹을 것을 주고 재워줄 곳은 아무데도 없었다.

집집마다 다니며 사정하기를 여섯 번째, 한 마음씨 좋은 할머니의 허락으로 머슴살이를 시작했다. 새벽 4시부터 일어나 죽도록 일했다. 나이가 어리기 때문에 어른보다 두 배로 일해야 밥을 먹을 수 있다고 생각했다. 오씨는 이집 저집을 다니며 밥만 먹여주고 재워주면 닥치는 대로 뼈가 가루가 되도록 일을 했다.

18세가 되던 해 처음으로 품삯을 받기 시작했다. 1년 세경은 쌀 70되었다. 그는 말할 수 없는 기쁨으로 그 집을 나왔다.

어느 하루도 눈물이 마르지 않았던 오씨. 어린 나이에 너무나 혹독한 삶을 이어온 오씨였다. 총상을 입은 곳이 수시로 재발해 26세가 되던 해 드디어 몸져눕는 신세가 됐다. 그리고 주위의 도움으로 그 해 결혼을 하게 됐다.

푼푼이 모아두었던 돈으로 논 6백 평을 샀다. 지긋지긋한 머슴살이도 그만두었다. 아픈 몸을 이끌고 운명의 사슬도 잊은 채 부인 백씨와 함께 열심히 일했으나 생활의 어려움은 쉬 풀리지 않았다. 그는 지금도 그때의 악몽을 잊지 못하고 부상의 후유증에 시달리고 있다.

"너무 억울합니다. 열한 살 난 제가 무슨 잘못이 있습니까?"

어머니와 1살 난 동생 또한 무슨 죄가 있느냐고 반문하는 오씨. 그는 흐르는 눈물을 감당하지 못한 채 넋을 잃고 말았다.

산청읍 옥산리에 살고 있는 송점순 여인(당시 8세) 또한 가현 학살 현장에서 부모를 잃고 언니 오빠와 함께 3남매가 고아가 되었다. 먼 친척집을 떠돌다 9세의 어린 나이에 남의 집 소꼴머슴으로, 개똥망태를 걸머지며 전전했다.

당시 논두렁에 서서 공포에 질려 울고 있던 송여인에게 토벌군은 "총알이 아깝다", "저년들을 호랑이밥이 되게 놔두라"는 등 포악하기 짝이 없는 욕설을 퍼부었다. 그 군인들의 얼굴은 지금 보

아도 바로 기억할 수도 있다고 했다.

"총 한 방만 맞았다면 이 원통하고 피맺힌 한의 세월을 살지 않았을 텐데……."

라며 고통스러워했다. 수많은 선량한 양민을 학살하고 어린아이들을 고아로 남겨 거리로 내몰게 했던 산청양민학살사건. 그 후 매년 설날 저녁 통곡 소리가 끊이지 않고, 까마귀 울음소리가 골짜기 20여 리 구석구석까지 메아리쳤다. 유족은 고향을 떠났다. 그 상처가 되새겨져 멀리멀리 떠나 버린 그들. 지금은 방곡리에서 고향을 지키는 6가구만이 그 날의 비운을 간직하며 흙을 갈고 있다. 증언자들은 학살 후 과부와 홀아비가 대부분이다. 더욱이 부모를 잃어버린 고아들이 수두룩했다고 증언했다.

다시는 고향을 찾지 않고 쳐다보지도 않겠다던 그들도 이젠 호호백발이 되어 이 곳을 찾고 있다. 유족들은 "우리 대에서 양민 학살 진상을 밝혀야 합니다"며 산청군 경남도의회 의원이었던 문치재 씨(작고)를 되뇌었다. 그는 4·19이후 도의회에서 산청양민 학살사건의 진상 규명을 요구하다 5·16군사쿠데타 후 구속당하고 테러를 당했다.

"그 누구도 세상이 무서워 감히 말조차 하지 못했습니다. 이젠 백일하에 진상을 밝혀 민주화로 가야 합니다. 우리 국민의 역량을 보여야 합니다."

유족들은 입을 모으고 있다. 유족들은 '양민 학살 사건의 진상조사, 학살된 희생자 및 가족들의 명예 회복, 각 지역별 위령탑 건립', 정부가 정하는 보상법에 따라 유족들에게 보훈 보상할 것을 주장했다. 이같은 요구는 간단하고도 작은 것이라고 했다.

팔·다리가 잘려나간 몸에 2차, 3차 확인 사살을

가현에서 90명, 방곡에서 180명을 차례로 학살한 3대대 병력은 아랫마을 점촌으로 내려가면서 점점 그 광란의 도를 더 해 간다. 이른바 '한국판 킬링필드'의 중반부요, '몬도가네'의 극치가 시작되는 순간이었다.

점촌은 방곡에서 2킬로미터쯤 떨어진 아랫마을. 당시 16가구가 살고 있었다. 산청군 금서면에 살고 있던 최봉갑 씨는 당시 22살이었다. 최씨는 진기 부락에 살고 있다가 군인들이 온다는 소리를 듣고 방곡을 거쳐 점촌으로 피난을 가는 길이었다.

"친구 박사무 씨와 함께 점촌 마을 어귀에 서 있었습니다. 마을로 들어갈까 산으로 올라갈까 망설이고 있는데, 군인들이 방곡에서 점촌 쪽으로 내려왔습니다."

군인들이 오는 것을 보고 이씨와 친구 박씨는 순간 망설였다.

친구 박사무 씨는 우리가 산 속으로 도망치는 것을 군인들이 보면, 되레 수상하다고 총질을 할 테니 그냥 이대로 태연히 걸어가자, 우리가 뭐 잘못한 게 있느냐고 말한 뒤 논두렁 위를 계속 걸었다.

 그러나 이씨는 "산으로 튀자. 방곡에서 사람 죽었다는 소리 못 들었느냐?"며 산 속으로 도망을 쳤다. 이씨는 한참 산 속으로 도망을 치다 한숨을 돌려 바위 위에 걸터앉아 마을 쪽을 보면서 쌈지를 꺼내 담배를 한 대 말아 피웠다.

 점촌 마을로 들어가는 길목에는 이씨의 친구 박사무 씨가 서 있는 게 보였고, 군인들이 박씨 쪽으로 점점 가까이 가고 있었다. 그 순간 "탕～ 따탕!!" 하고 고막이 찢어질 듯한 여러 발의 총소리와 함께 박씨가 갑자기 그 자리에 풀썩 쓰러졌다. 박씨를 사살한 군인들은 다시 아무 일 없었던 듯이 점촌 마을로 들어갔다.

 "아무 죄 없으니 괜찮다"던 친구가 사살되는 것을 두 눈으로 똑똑히 지켜본 최씨는 혼비백산, 곧바로 깊은 산 속으로 숨어들어 3일 후에야 집이 있는 진기 부락으로 돌아왔다. 박사무 씨의 죽음을 시작으로 점촌 마을의 학살은 시작됐다.

 마을에 도착한 군인들은 짚단에 불을 붙여 초가 지붕에 불을 지르며, 마을 사람들을 모두 마을 앞 논바닥에 모이라고 소리쳤다. 마을 사람들은 무조건 불을 지르며 빨리 논바닥으로 모이라는 군인들의 핏발선 독촉에 뭔가 불길한 예감을 느꼈다. 군인들은 조금이라도 늦게 나오는 사람들을 무조건 개머리판으로 내리쳤으며, "안 나오면 이 자리에서 죽여 버리겠다"고 미리 대참살을 예고하기도 했다.

 이런 와중에서 당시 40세가량이던 김정숙 여인은 양팔을 군인들에게 잡힌 채 질질 끌려가면서 사태의 심각성을 파악, "이놈들아, 내 아들을 군대 보낸 죄로 너희들이 나를 죽이려 하느냐?"고 고함을 쳤다. 그 소리를 들은 군인들은 정말이냐고 수차례 확인한 후 곽여인을 풀어주었다.

점촌 학살에서 살아난 사람은 곽여인을 비롯해 3명 정도. 생존자들은 부산·마산 등지에 살고 있다고 전해지고 있으나, 주소조차 파악되지 않고 있다. 마을 앞 논바닥에 사람들을 모이게 한 군인들은 뭔가에 쫓기듯 바쁜 눈치였다. 기관총을 논바닥에 장치하고 어디엔가 무전 연락을 하더니, "빨리 내려가겠다"라는 말을 수차례 반복했다고 한다. 그리고 그들은 한마디 말도 없이 기관총을 난사, 대부분 부녀자들인 마을 주민을 싹쓸이했다.

그때 학살당한 사람은 42명. 이 숫자는 며칠 후 마을에 들어온 이웃 사람들이 시체를 매장하면서 확인한 것이 구전으로 내려오고 있다. '한국판 킬링필드'의 잔혹함은 군인들의 확인 사살에서 '캄보디아'의 그것을 훨씬 뛰어넘고 있다.

기관총으로 양민들을 학살한 군인들이 마을 고개를 넘어 아랫마을 상촌으로 내려갈 때, 마을 논바닥에선 죽어가는 신음 소리로 산야가 통곡했다. 그 소리가 얼마나 컸으며 처절했을까. 시간에 쫓긴 학살대들이 대량 학살을 목적으로 순식간에 난사한 기관총알은 사망자보다 부상자를 많이 냈다. 때문에 부상자들의 신음 소리는 점촌 마을을 뒤흔들고도 남았으리라. 그러나 잔혹한 학살대들은 이 신음 소리 하나 놓치지 않았다.

고개를 넘어가던 학살대들은 다시 논바닥으로 돌아왔다.

"이것들, 더럽게 시끄럽게 구네."

하면서 다시 부상자들에게 총알을 퍼부었다. 신음을 하며 살려달라고 울부짖는 어린애들에게, 팔이 잘려 나간 아낙네에게, 다리가 잘려나간 할머니와 할아버지의 가슴에 이들은 다시 정조준을 해 2차 3차 확인 사살을 해댔다.

이들 군인들도 집에 가면 눈매가 초롱한 그만한 동생도 있었을 것이다. 살려달라고 애걸하는 아낙 또래의 어머니, 그리고 할머니와 할아버지도 있었을 것이다. 그러나 군인들은 적이 아닌 같은 동포의 가슴에 두 번 세 번 총질을 한 것이다. 군인들은 저 어린 애들과 아주머니·할머니·할아버지들이 통비 분자가 아니라는 것을 분명히 알고 있었을 것이다. 단지 지라산 자락에 살고 있다는 이유로 이들은 학살을 당했다. 이 사실은 훗날의 사학자나 기록자들보다 분명 군인들 스스로 가장 잘 알고 있었을 것이다. 대부분의 산청 학살 사건 생존자들은 분명히 증언하고 있다.

"학살당한 사람 중에 빨갱이는 하나도 없었습니다. 그리고 빨갱이는 모두 달아났습니다. 왜냐 하면 죄가 있는 빨갱이는 지레 겁을 먹고 이미 모두 도망을 쳤고, 마을에 남아 있는 사람들은 모두 자신들이 죄가 없음을 믿고 마을에 남아 있었던 것입니다."

'죄 없는 내가 설마 무슨 일을 당하랴'는 당연한 생각이 529명의 목숨을 앗아가게 한 것이다. 도정선 씨(산청군 금서면 점촌)는 죄 없는 자신을 믿은 사촌형 도동한 씨를 점촌에서 잃었다.

도씨는 당시 9살이었는데, 아랫마을 상촌에 살고 있었다. 서주학살사건에서 다시 언급이 되겠지만, 도씨의 일가족은 상촌에서 서주까지 끌려가 죽음 일보 직전에서 되살아났다. 서주에서 살아나 고향 상촌으로 돌아온 도씨 일가는 윗마을 점촌 사람들이 몰살당했다는 소식을 듣고 벌벌 떨었다. 도씨는 아버지 도명석 씨를 따라 점촌 마을로 올라갔다. 5일 만에 점촌에 가보니까 마을 앞 논바닥에 시체들이 엉겨 붙어 있었고, 길가 여기저기에 시체 조각들이 흙과 모래에 뒹굴어 흩어져 있었다.

마을 논에 있던 시체들은 1차 총격에서 사망한 사람들이고, 길바닥 여기저기에 흩어져 있던 시신들은 2차 확인 사살 때 숨진 사람들이 최후의 몸부림을 친 흔적이었다. 도씨의 증언에 따르면 이 시신들을 도씨의 아버지 도명석 씨, 아들을 군대에 보냈다고 고함을 질러 살아난 김정숙 여인, 그리고 여갑준 씨 등 3명이 매장했다고 한다.

이때 도씨의 아버지는 "시체가 42구였다"고 분명히 말했다. 도명석 씨·김정숙 씨·여갑준 씨 등은 우선 시신들을 마을 앞 개울 건너 양지바른 동산에 합장을 했다. 엄동 설한 지리산 자락의 겨울은 유난히 추웠고, 시신을 묻을 땅을 팔만한 삽이나 괭이가 남아 있을 턱이 없었다. 서씨의 아버지를 비롯한 3명은 여기저기 흩어진 시신들을 우선 모아야겠다는 생각만으로 개울 건너 동산에 시신들을 매장한 것이다.

그 뒤 연고가 있는 시신들은 따로 주인들이 찾아와 묘를 만들었지만, 그렇지 않은 시신들은 여태까지 개울 건너 여기저기에 죽은 가축 묻듯 허술하게 묻혀졌다. 지금도 점촌 마을 앞의 합장묘에는 20~30기의 시신들이 묻혀져 있다. 여기에 합장된 시신들은 전가족이 몰살해 가문이 없어져 버렸거나, 친척이 살아 있더라도 아주 먼 친척이 고향을 찾지 않아 연고가 없는 사람들의 시신이었다.

도정선 씨는 지난 80년 귀한 손님의 방문을 받았다. 점촌마을에 살다가 전북 임실로 시집을 간 장용순 씨다. 장여인은 출가한 서씨의 누님과는 친한 친구였고, 서씨의 아버지와 장여인의 아버지는 막역한 사이였다. 장여인은 산청 친정 이야기를 까맣게 모르고 있다가, 사건이 일어난 지 몇 년 후 친정 점촌 마을이 초토화되고 장여인네 친정 식구들이 모두 죽었다는 이야기를 들었다.

장여인의 심정으로는 단숨에 점촌으로 달려가고 싶었다. 그러나 임실 시대의 살림살이도 궁색했으며, 그만큼 다른 곳에 신경 쓸 여력이 없었다. 아니, 그보다 장여인이 곧바로 고향을 찾지 않은 이유는, 자신들의 가족이 한 사람도 남지 않고 몰살당했는데 그 끔찍한 친정 고향에서 누구를 만날 수 있으랴 하는 허망에 찬 심정에서 친정을 찾아가지 않았을 것이다.

그러나 장여인은 그 후 밤마다 꿈 속에서 점촌의 어머니를 보았고, 아버지를 만나 부둥켜안고 울었다고 술회했다. 울며불며 30년. 친정 가족이 몰살을 당했다는 소식을 들은 지 30여 년이 지난 80년 장여인은 고향 점촌을 찾았다.

장여인의 친정집은 이미 형체가 없어졌고, 빈 집터엔 대나무만 그득했다. 장여인은 수소문을 한 끝에 학살 사건 당시의 생존자 중 유일하게 점촌에 살고 있는 도정선 씨를 만난 것이다. 천만 다행으로 당시 도씨의 아버지는 평소 안면이 있던 장여인 일가족의 시신을 따로 마을 건너 언덕에 매장을 했다는 사실을 알게 되었다.

도씨는 어릴 적에 언제라도 용순이가 찾아오면 마을 언덕의 매장한 곳을 알려주라고 했던 아버지의 말을 자주 들어왔던 터였다. 장여인과 도씨는 언덕배기의 매장한 곳으로 찾아갔다. 그러나 그곳엔 산사태로 돌더미가 무수히 덮여 있었다.

장여인과 도씨는 돌더미를 하나하나 드러내고 마침내 장여인 일가족의 유해를 찾아냈다. 장여인은 살아 있는 아버지·어머니·오빠를 만난 것 같은 감회에 젖어 며칠 동안 식음을 전폐했다. 지리산 자락에 묻혀 30여 년을 지내온 일가족의 영혼이 장여인과 만나 그 모습을 드러낸 것이었으리라.

무엇 때문에 자신의 가족이 몰살을 당했는지도 모르고, 오로지

가난과 무지 때문에 속으로만 한을 삼켰던 장여인은 피를 토하듯 오열했다. 그리고 석유 한 말로 아버지·어머니·오빠의 뼈를 화장해 고이 가슴에 품었다. "모시고 갈 곳이 있습니까?"라는 도씨의 물음에 장여인은 고개를 가로저었다.

모시고 갈 곳이 없다. 여기가 바로 그들이 태어나고 살던 고향인 것이다. 결국 장여인은 가족의 뼈를 마을 앞 개울에 뿌리며, 한 인간으로서 또한 한 여자로서 경험할 수 없는 한을 삼킨 것이다.

산청 양민 학살은 공비들에 대한 엉뚱한 보복 행위

설빔으로 차려입은 아이들의 색동 저고리가 국군의 총탄에 붉은 피로 물들었다. 아낙들과 노인들의 하얀 명주 비단 적삼 또한 유혈이 낭자했다. 머리는 떨어져나가고 몸통만 뒹굴었다. 곳곳엔 팔다리가 찢겨진 채 나뒹굴고, 미친 개들의 노리갯감이 되어 버린 5백여 생명들. 사상 유례를 보기 드문 처참함이란 이루 형용할 수 없었다. 가현·방곡·점촌 마을을 초토화시키고, 무고한 양민들을 잔악 무도하게 학살한 토벌군들은 다시 자혜·화산·화계·단상 등 4개 마을에 대한 학살 작전을 전개했다.

당시 방곡에서 부친의 권유로 자혜리 집으로 피난해 목숨을 건진 전상근 씨는 점심을 먹기 위해 떡국 끓일 준비를 하는 순간 군인들이 들이닥쳤다고 했다. 이때 시간은 상오 11시께. 전씨는 그의 어머니와 부인과 함께 서주리로 끌려가 구사일생으로 살아나왔다. 그러나 그의 어머니는 불행히도 복부에 총상을 당해 평생을 고통스럽게 살다 지난 65년에 생을 마감했다고 한다.

방곡에서 아버지와 형수·조카들을 잃은 전씨는 지금도 한맺힌 영혼들의 명예 회복을 위해 바쁜 농사일을 하면서도 동분서주, 각 계각층에 산청양민학살사건의 진상 규명 운동에 나서고 있다. 또 강정희 씨(금서면, 당시 11세)는 다음과 같이 증언했다.

"이 두 눈으로 똑똑히 보았습니다. 거동이 불편한 노인이 빨리 집에서 나오라고 독촉하는 군인들의 명령대로 재빨리 빠져나오지 못하자, 군인 한 명이 달려들어 개머리판으로 후려쳐 버렸습니다."

그 군인은 머리가 터져 피범벅이 돼 버린 노인을 그대로 질질 끌고가면서 그 집마저 불을 질러 버렸다. 어린 강씨는 그들의 잔 악함이 극에 달한 모습을 분명히 목격한 것이다. 강씨는 두려움과 공포로 오랜 세월을 고통 속에 살아왔다.

강씨는 "2·8산청 양민 학살은 분명 공비들에 대한 엉뚱한 보복 행위였다. 빨치산 공비 토벌의 전과를 올리기 위한 전시용 학살 행위였다"라고 그 사건의 성격을 규정하며 흥분했다.

학살 사건이 있기 며칠 전 가현 마을 근처에서 국군 토벌대가 순찰 도중 공비들의 기습을 받아 5~6명이 희생당한 일이 있었다. 바로 이것에 대한 보복 행위란 뜻이었다. 어린 눈에 비쳤던 그 처 절하고 한맺힌 마을 사람들의 죽음은 언젠가는 바로 밝혀져야 한 다고 결심했던 강씨였다.

그는 지난 86년에 금서면 화계리에 사는 곽경덕 씨와 함께 농사 일도 제쳐둔 채 1개월 동안 유족들을 일일이 만나 그들의 증언을 토대로 수차례에 걸쳐 국회·치안본부 등 각계에 건의서를 올렸 다. 그러나 한참 뒤에 치안본부에서 내려온 회신엔 간단하게 '통 비분자 처형'이란 답만 있었을 뿐이었다.

양순영 씨(금서면 자혜리, 당시 16세)는 지금도 가슴을 치며 그 같은 회신에 통탄하고 있다. 오씨는 당시에도 이 곳에 살았다. 그는 부모님과 할머니·형제 등 7식구와 살고 있었다. 이날 아침 경찰관인 삼촌이 집으로 찾아와 토벌군들이 곧 들이닥칠 것이니 3일간 먹을 양식을 가지고 함양군 유림면 국계 쪽으로 피난을 가라고 일러주고 갔다.

그러나 그의 아버지는 "죄를 진 게 없으니 떠날 필요가 없다"고 고집했다. 아니나다를까 조금 있으려니 국군 토벌대가 시뻘겋게 충혈된 눈을 부라리며 마을로 들이닥쳤다. 집집마다 샅샅이 뒤지며 "피난을 떠나야 한다"고 떠들면서 집 안에 사람이 남아 있는데도 불을 질러댔다. 오씨의 식구들도 이불 봇짐과 양식을 등에 걸머진 채 온 식구의 전재산인 소를 밖으로 끌고 나갔다.

소를 본 군인들은 군침을 흘리며 소를 뺏기 위해 달려들었다. 그러나 죽기를 각오하고 식구들이 결사적으로 매달리자 그들은 죄 없는 소의 등짝을 개머리판으로 후려갈겨 소가 미친 듯이 이리 뛰고 저리 뛰곤 했다. 경찰관을 동생으로 둔 오씨의 부친도 끝내 서주리 학살 현장에서 목숨을 잃었다. 자기 집 소를 뺏으려던 군인들 행동에 불길한 예감이 들어 싸움을 하지 말라며 아버지께 매달리던 오씨는 군인들의 억센 발길에 차여 나뒹굴기도 했다. 그 군인들의 얼굴은 오씨의 나이가 들수록 더욱 또렷이 기억되고 있다.

죽기 전 꼭 그들을 찾아 왜 그렇게 해야 했는지 그 이유라도 알고 싶어하고 있다. 또 그 얼굴을 쳐들고 거리를 활보하며 사는지 오씨는 확인하기 위해 동분서주하고 있는 것이다. 이리저리 끌려다니기를 몇 차례 반복하던 그의 부친은 엄천강에서 죽임을 당했다. 이러한 일련의 사태를 어떻게 알았는지 경찰관인 삼촌이 달려와 말하길 "아버지는 걱정하지 마라. 우리가 안전하게 모셨다"며 안심시켰다.

그러나 다음 날 아침, 청천 벽력 같은 아버지의 죽음이란 비보에 접한 오씨의 어머니는 졸도했다. 모든 원망의 화살은 삼촌에게 퍼부어졌고, 지금까지 오씨는 거의 삼촌과 왕래조차 하지 않고 있다. 혈육에게까지 등을 돌리도록 한 이 짓을 누가 자행했는가. 형제를 원수처럼 보이게 했던 그 날의 현실을 차라리 외면하고 싶다는 오씨의 얼굴은 눈물로 얼룩졌다.

가현·방곡·점촌에서 광란의 살육을 거침없이 저지른 양민 토벌군들. 이들은 당시 97세대 4백여 명의 주민들이 살고 있는 자혜리 주민들을 단 한 명도 남김없이 끌어내고, 가옥 또한 한 채도 남김없이 불태웠다.

마을을 폐허로 만든 군인들은 주민들을 아랫마을 화계리로 내몰았다. 또 다른 1개 분대 병력은 화계 이장을 통해 연설을 한다며 집집마다 연락, 마을 공터에 모이게 했다. 토벌군들은 자혜·화계·화산·단상 등 4개 마을 양민 6백여 명을 몰고 함양군 유림면 서주리 서주다리 밑 넓은 삼각자갈밭으로 데리고 갔다. 그 곳엔 유림면 손곡리 주민 1백여 명도 다른 토벌대에 의해 끌려와 있었다.

함양군과 산청군민이 끌려온 이 곳에 모인 7백여 명의 양민들은 왜 모였는지, 자신들이 죽음과 삶의 귀로에 서 있는지조차도 모른 채 웅성거렸다. 아무것도 모르는 양민들은 군 경계만 다를 뿐 이웃이어서 서로가 새해 인사하기에 바빴다. 그러나 그것도 일순간이었다. 토벌군들은 빙 둘러서서 그들을 포위한 채 총을 들이대기 시작했다. 열과 오를 맞춰 돌려 앉힌 채 머리를 무릎에 처박아 눈을 감게 했다.

첫번째로 40대 장정 30여 명을 뽑아 그 엄청난 학살을 감행할 현장으로 끌고 갔다. 양민 토벌군들은 삽과 괭이를 그들에게 쥐어 주며 "빨치산 공비들의 습격에 대비, 여러분들을 돕기 위해 진지를 만들어야 한다"며 꽁꽁 얼어붙은 땅을 파게 했다.

또 구덩이를 빨리 파는 사람에게 상으로 쌀 1말을 주겠다고 꾀어 자신들이 묻힐 무덤을 파게 했다. 이아 같이 그들은 선량한 양민들을 능멸하는 엄청난 죄를 범한 것이었다.

주민들은 머리를 무릎에 처박은 채 무슨 영문인지도 모르고 있었다. 학살자들은 양민들에게 서서히 죽음의 굴레를 씌우기 위해 소위 통비분자에 대한 분류 작업을 시작하고 있었다.

"지금부터 지적하는 사람은 오른쪽으로 가시오."

소위 계급장을 단 새파란 젊은 장교의 카랑카랑한 목소리였다. 그는 마구잡이로, 기분대로 사람들을 손가락 하나로 끌어내고 있었다. 당시 현장에 유림 지서장 송호상 씨(작고)가 있었다.

송지서장이 그 장교의 행동에 대해 거세게 항의하자, 그 소위는 아버지뻘이나 되는 송씨에게 "건방진 놈!" 하면서 권총을 꺼내 권총 손잡이로 송씨의 얼굴을 그대로 내리쳐 버렸다. 그래도 계속 항의하자 어쩔 수 없다는 듯 분류 작업을 일단 멈추었다.

여기 현장에 있었던 유족회 총무 전상근 씨는 송씨가 마을 주민들을 살리기 위해 토벌군에게 갖은 고초를 겪으면서도 끝까지 물러서지 않아 많은 양민들이 목숨을 건졌다고 증언했다. 당시 삶과 죽음은 왼쪽과 오른쪽으로 구분돼 본인의 의사나 죄과의 신문도 없이 즉석에서 한 장교의 검지손가락의 지시에 의해 이루어져, 지금까지도 두고두고 한을 맺히게 하고 있다. 유족들은 말했다.

"공비는 한 명도 없었습니다. 죄를 지은 자가 어찌 집에 남아 있었겠습니까? 아무 잘못이 없으니 어느 누구에게도 떳떳하다는 우리 부모들을 왜 죽여야 했는지 모릅니다. 천애의 고아가 돼 버린 우리는 오갈 데가 없어 이집 저집 떠돌아다니며, 거지 아닌 거지가 되어 깡통을 들고 밥을 얻어먹었습니다. 세상에 태어난 게 너무나 한스러워 가슴 속 깊은 곳곳에 맺혀 있는 이 멍울은 죽기 전에 지울 수가 없습니다."

라면서 그들은 통한의 세월을 원망하고 있다.

오씨는 "군인들은 좌우 측의 분류를 하면서 나이에 비해 자녀들의 나이가 어린 부모들을 골라 모두 다 죽였다"고 증언했다. 군인들은 분명히 큰아들이 공비로 나가 있을 것이라고 지레짐작하고 있었기 때문이리라. 나이 많은 장녀를 가진 부모, 결혼을 늦게 한 부모들은 군인들의 억지에 의해 죽음의 장소인 오른쪽으로 분류가 되었다. 결국 송호상 씨의 기지로 그 젊은 장교는 하는 수 없이,

"군인이나 경찰 가족은 손을 드시오."

하자 송씨의 눈짓을 눈치챈 많은 사람들이 재빨리 손을 들고 나와 죽음 직전에서 풀려났다. 또한 송씨는 보다 많은 주민들의 생명을 구하기 위해 소변 볼 사람도 나오라고 했다. 그러자 20여 명이 나왔다. 송씨는 그들을 집결 장소에서 모퉁이를 돌아 5백여 미터나 떨어진 군인들의 시야가 가려진 곳으로 보냈다.

그러나 이들을 살리기 위한 송씨의 마음도 모른 채 선량하고 착하기만 한 주민들은 한 명도 빠지지 않고 그대로 돌아와 죽음의 길로 가고 말았다. 분류 작업은 석방과 사형, 삶과 죽음 바로 그 것이었다. 무고하고도 양순하기만 했던 양민들, 땅만 파서 먹고 살던 양민들은 생과 사의 갈림길에서도 혈육과의 영원한 이별을 아쉬워할 겨를조차 없었다. 그들은 곧 피로 물들 엄청강이 내려다 보이는 언덕 위 죽음의 구덩이 앞에 줄을 서서 걷기 시작했다. 왼쪽으로 분류된 석방자의 무리 속에 끼어 있던 5백여 명의 양민들은 거친 행동과 표독스런 말로 일관하는 토벌군 때문에 걱정스럽고 불안한 마음으로 느릿느릿 발걸음을 옮겼다.

이때 토벌군들은 다시 광기를 나타내기 시작했다. 하늘로 공포를 쏘아대며 미친 듯이 날뛰기 시작했다. 겁을 집어먹은 양민들은 더디게 걷던 발걸음을 개한테 쫓기는 오리 떼처럼 질서 없이 우르르 한쪽으로 몰려 어른 어린이 할것 없이 유림면 국계리를 향하여 뛰기 시작했다.

이렇게 달리고 있을 때 토벌군의 1개 분대는 길다란 구덩이의 양쪽에 기관총 1정씩을 설치했다. 양순영 씨는 당시를 이렇게 증언했다.

"2킬로미터 정도 떨어진 봉곡 마을에 도착했을 때 콩 볶는 듯한 총소리가 우리들의 귓전을 때렸습니다. 그때까지 정신없이 달리기만 했던 많은 사람들은 모두 그 자리에 우뚝 선 채 주저앉아 버리고 말았습니다."

그러기를 1시간여 후, 울부짖고 땅을 치며 통곡하는 사람들, 그야말로 온 골짜기는 울음바다였다. 이렇게 구성지고 여울진 통곡의 소리가 이 세상에 또 어디에 있었을까!

서주 학살 현장에서 송씨의 기지로 살아나온 김두리 여인(성장군 유림면 지곡 부락, 당시 20세). 그녀는 시아버지·친정어머니 - 이씨(사망 당시 45세)와 3개월 된 남동생을 잃었다. 이 날 손곡 지곡 부락 양민들은 아침밥으로 설 떡국을 끓여먹고 있었다.

아침 9시께나 되어 유림 지서에 근무하는 경찰 20여 명이 헐레벌떡 달려왔다. 그들은 쫓기듯 집집마다 뛰어다니며, "지금 군인들이 통비분자 색출을 하기 위해 들이닥친다"고 소리치며 마을 사람들을 바깥으로 내몰았다. 이유는 마을 사람들이 다치지 않게 하기 위해 서주리로 가 좌담회를 가져야 한다는 것이었다.

당시 손곡은 80세대, 지곡은 120세대, 모두 8~9백여 명이 살고 있었다(하지만 지금은 총 111세대 4백여 명만이 살고 있다). 이들 경찰은 많은 주민들 중 1~2백여 명만을 4킬로미터 떨어진 죽음의 현장으로 끌고 갔다. 경찰들도 '어쩔 수 없는 국군 토벌대의 명령에 의한 것'이었다고 전해지고 있다.

정확한 작전 명령이나 지시는 당시 생존 경찰관들이 거의 다 사망해 알 길이 막연하다. 손곡·지곡 양민들은 아침밥을 먹다 말고 죽음의 엄천강변에서 정월 초이튿날의 차가운 바람을 맞으며 마지막 끼니 점심도 굶고 있었다.

겨울 해가 서산 마루에 걸릴 때까지 머리를 무릎에 처박은 채 기다리고 있었다. 곽여인은 아무래도 심상치 않음을 눈치채고 소변이 보고 싶다고 말했다. 감시병은 들은 체도 하지 않았다. 계속 사정하기를 다섯 번째, 그때서야 갔다오라는 허락이 떨어졌다. 이 기회를 틈타 혼자서 모퉁이를 돌아 서주 마을로 도망쳤다.

마을에서 안절부절못하고 있을 때 분류 작업이 끝난 5백여 명의 양민이 국계 쪽으로 가기 위해 우르르 마을로 몰려왔다. 수많은 사람들 사이에 끼어들어 헤매며 시아버지와 시어머니, 그리고 친정어머니와 1살 난 동생을 찾기 위해 혼신의 노력을 다 했다. 사람마다 붙들고 물어보기를 수십 번, 그들을 본 사람은 아무도 없었다.

온몸에 힘이 빠진 곽여인은 떨어지지 않는 발길을 국계 쪽으로 돌리고 말았다. 곽여인의 시어머니 정점주 할머니(당시 44세)는 죽음의 구덩이 안에서 총탄과 수류탄의 세례를 받고도 기적적으로 살아나온 유일한 생존자이며 산증인. 정씨의 남편 최택규 씨(당시 42세)를 같은 생매장 현장 옆 구덩이에서 잃었다. 그의 피눈물나고 한스러운 삶은 당해 보지 않은 이는 알 수가 없다.

정씨는 그 해 겨울은 유난히 추웠다고 했다. 누비옷을 두 벌씩이나 껴입고 뒤뚱뒤뚱 남편의 뒤를 따라 살육의 현장에 도착했다가 한 장교의 검지손가락에 의해 죽음의 길인 오른쪽으로 분류된 정할머니와 남편 최씨. 그들은 죽음의 구덩이에서조차 따로 떨어져 있었다.

서주 살육의 구덩이는 둘이었다. 한 곳은 남자, 한 곳은 여자들이 들어갈 곳이었다. 아래 '통비분자' 분류 현장에서도 왜 오른쪽 왼쪽으로 분류를 하는지, 좌담회는 언제 할 것인지 기다리고만 있던 정씨는 구덩이가에 가서야 비로소 죽음을 직감했다. 구덩이 아래위쪽에 설치해 놓은 기관총이 군인들에 의해 그곳으로 끌려간 양민들을 향해 겨누고 있었기 때문이다.

저쪽 편에 서 있는 남편을 쳐다보았다. 남편 최씨가 청렴결백한 선비임을 항상 자랑스럽게 생각하고 있던 정씨이지만, 갓을 쓰고 도포를 차려입고 수염을 기른 채 꼿꼿하게 서 있는 남편이 너무나 애처로워 눈물이 절로 흘러내렸다. 다시는 보지도 만나지도 못한다는 안타까움에 감정을 억제할 수가 없었다. 지금 곧 죽는다는 생각에 부끄러움과 체면도 잊은 채 감시병들 중 눈에 보인 대로,

"우리가 무슨 죄가 있습니까?"

하면서 울며불며 애걸했지만, 그들은 더러운 벌레를 쳐다보듯,

"추워 죽겠는데 이 개 같은 년이 재수 없게 매달린다."

라며 발로 걷어차 버렸다. 정씨는 그 순간을 죽어도 잊을 수 없다고 했다.

같은 동포가, 그것도 우리 국군이 지옥 속의 뱀처럼 보였으니 말이다. 아무리 큰 죄를 지은 죄인이라도 그토록 잔인무도할 수가 없었다.

"우리들은 아침밥을 먹다 말고 나오라는 경찰관들의 부름 때문에 나왔는데, 이렇게 할 수가 있느냐?"

라며 반문했다. 발에 차여 구덩이 안으로 떨어진 그녀는 순간적으로 정신을 잃었다. 단 몇 초의 순간이었다.

정신을 차리고 구덩이를 기어오르려는데, 사람들이 구덩이 안으

로 쏟아지기 시작했다. 구덩이 밑으로 떨어진 정씨. 그녀의 아래에 두 사람이 깔려 있었다. 미안하고 죄송한 생각이 들어 순간적으로 틈을 비집고 구덩이 안 가장자리 쪽으로 기어갔다.

사람들이 넘어져 구덩이 안으로 쏟아질 때 콩 볶는 소리, 천둥과 뇌성 치는 소리가 천지를 뒤흔들기 시작했다. 토벌군들이 기관총을 난사, 구덩이 주변에 서 있던 양민들은 고꾸라져 안으로 넘어지고 뛰었으나 총알보다 빠를 수는 없었다. 구덩이 주변의 꽁꽁 얼어붙은 논밭엔 수많은 시체가 나뒹굴고 피범벅이 된 명주, 비단 적삼, 도포, 갓, 아이들의 색동 고무신들이 즐비하게 널려져 있었다.

미친 듯이 총을 쏘아대던 군인들은 꿈틀거리는 사람이 별로 보이지 않자 구덩이 안으로 수류탄을 까 넣어 위에 있는 시체는 살이 갈기갈기 찢겨 종이조각처럼 하늘을 날았다. 검붉은 피가 흥건히 괴었다. 또 군인들은 논밭에 널려 있는 시체들을 한곳으로 겹겹이 쌓아올려 휘발유를 뿌리고 불을 질러 버렸다. 불쌍한 양민들의 시체는 광견들에 의해 두 번, 세 번 죽임을 당하고 말았다.

한밤중이 되어 정씨는 눈을 떴다. 꿈을 꾼 줄만 알았던 그녀는 살아 있었던 것이다. 온몸에 피를 덮어쓴 채 시신들 사이에 끼어 있었다. 구덩이 위에선 계속 붉은 선혈이 밑에 있는 정씨의 머리를 적시고 있었다. 주위가 조용하기를 1시간여, 시체들 사이를 비집고 구덩이를 기어나왔다. 그 곳에서부터 기어서인지 걸어서인지도 모른 채 정신없이 10리나 떨어진 집으로 갔다. 방으로 들어서자마자 3일 낮밤을 죽은 듯이 잠만 잤다고 했다.

그 날 아침, 정씨의 아들 최병철 씨(당시 21세)는 공비든 토벌군이든 간에 오면 부역을 시키기 때문에 아침에 경찰들이 들이닥치자 산 속으로 피신해 살아났다. 아들 최씨가 한밤중에 집으로 내려와 보니 그의 아버지는 없고 어머니만 온몸에 피를 뒤집어쓴 채 누워 있었다고 했다.

누워 있는 어머니 정씨의 두툼한 누비 솜옷의 왼쪽 어깻죽지엔 수류탄 손잡이(안전 장치)가 현장의 처절한 살상을 말해 주듯 끼여 붙어 있었다. 최씨는 돌아오지 않은 아버지의 시신이라도 찾아와야겠다고 맘먹었으나 친척들의 만류로 결국 가지 못하고, 그의 증조부인 최경범 씨(사망. 당시 60세)가 이튿날 그 곳으로 가 시신을 거두었다.

시체는 총알을 맞은 채 불에 심하게 그을려, 얼굴과 옷으로는 도저히 찾을 수가 없었다. 결국 신발이 시신에 신겨 있어 아버지의 시체를 찾을 수가 있었다. 너무나 경황이 없는데다 토벌군에 대한 공포 때문에 근처 길가에 시신을 가매장할 수밖에 없었다. 최병철 씨는 이 순간을 너무 가슴 아파하며 하늘의 무심함을 원망하고 있다.

어떠한 재앙은 우리들의 의식에 잠들어 있다. 잠들어 있다는 것은 언제인가 깨어난다는 뜻이기도 하다. 역사도 마찬가지일 것이다. 묻혀진 역사는 누군가에 의해 발굴되어 햇볕을 볼 것이기 때문이다.

모질고 혹독하기만 한 정월 초이튿날의 매섭고 차가운 엄천강 바람이 이들의 살을 에어내는 순간이었다. 5시간여 동안 공포와 몸서리치는 두려움에 떨고 있던 217명의 양민들은 겨울의 짧은 해가 서산 마루에 걸릴 즈음, 빨치산이 우글거렸던 지리산 자락에서 살았다는 그 죄목만으로 엄천강물에 피를 쏟아야만 했다.

1848년 10월 21일, 여수·순천반란사건을 시작으로 지리산 일대는 세계 유격 전사상 유례가 드문 격렬한 전쟁터로 변하고 말았다.

그 사이에 끼여 있던 불쌍한 양민들은 인간들의 이기심에 찬 이념 전쟁의 희생물로 지리산 골짜기에서 짓밟히며 숨져갔다. 대한민국 사람이면 누구나 기다리는 설날, 전쟁 중에 맞이한 설날. 토벌군과 공비들에게 양식을 빼앗겨도 즐겁기만 했던 이 설날에 토벌군들은 가현·방곡·점촌 마을 양민 312명을 학살하고 가옥 141채 모두를 불질렀다.

토벌대는 또 자혜·화계·화산, 그리고 함양군 유림면 손곡·지곡 마을 양민 7백여 명을 유림면 서주다리 밑 삼각 자갈밭에 집결시킨 지 불과 5시간여 만에 그들이 규정한 '통비분자' 분류 작업을 끝내고, 217명을 집단 총살시켜 버렸다.

'2·8산청양민학살사건'은 529명의 어린아이, 부녀자와 노약자들이 10여 시간 만에 죽임을 당하고 33명이 총상을 입은 전대미문의 살육 사건이다.

민족적 비극과 참상도 50여 년 동안 망각의 세계로 흘러가고 있지만, 한평생 불행한 고통 속에 살아온 부상자들과 유족들은 다시는 이 땅에 광란의 살육이 일어나지 않기를 바란다며, 하루 속히 모든 진실이 낱낱이 밝혀져야 할 것이라고 주장하고 있다.

구천에서 호곡하는 영령들을 누가 달래줄 것인가.

대다수 국가의 목표는 삶의 질적 향상을 도모함에 있다. 삶의 질이란 따뜻한 정을 나눌 수 있는 사회를 말하는 것이 아니겠는가.

남원양민학살사건

　남원군은 전라북도 남동부에 위치한 군으로 군 동남쪽은 지리산
을 경계로 경상남도 하동군이 있고, 동쪽은 경남 함양군, 서쪽은
전북 순창군, 남쪽은 전라남도 구례군과 곡성군, 북쪽은 임실군과
장수군에 맞닿아 있다.

　군의 동쪽·북동쪽·남동쪽이 소백산맥이 속하는 높이 1,000미
터 이상의 산지이고, 남서쪽 순창군과의 접경 지대는 500~700미
터 정도의 산지로 되어 있으며, 대표적인 산으로 만복대(1,437
m)·덕두산(1,150m)·다름재(1,020m)·고리봉(1,304m)·세걸산
(1,222m)·천황산(917m)·문덕봉(590m)·고남산(846m)·노적봉
(445m) 등 제법 높은 산들이 있다.

　동면과 운봉면 일대는 고원상의 분지가 발달되어 있는데, 섬진
강 지류인 요천(遙天)이 흘러서 충적평야 지역을 관개하며, 이 물
줄기가 금지면에서 적성강과 합하여 섬진강의 지류인 순자강을
이룬다.

　대강면은 군의 남서부에 위치하고 있다. 섬진강의 연변에 위치

하여 남부에 넓은 평야가 있어 주로 쌀이 많이 생산되나 잎담배와 양잠업을 하고 있는 풍요로운 마을이었다. 험준한 고산 준령을 끼고 앉은 면이어서 지리산 골짝으로 숨어든 빨치산 잔당들이 퇴로가 차단되고 보급로가 끊기자 마을로 내려와 식량을 약탈하는가 하면, 국군 토벌대가 진주하면서 부역에 젊은이들을 동원하여 가니, 조용한 산골 마을은 하루 아침에 낮에는 국군 토벌대가, 밤에는 공비가 통제하는 세상으로 변하였다.

문제는 공비들이 밤에 마을을 점령했기 때문에 양민을 더 많이 학살할 수 있었는 데도 부녀자·노약자는 죽이지 않았으며, 마을에 불은 지르지 않았다는 점이다. 낮에는 국군의 통제하에 협조하였는데도 식량과 부역할 젊은이 몇 명만 데려갔을 뿐 부녀자를 겁탈하지도 않았다.

때문에 국군 토벌대는 마을을 초토화시키고 공비들이 총칼로 위협하여 식량을 준 것뿐인데, '통비자'로 몰아 재판도 없이 사살하거나 연좌제로 몰아 가족은 물론 마을 전체를 쑥대밭으로 만들어 버렸다.

당시 가해자가 있다면 필자가 한번 묻겠다. 당신의 부모형제 처자식을 죽이겠다고 하면 어떻게 하겠는가? 그때 그 현장에서 그 사람들은 우리와 같은 정이 있고 순박한 사람들이다. 해치지 않고 배고프니 양식 좀 달라고 하여 나누어 주었을 뿐이다. 그러한데 그깃이 죄가 되어 토벌대는 인간의 딜을 쓰고 하지 못할 짓을 민족에게 했다.

지금 우리는 수백 억, 수천 억을 배고픈 북쪽 동포에게 지원해 주고 있다. 그때 하였던 양민들의 행동과 지금 우리 정부에서 하고 있는 행동은 무엇이 다른가?

4개월간 공비 치하에서 고난받다 토벌대에 죽고

남원군 대강면에서부터 시작되었다.

양민 토벌군은 지리산을 경계로 동서쪽에서 양민 학살을 감행했지만, 이 끔찍한 사건이 세상에 드러난 적은 없었다.

지리산변의 산청·함양·하동·구례·남원·영광 등 3개도 6개군의 양민들. 이들은 여순반란사건을 시작으로 6·25전란 발발부터 아군 수복시까지 2년 6개월 동안 낮엔 대한민국, 밤엔 인민공화국이란 혼란 속에 웃지도 울지도 못할 고통을 이겨내고 살아났다.

공비 토벌대는 양민 토벌대인가? 산청·함양·거창 양민 1천3백여 명을 학살한 토벌대. 이 학살 사건 2개월 이전부터 광란은 시작됐다.

일단의 공비 토벌대가 1950년 11월 17일(음력 10월 초8일), 전라북도 남원군 강석리 마을 양민 90여 명을 3곳으로 분류해, 일본도 대검 및 M1소총 등으로 난자 사살했다. 6·25전란으로 인해 완전히 공비들의 치하에 들어간 강석 마을 수복 작전을 편다는 명목으로 1개 대대 병력의 국군 토벌대가 들이닥쳐 고향으로 피난온 공무원·학생·부녀자·노약자 등을 '통비분자'로 몰아 학살해 버렸다. 양민들은 4개월 간을 공비들의 치하에서 고난에 시달리다, 토벌대의 수복 작전을 채 기뻐하기도 전에 집단으로 목숨을 내놓아야만 했다.

산을 연결하는 연봉의 산세가 험준하고 깊어서 공비들이 은거하기에 알맞은 지리적 여건 때문에 공비와 내통했다는 누명을 쓰고 억울한 죽음을 맞이한 강석 마을의 착하고도 순진하기만 했던 양민들, 국군들이 하루라도 빨리 진주하기만을 학수 고대했던 그들

은 그것이 자신들의 죽음을 재촉하는 줄도 모르고 있었다.

"우리 가족들이 무슨 죄가 있습니까? 공비들에게 '악덕 지주'라 하여 집을 잃고 양식마저 다 빼앗긴 채 광 속에 갇혀 지내던 우리 가족들이 국군들의 총칼에……."

아버지 허기 씨, 형 허협 씨 등 일가 6명을 잃은 허용 씨는 말 끝을 잇지 못하고 오열했다. 그의 집안은 1년에 쌀 3백 석을 수확하는 부농이었다. 빨치산들이 점령했을 때 가축과 양식을 모두 빼앗겼다. 또 집까지 비워줘야 했다. 총칼 앞에 하나뿐인 목숨을 순순히 내놓을 사람이 몇 있겠느냐고 허씨는 반문했다.

당시 허씨는 〈대동신문사〉에 근무하고 있었다. 6·25전란으로 서울 시내에서 피신해 있다가 식구들의 처참한 죽음의 소식도 모른 채 1·4후퇴 때 고향으로 내려왔다가 청천 병력 같은 가족들의 비보에 그는 망연 자실했다.

이후 모든 것을 버린 채 50여 년간을 고향 마을 강석리에 묻혀

술과 고기를 금하고 흰 명주옷을 입은 채 자신의 부덕함을 탓하며 근신하는 마음으로 지금까지 살고 있다.

허씨의 아버지는 마을에서도 알아주는 인심 좋은 양반이었다. 공비들의 놀림감이 되고 인민위원회에 회부되기도 했으나, 평소에 이웃 돕기를 게을리하지 않았던 터라 목숨만은 부지하고 있었다.

그는 국군 토벌대의 한 지휘관 계급(대위) 장교가 들고 다니는 일본 칼에 목이 잘린 채 처참하고 참혹한 죽임을 당했다. 그의 형 또한 광주 전매청 공무원으로 근무하다 목숨을 부지하기 위해 고향으로 피난 왔다.

토벌군에게는 공무원도 '통비(인민군 잔당과 좌익 세력, 북의 정치에 동화된 자들을 도와준 자와 그 가족들)'로만 보였다. 신분증을 보여주며 애걸복걸했으나 막무가내로 끌고가 버렸다. 이들은 죄목도 모른 채 죽어갔다. 단지 죄가 있다면 공비 치하에서 죽도록 할퀴우고 뜯기며 고생한 것뿐이었다.

"농토를 많이 가졌다고 공비들에게 악덕 지주 계급으로 찍혀 한없는 고통을 받으며 4개월 간 근근히 목숨만 부지하고 살면서 아군이 오기만을 기다렸는데, 국민의 혈세로 만들어진 국군이 자기의 주인인 국민을 이렇게 처참하게 살해할 수 있습니까?"

허씨는 오래 전의 사실을 기억 속에 파묻어 버리려고 발버둥쳤으나, 가족들의 죽음이 떠오를 때는 치가 떨린다고 했다.

"그들은 인간이 아니었습니다. 바로 미친 이리떼였습니다."

학살 현장에서 숙모를 잃어버린 최철우 씨(대강면)는 증언했다. 당시 순창농림중학 4학년에 재학 중이었다. 최씨 8식구는 고향인 강석 마을로 피난 왔다. 학살 사건이 있기 전날 밤, 마을 뒷산 옆산 등지에서 많은 총소리가 났다. 공비가 있었다면 그 소리를 들고 도망칠 일이었다.

옆마을 송대리에 인민군 소대 단위부대 본부가 있었으나 9월 15일 인천상륙작전으로 인해 곧바로 철수해 갔다.

다음날 새벽 5시경이 되었을까. 어둠이 막 가실 때였다. 마을 앞입구 구석구석에서 토벌대가 들이닥쳤다. 이들은 총을 쏘며 백병전을 하듯 마을로 진입해 왔다. 이들은 다짜고짜 집집마다 다니면서 주민들을 끌어내기 시작했다. 마을 앞 논바닥으로 모이게 한뒤 마을 뒤쪽에 있는 오두막을 제외하고는 모두 불을 질러 버렸다.

이 마을에는 1백여 가구 5백여 명이 살고 있었다. 가옥 70여 채를 불질러 버린 그들은 눈이 시뻘겋게 뒤집힌 채 몽둥이를 들고마을 사람들을 닥치는 대로 때리고 부수고 짓밟고 다녔다. 중학교 4학년인 최씨의 눈에 비친 그들은 차라리 쥐약을 집어삼킨 미친개라고밖에 표현할 수 없다고 했다. 그 중에서도 특히 소위·중위·대위 등 지휘관이란 자들이 더더욱 악랄하고 광기가 심했다.

공비 토벌대의 소속은 국군 제11사단 205부대라고만 기억했다. 5~6백여 명 1개 대대 병력 정도였다. 생존자들은 분명히 증언하고 있다. 토벌대는 작전 개시 전날 밤 벌써 많은 총소리를 냈다. 다음 날 마을로 진입할 때도 그들은 퇴로를 비워둔 채 포위해 들어와 아무런 저항도 받지 않았다. 그 이유는 삼척동자라도 다 알수 있는 지극히 간단한 것이었다. 공비들이 있다 해도 서로 교전치 않고 도망갈 길을 열어두었기 때문이다.

북괴가 기습 남침하였을 때 제대로 전투 한 번 해 보지도 못한채 개전 3일 만에 수도 서울을 적에게 내주고 계속 밀리면서 최후 방어 전선 낙동강 전선인 경북 왜관 다부동 전투가 1950년 8월 1일부터 9월 24일까지 55일간 치열한 공방전으로 벌어졌다.

1950년 9월 15일에는 인천 항구의 협소한 수로와 심한 간만의 차이 등 상륙 작전의 어려운 조건하에서도 국군과 유엔군은 7만 5천여 명의 병력과 261척의 함선으로 작전을 감행, 인천 교두보를 확보하고 서울을 진격함으로써 신장된 북한군의 후방을 차단하여 포위하는 한편, 총반격 작전의 계기를 마련하였다. 이렇게 해서 북진을 할 때까지 우리 국군은 북의 화력에 눌려 열세를 면치 못하였다.

공비 토벌대 국군 11사단 병력들은 제대로 전투나 작전 한 번 해 보지 못한 군대였다. 당시 사단 편제는 중대가 모이고, 대대·연대순으로 팽창된 집단이 사단을 이루었다고 한다. 북은 남침 당시 강력한 화력으로 국군 진지를 초토화시켰기 때문에 토벌대 장교들은 공비들과 교전할 시 이길 수 없기 때문에 남원군 강석 마을로 오면서 겁이 난 나머지 퇴로를 열어놓고 총을 쏘아대며 공비들이 도망치게 한 뒤 마을로 들어와 양민을 학살한 것이다.

미련하고 겁이 많은 장교들은 전과를 올리기 위하여 통비자들을 잡았다고 하며 모두 사살한 것이다. 마을 전체를 방화하고 주민을 전부 죽인 것은 그들의 만행이 알려질까 두려워서 그 따위 비열한 짓을 한 것이다.

즉결처분권은 아무 하사관이나 장교에게 내려지지 않는다. 지휘자에게만 내려진다. 지휘자는 어깨에 파란 견장이 있다. 별을 단 장군도, 대통령도 재판 없이 사람을 죽일 수 없다. 하사, 즉 분대장인 보병의 최후 말단 지휘자인 분대장에게도 자기 부하 3명까지 재판 없이 현장 사살할 수 있는 권한이 개전 12시간 전에 하달되었다.

그러한데 토벌대는 적군도 아닌 양민을 아무 재판 없이 현장에서 사살하였으니 이것은 분명한 범죄 행위이다. 이런 행위를 어떻게 해명할 것인가?

한국전쟁은 반 만 년 역사를 통하여 가장 참담한 동족 상잔의 비극이었다. 제2차 세계 대전 후 냉전 체제하에서 북한 김일성은 대한민국을 적화할 목적으로 소련과 중공의 지원 아래 1950년 6월 25일 새벽, 38선 전역에 걸쳐 기습 남침을 감행하였다.

소련의 항공기 및 탱크와 각종 중장비로 무장한 북한군은 압도적인 군사력 우세하에 병력 198,380명, 장갑차 54대, 전차 242대, 자주포 176문, 경비정 30척, 항공기 211대로 남하하였다. 반면에 국군은 병력 105,752명, 장갑차 27대, 전차 무(無), 자주포 역시 무(無), 경비정 28청, 항공기 22대 중 연락기와 연습기가 전부였다. 이러한 무기 체제와 정부의 정파 싸움과 군의 기강 해이 등의 이유로 개전 3일 만에 서울을 적치하에 넘겨주었고, 북은 6월 28일, 수도 서울을 함락한 그 여세를 몰아 낙동강 선까지 남하하였던 것이다.

개전 당시 우리 군의 소총은 99식 일본제 장총이었다. 단발용 5발들이 탄창 일련식이었다. 북은 시모노프 중공제 소총 10발들이 탄창 단발식이다. 유엔군이 투입되면서 M1총 8발 탄창 크립 단발이 보급되었다.

북은 PPS-42 중공제 기관총 분당 650발이 발사되는 총이며, PPSH-41 중공제, 일명 따발총은 분당 700~900발이 발사되며, 드럼식 탄창에 71발이 들어가는 것으로, 이 총을 쏴대면 국군은 두려움에 머리를 땅에 처박고 있다고 하였다. KA중공제 소총은

30발 탄창 스프링 송탄식 총인데, 분당 600발이 발사된다. 북은 이렇게 중공제와 소련제 중기관총으로 무장을 하여 개전 초기에는 접전을 피했다는 것이다.

화력의 열세는 토벌대 장교에게는 최대 약점이어서 공비들과 싸우지는 못하고 힘없는 비무장 양민만 죽인 것이다. 이것은 변명할 수 없는 역사적인 사실이다. 공을 앞다툰 미련한 장교를 지휘관으로 둔 토벌대는 공비 없는 마을을 그대로 손쉽게 장악했고, 국군을 기다리던 순진한 양민들을 덮쳐, 공비 사살의 전과 보고를 하기 위한 비겁하고도 야비한 술책이었다고 생존자들은 증언했다.

새벽에 집집마다 토벌대는 들이닥쳤고, 최씨 집에는 계급도 이름도 알 수 없는 두 사람이 들어왔다. 집주인 최씨의 가족들은 겨우 무사할 수가 있었다. 그러나 그들의 피난처였던 작은아버지 댁의 숙모 장귀예 씨는 토벌군의 대검과 총에 의해 난자당했다. 죄목은 공비 치하에서 인민군이 시키는 대로 인민위원회 부녀위원을 지냈다는 것이었다.

"당시에 누가 시키는데 반대할 용기 있는 사람이 있었겠습니까?"

"누가 그 죄를 따질 수 있겠느냐?"

라면서 최씨는 비통해했다. 최씨 집에 들어온 사병들은 학도 의용군 출신이었다. 같은 학도병 출신이라 어느 정도 의기가 통한 바도 있었다.

그 학도 의용군은 자신들의 지휘관들의 잔악하고 포악 무도함을 원망했다고 최씨는 술회했다. 그들은 자신들이 시키는 대로만 하라고 했다. 허기가 져 눈이 퀭 하고 힘이 없어 악만 남아 있는 것 같아 닭 두 마리를 잡아 삶아주었다. 그들은 허겁지겁 먹어치운

뒤 이불보따리를 챙겨 나가자고 했다. 막 대문을 나서는데 지휘관인 듯한 젊은 장교가 다가와,

"어디로 끌고 가느냐? 빨갱이 새끼들 여기서 쏘아 죽여 버려!"

하고 명령을 했다. 닭을 삶아주어 잘 먹은 사병들은 장교 말을 듣지 않고 골목길로 아버지를 데리고 가자, 명령을 듣지 않는 부하들을 본 장교는 도끼눈을 하고 노려보더니,

"이 새끼들, 현장 사살하지 않고 빨갱이를 어데로 데려가느냐?"

말을 끝내자마자 군화발로 사병 하나를 얼마나 세게 쪼인트를 차 버렸는지 사병이 "억!" 하고 비명을 지르며 땅바닥에 넘어져 뒹구는 모습을 보고 아버지가,

"죄 없는 사람을 왜 때리요?"

하고 장교를 나무라자,

"뭐야! 이 개 같은 빨갱이 쫄다구 자식아!"

험악한 말을 하면서 셋째아들 또래 정도의 젊은 장교가 죽여 버리겠다며 어깨에 메고 있던 카빈총을 벗어 개머리판으로 내리쳤다. 하지만 아버지가 눈앞에서 피를 흘리고 있어도 속수무책이었다. 그는 다시 아버지의 얼굴을 그대로 내려치기 시작했다.

공포에 질린 식구들은 벌벌 떨며 질식할 것 같은 순간이었다. 사병들도 그 장교의 눈치를 살폈다. 한참을 때리고 군화발로 차고 짓밟고 하더니 숨을 식식거리며 "빨리 데리고 가 처치해 버리라"며 다른 쪽으로 가 버렸다.

생과 사의 순간, 장교가 카빈총으로 아버지를 때리고 실탄을 장전할 때 최씨 가족들은 모두 죽는 줄로만 알았다.

"늙은 노인을 글크롬 무자게 쌔려 패불 거이요? 지놈도 애비 어미가 있을 꺼인디…… 총으로 맞은 자리가 시프르등등 멍이 들고

갈비뼈가 엿가락처럼 뿐지러졌습디다."

최씨는 그때 일이 떠오르면 가슴 속에 뭔가 짓누르는 듯 답답하다고 하였다.

〔카빈(carbinecr) 소총은 일본이 진주만을 침공하기 3개월 전 미군의 위관급에게 권총을 대체하기 위하여 도입된 총이다. 총의 위력은 그리 크지 않지만 가볍다는 것이 장점이다. 탄창은 스프링 송탄 방식이고 15발짜리이다. 총은 단발 사격용이 있고, 레버를 선택하여 자동 사격이 있다. 분당 750발 속도로 발사되어 구경은 30m/m이다. 무게는 2.63kg 이며, 길이는 904m/m이다.〕

악랄한 장교들 등쌀에 어쩔 수 없이 양민을 죽여야 했던 학도병들은 그래도 무식한 장교보다 지식 기반층이었고, 그때만 하여도 학도병들은 고등학교 이상 대학생이었기 때문에 그 시절로서는 엘리트 교육을 받은 의식이 있는 이 나라 청년들이었다. 위기에 처한 국가를 구하고자 자원 입대하였기에 장교들이 시켜도 무엇이 옳고 그른가를 알았다. 그래서 배고파하는 자기들에게 귀한 닭을 삶아주어 보시를 해준 고마움을 잊지 않고 끝까지 최씨 가족을 보호해 주어 8식구 모두가 목숨을 건졌던 것이다.

강석 마을 앞 7백여 평의 얼어붙은 논바닥에 고향을 찾아 피난 온 사람들과 주민 등 5백여 명이 모였다. 드디어 피고인 진술 없는 인민 재판, 즉 '통비분자' 분류 작업이 시작되었다.

장교 하나가 앞으로 다가와 긴 칼을 빨간 보자기에 싼 채 들고,

"16세 이상 40세 이하는 왼쪽으로 나오시고, 40세부터 50세는 오른쪽으로 나와 앉으시오."

했다. 30여 명이 우르르 나가서 쪼그리고 앉자,

"당신들은 우리 부대 보급대이니 걱정 마시오. 공비를 토벌하려

면 사병들이 지치면 안 되니 각기 적당량의 탄약과 식량을 운반해 주면 작전이 끝난 후 되돌려보낼 테니 오늘 하루만 고생해 주시면 됩니다."

여기서는 불쌍한 양민들을 속이는 간교함을 부렸다.

"전쟁은 끝났지만 산으로 숨어들어가 빨갱이들을 전부 소탕하기 위해서 국군들의 수가 워낙 부족해 왼쪽 사람들은 남원 부대로 가 군에 입대하라."

라고 했다. 40~50세까지는 보급대(부역)로 편성한다 했다. 60여 명의 양민들이 왼쪽으로 다가섰다. 그 속에는 고향으로 피난 온 공무원 허협 씨, 전북대학 1학년에 재학 중 등록금을 가지러 온 김진원 씨, 농협의 전신인 금융조합 직원이었던 허태형 씨 등도 끼여 있었다.

고향땅에 피난 왔던 그들은 죽음의 길인지도 모른 채 토벌대의 인솔에 머나먼 북망 산천을 향해 발걸음을 옮기기 시작한 것이다.

분류 작업이 끝나고 나니 그들은 각기 인솔병들에게 귓속말로 지시한 것이다. 젊은이들, 그러니까 16~40세까지를 인솔하는 병사들은 많은 병력을 할당받았다.

60여 명의 젊은이를 모두 공비들이라는 누명을 씌워 죽인 것이다. 기러기재에서 공비와 교전하여 전원 사살하였고, 동조하였던 가족도 사살하였다는 보고서를 쓰기 위하여 토벌대는 그들을 3렬 종대로 세운 후 마을 뒷산 기러기재를 향해 끌고 갔다.

초겨울의 찬바람도 아랑곳하지 않은 채 꽁꽁 얼어붙은 논바닥에 남아 있던 가족들은 이들이 가는 곳을 쳐다보며 신체 검사에서 불합격되기만을 기원하고 있었다. 그들이 1백여 미터쯤 나갔을 때였다. 빨간 보자기를 든 장교는 다음 호출을 명령했다. 발끝의 시림도 잊은 채 논바닥에 모인 양민들은 고개를 돌려 쳐다보았다.

"여자들은 왼쪽으로 서시오."

이때 양민들은 불길한 예감을 느꼈다. 왼쪽으로 서기를 꺼려하자 갑자기 말과 행동이 거칠어졌다. 그들은 깊숙이 감추었던 사악하고 포악함을 다시 드러내기 시작했다.

양민들이 모여 있는 사이로 토벌대들이 뛰어들어와 처녀들과 젊은 여자들을 마구잡이로 끌어냈다. 그들을 끌어내어 마을 뒤 으슥한 오솔길 옆 밤나무 밑으로 소몰이하듯 몰고 갔다. 또 50∼60세가 넘은 노약자 19명을 끌어내어 마을 회관 앞으로 데리고 갔다.

공포에 질린 양민들. 그들의 포악함이 절정에 달할 즈음, 세 곳으로 나뉘어 끌려간 양민들은 영원히 사랑하는 가족들과 이승을 등지고 말았다.

토벌대가 주민을 모두 죽인 뒤 마을을 불태우고 떠난 자리에는 벌레도 들새도 얼씬대지 않고 산목숨 하나 기척이 없는, 그야말로 무주 공터에 오직 불탄 시체들이 두 눈을 부릅뜬 채 뒹굴고 있어, 그 광란의 현장에서 기적적으로 살아남은 가족에겐 원한만 살아남았다.

그러나 세상엔 비밀이 없다고 했던가. 그 잔악 무도하고 포악하게 확인 사살까지 감행한 국군 토벌군대였지만, 60여 명을 총으로 집단 학살한 곳에도 생존자는 남았고, 19명의 목을 일본 칼로 내리쳤어도 죽지 않고 살아 있는 생생한 산증인이 있는 것이다.

차라리 확인 사살을 하였다면 남원 강석 마을 양민 학살 사건은 역사에서 지워져 버릴 수도 있었을 것이다. 잔악 무도한 토벌대 장교도 인간이지 신이 아니기 때문에 실수를 한 것이다. 어찌 그 많은 선량한 양민을 죽이고 태연할 수가 있겠는가! 술을 처먹고 미친개처럼 날뛰던 자들이 인간사냥을 하고 어찌 편히 자겠는가?

한편 학도병들은 총소리가 나면 사정없이 넘어져 죽은 체하고 있다가 토벌대가 떠난 뒤에 도망가라고 하였다. 진실은 언젠가 밝혀질 것이라고 그들은 굳게 믿고 있었다.

한민족은 근세에 들어 일본의 침략과 동족상잔의 비극인 6·25 전란 등 두 차례의 민족적 비극을 감수해야만 했던 크나큰 오점을 남겼다. 지리산변의 양민 학살은 1948년 제주도 4·3폭동사건 때 벌써 잉태되고 있었다.

〈지리산의 포성〉이라는 산청 지역 경찰 전사에 따르면, 48년 2월 7일 경남 밀양읍 조선모직 종업원 130명이 총파업을 시도했다.

이때 경찰과 우익 청년 단체는 이 회사 종업원들과 투석전을 벌인 끝에 종업원 130명 전원을 체포, 이들을 모두 좌익으로 몰아 버린 사건이 발생했다. 이로부터 대한민국 내에는 좌익 군부세력이 표면화되기 시작한 것이다.

남원 양민 학살사건의 발단 또한 당시 사회의 가장 큰 이슈였던 노동 운동에서부터 기인된 것으로 볼 수 있다.

때를 같이해 제주도에 좌익 세력인 남로당부가 설치됐다. 당시 민군정 당국은 일반 집단 집회 활동을 전면 금지하고 있었다.

제주도 4·3폭동사건

　제주도 4·3폭동사건은 1948년 4월 3일을 기해서 제주도 전역
에 걸쳐 남조선 노동당 계열의 좌익 분자들이 일으킨 대폭동이다.
8·15광복 직후의 혼란기를 틈타 서울 중심으로 조직을 확장시키
던 남조선 노동당은 김달삼(金達三)·이호제(李昊濟)를 중심으로
제주도에도 그 지하조직을 펴기 시작하였다. 제주도민의 총인구는
광복 전까지 15만여 명에 지나지 않았으나, 광복이 되자 국내외에
서 수많은 사람들이 돌아와 갑절인 30여만 명으로 급증하였다.

　제주도로 돌아온 사람들 가운데에는 일본·만주·중국 등지에
서 종군한 바 있는 수많은 수의 좌익 세력이 포함되어 있었으며,
이들은 좁은 섬 안에서 지연과 혈연 관계를 이용하여 제주도민을
좌익사상에 빠져들게 하였다.

　따라서 중앙의 행정과 치안 기능이 효과적으로 미치기 어려운
외딴 섬 제주도는 얼마 안 가서 도민의 80퍼센트가 좌경화된 것
이다.

　남조선 노동당 전남 위원회 산하에 이른바 합동노조·농민위원

회·민주애국청년동맹·민주여당위원회·민주애국청년동맹·민주여성위원회가 조직되었고, 제주 지구당 총책 김달삼 휘하에, 제주도지사는 인민투쟁위원장, 제주읍장은 부위원장, 각 면장은 면투쟁위원장으로 암약하였다.

또한 이에 병행하여 조직된 제주도민 해방군은 이덕구(李德九)를 사령관으로 하여 각 면에 중대 단위를 편성하였는데, 무장한 병력이 500여 명이었고, 이에 동조한 자가 1,000여 명을 합쳐 총인원 1,500여 명을 규합시킨 것이다.

이들은 일본군이 숨겨놓은 무기와 탄약을 찾아내어 무장을 갖춘 다음, 팔로군 출신으로 유격전 훈련을 받고 있어서, 그 세력이 경찰에 필적할 정도로 강해졌다.

[팔로군 1940년 9월 한국 임시정부 안에 우익당인 한독당·국민당·조선혁명당의 요구 아래 '한국 광복군'이 창설되어 조선 의용대를 한국 광복군으로 개편하여, 군사위원회에 예속시켰다. 좌익 쪽에는 중국 공산당의 지원 아래 있던 연안파(延安派)가 조직한 조선 의용군, 배후에 중국 공산당과 8로군(八路軍)이 있었는데, 좌우익을 망라하고 항일 투쟁을 하였다. 당시 두 단체는 중국에서의 한국 독립 운동을 중국의 항일운동과 밀접한 관계 속에서 전개되었다. 그러나 일본의 투항이 너무 빨리 이루어지고, 종전 후 한반도에 주둔하고 있던 미국 점령 사령관 하지(Hodge. J.R)가 한국 광복군은 즉시 해산하고 귀국해야 한다는 규정에 따르도록 요구하여, 한국 광복군은 해산된 채 귀국하였으며, 조선 의용군도 개인 사격으로 귀국함으로써 귀국 이후의 국군으로 전환할 수 있는 기회를 잃고 만다.]

당시 제주도에 주둔하고 있던 국방 경비대 제9연대 안에는 이들의 선무 조직들이 파고들어 부대 전체를 암암리에 적화시킴으로써 부전승(不戰勝)을 꾀하였으며, 연대 내의 조직책은 중대장 문상길(文相吉) 대위로서 김달삼·이덕구와 접선을 계속하는 가운데 불순 분자들을 포섭해 나가고 있었다.

이렇게 좌익 세력이 활개칠 수 있었던 것은 일제 강점 말기에 지하로 숨어들었던 좌익계 사람들의 활동과 함께 당시 미군정청이 결사의 자유를 보장한다고 해서 너무나 완만하고 미지근하게 정책을 수행하였고, 초기에는 공산당까지 합법화시킨 데다가, 경찰력이 약해서 그들의 파괴 활동을 미처 막지 못했기 때문이다.

엎친 데 덮친 격으로 1946년 여름에는 콜레라가 돌아 제주도민 3, 4백여 명이 죽은 데다가 흉년까지 겹쳐 좌익계 민심교란 술책이 잘 먹혀들었다. 이에 좌익 쪽이 1947년 3·1절 기념식에 참석하였던 도민들을 부추겨 경찰과 맞서게 하여 10명이 죽고 8명이 다친 사건이 일어났다.

또한 그 해 가을에 백미 공출 반대, 세금 안 내기 등의 운동이 번지기 시작하였다. 이듬해인 1948년 2월과 3월에는 5·10총선거를 방해하려는 좌익계의 시위와 폭동으로 전국이 소란한 가운데, 특히 제주도에서는 그 기세가 격렬하였다.

이러한 악화 일로의 치안 상태를 회복하기 위하여 경찰과 서북 청년단이 투입되었으나, 관민을 이간시키려는 남조선 노동당 일파의 책동에 말려들어 도민들은 오히려 폭도화되었다.

이를 진압하기 위하여 충청남도와 전라남도의 기동 경찰대가 다시 투입되자, 4월 3일 새벽 2시를 기하여 각 면 단위로 조직된 무장 자위대를 비롯하여 남조선 노동당 외곽 단체를 총동원한 3천여 명의 무장·비무장 세력에 의하여 무장 봉기가 발생하였다.

이들은 도내 15개 경찰 지서 중 14개를 급습하여 무기를 탈취하는 한편, 관공서·경관사·서북 청년단 숙소 등을 습격하고, 미리 작성한 숙청 명단에 따라 우익 인사와 관리들을 인민 재판에 회부하여 처형하는 등의 행동을 취하면서 일시에 제주도 전체를 마비시켜 버렸다.

당시 이들은 남한의 단독 선거를 결사적으로 반대하고, 조국의 통일 독립과 완전한 민족 해방을 위하여 일어섰음을 표방하면서 인민의 편에서서 반미 구국 통일전선을 형성할 것을 선언하였다.

이에 미군정청(미군이 정부를 장악하여 만든 정부)은 각 도의 경찰서에서 1개 중대씩 차출하여 모두 8개 중대 규모의 경찰 병력 1,700여 명을 제주도로 투입하였다.

한편, 국방 경비대 총사령부는 5월 초 새로 편성된 제11연대를 투입하는 동시에, 제9연대를 이에 통합하여 토벌 작전을 개시하였다. 그러나 폭도들의 지하 조직은 이미 뿌리깊이 박혀 있었고, 심지어는 그 프락치가 부대까지 뻗쳐 있어, 6월 18일 제11 연대장 박진경(朴珍景) 대령이 부하 장교에게 피살되는 사건이 발생하였다.

7월 11일, 제11연대는 수원으로 철수하고, 제9연대가 재편성되어 토벌 작전을 인수하였다. 그 해 10월이 되자 러시아의 '10월 혁명'을 기념한다 하여 다시 폭도들의 봉기가 발생, 이들을 진압하기 위하여 전남 여수에 주둔하고 있던 제14연대가 출동하였으나, 도중에서 역시 적색분자들에 의하여 여수·순천반란사건으로까지 확대되기에 이르렀다.

국방부는 제주도 경비 사령부를 설치하여 제9연대와 경찰 및 해군의 합동 작전을 개시하였으며, 12월 말 제9연대는 다시 대전으로 이동하고 새로이 제2연대가 토벌 임무를 이어받아, 이듬해인 1949년 3월에는 제주도 경비 사령부를 강화하여 제주도 지구 전

투 사령부를 설치하였다.

이때부터 군관민 혼성 부대를 편성하여 공비 토벌작전에 박차를 가하였으며, 비상계엄령을 선포하여 주민의 활동은 극도로 제한하는 등 경비망을 확대 강화해 나가면서 적극적인 토벌작전이 전개되었다.

1949년 5월에 이르러 극소수 잔당을 제외하고는 대부분 소탕되었으나, 제주 4·3사건으로 입은 피해는 무려 1만여 명의 이재민과 4~5만여 명의 사상자가 발생하였다. 이리하여 5월 15일 제주도 전투 사령부는 해체되었다.

여순반란사건과 강석마을사건

여순반란사건은 1948년 10월 20일 전라남도 여수에 주둔하고 있던 국군 제14연대에서 좌익 계열의 장병들이 일으킨 사건을 말한다.

그 배경은 1948년 대한민국 정부 수립을 전후하여 공산 분자들이 이를 저지하고자 온갖 수단으로 방해 공작을 폈다. 1948년 4월 3일, 제주도 폭동 사건이 일어나자, 국군과 경찰은 합동으로 진압 작전을 펴던 중 증원군이 필요하여 여수에 주둔하고 있던 제14연대에서 약 3천여 명을 제주도로 파견하기로 하였다.

그런데 제14연대에는 공산당 지하 조직이 침투하여 있었으며, 이들은 소련 혁명 기념일을 전후하여 무력 혁명을 일으키려는 음모를 그 동안 추진해 왔었다. 이 과정에서 오동기(吳東起) 소령 등이 이른바 혁명 의용군 사건에 관련되어 체포되었다.

부대 안의 지하조직에 대한 검거 선풍이 한층 강화된 것을 우려한 좌익 극렬분자들은 김지회(金智會) 중위, 홍순석(洪淳錫) 중위(이들은 토벌대에 쫓겨 지리산으로 숨어 은신한다. 이들이 훗날 최고의 지리산 공비들로 암약하게 된다), 지창수(池昌洙) 상사 등을 중심으로 행동의 기회를 엿보고 있었다. 그러나 때마침 제주도 폭동의 진압을 위하여 제14연대의 1개 대대가 출동 명령을 받게 되자 그 준비로 부대 전체가 바쁜 틈을 이용하여 무장 폭동을 일으키게 되었다.

1948년 10월 19일 저녁 8시경, 작전 투입 대대의 출항 시간을 1시간가량 앞두고 승선 준비에 정신이 없을 때, 연대 인사계인 지창수 상사는 조직 핵심원 약 40명으로 하여금 무기고와 탄약고를 점령하게 하는 한편, 비상 나팔을 불어 부대 전병력을 연병장에 집결시켰다. 그런 다음 지창수 상사는 다음과 같이 병사들을 선동했다.

"지금 경찰이 우리를 공격해 오고 있다. 경찰을 타도하자. 우리는 동족 상잔의 제주도 출동을 절대로 반대한다. 지금 북조선 인민 해방군이 남조선 해방을 위하여 38선을 넘어 남진해 오고 있다. 우리는 북진하는 인민 해방군이 된다."

이렇게 선동을 개시하자 병사들의 대부분은 삽시간에 군중 심리에 휩쓸려 폭도로 돌변해 버린 것이다.

광복 직후부터 국방 경비대와 경찰 사이의 빈번한 마찰로 말미암아 병사들은 일반적으로 경찰에 대하여 별로 좋지 않은 인상을 가지고 있었던 상황이었으므로 경찰을 타도하자는 선동에 상당한 성과를 거둔 것이다.

게다가 이에 반대 의사를 나타내던 병사들 중 3명이 현장에서 총살당하자, 동조하지 않을 수 없게 된 것이다. 이를 만류하던 장교들도 대부분 사살되었다.

약 2,500명의 반란군은 무기와 탄약을 나누어 가지고 20일 자정

여수 시내로 침공하여 경찰서를 점령한 다음, 살육을 자행하기 시작하였다. 이튿날 아침 9시경에는 모든 관공서와 은행 등 요소를 비롯하여 여수 시내 전역이 반란군에 의하여 장악되었다.

이렇게 되자 그때까지 정체를 숨기고 있던 좌익 계열의 민간인과 학생들까지 합세하여 사건은 더욱 확대되었다.

반란군은 6량의 열차에 편승하여 순천으로 이동하였다. 당시 순천에는 같은 연대 예하의 2개 중대가 홍순석 중위의 지휘 아래 배치되어 있었는데, 이내 반란군에 가담하였다.

한편, 전라남도 경찰국은 순천 경찰서 관내인 의암 지서에 전투 지휘소를 설치하고, 반란군의 진출을 막아내기 위하여 230여 명의 경찰 병력을 투입하였다. 이때 광주에 주둔하고 있던 제4연대의 1개 중대 병력도 반란군을 진압하기 위하여 순천으로 출동하였으나, 불순분자들이 장교를 사살한 다음, 반란군에 합세하여 사태는 더욱 악화되었다.

20일 오후 순천 경찰서를 유린하고 순천 시내를 장악한 반란군은 곳곳에 적기(赤旗)를 내걸고 공산주의 사상에 감염된 남녀 학생과 민간인 동조자들을 앞세워 군인 · 경찰 · 우익 인사 · 지방 유지 · 공무원 · 일반 시민들 중 지식 기반층을 닥치는 대로 잡아다가 인민 재판에 넘긴 다음, 무자비한 만행을 저지르기 시작하였다.

실로 여수와 순천 일대가 방화와 약탈, 파괴와 살인의 생지옥으로 일변할 때 필자는 1948년 11월 6일 출생하였다. 필자의 외삼촌은 토벌대 장교였고, 작은아버지는 경찰이었다. 또한 순천 철도국과 우체국에 작은아버지들이 근무하고 있었다.

참으로 묘한 관계이다. 순천 경찰서 근무 중 순천 형무소에 파견 근무한 둘째 작은아버지가 필자의 마을에 살고 계신 분을 총살 현장에서 살려준 이야기는 우리 면에 아름다운 이야기로 전해져 내려온다.

총살 현장에서 이웃에 살고 계신 아저씨를 알아본 작은아버지는 총을 쏠 때 조준을 하지 않고 쏠 테니 총소리가 나거든 무조건 넘어져 꼼짝하지 말고 있다가 밤이 되거든 도망쳐 가라고 조준 사격을 하지 않았다.

별명이 헛방 이샌(성이 이씨)이라고 부른다. 전라도 말로 총을 헛방 공중으로(어만데다 쏜 것을 말함) 쏴서 붙여진 별명이다.

필자가 태어난 지 2일 만에 반란군이 필자의 아버지를 잡으러 왔었다. 어머니 이야기에 의하면 공비가 왔는데 신발을 신은 채 방으로 들이닥쳤지만, 아버지는 다락방을 통하여 천장에 마을 사람들과 숨어 목숨을 건졌다고 한다.

필자의 집은 특이하다. 안방 아랫목 쪽(부엌 쪽)으로 다락방이 있는데, 안방 천장을 통해 올라가게 된 집이다. 우리 고향에는 그러한 구조로 된 집이 없다.

다락 쪽 벽에 대햇대보(나무 양쪽 끝에 줄을 매달아 놓고 옷을 걸어두고 커튼을 쳐놓으면 다락방 입구가 보이지 않는다)를 쳐두어 반란군이 발견을 못 한 것이다.

게다가 생후 2일밖에 안 된 필자를 어머니가 따뜻한 아랫목에서 껴안고 젖을 먹였기 때문이고, 세이레(3주일) 안 된 출산 가정에는 (부정 탄다고 금줄을 쳐두어 외부인 출입을 막는다) 함부로 출입하는 것이 아니어서 반란군도 미안하다고 인사를 한 뒤 나갔다고 하였다.

지금도 전남 순천시 별량면 두고리 도홍 부락에 가면 필자의 생

가가 그대로 보존되어 있는데, 천장을 통해 올라가는 다락방이 그
대로 있다.

헛방 이샌 아저씨는 필자의 《늙어가는 고향》소설에 등장한 딸
이 많은 아저씨인데, 욕쟁이 할부지이시다. 〈KBS 이주향 책마을
산책〉에 2002년 설날 특집 방송 때 고향 시 구절에도 언급된 분
이다.

공무원 가족들은 숨을 죽이고 살아야 했다. 필자도 자칫 그때
죽었을지도 모를 험악한 시절을 잘 넘긴 것이다. 반란군은 공격
방향을 세 갈레로 나누어, 서로는 벌교(筏橋 ; 필자의 집은 순천시와
벌교 중간 원창역이 있는 별량이다), 북으로는 학구(鶴口), 동으로는
광양(光陽)를 향하여 진격을 계속하던 중 필자의 집에도 들이닥친
것이다.

10월 21, 육군 총사령부는 반란군 전투 사령부를 광주에 설치하
고, 제2여단과 제5여단 예하의 제3·제4·제6·제12·제15연대
등을 투입하여 순천시 외곽 지역을 봉쇄하고 포위망을 압축하기
시작하였다.

대통령은 22일 여수 순천 지구에 계엄령을 선포하는 한편, 국방
부 장관이 반란군에 대한 최후 통첩으로서 투항을 권고하는 내용
의 전단을 공중 살포하고 선무 방송을 하였다. 이 날 오전 작전
부대는 순천 시가로 진입, 소탕 작전을 벌여 저녁 무렵에는 시가
전지역을 탈환하였다.

다음 날, 순천 시가는 작전 부대로 메워졌으며, 장갑 부대와 경
찰도 들어와 삼엄한 분위기 속에서 치안이 점차 회복되었다.

일부 작전 부대는 보성·벌교·광양 등 주변 지역으로 진격하여
반란군 잔당을 몰아내는 동시에, 포위망을 벗어나 소백산맥으로

달아나는 상당수의 반란군을 추격하기 시작하였다.

광주에 있던 전투 사령부가 순천으로 옮겨 오면서 최종 목표인 여수를 탈환하기 위한 공격을 할 때, 해군은 충무호를 비롯한 7척의 경비정을 배치하여 여수항을 봉쇄하였고, 부산에서 출동한 제5연대 1개 대대 병력은 이들 함정 위에서 상륙하였다.

쫓기던 반란군은 시내 곳곳에 불을 질렀고, 그들의 꾐에 빠진 상당수의 분별 없는 여학생들은 PPSH-41식 소총으로 저항 하는가 하면, 더러는 물을 주겠다고 진압 부대 병사들을 유인하여 권총으로 사살하는 경우도 있었다.

그러나 시가지를 뒤덮은 초연 속에서 작전 부대의 병사들이 모습을 드러내자, 지하에 숨어 공포에 떨고 있던 시민들이 달려나와 만세를 부르며 열렬히 환영하는 가운데 여수 일원은 저녁 무렵에 완전히 수복되었다.

포위망을 벗어난 반란군 1천여 명은 김지휘·홍순석 등의 지휘 아래 덕유산 일대로 숨어들어가 계속적인 저항을 꾀하였다. 그러나 국군은 추격을 늦추지 않고 산악 험지에 따라들어가 수색과 토벌을 계속하였다.

이듬해인 1949년 4월, 김지휘·홍순석 두 사람은 작전 부대에 의하여 사살되었고, 1950년 2월에는 그 추종자들의 대부분이 소탕되어 호남 지구에 내려졌던 계엄령은 해제되었다.

이 사건을 계기로 국군은 세 차례에 걸친 대대적인 속군작업에 착수하여 국방 경비 시대 이래 내부로 침투해 있던 좌익 계열의 화근을 뽑고, 멸공 구국의 전열을 새로이 가다듬게 되었다.

그때 소탕 과정에서 달아난 일부 잔당들이 지리산으로 숨어들어 한국전이 발발하자, 김지휘에게 배웠던 유격전을 시작하여 지리산

야를 피로 물들게 한 장본인들이다.

이와 같은 역사의 사건을 미루어 보더라도 통치자와 군의 일부 장교들의 잘못으로 반란에 가담한 수많은 이 땅의 젊은이들이 죽어갔고 양민이 희생된 것이다.

지리산양민학살사건은 제주 4·3사건이 잉태하여 여순반란으로 이어졌고, 그 잔당 일부가 지리산으로 숨어들어 6·25 한국전으로 인하여 유격전을 벌이자, 그들을 소탕하러 나선 국군 토벌대가 양민을 학살한 엄연한 역사적 실체가 있는 것이다.

이 일련의 사태에 대해 일부 사학자들은, 이것이 과거 정치인들과 일부 군부세력 간의 개인적인 야욕 때문에 빚어진 산물이라고 평가하고 있는 것이다.

전북 남원군 대강면 강석 마을은 기러기가 모래밭에 사뿐히 앉은 형상을 한 곳이라 하여 '기러기 마을'이라고 불렸다. 조상 대대로 농사를 많이 짓고 기름진 옥토가 즐비했던 부자 마을, 이 곳엔 노동 운동이나 사회주의를 부르짖는 사람은 한 사람도 없었다.

그들은 순박한 산골 촌민이었다. 한국전쟁이 터진 뒤 국군이 밀려서 북한군에게 점령당한 뒤에도 그들은 좌익이니 우익이니 하는 용어도 몰랐다. 국군 토벌대가 들어오면서 통비분자니 빨갱이니 우익·좌익이란 말을 들었을 뿐이다.

나라가 전쟁터로 변하고 국군이 적에게 전쟁에 패하여 밀리고 난 뒤, 어느 날인가 밤이면 산에서 내려와 양식을 뺏어가는 강도들이 빨치산이란 것을 알았다. 그때부터 이들은 개인적인 정권욕의 산물인 빨치산들에 의해 짓밟히며 고통받고 살아왔을 뿐이다.

국군 토벌대는 1950년 11월 17일 마을 수복을 빌미로 공비도 없는 마을에 총을 쏘아대며 들이닥친 것이다. 국군 제11사단 국군 토벌대는 부모 형제도 없단 말인가. 60여 명의 젊은 청년들을 '군 입대'라는 비겁한 술책으로 끌고 가 집단 살육을 자행했다.

이조 시대 대역 죄인에게나 내려지는 형벌을 인용한 것이다. 재판도 없이 단 한 마디의 변명도 하지 못한 채 19명 노약자들이 목을 차례로 잘리는 효수라는 참형에 처해졌다. 60여 명을 집단 학살한 살육의 현장에서 살아남은 생존자 최동선 씨는 반 세기 세월이 지난 지금도 그 날의 크나큰 충격 때문에 간혹 정신을 잃는 등 악몽에 시달려 거의 폐인이 돼 살아가고 있다.

강석 마을 살육 현장에서 살아남은 최팔봉 씨는 다음과 같이 증언하고 있다.

새벽에 들이닥친 토벌군의 명령에 따라 마을 앞 얼어붙은 논바닥에 모인 5백여 명의 주민 가운데 젊은이 60여 명이 '군 입대'라는 한 장교의 간교함에 어쩔 수 없이 기러기재를 향해 3열종대로 걸어갔다고 최씨는 생생히 말했다.

마을 앞 논바닥에서 분류 작업을 할 때 밤손님(공비)들에게 잡혀가느니 차라리 군에 입대하는 것이 나을 것이라고 생각했다. 국군이 싸워보지도 못하고 대구까지 밀리고, 진주를 지나 마산 진동까지 진격했다는 말을 듣자, 지리산 골짜기로 숨어든 것이 결국 오늘 잡혀가는구나 하고 체념하였던 것이다.

분류 작업이 끝나자 장교들이 갑자기 말이 거칠어지고 욕을 하였다. 분류 작업을 하면서 임무를 말하는 내용대로라면 크게 걱정할 것 없다는 마음으로 3백여 미터쯤 올라갔을까. 등 뒤의 가족들 모습이 멀어지고 있을 때였다. 토벌군들의 움직임이 수상했다. 그들은 눈이 시뻘겋게 충혈되기 시작했다. 상상만 했던 광기가 발동, M1소총에 착검을 했다.

"야. 이 새끼야! 줄 똑바로 서서 걸어가!"

한 장교의 욕지거리와 동시에 개머리판으로 등짝을 두들겨패는 소리가 여기저기서 "퍽!" "퍽!" 나기 시작했다.

"이 새끼들, 굼벵이를 삶아 처먹었나, 빨리 가지 못해!"

발로 차고 총 개머리판으로 머리통을 쳤다. 머리에서는 선혈이 낭자하게 흘러내렸고, 연이어 "아이고, 아이고!" 하는 신음 소리가 터져나왔다. 젊은 청년들은 공포에 질려 온몸을 사시나무 떨 듯 움츠리며 기러기재 등성이를 향해 걸어갔다.

드디어 오솔길이 나왔다. 끌려가던 청년들은 여기서부터 한 명씩 줄을 서기 시작했다. 군인들은 기러기재 정상을 50미터쯤 남겨둔 채 청년들을 계곡으로 밀어넣었다. "10분간 휴식하고 떠나겠다"는 것이었다.

불길한 생각이 온몸을 엄습하였다. 빨리 가자고 개머리판으로 찍고 발길질을 무수히 하더니 쉬었다 가자는 게 이상하였고, 계곡으로 밀어넣은 게 이해가 되지 않았다. 빨리 갈 것이라면 구태여 좁은 계곡으로 들어가게 할 필요가 없는 것이다.

꾸역꾸역 좁은 곳으로 들어가자 토벌대들이 실탄을 장전하지 않는가. "철커덕" 소리를 들으며 불안한 청년들은 두 눈을 휘둥그래 굴리며 차례로 논바닥에 쪼그리고 앉았다.

악장질치며 공포 조성하던 토벌대의 서슬에 크게 숨도 못 쉬었던 마을 청년들은 싸늘한 공기를 가르며 총알이 장전되는 쇳소리에 오금이 저려 왔다.

토벌대들은 청년들을 쭉 에워싸고 이들을 꼼짝도 못 하도록 포

위했다. 군인들은 자신들만 아는 말로 주고받았다. 주위를 힐끗 쳐다보다가는 음흉한 웃음을 터뜨리곤 했다.

공포에 질려 몸과 마음을 와들와들 떨고 있는 양민들, 이와는 반대로 어떻게 재미있게 죽일 수 있겠느냐며 수군거리는 토벌대 말을 들었다.

최씨는 그 순간을 이렇게 술회했다.

"10여 분간 숨을 크게 쉬지 않았습니다. 군인들의 야릇한 웃음 소리만 간혹 들렸을 뿐 갈바람에 나무잎사귀 소리가 들릴 정도로 조용했습니다."

드디어 한 장교가 청년들 앞으로 나와 살기등등하게 명령했다.

"이 빨갱이 새끼놈들! 너희 놈들은 모두 총살이다."

청년들의 혹시나 했던 기대는 완전히 무너지고, 저승사자에게

이끌려온 걸 직감했다. 양민들은 살려달라고 매달렸다. 당시 광주
전매서 공무원인 이씨는 신분증을 내보이며 애걸복걸했다. 대학생
이군은 학생증을 들고 그 장교의 다리를 잡은 채 울며 살려달라
고 애원했다.

장교는 군화발로 이군의 턱을 그대로 차 버렸다. 이군의 턱은
통통 부어오르기 시작했다. 그러자 토벌대가 일제히 달려들어 개
머리판으로 이군을 닥치는 대로 내려치기 시작했다.

법이나 체면보다도 더 무서운 게 인간의 폭력이었다. 양민들은
도살장에 끌려온 양순한 소가 된 듯 하염없이 눈물만을 흘렸다.
얼어붙은 논바닥에 무릎을 꿇었다. 장교는 소리쳤다.

"뒤로 돌아, 머리 처박아!"

이것이 저승으로 가는 신호였다. 말소리가 떨어지기 무섭게 토
벌대의 총구에서는 불이 뿜어나왔다. 천지를 진동하는 콩 볶는 소
리가 났다. 살이 튀고, 머리통이 바가지처럼 깨여져 논바닥에 뒹
굴었다. 아니, 잘 익은 수박을 싣고 가던 차가 전복된 것처럼 머
리통이 깨어져 튕겨 나갔다. 지옥의 아수라장을 탈출하기 위해 양
민들은 산 쪽을 향해 달리고, 논 밑으로 뛰어내리기도 했다.

시체에 걸려 넘어지고, 논두렁을 오르다 미끄러져 넘어지고, 논
에 메뚜기처럼 이리 뛰고 저리 뛰고 방향을 잡지 못해 논 가운데
서 빙글빙글 도는 사람도 있었다. 지옥의 아비규환이 있다면 이러
한 광경일 것이다. 쥐약 먹은 쥐를 먹은 개처럼 토벌대는 날뛰었
다. 순식간에 절반이 쓰러졌다. 부상을 당하여 기어가는 사람을
부축하여 도망가기도 했다. 모두가 마을 사람이고 일가 친척이기
때문이다.

그들을 그냥 둘 리 없는 토벌대였다. 도망치는 사람을 향해 그

들은 인간 사냥을 하듯 정조준했다. 총알이 몸에 박힌 청년들은 꼬꾸라졌다. 순식간에 논바닥과 그 주위는 하얀 명주 적삼을 입은 시체가 즐비하게 널려졌다. 곳곳엔 유혈이 낭자했다. 봇도랑가에 피가 모여들었다.

생존자 최씨는 또 말했다.

"총소리가 나는 순간 왼팔이 떨어져 나가는 것 같았습니다."

그는 자신도 모르는 사이에 땅바닥에 엎드렸다. 인간이 죽음에 직면하면 무한한 힘이 솟고 위기를 모면하려는 몸부림이 있는 법이다.

이씨는 5, 6구의 시체가 포개어져 있는 그 밑을 파고들었다. 위에서 흘러내리는 피로 목욕하듯 뒤집어쓴 채 정신을 잃었다.

한참 시간이 흐른 뒤였다. 시끌시끌한 소리가 들려 정신을 차려 보니 마을 사람들이 가족들의 시체를 찾기 위해 울며불며 시체 더미를 뒤지고 있었다.

그때였다. 건넛집에 살던 김점순 씨의 부인이 총에 맞아 죽어 있는 남편의 시체를 보자 미쳐 날뛰었다. 하늘을 쳐다보고 두 팔을 내저으며 논 주위를 뛰어다니기 시작했다.

최씨는 마을 사람들에게 군인들이 떠났는지를 물었다. 토벌군들이 떠났다는 말을 듣고 시체 더미 속에서 기어나와 온몸에 피를 뒤집어쓴 채 비틀거리며 타다 남은 집으로 기어갔다.

피비린내 나는 죽음에 직면했던 충격으로 뱃속이 뒤집힐 것같이 울렁거렸다. 집 안에서 먹을 것을 찾아 헤맸다. 먹을 것이라고는 숨겨둔 곳감뿐이었다. 이것을 손에 잡히는 대로 입에 털어 넣었다. 잠깐 사이에 곳감 한 접 백여 개를 먹어치웠다. 빈속에 단 곳감을 많이 먹어 토악질을 해댔다. 그뿐만이 아니었다. 벗어 놓은

158 지리산 킬링필드

피투성이 옷을 보니 토악질이 계속 이어졌다.

다 토하고 생 똥물까지 토해 버렸다. 뱃속에 아무것도 남지 않았을 것이다. 골방 속에 처박혀서 문에 못질을 하고 난 뒤 3일 낮밤을 죽은 듯이 잠만 잤다.

최씨는 지금도 그때의 충격에서 헤어나지 못한 채 고통을 받으며 살아가고 있다. 60여 명의 젊은 청년들을 학살한 기러기재 계곡 아래 논바닥에는 시체가 나뒹굴었다. 부모 형제 자식을 찾던 가족들은 한 구 한 구 얼어붙은 시신이 확인되면서 계곡 안은 온통 통곡으로 메아리쳤다.

머리가 터져 죽어 있는 남편의 시신을 부둥켜안고 오열하는 여인, 두 눈알이 없는 아들의 시체를 쳐다보고 통곡하는 어머니. 마을 사람들은 얼어붙은 논바닥을 파기 시작했다. 곡괭이도 삽도 아무것도 없었다.

그들은 뾰족한 돌멩이를 주워 꽁꽁 언 땅바닥을 팠다. 손가락이 터졌다. 그래도 그들은 아프지 않았다. 너무나 큰 고통을 받은 순하고도 착한 양민들이었다. 차디찬 겨울 바람이 계곡에 휩싸여도 춥지 않았다.

겨우 시신들을 흙으로 덮었다. 봉분을 만들 엄두도 내지 못했다. 이것이 부유했던 강석 마을의 집단 장례였다. 그들은 오열하며 불타 버린 집 헛간으로 떨어지지 않는 발걸음을 옮겼다.

인간을 구원하는 손, 신들은 보고 있었을 것이다, 그들의 광기를……. 보이지 않는 구원의 손, 신들이 살고 있다는 하늘도 무심했다. 국군 토벌대에 의해 살해당한 그들의 시체는 또다시 2번 3번 죽임을 당했다. 그 날 밤 굶주린 여우 떼들이 엉성하게 꾸며놓은 무덤 속의 시체를 파내 갈기갈기 찢어놓았다.

집에서 키우는 개들도 먹을 것이 없어 무덤으로 뛰어가 시체의 살점을 뜯고 물고 다녔다. 온 마을 개들의 입술이 피로 물든 채 쏘다니고 있었다. 그 모습을 바라보는 강석 마을 유족들의 슬픔은 더욱 극에 달했다.

밤에는 공비가 내려와 식량을 약탈해 갔고, 낮에는 토벌대가 소·돼지·닭 등을 마음대로 잡아먹었기 때문에, 마을 주민들은 양식을 옹기에 담아 거름 속에 묻어두고 거름 위에다 똥물을 끼얹어 위장하여 꺼내 먹고 살았다. 사람 먹을 것이 없으니 개들의 먹이도 떨어지자 개들이 집을 나가 늑대처럼 변해 버렸다.

"우리가 무슨 잘못이 있습니까? 평온했던 우리 마을의 운이 다 끝난 줄 알았습니다."

당시 15세 나이로 이 모든 현장을 본 김상인 씨(강석리)는 학살의 현장에서 종형 김상철 씨를 잃었다.

토벌대는 새벽 5시께 들이닥쳐 8시께 떠났다. 한편, 이 같은 광란의 3시간여 동안 마을 회관 앞 한 초가에서는 양민 19명에 대한 효수가 끔찍하게 자행되고 있었다.

남원군 대강면 강석리 기러기 마을. 장터에 가기 위해 닷새마다 마을 사람들이 오순도순 넘어다니던 기러기재. 그들이 항상 아끼며 지나치던 그 길가 모퉁이 논바닥에서 마을청년 60여 명이 토벌대의 M1소총과 기관총에 의해 무참히 살해당했다.

사랑하는 부모 형제와 처자식을 뒤로 한 채 영원히 오지 못할 저승객이 된 것이다. 그들은 동포를 믿었고, 또한 국군 토벌대가 자신들을 지켜줄 것이라고 굳게 믿고 있었다. 광주에서 순천에서 인민군을 피해 목숨을 부지하고자 고향을 찾아 피난 온 청년들이 도리어 죽음을 재촉한 것이다.

160 지리산 킬링필드

악몽 같은 1950년 11월 17일(음력 10월 8일), 60여 명의 청년들을 군 입대를 빌미로 간교하게 유인해 간 토벌대는 기러기재에서 총살시키고 난 뒤, 인근 부대에서 탄약을 지급받아 강석리로 왔다. 마을 사람들은 60여 명이 군에 들어간 줄로만 알고 있었다. 살육 잔치를 끝낸 토벌대는 마을 앞 논바닥에 모인 순하디순한 양민들을 또다시 끌어내기 시작했다.

"여자들은 왼쪽으로 서시오."

기러기재에서 60여 명을 도륙하고 난 뒤 광기로 눈이 충혈된 장교가 말했다. 뭔가 불길한 낌새를 알아차린 한 부인이 남편 뒤로 몸을 감추었다. 하지만 토벌대는 이때를 놓치지 않았다.

양민들이 들으라는 듯이 "개 같은 년!" 하면서 논바닥으로 뛰어들었다. 그 독살스런 표정으로 다가오는 살인마를 보고 남편 뒤에 숨어 오들오들 떨고 있는 여인의 머리채를 사정없이 오른손으로 낚아챘다.

"빨갱이년!" 하면서 머리채를 거머쥔 채 왼쪽으로 질질 끌고가 군화발로 짓이겼다. 그 여인은 부끄럼도 체면도 잊은 채 잘못했다며 차가운 논바닥에 무릎을 꿇고 앉아 두 손을 싹싹 비비며 빌었다. 그 여인의 남편 또한 겁에 질린 채 그 군인을 붙잡고 애걸복걸 용서를 빌고 있었다.

아무런 죄도 잘못도 없지만 폭력과 죽음이 무서워 자신이 무슨 죄를 지은지조차 모른 채 무작정 빈 것이다. 광기로 눈이 시뻘개진 그 군인은 힐끗 눈을 아래로 깔면서 "곧 죽을 년인데 내가 왜 이렇게 흥분하지" 하고 내뱉었다.

그 여인은 군대 용어로 시범 케이스로 걸려든 것이다. 여인은 설마 하였다. 친정 오라비 또래나 아니면 시아주버니 또래였다.

젊은 여자였기에 겁도 났지만 죄없는 사람들을 죽이기야 하겠느냐고 안심도 했다.

다만 그 동안 들리는 소문에 토벌대가 젊은 여자와 처녀들을 강제로 욕보였다는 말을 들었지만, 자기는 남편이 있는 몸이니 그러한 수모는 면하리라는 생각이 들었는데, 그것도 잠시 착각에 불과하였다.

인류 역사상 전쟁은 여인들의 수난사이기도 하였으며, 전쟁 때문에 인류의 최초 상업 직업인 매춘이 생겨난 것도 전쟁 때문이었다.

장교도 결혼하여 아내가 있을 것이다. 아니면 누이나 누이동생이 있을 법한데 토벌대 장교의 욕지거리는 인간이기를 완전히 포기하는 선언이었다. 불안해진 부인이 의지할 곳은 속살 부대끼며 믿고 사는 남편 등 뒤로 숨는 것은 당연한 이치였다.

그 광경을 목격한 금수 같은 장교는 원앙새 같은 부부를 발길질과 총 개머리판으로 폭행을 하고도 모자라, 덤으로 7명의 부녀자들을 더 끌어냈다. 토벌대 1개 분대가 나서서, 불안해서 숨도 제대로 못 쉬는 여인들의 팔을 꽉 낀 채, 방금 논바닥에서 일어난 참혹한 광경을 목격하여 오금이 저려 발걸음도 제대로 옮기지 못하는 몇몇 여인들을 총 개머리판으로 뒷머리를 쳤다.

그런 뒤 삼단 같은 긴 머리를 타고 내리는 피가 흘러내려 흰 치마를 적셔 귀신 무리같이 보이는 여인들을 마을 뒷산 밑 오솔길 쪽으로 끌고 갔다.

그 장면을 목격한 논바닥에 남아 있던 450여 명의 양민들은 겁에 질려 파르르 떨고 있었다. 공포와 걷잡을 수 없는 불안감에 싸여 있는 양민들 앞에 긴 칼을 빨간 보자기에 싸들고 다니는 장교가 또다시 나타났다.

"우리는 여러분들을 위해 여기까지 진격해 왔습니다. 통비분자 색출에 적극적인 협조를 바랍니다."

라며 일장 연설을 해댔다.

이 마을에 온 토벌대는 하나같이 장교들이 악질이었다. 그들의 마음을 읽을 수가 없기 때문이다. 분류 작업을 할 때는 경어를 쓰다가, 분류 작업이 끝나면 말투가 바뀌었다. 처음 시범으로 겁을 주고 나면, 다른 놈이 나타나 경어를 쓴다. 그러면 사람들은 지시를 잘 따라주었다.

일본칼을 든 자는 마을 사람들에게 걱정 말라는 손짓을 하고 빙긋 웃음을 흘리면서 점잖을 떨었다.

"영감들을 왼쪽으로 끌어내!"

하고 부하들에게 명령했다. 하나둘 노인들을 끌어내기 시작하자,

"놔라, 이놈들아. 너희는 에미 애비도 없느냐?"

라며 한 노인이 호통을 쳤다. 그러자 장교 한 명이 카빈소총 개머리판으로 노인의 입을 가격하였다. "억!" 하는 비명과 함께 밑둥 잘린 고목같이 빙판이 된 논바닥에 뒤로 넘어진 노인의 입에서는 몇 개 남지 않은 이빨이 결딴나서 피와 함께 얼음 위로 쏟아져 나왔다.

입을 움켜쥔 손가락 사이로 계속 피가 쏟아져나오고, 노인은 차가운 얼음 바닥에서 새우처럼 몸을 구부리며 고통을 호소하고 있지만 누구 하나 거들떠보지 못했다. 잘못하였다간 그 꼴이 되기 때문이다.

"예순네 살의 노인네가 무슨 죽을 죄를 졌겠습니까!"

아버지 윤기 씨 등 가족 6명을 잃은 윤용 씨는 흥분된 어조로

항변했다. 굳이 죄가 있다면 인민군 점령 당시 공비들에게 집을 내어주고 양식마저 다 빼앗긴 채 헛간에서 주먹밥을 얻어먹은 것 뿐이라고 분통해했다.

'악덕 지주 계급'이라 몰아붙여, 빨치산들의 죽창에 찔려 죽는 것이 두려워 온갖 고통을 참아가며 간신히 목숨을 부지한 죄밖에 없다는 것이다.

왼쪽으로 끌려나간 노약자 중에는 덩치가 커 유난히 나이가 많아 보이던 박점동 씨(강석리, 당시 29세)도 끌려나갔다. 박씨는 효수의 형장에서 기적적으로 살아나온 유일한 생존자이자 산 증인이다.

한 장교가 일본칼로 그의 목을 3번이나 내리쳤으나 다행히 빗나가 천운으로 목숨을 구해 현재까지 생존해 있다. 박씨는 이 날 형수 이씨(당시 32세), 두 동생 진원(당시 20세), 점순씨(남·당시 25세)를 잃었다.

박씨는 자신이 끌려나간 이유를 이렇게 설명한다. '총살시킬 젊은 청년들과 함께 나가지 않았기 때문에 토벌군들의 명령을 무시했다'는 것이었다. 순간적인 감정적 보복 행위였다고 주장했다.

드디어 19명의 노약자들이 왼쪽으로 끌려나갔다. 눈이 뒤집힌 채 광기를 부리던 군인들은 그 장교의 명령에 따라 그들을 에워쌌다. M1소총에는 대검을 착검하고 포로를 호송하듯 앞뒤 양옆에서 대검 끝이 노약자들을 향하게 했다. 걸음걸이가 더디자 토벌대는 착검한 상태로 늙어 걸음걸이도 잘 못 하는 노인들을 쿡쿡 찌르기도 했다.

겁에 질려 허둥대자 개머리판으로 옆구리를 찍기 시작했다. 늙은이들은 가슴을 움켜잡고 비명도 못 지르며 도살장에 끌려가는 소처럼 눈물을 흘렸다.

토벌대의 행동으로 보아 끌려나간 사람들에게 죽음의 그림자가 서서히 드리워지고 있었다.

"마을 회관 앞으로 끌고 와."

그 장교의 명령에 따라 형장으로 끌려가는 대역 죄인이 되어 버렸다.

아무 말도 없었다. 한 마디의 진술도 듣고자 하지 않았다. 오직 명령하는 자와 복종하는 자만이 있을 뿐이다.

"어찌 맑은 하늘 천지 아래서 이런 일이 일어날 수 있단 말이오."

박씨는 그때가 상기되듯 몸을 부르르 떨면서 고통스러워했다. 50~60세 노인들, 명색이 마을 어른들이다. 그들은 처와 자식·손자들이 지켜보는 앞에서 끌려가면서도 걱정하지 말라는 듯 가족들을 쳐다보며 애써 미소를 지어 보이며 위엄을 갖추었다.

가족들은 순간의 너무나도 크나큰 공포 때문에 반항도, 할 말도 잊은 채 불안한 눈망울을 굴리며 쳐다보고 있을 뿐이었다.

논바닥을 내려와 여기서도 3렬종대로 세운 채 마을 회관 쪽을 향해 끌고 갔다. 2백여 미터 회관 앞에 이르렀을 때, 불태우지 않은 집에서 장교가 집 안으로 모두 몰아넣으라고 지시했다. 토벌대는 한 사람씩 차례로 집 뒷마당으로 끌고 다시 3렬종대로 꿇어앉혔다.

여기서도 그 살인 장교는 '인간 상실'의 간교한 말을 내뱉었다.

"영감들, 여기까지 온다고 수고 많았소. 지금부터 한 명씩 성분 조사를 실시하겠소."

죄를 짓지도 않았고 아무런 잘못도 없으니 도망치지 않고 그 자리에 그대로 있었던 그들은 그 한 마디 말에 죽음을 면할 수 있겠다는 안도감에 서로의 손을 잡고 기뻐했다.

"그러면 그렇지, 국군들이 선량한 국민들을 해칠 리가 있나." 라며 이구동성으로 불안감을 씻었다. 그 장교는 집 앞쪽으로 나갔다. 토벌대의 삼엄하던 경비도 풀린 듯 6~7명만 남고 모두 바깥으로 나가 버렸다. 남아 있던 사병 두 명이 다른 군인에게 총을 맡기고는 수건 5~6장을 구해 왔다.

그들은 맨 앞줄 왼쪽으로 갔다. 그 장교가 말하는 작업이(성분조사) 시작된 것이다. 비무장의 사병 두 사람은 각자 총을 받아 어깨에 가로질러 메었다. 가져온 수건으로 맨앞사람의 눈을 가렸다. 양쪽에 서서 팔짱을 낀 채 옆을 돌아 집 앞쪽으로 끌고 나갔다.

아무런 소리도 들리지 않았다. 1~2분이 지나자 두 번째, 또다시 세 번째…… 남아 있는 이들은 총소리도 고함 소리도 들리지 않자, 그 장교가 보기보다는 착한 군인인 모양이라며 조용히 나갈 차례를 손꼽아 기다리고 있었다.

14번째 박점동 씨의 차례가 왔다. 수건으로 눈가리개를 한 채 이끌려 나갔다. 마당의 어느 부분인지는 모르지만 무릎이 꿇어 앉혀졌다. 자신을 데려온 두 사병은 머리를 숙이고 가만히 있으라며 몸에서 팔을 빼고는 어디론가 사라졌다. 그 순간, 귀에서 이상한 소리가 들려왔다.

"씨익, 씨익!"

멀리서 달려온 듯한 사람의 거친 숨소리가 들렸던 것이다. 그 소리에 신경이 곤두섰을 때였다. 왼쪽 어깨를 몽둥이로 내려치는 것 같았다. '욱' 하면서 몸을 꿈틀하자 무언가가 '씨익' 소리를 내자 목덜미가 뜨끔하는 것을 느꼈다.

바로 칼날이었다. 그때서야 박씨는 모든 것을 알았다, 먼저 끌려온 13명은 칼에 맞아 죽었다는 것을! 피가 솟구쳐 등짝으로 흘러내리기 시작했다. 일어설 수도 넘어질 수도 움직일 수도 없었다.

다시 '씨익' 하며 목이 잘리는 듯한 통증을 느꼈다. 그 자리에 푹 꼬꾸라졌다. "더러운 놈, 모가지가 이렇게 질겨" 하면서 씩씩댔다.

새남터 사형장의 망나니도 아니고, 19명의 노약자를 일본칼로 목을 쳤으니 힘도 들었을 것이다. 칼날도 무디어졌을 것이다. 죽임을 당한 노약자는 빨갱이한테 부역도 하지도 못할 나이이다. 설혹 살려두어도 국군이 어디에 주둔하고 있다고 위치를 고자질할 사람들이 아니다. 그러한데도 기동력도 없는 힘 약한 노약자를 칼

로 베어 죽였으니 어찌 통탄하지 않을 수 있겠는가! 무디어진 칼로 세 번이나 난도질까지 당하고.

박씨는 정신이 몽롱한 가운데 살아야겠다는 일념으로 숨도 머금고 죽은 듯이 꼬꾸라진 채 꼼짝 않고 있었다. 누군가가 초가를 엮을 때 쓰는 이엉을 박씨의 몸에 덮어 버렸다. 박씨는 목덜미에서 흐르는 피가 코를 막아 입으로 간신히 숨을 쉬고 있었다.

비몽사몽간에 토벌대가 떠나갔음을 느낀 박씨는 눈을 떴다. 이엉 사이로 앞을 쳐다보았다. 눈 앞에 윤기씨가 입고 있던 겨울 조끼가 보였다. 죽음 앞에서 삶을 영위하기 위해 있는 힘을 다 해 팔을 뻗었다.

옷이 손에 잡히자 어디서 그런 힘이 나왔는지 조끼로 목을 둘러 감싼 채 기어서 집을 향해 갔다. 목은 곧 떨어질 것만 같았다. 기어가는 건지 구르는 것인지도 모른 채 죽을 힘을 다 해 가고 있었다. 그의 종형인 박요생 씨가 마을 회관 옆에서 발견해 업고 집으로 데려갔다. 토벌군들이 모두 떠난 후였다.

살아남은 가족들이 끌려간 부모 형제를 찾아 마을 구석구석을 헤매고 있을 때였다. 박씨의 종형 역시 기러기재로 끌려갔으나 윤동선 씨와 같이 살아나온 생존자였다.

마침 박씨의 집은 오두막이라 토벌대가 불을 지르지 않았다. 바를 약도 의사도 없었다. 하는 수 없이 박씨의 부인이 온 동네를 찾아 헤매어 호박을 구해 불에 태운 재를 바르고 있었다.

도저히 나을 기미가 보이지 않자 박씨의 처가집이 있는 곡성에서 산초를 비벼서 만든 조제약을 구해 왔다. 그 약으로 1여 년의 긴 시간 동안 치료를 해 겨우 목숨을 건졌다.

박씨는 그 날의 후유증으로 인해 해마다 어금니가 빠진 지 20여 년이 지난 54세 때부터 고혈압에 시달려오고 있다. 지금은 거동까지 불편해 문 밖 출입조차 할 수 없는 처지가 되어 버렸다. 박씨는 죽기 전 소원이 있다면 학살의 진실을 규명하는 것을 보고 싶다고 했다.

"모골이 송연했습니다. 그 뒤로 칼만 보면 그때 장교놈 얼굴이 떠올라 머리카락이 쭈뼛 섰습니다."

다음은 마을 회관 앞 효수장의 현장을 가장 먼저 목격한 서득초 씨의 증언이다.

남원시에서 포장길과 비포장길을 굽이굽이 돌아 자동차로 50여 분의 거리에 있는 대강면 강석리에서 18명의 생목숨을 앗아간 형장은 구강석 마을 회관 앞집에서 벌어졌다.

"얼굴을 도저히 알아볼 수가 없었습니다. 매일 보는 마을 어른인데도 목이 잘려 피가 다 빠져 버린 형상은 얼굴이 완전 백색이 되어 누가 누구인지 구분할 수 없었습니다."

집안 가족 5명을 잃은 서득초 씨는 치를 떨며 말했다.

서씨는 토벌군들이 떠나자 곧바로 그들에게 끌려간 형 순동씨(당시 32세)를 찾기 위해 가까운 마을 회관 쪽으로 달려갔다. 그곳에서 평생 못 볼 것을 보고 만 것이다.

서씨의 온 집안 식구들이 그의 형을 찾기 위해 마을 안팎을 샅샅이 뒤지고 다녔다. 그의 형은 기러기재 아래 논바닥에서 옆구리에 총을 맞아 죽음 직전에 있었다. 그의 숙부 서승열 씨가 발견, 형을 등에 업은 채 타다 남은 서씨의 집 헛간으로 데리고 가 볏짚을 깔고 바닥에 뉘었다.

신음 속에 고통을 받던 형은 다음날 새벽 4시께 살아남은 가족들의 가슴에 천추의 한을 심어 놓은 채 저승길로 떠나고 말았다.

서씨는 그 날의 현장을 몇 마디 말로 생생히 증언했다.

"마을회관 앞으로 갔을 때 집 앞개울이 시뻘겋게 물들어 핏물이 하염없이 흐르고 있었습니다."

바로 효수의 현장에서 잘린 머리와 몸뚱이에서 흘러내린 피가 나지막한 집 앞마당을 그득 채운 후 대문 문지방을 넘어 개울로 흘러내렸다는 것이다. 당시는 집 안에 하수구 시설이 전혀 되어 있지 않았기 때문이다.

대문 앞에 선 서씨는 다리가 후들후들 떨리고 발바닥이 떨어지지 않았다. 도망가려 해도 갈 수가 없었다. 주변에 토벌대가 있어 일본도로 자신의 목을 치러 오는 느낌이 들어 마음은 빨리 도망쳐서 숨고 싶었지만 발이 땅에 꽉 붙어 있는 것같이 꿈쩍을 안 했다.

머리가 어지럽고 토악질이 나오기 시작하였다. 토하고 난 뒤 정신을 차려보니 악랄했던 토벌대도 눈에 비친 그것보다는 덜 무서웠다고 했다. 오금이 저린 채 움쭉달싹하지 못한 그는 결국 자신도 모르게 마당 안을 둘러보고야 말았다.

서씨가 이 곳에 도착했을 때 기적의 생존자인 서점동 씨가 먼저 빠져나가 옆 골목길로 기어가고 있었다. 발이 땅바닥에 얼어붙어 움직일 수가 없었다. 서씨는 형 순동씨의 얼굴을 찾고 있는 자신을 발견했다.

아무리 둘러봐도 형의 모습은 없었다. 이상야릇한 느낌이 들었다. 목이 잘린 시체들의 모습이 하나같이 똑같았다는 것이다. 목 앞부분의 살이 조금씩 붙어 있었다. 성대(울림대) 옆을 지나는 힘줄이 잘려지지 않았기 때문에 하나같이 같은 모습이었다. 순간 목을 친 군인은 검도의 고단자라는 것을 직감했다.

그러는 사이 마을 주민들이 가족들을 찾기 위해 몰려갔다. 그때서야 그는 발바닥을 겨우 뗄 수가 있었다. 후들거리는 다리를 이끌고 막 밑으로 내려가는데, 학살 사건이 일어난 직후 고향을 등지고 떠나 버린 박모씨와 그의 부인이 외동 아들의 시신을 발견하자 미친 듯이 통곡하기 시작했다.

절규였다.

"우~워! 우~워!!"

산짐승 울음소리, 아니 늑대 울음소리 같았다. 깊은 산 속에서 듣는다면 사람의 소리가 아니라 새끼 잃은 늑대 소리이다. 그렇게 울고 난 뒤 욕을 하기 시작하였다. 사납고 거친 욕이 튀어나왔다. 반미치광이가 된 박씨는 피에 잠겨 있는 외아들의 몸뚱이를 등에 입었다. 그러자 그 아들의 머리가 목 살점만 붙은 채 덜렁거리며 등을 때렸다.

그것을 본 박씨의 부인이 소스라치게 놀라며 미친 듯이 울부짖었다. 아들의 머리통을 받쳐든 채 무어라고 고함을 치며 남편 뒤를 따라갔다. 김씨는 그 모습을 보자 또다시 걷기가 힘들었다. 가까스로 벽에 기댄 채 간신히 불타 버린 집으로 돌아왔다.

18명의 귀한 생명을 '성분 조사'라는 간교한 말장난으로 둘러대 목을 잘라 살해한 장교. 단 한 마디의 용서도 변명도 있을 수 없었던 처지이었기에 죽음의 길인지 삶의 길인지도 모른 채 토벌대가 시키는 대로 죽음의 길로 가고 만 것이다.

마을회관 앞 집 안에서 기러기 마을 어른들의 목이 잘리고 있는 시각에, 먼저 끌려간 부녀자 7명에 대한 학살이 다른 곳에서 자행되고 있었다.

장소는 마을 회관 뒤, 늑대가 다닌다는 아주 비좁은 오솔길 고

갯마루턱 옆 으슥한 숲 속이다.

이곳 부녀자 학살의 형태는 증언이 두 갈래로 엇갈리고 있다. 노철우 씨는 이날 숙모 장귀예 씨가 인민위원회 부녀회원을 지냈다는 이유로 가슴에 총을 맞았다고 증언하고 있다.

필자는 가해자 증언을 녹취할 당시, 부녀자를 집단으로 성폭행하고 음부와 유방을 난자하는가 하면, 이북 출신의 한 악질 하사관은 여자의 음부 표피를 칼로 짐승 가죽 벗기듯이 벗겨 말려서 주머니 속에 넣어 가지고 다녔다고 증언하였다.

필자가 군생활 때 미해병들이 월남 꽁까이(아가씨) 음부를 도려내서 기름기를 제거하여 말린 다음 작전 때마다 주머니 속에 넣어 가지고 작전을 하였다는 무용담을 들은 적이 있다.

그러나 서점동 씨는 형수 이모씨가 부녀회원을 지냈다는 이유로 학살당하고, 다른 대부분의 유족들은 토벌대의 대검에 목과 유방·복부 등을 찔렸으며, 심지어는 음부도 칼로 난자당했다고 증언하고 있다.

그 죽은 모습은 차마 눈뜨고 볼 수 없었다고 했다. 부녀자 학살 현장에서는 살아나온 생존자가 없기 때문에 어느 증언이 진실인지 알 길은 없지만, 토벌군들의 광기 이상의 행동은 가히 미루어 짐작할 수가 있다.

이로써 강석리 기러기 마을의 초토화 작전은 끝이 났다. 광란의 살육사건이 있기 하루 전날 밤, 공포를 쏘아대며 마을 진격을 예고한 토벌군은 추호도 죄에 대한 부끄럼이 없는 비무장 양민 90여 명을 식은 죽 먹듯 해치워 버린 것이다. 그것도 인간의 선과 악의 양면성 중 악을 최대한 이용해서 말이다.

새벽 5시, 초겨울의 동이 트기도 전에 적진에 백병전을 하듯 총을 쏘아대며 들이닥쳐, 상오 8시까지 3시간여 동안 온갖 살인 놀음을 한 토벌군은 단 한 명의 피해도 없이 유유히 떠나버렸다.

세상은 넓고도 좁다고 했던가. 남원군에 살고 있는 오시영 씨는 당시 군대에 입대해 모 전방 부대에서 근무하고 있었다. 51년, 그가 속해 있는 부대에 박모 중령이 부임해 왔다. 며칠 후 박중령이 오씨를 불렀다. 무슨 영문인지도 모른 채 불려간 그는 하늘처럼 높은 계급장 때문에 부동 자세로 꼿꼿하게 박중령 앞에 섰다. 그는 오씨에게 편히 앉으라고 권했다. 그러고는 그의 무용담을 늘어놓기 시작했다.

그는 인사 기록 카드에 있는 오씨의 고향이 강석리 부근이란 것을 알고 부른 것이다. 그가 자랑삼아 늘어놓는 학살 만행을 들은 오씨는 기가 막혔다.

내무반으로 돌아온 오씨는 그날 밤 한잠도 자지 못한 채 눈물로 지샜다고 한다. 자신이 살던 마을을 너무나 잘 알고 있었기 때문이다. 지금도 오씨는 그때를 뼈저리게 후회하고 있다. 왜냐 하면 사병의 몸이라 정신적으로 육체적으로 여유가 없었기에 강석리 토벌군 진입시 박중령이 대대장이었는지, 그의 직책과 부대명을 정확히 알아두지 못했기 때문이다.

기러기재 학살 현장의 또 한 사람의 생존자 최모씨(광주 거주자)는 평생을 살아오면서 19세의 젊은 나이에 고향 마을에서 토벌대의 빗발치는 총탄 속에서 총알 한 방 맞지 않고 살아났다.

그러나 공무원의 신분 때문인지, 정년 퇴직을 눈앞에 두고 있어서인지, 한사코 그 당시의 기억이 전혀 나지 않는다고만 되풀이 말하고 있다. 그는 죽음과 삶의 기로에서 살아 나온 생존자이다. 더욱이 그는 60여 명 중 유일하게 살아나온 생존자 5명 중의 한 사람이며, 6구의 시체 밑으로 들어가 살아나온 허동선 씨의 바로 뒤에 서 있던 그가 '전혀 기억이 나지 않는다'는 말은 자신과 가족들에게 피해가 미칠까 봐 두려워서인지는 몰라도 이런 그의 행동은 천추의 한이 맺힌 많은 유족들을 슬프게 하고 있다.

이 곳 유족들은 당시 지역 국회의원이었던 조정훈 씨를 한없이 원망하며 살아왔다고 했다. 학살 사건이 있은 후, 강석 마을 유족들은 학살 사건의 진상을 밝혀줄 것을 수도 없이 청원했으나 알았다는 대답뿐, 유족들의 억울함을 외면한 채 부모 형제·남편·자식들이 그대로 '통비분자'가 되어 버렸다고 주장하고 있다.

국내 어느 곳이든 이념과 사상의 갈등으로 인해 얼룩진 상흔들이 곳곳에 산재해 있지만, 이렇게 처참하고 비참한 죽음을 목격하고 자신들이 직접 체험한 유가족들의 울분을 누가 씻어줄까.

아픈 상처를 가슴 속 깊이 간직하고 살아가는 그들에게 오직 한 가지 소망이 있다면 한결같이 당시의 진실을 밝혀달라는 것이다.

"왜 우리 부모 형제가 '통비분자'란 말입니까?"

유족들은 흥분된 어조로 얘기하고 있다. 적 치하에 있었기 때문에 공비들이 대나무 죽창을 목에 갖다댄 채 짐을 지라면 지고, 인민위원회 부녀위원을 하라면, 하나뿐인 목숨을 부지하기 위해 어쩔 수 없이 해야 했던 게 현실이었다. 이 모든 상황이 무시된 채 한 마디의 진술도 필요 없이 총과 칼로 무고한 양민들을 난자한 국민의 군대가 어디 있느냐는 것이다.

"한마디로 얘기해 우리 마을을 적 치하에 들어가게 한 국군들에게 책임이 있습니다. 그런데도 적반하장격으로 아무 죄도 없는 양민들을 통비로 몰아 공비 사살 전과로 전시 보고했습니다."

유족들의 흥분은 끊이지 않는다.

1950년 11월 17일(음력 10월 8일), 악몽 같은 3시간의 광란의 살육놀이가 끝난 이후 죽은 자의 3년 탈상이란 우리네 습관 때문에 1953년 11월 17일까지 하루도 빠짐없이 아침저녁으로 온 동네가 떠나갈 듯 상시 통곡 소리가 끊이지 않았다.

그 통한의 곡소리가 어찌나 처절하고 슬펐던지 기러기 골짜기를 타고 옆마을인 사석 서매리까지 메아리쳤다. 3년 탈상을 끝낸 유족들은 학살의 기억이 자신들의 주위를 맴돌자 하나둘 고향을 떠나기 시작했다.

집집마다 음력 10월 7일이면 제사가 없는 집이 거의 없을 정도였던 기러기 마을에는 당시 1백여 가구 5백여 명이 살았고, 남원군 내에서도 아주 부유했던 강석리는 학살 사건 이후, 마을 운이 쇠퇴해서인지 지금은 54세대 2백여 명만이 근근히 마을을 지켜가고 있다.

또 대지주가 많았던 이 마을 주민들은 자신들이 태어나 살았던 문전 옥답을 팔고 떠나, 지금의 강석리 농토는 대부분이 다른 마을 사람들이 소유하고 있다.

토벌대의 '통비 몰이'로 인해 학살된 90여 명의 원혼들은 정녕 자신들의 명예 회복이 이루어질 때까지 구천을 맴돌 것임에 틀림없다. 이 마을의 운세가 언제 돌아올지, 오직 지금도 유족들만이 슬피 울고 있을 뿐이다.

함평양민학살사건

　지리산에서　3백여　리.　전라남도　영광군　불갑면　불갑산(해발
515m)　자락　동남쪽으로　약　10킬로미터,　전북　'남원양민학살사건'
이　일어난　지　꼭　19일째　되던　날　1950년　12월　6일(음력　10월　27
일),　전남　함평군　월야면　정산리　동촌　마을을　시작으로　51년　1월
12일까지　4회에　걸쳐　3개면　9개　마을의　양민　5백여　명을　국군　토
벌대가　습격,　학살했다.

　국군　공비　토벌대는　진정　양민　학살을　목적으로　만들어졌는가?
이　부대는　이후　남원·산청·함양·거창에서　또다시　양민　학살을
감행했다.　함평　양민들　역시　지리산변과　다를　바　없이　낮엔　대한
민국,　밤에는　인민공화국이란　하루　두　얼굴의　이념과　상상에　접하
여　살아남아야만　했다.

　함평양민학살사건이　일어난　이유를　이　지역　주민들은　3가지로
나누어　증언하고　있다.

　첫째는　토벌대　병력이　대부분　제주도　병력으로　이루어졌다고　한
다.　남원　양민　학살도　이와　유사하지만,　수복　작전을　빌미로　학살

을 감행했다는 게 함평 양민 학살과는 다소 다른 점이다.

왜 제주 병력이 학살사건을 주도했는가? 그것은 '4·3제주폭동사건'으로 이어진다. 좌익과 군 내부의 반란으로 이어진 '제주 폭동사건'은 수많은 제주 도민이 목숨을 잃는 사태에 이르렀다.

제주도에서 입대한 군인들이 휴가를 받아 고향에 돌아갔을 때 그들은 자신들의 부모 형제가 폭동 사건으로 인해 목숨을 잃은 것을 안 나머지 군에 복귀, '양민 학살'의 주도적인 역할을 했다고 학살 현장의 생존자와 지역 주민들은 주장하고 있다.

둘째는 50년 12월 5일, 5중대 병력이 해보면 금덕리에 주둔하고 있다가 장성군 삼서면으로 연결되는 도로를 따라 순찰중이었다. 월야면 정산리 동촌 마을 입구에 이르렀을 때, 공비의 습격을 받아 군인 3명이 그 자리에서 사망한 데 대한 보복 행위란 것이다.

셋째는 이 날 밤 동촌 마을 뒷산에서 지방 빨치산들이 국군의 계속되는 북진 때문에 자신들의 신변에 위험을 느껴 돼지를 잡아놓고, 동촌 마을 주민들을 억지로 동원해 징과 꽹과리를 치며 산꼭대기에 불을 피워놓은 뒤 군인들의 약을 올렸다는 것이다.

동료를 잃고 허탈해진 군인들이 부아가 치밀어 다음 날 새벽 동촌 마을을 습격했다고 당시 현장에 있었던 주민들은 증언하고 있다.

50년 12월 6일 새벽, 영하 20도를 오르내리는 엄동설한의 추위와 배고픔으로 마음마저 메말라 있을 때이다. 어렴풋이 동이 틀 무렵 일단의 군인들이 동촌 마을 입구인 진다리(긴다리란 말) 동네로 들어섰다.

그들은 들이닥치자마자 지난밤 공비들에게 끌려가 밤새도록 마을 뒷산에서 추위와 공포에 떨며 공비들의 눈치를 살피다 돌아와 깊은 잠에 빠져 있는 진다리 동네 주민들을 끌어내기 시작했다.

어린아이·부녀자·노약자 할것없이 마구잡이로 끌어냈다. 말할 틈도 없었다. 꿈 속에서 갑자기 끌려나온 30여 명의 양민들은 동네 앞 논바닥에 내동댕이쳐졌다. 옷도 제대로 걸치지 못한 채 혹한의 추위와 공포에 젖어 이빨이 마주쳐 소리가 나도록 떨고 있었다. 이곳에서 살아나온 생존자 강모씨는,

"너무나 추웠습니다. 어린 나이였지만, 그때의 공포를 잊을 수가 없습니다."

라고 증언했다.

"와따 군인들이 욕을 해댑디다. 추워서 개춤(호주머니)에다 손을 넣고 어그정거리고 나온깨로 굴래쑤염이 많은 장교가 군화발로 성문장갱이를(쪼인트) 까부니 논바닥에 깨구락지처럼 넘어져 부러도 군화발로 조근조근 발바뿔드랑깨요."

"누구를 말입니까?"

"동네서 까탈스럽게 말썽을 치고 다니는 아재인데, 나이도 솔찬이 묵었고 하여 반말 짓꺼리로 하는 신삥(젊은 청년) 군인들인께 개춤지에 손을 쑤셔 넣고 늦장을 부린 것인데 군화로 성문장갱이를 차부니 얼마나 아푸 꺼이요! 동지 섣달이라 논에는 모폭시(벼포기)가 있어 얼어갖고 말목을 땅바닥에 박아놓은 것 같은디, 그 우개로 깨구락지 뻗듯이 넘어져 뿌니 얼매나 아풀 꺼이요!"

군인들이 마을에 들이닥쳐 시범조로 한 사람을 린치한 것이다. 군을 갔다온 사람들은 모두 안다. 시범 케이스로 걸리면 오지게 얻어터지는 것을……. 터지는 당사자는 물론이거니와 곁에서 구경하는 사람이 더 두렵게 만든다. 바로 약발이 든다. 그러면 고분고분 말을 잘 듣기 마련이다. 사람은 어려서 겪었던 일들은 오래

기억한다.

강씨는 말은 중단하고 하늘을 쳐다보더니 "그때를 생각하면 이가 갈린다"고 하였다.

"생각해 바뿌시오! 아그들이 뭘 아끄이요. 도통 모르는 말을 헵디다. 밥도 씬찬하게(시원치 않게) 묵었는디, 불려 나와 추워서 음달포수 좆 떨 디끼 떨고 서 있는디, '통비'핸 놈 잡아낸다고 하여 나는 군인들이 주둔해 있으면서 통시깐 만들 사람 나오라는 말인 줄 알았쟤! 근디 동네 사람들은 전부 주개 뿌끄이요."

"그래도 이유가 있는 것이 아닙니까? 빨치산을 도와주었다는 것은……."

"완마, 종씨는…… 도와주고 싶어서 도와주었간디?"

"어쨌거나 토벌대 쪽에서는 이유가 안 되지 않습니까?"

"그래도 그렇지 생사람 죽이는 것 보았으면 그런 소리 못헐 것이요?"

"……."

"맑은 대낮에 베락을 맞아 되질 놈들이쟤! 그 생각하면 횟간이 뒤집어져 불라고그요."

"노인들과 어린아이들도 죽였단 말입니까?"

"와따, 이 양반이 시방 잠자다가 무단시 봉창 뚜두린 소리 해쌓고 있네 시방. 이띠깔로(여태까지) 무슨 소리 듣고 있었소이. 긍깨 애기 밴 여자도 쏴서 죽게 뿔드랑께요. 움직이는 것은 몽땅 쏴서 죽게 뿔렀쏭께!"

"부역도 하고 빨치산과 내통한 사람들이 있었습니까?"

"없을 리가 있간디, 있기야 있었쟤! 있었쏭께 글기야 그랬지만……. 사람을 말이여, 도리깨로 보리타작하듯이 말이여, 죄 없는 어만 사람들까지 싸그리 주게 뿔 꺼이여. 그 개 잡놈들은 개똥에 미끄러져 갖고 돼지똥에 입맞추고 삼 대를 빌어 쳐묵고 오 대를 피똥을 쌀 놈들이지. 그렇게 쓩악스러운 짓거리를 할 꺼인가 말이여. 부역 안 할라고 그래도 말 안 들으면 주게 뿐다고 긍께 나부터서도 해야 되것습다. 안 하면 죽는디 그런 것일랑은 나한테 안 물어봐도 종씨는 훨씬 더 잘 알 꺼인디 그요이!"

증언하는 강씨 말 중 독기 있는 욕은 50여 년 가슴 밑바닥에 원한의 찌꺼기가 토악질 나오는 것 같았다.

"몇 명이나 있었는지 아십니까?"

"나가 어려서 알긴 알간디. 인자 늙어 기억이 간잔지름하여서 긍께 생각나는 대로 이야기해야 쓰것구마. 이우재(이웃에) 집안 어른이 있었는디 아침 나절에 봉께로 부역갔다 왔는지는 몰라도 눈알이 쌩꼬막 쌩것 까놓은 것처럼 빨개든마. 밤새 인민군들 식량 저다(운송) 주고 잠을 못 잤는지는 몰라도. 아! 그때 젊은이는 군대서 뽀바가 뿔고(뽑아가 버리고) 사오십 살씩 묵은 사람들은 부역했겠쟤! 맨 처음 인민군들이 들어와서 사람을 뽑는디 공무원들을 뽑습다. 공무원 나오씨요! 헝께 나갈 사람이 누가 있었소. 한 사람도 안 나간께, 그 아그들이 줄서 있는 사이로 들어가서 남자들 이막빼기(이마)를 찬찬이 봅디다."

"왜요?"

"와따, 이 양반 같은 강가 아니라깨비 성질 더럽게 급하네! 나 이야기 잠 듣고 말해씨요!"

"……."

"긍께 경찰들 모자를 쓰고 댕긴게 이마빡에 모자 눌러쓰면 체양 있는 곳이 딱딱한게로 자국이 날 꺼 아니요. 그것을 보고 잡아냅디다. 근디 우리 당숙은 경찰도 아닌데 이막빼기에 모자 체양 자국이 있어 갖고 잡혀간 뒤로 안 돌아왔다고 우리 숙모가 방바닥을 두 손바닥으로 뚜둘면서 대성 통곡을 하고 울어쌌습디다만……. 그란데도 토벌대가 다 죽게 부렀는디 무슨 소양이 있다요마는 그렇게 서럽게 웁디다."

"아니 당숙은 경찰도 아니라면서 왜 잡혀갑니까?"

"우체부도 그때 체양 달린 모자를 안 쓰고 다녔소! 그때는 중학교, 고등학교 모자도 똑같았는디, 학교에 갈 때 설팍(교문) 앞에서 주번 완장을 팔에다 차고 복장 검사를 안 합디요. 1주일에 한 번씩 교대로 했는디 종씨도 아끄인디(알 것인디)? 요런 말 안 해도……."

"알고 있습니다."

"긍께 아그들이 학교 설팍 앞에서 지케서갖고(지켜 서 었다가) 모자 안 쓰고 오면 못 들어가고 안 그랬소, 글면 겁나불게 화딱지 안 나붑디요, 그렇게 이망빡에 표시가 나 부렀재, 그것은 종씨도 폴새 알끄인디 그요이?"

"아! 그렇군요! 저희들 어렸을 때도 경찰·우체부·중학교·고등학교 남자들은 모자 앞 체양이 달린 것을 쓰고 다녔습니다."

"글타니까 완마 종씨도 옛날 생각나불 것는디? 국민핵교 다닐 띠게 셈본(수학책) 배운 사람들은 전부 알 꺼이마!"

당시에는 우체부도 챙이 달린 모자를 꼭 쓰고 다녀 이마에 챙에 눌린 자국이 났다. 경찰도 아닌 당숙은 우체부였는데, 그 때문에 경찰로 오인되어 잡혀갔다는 것이다.

"그것뿐이다요!"

"뭐가 또 있습니까?"

"그 사람들요, 공무원 골라내는 데 귀신 같습디다."

"어떻게 색출하였는데요?"

"워메, 오늘 종씨한테 좋은 거 몽땅 갤차조부요이. 긍께로 남자들에게 손을 보자고 하여 보여주면 손금보는 것처럼 딜다 봅디다 (들여다봅디다). 손바닥에 못이(일을 많이 하여 굳은살) 안 박혀 있는 사람을 골라냅디다."

"왜요?"

"와따메 글 쓰는 사람이 그것도 모른다요. 일을 안 하여 남자 손목댕이가 여자 손처럼 고바 뿌면 공무원이쟤. 촌동네 산 사람 손바닥이 고바 뿐 것은 악덕 지주(부자) 아니면 공무원이란 말이쟤!"

당시 부자들은 머슴을 몇 씩 두어 일을 안 하였기 때문에 손바닥을 보면 알 수 있어 빨치산들이 가려낸 것이다.

"공비들이 공무원을 무서워했습니까?"

"뒤에 안 일이지만 그때 공무원들이 잘살았고, 특히 경찰들이 못된 짓을 많이 했거든. 부자들은 장니쌀 주어서 이자를 많이 받아들이고(보릿고개 시절 때 쌀 한 가마를 빌려주면, 가을 추수 때 한 가마 반을 받은 고리쌀 제도) 공무원들은 이 핑계 저 핑계 만들어 나가시(동네나 공청에서 각 집에 부담시켜 거두어들이던 돈과 쌀과 보리)만이 거두어들여 못사는 놈은 맨날 남 좋은 일 하여 살기 어려울 때인께로 산사람(빨치산)이 됐지. 긍게 인민 해방을 시켜 잘살게 한다고 한께 경찰들한테 한번 당한 사람은 자청해서 산으로 들어가 부렀쟤."

"그렇다면 부역한 사람 중에 원한 관계 때문에 마을에 행패부린 사람은 없었습니까?"

"그런 시간이 있었다요! 토벌대가 오기 전에는 인민군들이 밤이고 낮이고 설쳐댔는데, 토벌대가 온 뒤로는 일부 사람들이 자청하였거나 강제로 끌려가 밤손님이 되얐재!"

그 당시 인민군들은 마을에 큰 피해를 주지 않았고, 마을에서 사람을 죽이지 않아 손님으로 대접했다고 피해자 증언을 해주었다.

토벌대가 들어온 뒤 마을에서 부녀자가 강간을 당하였고, 통비자가 한 명이라도 마을에 있으면 연좌제를 적용하여 가족은 물론 마을 전체를 쑥밭으로 만들었다.

"종씨는 멀라고 인자서 이런 걸 알라고 그래쌌소? 참말로 그때 생각하면 속이 뒤집어져 뿔라고 해요. 종씨가 암만 그래싸도 정부가 내몰라라 하는디……. 글고 말이여, 그놈들이 멀쩡히 살아 있는디도 잘못했소 하고 용서 비는 사람 있습디까?"

"하늘은 인간을 안전하게 살게 두지 않는다고 하는 말이 있지요."

"하나님이 있깐디?"

"그때 일들이 밝혀지지 않자 그 후 광주 사태 같은 학살 사건이 또다시 이 나라 군인들에 의해 저질러지지 않았습니까? 천벌을 받을 짓들을 한 것이지요."

"종씨는 모르기는 참말 모르요. 예비당에 다니는 사람 말을 들어보면 나쁜 짓 하면 하나님이 벌 준다고 해든디, 암시랑토 않게 숨 잘 쉬고 살고 있는 것 보면 말짱 거짓말인 것 갔습디다. 그 사람들 말 들어보면 굴 속에 숨어도 하나님은 다 보인다고 글든디, 베락은커녕 두 팔을 휘젓고 지금 이 순간에도 대명천지 하늘 아래 걸어댕기고 있을 꺼인디 가만둔 것 봉께로……."

"죄 지은 사람은 언제인가 벌을 받을 것입니다."

"지기미 씨벌놈들, 지금도 멀쩡하게 살아 대낮에도 걸어댕기고 있을 꺼인디!"

"살아 있어도 어찌 편히 살고 있겠습니까?"

"참말로 사람도 아니여. 짐승 가죽을 뒤집어쓴 놈들이지."

"……."

"어디서 살고 있을까이?"

"제가 몇 분을 알고 있어 그들에게 증언을 받아서 책을 써 발표하면 온 국민이 알게 되어, 보상과 명예 회복에 조그마한 도움을 주려고 합니다."

"그러케만 말해 주면 얼마나 좋을 꺼이요마는……."

"지금 법이 제정되어 그동안 왜곡된 진실들이 모두 밝혀지고 있습니다."

"음마, 말짱 헛것이요. 시방 그때 당한 사람들 거의 죽어뿔고 살아 있어도 사람 구실 못하고 있을 꺼인디 보상해 주면 얼마나 해 주 꺼이요. 김대중이가 있을 때 해줄 꺼인가 했는디 즈그들이 안 당했으니 걱정이나 한다요! 민주화인가 먼가 해갖고 영삼이나 대중이나 정권을 잡아논께로 그것 핸 사람들 싸그리 보상해 주는가 싶습디다만, 순서가 있어야재. 종씨 씰대없는 짓 하고 댕기는가 싶소! 남들은 고향! 고향! 하는디, 나는 고향 생각만 하면 이가 갈리고 한숨만 나오요. 니기미 씨팔, 박정희·전두환·노태우 전부 군인 대통령이어서 말짱 황이고, 영삼이 나올 때 붓뚜껑 힘 조갖고 찍었는디 해결 안 되고, 대중이나 �됄랑 갑다 하고 참말로 붓대롱에서 시느 대 물이 쫘질 정도로 꽉 쥐고 동그라미 도장 찍었는디, 민주화 데모한 사람들 보상만 해주고 우리들 일은 뒷전으로 밀려 케비놋도 설합 속에서 학살사건 관련 꼴박 높이고 서류가 낮잠 자고 있을 꺼이요. 그 모양이니 영삼이 아들놈도 피아노 치고 개장에 들어갔다 나오고, 대중이 아들 두 놈도 피아노치고 닭장에서 인생 공부하고 있는 것이쟤. 부처님이 있는 것인지는 몰라도 죄 지은 놈들 벌받는 것 봉께로 말이여……. 나가 시방 틀린 말 해부렀서라?"

"……."

"갑자기 꿀 먹은 벙어리가 됐소?"

"모두 듣고 보니 이해가 갑니다. 우리 시대에 저질러진 뼈아픈 역사를 해결 못하면 후세들이 그렇게 되도록 그 동안 법은 무엇 했느냐고 역사는 물을 것입니다."

"주거뿐 디에 해결되면 무슨 소양이 있다요? 느그미떡을 할, 선거 때마다 표를 찍어주었는디 어만디만 돈을 써불고 경제 어렵다고 떠든 거 봉께로 말짱 헛것 돼 버렸소. 정권이 시마이(끝나)가 되간께 대통령도 인자 늙어서 그런지는 몰라도 히마리가 없고, 또 아들놈들이 개지랄을 떨어 가지고 그 뭐시다냐 으이 노벨상은 싸가지 없는 세 놈의 아그새끼들 때문에 최기선인가 먼가 개망나니 밑구멍(똥구멍) 닦아 버렀쏭께 그 동안 오른손 아프게 붓대롱으로 도장 찍은 것만 억울해 부요."

강씨는 지금 고향을 떠나 광주에서 자기 사업을 하고 있다. 그는 이곳에서 어머니의 치마폭에 싸여 살아나온 유일한 생존자이다. 강씨 노인의 증언을 정리해 보면 이렇다.

진다리 동네 양민들이 거의 길바닥으로 나왔을 때였다. 어디서 구했는지 횃불을 만들어 집집마다 불을 지르기 시작했다.

초가집인데다 겨울 가뭄이 계속되던 때였다. 바짝 말라 버린 지붕엔 불티가 떨어지기가 무섭게 활활 타오르기 시작했다.

이때였다. 동네노인 한 사람이 군인들에게 대들었다.

"야, 이놈들아. 먹을 양식도 없고 덮을 이불도 없는데 얼려 죽이려고 하느냐?"

하며 호통을 쳤다. 이어 마을 아낙네들도 발을 동동 구르며 이불 보따리라도 가져올 수 있게 해달라고 애걸복걸했다. 군인들은 들은 척도 않고 마을 앞 논바닥으로 사람들을 내몰기 시작했다. 50~60대 노인들이 대부분이었고, 할머니와 어린아이 부녀자도 5~6명이 끼여 있었다.

꽁꽁 얼어붙은 논바닥에는 30여 명이 다가올 죽음도 모른 채 무슨 영문인지 어리둥절한 표정으로 한 장교의 얼굴만 쳐다보고 있었다. 언제 설치했는지 논바닥 앞 신작로에 기관총이 설치되어 있었다.

아무런 말이 필요 없었다. 강씨는 맨 뒤쪽에서 어머니의 검은 명주 치마폭 안으로 들어가 서 있었다. 그때였다. 그의 어머니는 아들을 안은 채 앞으로 엎드렸다.

순간 기관총 소리가 고막이 터질 듯이 들렸다. 강씨는 어머니 밑에 깔려 무슨 영문인지도 모른 채 어머니의 몸이 무거워서 빠져나오지도 못하고 그대로 눌려 있었다.

다시 산발적으로 기관총 소리가 났다.

"그 소리는 확인 사살을 하는 소리였습니다."

라고 강씨는 증언한다. 당시에는 나이가 어려 잘 몰랐지만 군인들의 말소리를 어렴풋이 기억하고 있다.

"산 사람은 일어서시오! 여러분은 하늘이 돌봐 산 것이니 살려

주겠소."

라고 한 군인이 말했다. 그 말이 끝나자 곧이어 또 총소리가 났다. 강씨는 얼마간의 시간이 흐른 뒤 어머니의 죽음도 모른 채 "엄마 일어나, 무거워 죽겠다"며 빠져나오기 위해 발버둥쳤다.

겨우 치마폭을 비집고 빠져나와보니 온 동네 사람들이 모두 총을 맞은 채 나뒹굴어져 있었다. 강씨는 죽은 어머니에게 일어나라고 흔들며 울부짖었다. 집은 불타고 먹을 것도 없이 하루 종일 추위와 배고픔과 공포로 시달리다가, 마을이 토벌대에 의해 쑥대밭이 되었다는 소식을 듣고 찾아온 해보면 문장리에 사는 친척이 그를 데리고 갔다.

친척집에서 성장한 강씨는 그나마 다행이라고 하였다. 살기 어려운 때여서 고아가 된 아이들은 담사리(일해 주고 밥 얻어먹는 것)

생활을 하다가, 장년이 되면 새경(노임)을 받고 그것을 밑천으로 땅을 사서 생활 터전을 마련하여 가정을 이루었다고 하였다. 증언해 주어 고맙다고 악수를 청하자 강씨는 손을 꼭 잡고,

"종씨가 좋은 일하는디 끝터리가 좋으면 쓰것소. 책이 나오면 전화하시오. 똥갈보 전대돈(술집 여자 허리띠에 감춰둔 비상금)이라도 급전(이자를 많이 주고 빌려서)을 내서라도 사볼랑께롱……. 나가 시방 핸 말 탈 없것지라?"

꽉 잡고 흔드는 손을 놓고, 차에 시동을 걸었다. 해는 서산에 반쯤 걸쳐 있었다.

5중대는 진다리 마을에서의 학살로 어느 정도 분이 풀렸는지 동촌 본 동네에서는 작전을 달리했다고 서홍기 씨(월야면, 당시 23세)는 다음과 같이 증언했다.

서씨는 그 당시 집에서 잠을 자고 있다가 진다리 마을에서 총소리가 나 잠을 깼다. 순간, 전날 밤 마을 뒷산에서 있어났던 공비 잔치가 생각났다. 옷을 입고 밖으로 나와 보니 벌써 동네 청년들은 거의 다 나와 있었다. 간헐적으로 들리는 총소리에 사람들이 슬금슬금 도망치기 시작했다.

서씨는 마을 뒷산 오솔길을 타고 20여 리나 떨어진 용암리까지 도망을 쳤다. 마을 젊은 청년들은 진다리 동네 총소리에 놀라 거의 다 빠져나갔다.

드디어 토벌대가 횃불을 들고 마을로 들이닥쳤다. 곽상일 씨(정산리, 당시 16세)는 이렇게 말하고 있다.

"아침밥을 먹기 전이었습니다. 군인 두 명이 1개조가 되어 집집마다 들어왔습니다. 한 명은 횃불을 들고, 또 한 명은 주민들을

향해 총을 겨눈 채 '모두 집에서 나오라, 나오면 살려주고 집 안에 있으면 모두 사살하겠다'고 외쳤습니다."

곽씨집도 예외는 아니었다. 군인들은 그의 집으로 들어와 가족들을 내몰기 시작했다. 그러고는 초가 지붕에 불을 질러 버렸다. 곽씨의 아버지는 "왜 불을 지르느냐?"며 격렬하게 항의했다.

그러자 한 사병이 "쏘아 죽여 버리라"고 재촉했다. 위기 일발의 순간이었다. 곽씨의 아버지는 지그시 눈을 감고 군인이 겨눈 총부리 앞에 조용히 서 있었다. 방아쇠가 당겨지려는 순간이었다. 그때 곽씨의 어머니(당시 48세)가 그 앞을 가로막아섰다.

"군인 아재, 우리 촌사람들은 먹을 것도 없고 세금도 못 내는 처지인데, 총알 사기도 힘들 것입니다. 부디 그 총알을 아껴서 씨 잘데없는 우리 같은 무지랭이 촌사람을 죽이지 말고, 적군을 쏘아 주시소."

라고 했다. 그러자 총을 겨눈 그 군인은 슬그머니 총을 거두었다.

"참말로 내는 간이 널친(떨어져 버림) 것 같습니다. 마을에는 젊은 사람, 힘이라도 남아 있는 사람들은 진다리 마을 총성을 듣고 모두 도망해 버렸기 때문에 마을 앞에 모인 사람은 1백여 명 정도였습니다."

이 곳에서도 예외 없이 분류 작업이 시작되었다. 노약자 30여 명이 오른쪽으로 분류됐다. 그들은 다시 마을 앞 논바닥으로 내동댕이쳐졌다.

"거동이 불편한 노인들이 공비란 말입니까? 그 아그들 도치로 마빡을 쪼개불고 쌔빠닥은 낫으로 싹둑 잘라서 왕소금 가마니에 처박아 두어도 성이 차지 않을 것이오."

이 곳에서 아버지를 잃어버린 곽상태 씨(정산리, 당시 18세)는 홍

분한 어조로 이야기했다. 곽씨의 집안은 우익성이 강한 집안이었다.

  그의 형이 군대에 입대한 탓에 공비들에게는 반동의 집이라 하여 그의 부친 곽석연 씨(당시 45세)는 끊임없이 끌려다니고, 양식·이불 등 모든 가재 도구를 공비들에게 몰수당해 이집 저집에서 근근히 끼니를 얻어먹으며 연명해 살고 있었다.

  군인 경찰 가족들은 거의 다 보호를 해 주었는 데도 동촌 마을은 예외였다. 진다리 마을에서 가릴 것 없이 닥치는 대로 사살해 버린 5중대 군인들은 동촌 본 동네에서는 분류 작업을 한 것이다. 마을 앞 논바닥에 내동댕이쳐진 30여 명의 노약자들은 불안한 눈망울을 굴리며 논둑 바로 위에 올라서 있는 한 장교의 입을 쳐다보고 있었다.

  그는 카빈총을 거꾸로 어깨에 메고 추위와 겁에 질려 떨고 있는

마을 사람들에게 "부역자를 모두 가려내겠다"고 하면서 어깨에 메고 있던 총을 벗어 실탄을 '철커덕' 하고 장전한 뒤 마을 사람들에게 거총을 하면서, 부역을 한 사람은 좌측으로, 식량이나 생활용품을 준 사람들은 우측으로 나가서 줄을 맞추어 정렬하라고 하였다.

그러자 마을 사람들은 생활용품을 준 사람들이 죄가 없는 것으로 판단하고 우측으로 와르르 몰려가 정렬을 하였다. 그것이 함정이었다. 부역한 사람이나, 식량이나 생활용품을 준 사람도 같은 부류로 간주하여 살상을 자행하였기 때문이다. 순진무구한 사람들은 토벌대의 간교함에 속아 죄를 시인하게 된 셈이다.

그 곳에 모인 사람들 역시 좌익이 무엇이고 우익이 무엇인지 전혀 모르는 사람들뿐이었다. 어린이와 늙은이, 그리고 부녀자들이 대부분인 마을 사람들에게 '좌익 용공분자'들이란 토벌대 말뜻도 이해하지 못할 처음 듣는 용어였다.

그저 동네서 이장이나 반장이 이끄는 대로 하자면 마지못하여 따라가는 수준이었다. 보도연맹사건처럼 아는 사람이 도장 하나 찍어달라 하여 찍어주었다가 생죽임을 당하는 것처럼 순진무구한 사람들이었다.

현시대에는 아는 사람끼리 빚보증 도장을 찍어주어 대대로 살아온 집과 삶의 터전인 전답을 뺏겨 자살하는 사건이 있듯이, 당시의 우리네 마을들은 뜨거운 정으로 똘똘 뭉쳐 살아온 백의민족 단군의 자손들이었다. 그러한 사람들의 이념 대립은 오로지 그 잘난 정치인들 때문이었다.

토벌군 5중대의 만행

1945년 8월 15일, 광복의 기쁨과 함께 찾아온 이념과 사상의 극한 대립. 도시 지역은 극우, 농촌 지역은 극좌가 판을 치고 있었다. 전남 함평군 월야면 정산리 동촌 마을도 예외는 아니었다. 당시는 치안이 시골 구석구석까지 미치지 못하던 때였다.

우익에 몸담았던 곽상태 씨 가족들은 아버지 곽석연 씨와 어머니를 고향에 둔 채 몸을 피해 객지로 떠돌아다녔다. 곽씨의 형은 6·25전란이 나기 바로 직전 군에 입대해 휴가 한 번 나와보지도 못한 채 전사했다.

논바닥에 끌려 나간 30여 명의 노약자들은 한결같이 죄 없는 불쌍한 양민이다. 논바닥에 떨고 서 있던 노약자들 가운데 부역을 할 수 있는 사람은 한 사람도 없었다. 우측으로 나오라는 말을 듣고 나갔던 사람들 중에 빨치산들에게 의식주를 제공해 준 사람은 한 사람도 없었다. 그것은 이미 가을걷이 때부터 모두 뺏어갔기 때문이다.

나오는 사람이 없자 게거품을 내며 일장연설을 하던 장교의 인상이 구겨지더니 뒤에 서 있는 군인들에게 오른손을 들어 땅바닥을 향한 뒤 논 언덕에서 개구리처럼 훌쩍 길가로 뛰어내렸다.

그때였다. 그것을 신호로 하여 주위에 늘어서 있던 군인들의 총구에서 불을 뿜었다. 도망갈 곳도 엎드릴 곳도 없었다. 그 자리에 "푹" "푹" 꼬꾸라졌다.

논바닥에서 거북이처럼 기어다니던 부상자 위에도 집중 사격하는 토벌대의 수많은 총알이 날아들었다. 함지박에 담겨 있던 미꾸라지에다 왕소금을 뿌려내는 형상이다. 이따금 꿈틀대는 사람에게는 총탄이 여지없이 날아들었다.

이윽고 총소리가 멎었을 때 양민들이 입고 있던 하얀 명주 적삼은 피에 흥건히 젖었고, 논바닥 또한 선혈이 낭자했다.

이로써 동촌 마을 양민 학살은 60여 명의 생목숨을 앗아간 채

끝이 났다. 그들은 1950년 12월 6일 아침밥도 먹지 못한 채 자신들이 태어나 이때까지 살아온 고향 마을에서 국군 5중대에 의해 무참히 살육당한 것이다.

"한마디로 어처구니가 없었습니다. 그놈들은 공비나 좌익분자들은 모두 도망가게 두고, 항거할 수 없는 힘없는 노약자들만 끌어내 공비로 몰아 처형했습니다."

라며 어머니의 기지로 살아남은 곽상일 씨는 그 날의 학살 순간들을 생생하게 증언했다.

동촌 마을을 초토화시킨 5중대의 한 장교는 화를 면한 몇몇 공무원 가족들인 마을 사람들에게 명령했다.

"지금부터 월야면 소재지가 있는 문장리로 소개(피난)하라. 남아 있는 자는 공비로 간주하고 하나도 남김없이 사살하겠다."

이 말을 남긴 채 상오 9시쯤 되어 철수해 버렸다. 집은 모두 불타고 먹을 양식마저 떨어진 그들은 이곳 저곳 친척집을 전전하며 끼니를 해결해야 했다.

토벌군 5중대 중대장 권준옥 대위. 그는 이 곳에서 피도 눈물도 없는 '인간 백정'으로 불리어지고 있다. 동촌 마을을 쓸어 버린 5중대는 다음 날인 12월 6일, 다시 월야면 월악리 내동·지변·순촌·송계·동산·괴정 6개 마을 양민 150여 명을 학살하기에 이르렀다. 이 지역은 남산뫼를 중심으로 6개 마을이 옹기종기 모여 210여 가구가 살았던 아주 큰 마을이었다.

다음은 남산뫼 학살 현장에서 양계장을 하고 있는 김재춘 씨(월야리, 당시 12세)의 증언이다.

"아침밥을 먹기 전이었습니다. 먼동이 뿌옇게 틀 무렵인데, 그날은 안개가 짙게 깔려 옆사람 얼굴마저 구분하기가 힘들었습니다."

유가족과 주민들은 이 안개가 짙게 낀 것은 죄 없는 사람을 많이 살리려는 하늘의 조화였다고 지금도 굳게 믿고 있다. 마을로 들이닥친 군인들은 마을 구석구석 집집마다 뒤지고 다녔다.

"모두 손 들고 나오라. 집 안에 숨어 있는 자는 모두 사살하겠다."

골목마다 돌아다니며 소리쳤다. 이들은 군화발로 방으로 뛰어들어가 미처 빠져나오지 못한 사람들을 멱살을 잡은 채 끌어내었다. 김씨는 어린 마음에 무슨 일인지도 모른 채 어머니의 치마 뒷자락만 잡고 따라다녔다.

학살 현장에서 살아나온 정기찬 씨, 그는 왼쪽 장단지에 총알을 맞고 두 번 세 번의 확인 사살에서 살아나온 유일한 생존자이다. 즉, 남산뫼 학살 현장에서 살아나온 5명 중 한 사람인 것이다.

"새벽잠을 자다가 정신없이 끌려나갔습니다. 지금도 권준옥 대위의 얼굴을 잊지 못합니다."

라며 정씨는 분통해했다. 이 곳 월악리는 원래 12개 마을로 진주 정씨들만 살고 있었다. 다른 성씨를 가진 사람이 함께 사는 마을은 유일하게 1개 마을뿐이었다. 지금도 이 곳엔 정씨가 거의 대부분으로 친인척간들이다.

옷도 제대로 걸치지 못하고 끌려나간 정씨는 두려움에 떨고 있었다. 남산뫼로 끌려가 보니 6개 마을에서 끌려나온 주민 4백여 명이 꽉 들어차 있었다.

당시 이 곳 주민들은 1천여 명. 습격이 있기 전날 동촌 마을 학살을 전해 들은 월악리 주민들은 전날 밤 마을 어른들을 모아 회의를 했다. 이 회의에서 한 번이라도 부역을 한 사람은 몸을 피하고, 노인들은 군인들을 환영하자고 뜻을 모았다.

그러나 이 날 새벽엔 그럴 틈도 없었다. 군인들이 들이닥치는 낌새를 일찌감치 알아차린 젊은 사람들은 도망치기 시작했다. 군인들은 도망치는 사람들을 향해 총을 쏘아대며 따라갔다. 죽기를 불사하고 도망하는 그들에게 군인들은 마구 총질을 하다가 마을로 돌아와 버렸다.

남산뫼에 모인 수많은 양민들 앞에 놓여진 돌 위에 카빈총을 어깨에 멘 5중대 중대장 권대위가 섰다.

그는 일장 연설을 시작했다. 내용은 주로 무기의 성능에 대한 이야기뿐이었다. 그때 권대위 가까이로 한 사람이 다가섰다.

다름 아닌 지역 '선무 공작 대장'인 윤모씨(이후 함평군 지역구 국회의원). 그는 노인들과 어린아이들을 살려줄 것을 간청하고 있었다. 잠시 생각에 잠긴 권대위는 1차로 명령했다.

"영감들은 지금 바로 집으로 돌아가 3일 먹을 양식과 간단한 이불 보따리를 들고 월야면 소재지로 나가라."

그러고는 다시 무기에 대한 연설을 계속해, 모여 있던 양민들을 공포의 도가니로 몰아넣고 있었다. 총을 맞으면 들어간 구멍은 콩알만한데 총알이 나오는 구멍은 주먹만하다고 하면서 주먹을 쥐어 보였다. 그 소리를 듣고 사람들은 사시나무 떨 듯 떨고 있었다.

그 사이 사병들은 양민들 사이를 헤치고 다니며 분류 작업을 하고 있었다. 대충 분류 작업이 끝났을 무렵, 권대위는 직접 분류 작업에 임했다. 14~45세까지 왼쪽으로 끌어냈다.

미리 어느 정도 분류가 되어 있었기 때문에 모든 것은 간단간단하게 처리되었다. 또다시 혼자 있는 여자를 끌어내라고 했다. 이유는 돌볼 아이가 없고, 군인 가족이 아니면 남편이 공비란 것이다.

이 곳에선 동촌과는 달리 집안 식구 중에 군대에 간 가족이 있으면 그의 사진이나 편지를 가져오라고 했다. 그 소리를 듣고 미친 개한테 쫓겨서 도망가는 질서 없는 오리떼처럼 집으로 달려가 증거가 될 만한 물건을 가지고 모였다.

이윽고 분류 작업이 거의 끝났다. 12~13세 가량의 어린아이들 7~8명을 옆으로 불러세웠다. 그런 뒤 권대위는 그 순진하기만한 아이들에게 엄청난 일을 시켰다.

"너희들은 목숨을 살려줄 테니 지금부터 횃불을 들고 가서 마을 집집마다 불을 질러라."

아이들은 서로 눈치를 힐끗 보더니 이내 마을로 뛰어 내려갔다. 군인들의 감시 속에 집집마다 불을 지르고 다녔다.

한편, 남산뫼에서는 묘한 일이 벌어지고 있었다. 당시 나이가 60세인 김모씨는 느지막하게 본 딸이 이 곳에 붙잡혀 있자 딸의 손목을 잡은 채 권대위에게 딸의 목숨을 살려줄 것을 애걸복걸하고 있었다.

"이 영감이 제 목숨을 살려주니까 별 지랄을 다 한다."
라며 김씨를 젊은 사람들이 모여 있는 곳으로 끌어내 버렸다. 쓸데없는 소리로 일관하던 권대위는 드디어 천인 공노할 발언을 한다.

"너희들은 죽으면 묻어줄 사람이라도 있지만, 우리들은 죽어봐야 무덤 하나 써줄 놈 없다."

또 전날 밤 결혼한 신혼 부부가 있었는데, 이들 역시 이 곳에 끌려나와 서로의 얼굴을 쳐다보며 따로 떨어져 있었다. 새색시가 한 장교 계급 소위에게 애걸하기를, 죽기 전 남편의 손이라도 한

번 잡아볼 수 있게 해달라고 했다.

그 소위는 잠시 생각하다 그러라고 했다. 색시가 그의 남편이 있는 곳으로 가자 그것을 본 권대위의 얼굴은 험악하게 변하기 시작했다.

"야, 이년아! 거기 서!"

첫날밤도 지내지 못한 새색시. 남편의 손이라도 잡아보자고 했던 그 여인의 희망은 산산조각이 나 버리고 말았다.

"이년놈들! 다 때려 죽여 버린다"며 미친 듯이 헉헉댔다. 그때 대위의 모습을 정씨는 이렇게 증언했다.

"그의 얼굴은 일그러질 대로 일그러져 마치 지옥의 사자 같은 모습이었습니다."

곧바로 마을 앞 공터 옆 계곡 움푹 파인 곳으로 끌고 가서 150여 명의 양민들을 몰아넣었다. 그러고는 10열 종대로 세운 후 앞사람을 안게 했다.

앞사람의 등에 가슴을 붙인 채 옆줄과도 팔들을 서로 밀착시켰다. 그러고는 "일어서! 앉아!"를 몇 차례나 반복시켰다. 순간 정씨의 머리엔 살려주는 건가 하는 생각이 스쳤다. 하지만 그것은 완전히 빗나간 계산이었다.

그 구덩이가로 빙 둘러선 사병 7~8명이 총을 겨누고 있었고, 높은 가장자리에 LMG기관총을 설치하고 있는 것을 본 것이다.

드디어 누구의 입에서인지는 몰라도 "사격 개시!"란 소리가 들렸다. 서로 꼭 껴안고 밀착시킨 줄에다 사격을 한 것이다. 이 곳에서도 철갑탄 실험을 했다는 것을 알 수 있다.

바로 '아비 규환' 그것이었다. 콩 볶는 소리가 끊임없이 들렸다. 한참 후에 총소리가 끝이 났다. 이들의 광란의 잔치가 끝나자 권대위가 소리쳤다.

"산 사람은 일어나라. 하늘이 목숨을 돌보았기 때문에 살려주겠다."

한두 사람씩 일어섰다. 정씨도 일어났다. 모두 8명이었다. 권대위는 "마을에 불이 났으니 빨리 내려가 불을 꺼라"고 했다. 그들은 눈치를 보며 마을을 향해 뛰어가기 시작했다. 그때 정씨는 장단지에 총알을 맞아 다리를 절었다. 움직이려 하자 바로 뒤쪽에 서 있던 군인이 눈짓을 했다. 그러고는 총구를 위아래로 움직이며 엎드리라고 신호를 했다. 마침 권대위가 다른 곳에 정신이 팔려 있을 때였다. 정씨는 그대로 엎드려 피가 흥건히 고인 구덩이 속으로 파고들었다.

이 곳 지옥불에서 일부 기적적으로 살아남아 있는 피해 가족들은 원하지도 않았던 6 · 25전란으로 인한 사상과 이념 갈등의 희생물이 되어 버린 양민들이다. 반 세기가 지난 한스러움의 세월을 살아가고 있는 함평 양민 학살 현장의 생존자들과 유족들. 지금도 그들은 정치와 이데올로기가 무엇인지도 모른 채 가족들의 죽음 앞에서 천추의 한을 가슴에 간직한 채 살아가고 있다.

아는 것이라곤 하늘을 바라보며 조상 대대로 땅에 씨앗을 뿌리고 열매를 거두며, 자식을 사랑하고 부모를 공경하며 알뜰살뜰하게 살아가는 것뿐이었다.

살육의 현장에서 살아 나온 정기찬 씨(월악리, 당시 18세)는 한 사병의 도움으로 간신히 목숨을 건졌다. 5중대 중대장 권준옥 대위의 광기에 찬 행동에 그는 몸서리를 쳤다.

전날 밤 결혼한 신혼 부부의 죽음, 딸을 구하고자 했던 한 노부의 죽음은 너무나도 한스러운 죽임이었다고 증언했다.

권준옥 대위는 양민들에게 무차별 난사를 한 뒤 목숨이 붙어 있는 사람은 살려주겠다는 명분으로 인간을 구원하는 신이 있는 하늘을 팔아가며 선량한 양민들을 동지 섣달 칼바람이 부는 곳에 끌어내 뒤에서 총질을 지시한 장본인이다.

그의 행적을 찾는 사람은 너무나 많다. 가족의 목숨을 잃은 수많은 유족들, 또한 학살의 현장에서 살아나온 생존자까지. 지금은 50여 년의 세월이 지나 늙고 병든 몸이 되었지만 악마 같은 얼굴이 어떻게 변했는가 보고 싶다고 했다.

정기찬 씨도 기관지 수술을 받아 기구를 사용하지 않고는 말을 할 수 없는 처지가 되어 버렸다. 두 번째의 확인 사살을 저지른 5중대. 불을 끄기 위해 마을을 향해 가던 양민 7명을 등뒤에서 비겁하게 사살해 버린 뒤 권대위는 또다시 소리쳤다.

"살아 있는 사람은 일어나라. 이번에는 정말 살려주겠다."

정씨는 피가 흥건히 고여 있는 구덩이에서 죽은 듯이 누워 있었다. 곧이어 두 차례의 총성이 들렸다. 권대위의 비겁하고 악랄한 꼬임에 두 사람이 또 목숨을 잃은 것이다. 연이어 다시 권대위가 사병들에게 명령했다.

"지금부터 시체 사이를 지나면서 조금이라도 움직이는 것들이 있으면 사살하라."

군인들이 시체 사이를 비집고 지나면서 군화발로 툭툭 건드렸다. 그러고는 간간이 총성이 들렸다. 드디어 정씨의 차례가 왔다. 시체들 사이에 몸을 반쯤 끼우고 있던 그는 가는 실눈을 살짝 떠쳐다보았다. 자신에게 누우라고 알려주었던 그 사병이었다.

그 사병은 정씨 옆으로 와 정씨의 배를 슬쩍 걷어차면서 '요놈도 많이 먹었네' 하면서 눈을 찡긋해 보이고는 지나갔다. 총알을 많이 맞았다는 뜻이었다.

지금도 정씨는 그 사병을 잊지 못하고 있다. 너무나 무서웠고, 오직 살아야겠다는 일념에, 또 말 한 마디도 할 수 없는 주위의 상황 때문에, 그 사병에게 고맙다는 인사말 한 마디 하지 못한 게 평생을 살면서 너무나 마음에 걸린다고 했다.

지금이라도 그때 그 사병을 만날 수 있다면 백 배 감사 드리고 싶다고 했다. 참살 현장에서는 자식이 징집되어 전쟁터에서 싸우고 있는 사람도 죽어갔다. 전쟁터에서 사진을 찍어 보내줄 리가 없으며, 편지 한 장 쓸 시간이 없는 그야말로 생과 사를 가름하기 어려운 상황에서 고향 가족에게 군사 우편을 보낼 여유가 없는데, 증거가 없다 하여 무참히 죽인 것이다. 목숨을 걸고 나라와 국민을 위해 싸우는데, 같은 동료는 가족을 무참히 죽인 것이다. 이 슬픈 역사가 한국전쟁 동안 전국 곳곳에서 자행되었다.

남산뫼 학살 사건 현장의 유일한 여자 생존자 김유순 할머니(월기리, 당시 26세)는 가문과 집안을 소중히 여기며 살아온 절개의 여인이었다.

5중대가 들이닥친다는 기별을 접한 김씨의 집안 식구들은 피난을 떠나기 위해 준비를 했다. 그러나 그녀는 꼼짝도 하지 않았다. 다 떠나고 나면 누가 집을 지킬 것이냐는 생각 때문이었다. 하는 수 없이 남편·부모 등 모든 가족들은 마을을 빠져나갔다.

김씨는 시집올 때 가져온 새옷을 꺼내 입었다. 죽음의 준비를 한 것이다. 군인들이 골목 어귀를 돌아다니며,

"집 안에 있는 사람은 손들고 나오면 살려주겠다."

라고 고함을 치고 다녔다. 김씨는 몸단장을 하고는 방 안에 꼿꼿하게 앉아 있었다. 군인들이 집 안으로 뛰어들어 왔다. 역시 군인

은 명령에 의해 일사불란한 체계로 움직이는 것을 증명이나 하듯, 상관의 지시대로 김씨를 끌어냈다.

그러나 그들도 인간이었다. 아무리 상관의 명령이라지만 죄 없는 사람을 죽인다는 것은 바로 죄를 범한다는 것을 알기 때문이었다. 당시 집 안에서 나오지 않고 끌려나오는 사람은 그 자리에서 총살시키라는 명령을 하달받은 것 같았다고 김씨는 증언했다.

바깥으로 끌려나온 김씨에게 사병들은 죽이기는 아까운 사람이지만, 어쩔 수 없이 총을 쏘아야 한다며 자신들의 처지를 욕하지 말라고 했다.

그들은 혹시 살아나더라도 죽은 척하라고 말한 뒤 김씨의 왼쪽 팔을 쏘았다. 죽은 척할 필요도 없이 총알을 맞은 김씨는 정신을 잃었다. 김씨 역시 한 사병의 도움으로 살아난 것이다.

이후 김씨는 너무나도 크나큰 고통에 시달리며 지금껏 살아왔다. 남산뫼에서 150여 명의 양민들을 학살한 뒤 2백여 채가 넘는 가옥에 불을 질러 한 줌의 재로 만들어 버린 5중대는 떠나갔다. 월악리 6개 마을을 쑥대밭으로 만든 뒤 그들은 돌아간 것이었다.

그들이 떠나간 뒤 짧디짧은 겨울 해가 서산 마루턱에 걸릴 즈음, 새벽에 도망했던 마을 사람들이 하나둘 돌아오기 시작했다. 김씨 가족들도 돌아왔다. 그러나 집에 돌아온 그의 가족들은 살아 있는 김씨를 보고 놀랐다. 죽은 줄로만 알고 있었다.

그의 가족들은 동촌 마을 학살 상황을 전해 들었기 때문이다. 군인들이 떠나간 것을 알아차린 김씨는 총상을 입은 왼쪽 팔을 끌어안은 채 타다 남은 그의 집 마당 볏짚단으로 가 몸을 뉘었다.

총상의 고통에서 벗어나지 못하고 괴로워하고 있을 때 그의 가족들이 돌아온 것이다. 어찌할 바를 몰랐다. 약국도 병원도 없었다. 가족들은 피투성이가 되어 있는 왼쪽 팔을 보고 발을 동동 구르며 안타까워했다.

그날도, 그다음 날도, 또 그 다음날도 손을 쓸 수가 없었다. 김씨의 왼쪽 팔은 엄동 설한 추위였지만 썩어들어 가고 있었던 것이다.

그때 김씨의 친정집에서 월악리 학살 소식을 전해듣고 조용해진 틈을 타 달려왔다. 달려온 친정 오빠들은 다 죽어 가는 동생을 보고 억울함에 비통해했다.

그러나 그것도 잠깐, 생과 사의 기로에서 허덕이는 동생을 살려야겠다는 생각뿐이었다. 곪을 대로 곪아 온살이 고름으로 가득 찬 것처럼 보이는 동생의 팔을 들여다본 김씨의 작은오빠는 가족들에게 동생의 다리와 몸뚱이를 꼼짝도 할 수 없게 잡아주길 부탁했다.

그러고는 칼을 불에 달구었다. 젓가락도 한 짝 준비했다. 마취제도 의사도 없었다. 무지하지만은 동생의 목숨을 구해야겠다는 마음으로 수술을 시작한 것이다. 고통의 신음 소리가 터져 나왔다.

총상을 입은 왼쪽 팔은 불에 달궈진 칼로 째니 피와 고름이 터져나왔다. 그러고는 오른손에 젓가락을 집어들고 살 속을 파 뒤졌다. 살 속 곳곳에 퍼져 있는 부서진 뼈를 찾기 위해서이다.

결국 동생의 고통스런 신음 소리도 외면한 채 돌팔이 의사 행세를 한 것이다. 겨우 수술을 끝낸 후 옷을 꿰매는 바늘과 실로 봉합을 했다.

김씨는 그 후 또다시 작은오빠에게 수술을 받게 됐다. 팔을 잘라내어야 하는 비참함을 맞지 않기 위해 어쩔 도리가 없었다. 마취제도 없이 젓가락으로 가루 난 뼛조각을 찾아내는 수술을 한 것이다.

두 차례의 수술 후 뼛조각 7개를 찾아내고는 지금까지 곪지 않고 무난하게 지내고 있다. 그러나 그의 왼쪽 팔은 그때의 수술 자국 때문에 오른팔보다 약간 짧아졌다.

또한 그녀의 치아는 '남산뫼 학살 사건' 이후 6개월이 채 되기 전 모두 빠져 버려 오랜 세월을 이빨도 없이 살아왔다. 마취 없이 수술을 할 때 아픔을 참느라고 이를 악다물고 갈았기 때문에 그 후유증으로 모두 빠져 버린 것이다.

지금은 의학의 발달로 틀니도 있고 이빨을 다시 끼울 수도 있다지만, 50여 년 전 당시에는 단지 부드러운 음식만을 골라서 먹는 방법밖엔 별도리가 없었다.

아무리 총상을 입어 죽음에서 살아났다고는 하나, 이빨이 없어 평생을 음식 한 번 제대로 못 먹는 고통스런 삶을 살아왔다. 김유순 할머니는 지나온 세월 50여 년간 차라리 꿈이었으면 하며 지내왔다고 증언했다.

남산뫼양민학살사건에서는 많은 처녀 총각들이 죽었다고 정정진 씨는 증언하고 있다. 정씨는 당시 자신의 나이 또래는 거의 다 죽었다며, 자신은 체구가 아주 작아 나이가 어려 보이는 바람에 살아났다고 했다.

그의 부친 정지석 씨(당시 55세) 또한 머리에 상투를 하고 수염을 길러 아주 늙어 보였다. 그 날 새벽 정씨도 끌려나갔으나, 그는 아버지의 뒤만 졸졸 따라다녔다. 이리저리 끌려갔다가 겨우 살아났다.

그가 남산뫼에 끌려갔을 때 동네 처녀가 6명이나 끌려와 있는 것을 보았다고 했다. 그리고 그 이후 그들을 한 번도 본 적이 없었다고 정씨는 증언했다.

당시 상황은 국군이 9월 인천상륙작전을 감행하여 완전 북진했고, 고립된 인민군이 지방 좌익 분자와 깊은 산중에 은신해 지내면서, 밤만 되면 산간 마을 등지에 출범, 양식 등을 빼앗거나 훔쳐가기 때문에 양민들은 그들을 '밤손님'이라고 불렀다.

국군과 경찰은 적은 병력으로 수복 지구를 지키고 있었다. 그러다 보니 자연 마을에 남아 있는 주민들만 괴로움을 당할 수밖에 없었다. 불갑산(佛甲山) 주변에서 발호하던 공비들은 밤이면 그들의 마을로 내려와 우익 인사를 납치, 살해했다. 낮엔 국군 토벌대가 들어와 빨치산들에게 양식을 빼앗긴 양민을 '통비분자'로 몰아붙였다.

이러지도 저러지도 못하던 양민들은 한쪽의 괴로움에 시달리는 게 낫다 싶어 빨치산의 부역꾼으로 끌려가기도 했다. 이들 중 마을로 내려오지도 못한 채 공비 아닌 공비가 되어 버린 사람도 있었다. 그러나 자신의 괴로움을 덜기 위한 몸부림 때문에 그의 가족들이 죽음의 구렁텅이로 빠지기도 했다.

빨치산의 정체 — 최초 공개

1950년 12월 7일, '남산뫼양민학살사건'은 이 모든 얽히고 설킨 사연 속에 157명 양민의 목숨을 앗아간 채 끝이 났다.

"끌려가서 어떠한 일을 도와주셨습니까?"

질문을 받고 잠깐 생각에 잠겨 있는 김노인은 결심한 듯 입을 연다.

"이런 말을 하여도 됩니까?"

"어르신, 저한테 한 말은 증언이니까 걱정 마십시오. 1톤의 문서보다 살아 있는 어르신 같은 증언 한 마디가 역사적으로 신빙성이 더 있으니까요. 소문으로 전해서 와전된 기록들이 정립되지 않은 역사들이 너무나 우리들을 혼란스럽게 합니다. 말씀해 보세요."

"이때껏 살아온 것만 해도 생각하면 징그런 세월인디 말 잘못하였다간 우리 애기들한테 피해가 있을 꺼인디요?"

"염려 않으셔도 됩니다. 지금 세월이 얼마나 흘렀습니까? 자식들 모두 출가하여 직장 생활하고 있다면서요?"

"말도 마씨요! 우리 큰아들이 군대 가서 좋은 병과에 합격하였는디. 피아노 치고(열 손가락 지문) 형무소 갔다온 전력이 있는 나 때문에 들어가지도 못하고 골병대(공병대)에서 근무하였당께로!"

김노인은 담배를 깊게 빤 뒤 한숨을 쉬었다. 아직도 순박한 농촌 노인이다. 김노인은 여동생을 살리기 위하여 부역에 자원한 사람이다.

여동생이 여고에 다녔는데, 공비들에게 발각되어 산으로 끌려가게 되었다. 산으로 끌려가면 볼장 다 본다고 하였다. 동네에서 반반한 여자들이 끌려가서 밤노리갯감이 되었다고 소문이 나돌던 때이다. 윗대 조상 제사 지내려 왔다가 들이닥친 공비들에게 끌려가게 된 여동생을 대신하여 빨치산이 된 것이다.

당시 김노인은 23세였다. 나이가 많거나 적은 사람, 그리고 부녀자들은 부역을 하였고, 젊은층은 빨치산이 되었다.

"옆집에서 다투는 소리가 들려 담 너머로 살펴보니 밤손님이 와서 친구와 친구 형수를 끌고 갈려고 하니 친구 할아버지가 장죽 담뱃대를 들고 나와 공비를 때리더라고요. 토벌대 같으면 그 자리에서 쏴 죽였겠지만 공비들은 영감님 물건만 날라주면 돌려보낼 테니 걱정 말라고 두 사람을 데리고 우리 집으로 오는 것을 보고, 나는 역으로 친구집으로 담을 넘어갔지요. 친구집 장독대에서 몸을 숨긴 채 우리 집에 제사 지내러 왔던 친척들을 마당으로 나오게 하는 것을 목격했지요. 제사 지내러 왔던 사촌형들 두 명과 막내당숙, 여동생이 붙잡혀 끌려가는 것을 보고 가만히 있을 수가 없었습니다. 나가 친구 설팍문을 발로 차고 뛰어가 앞을 가로막자 공비들이 깜짝 놀래갖고 따발총을 겨눕디다. 완마, 깐닥 잘못했으면 죽었을 꺼인디."

담배를 연달아 서너 번 빨고 김노인은 멈춘 말을 잇는다.

"차라리 그때 죽어 뿌렀으면 험한 꼴 안 보고 얼마나 좋은가 말이여!"

혼자 넋두리를 한다.

"씨발놈의 세상, 힘이 없어 개처럼 끌려다니면서 고생 좆나게 하고 말이여. 지금까정 그놈의 연좌제인가 먼가 때문에 자식들꺼정 피해를 보게 핸다 말이시."

"공비들이 어떻게 합디까?"

"공비들이 옆구리에다 따발총을 갖다댑디다. 손을 번쩍 들고, '나도 따라갈라요!' 하자 총을 치우더라고요. 공비들이 웃으면서 어느 집에 사냐고 묻더라고! 방금 나온 제사지내는 집이라고 하자, 다시 집으로 들어가 제사를 빨리 지내라고 하더라고요."

그들의 인간성이 토벌대보다 훨씬 좋았다고 하였다. 그래서 자청해서 산으로 들어간 사람이 있었다고 한다.

"제사를 지내고 음식을 먹은 뒤에 사정을 했지라. 제사 지내러 왔으나 학교도 가야 하고 몸이 약하니 우리 집에서 4명이 갈 테니 여동생은 놔두자고 빌었지라. 제사 음식도 대접하였고 술도 거나하게 해서인지, 여동생과 옆집 친구 형수를 두고 산으로 들어갔지라. 그 날부터 나도 빨치산이 되었지요."

그때의 전과로 자식이 사상 검증 때 부적격자로 판정난 것이다. 군생활 때 2급 비밀 취급 이상의 병사에게는 사상 검증을 한다. 한국전 때 부역자 또는 월북 가족이 있으면 부적격자 판정이 난다. 본가는 물론이고 처가집까지 검증을 한다.

(필자는 대북 참전 연대 소속이었고, 한때는 통신병이었다. 필자 아들 역시 88전차 사수였고, 부대장의 비서이면서 부대장과 1호 탱크를 탔기

때문에 잘 알고 있다.)

제사 지내러 온 사촌형과 막내당숙까지 강제로, 또는 자청하여 공비들을 따라가 동네 젊은이들이 '산(山)'사람이 된 것이다.

"끌려가서 산에 들어가 전투를 하였습니까?"

"멀라고 꼬치꼬치 물었샀소?"

"억울한 누명을 벗겨드리려고 합니다."

"아이가! 택도 없는 소리 씨부리 샀고 있네 시방! 이때까정 어느 한 놈도 관심 가진 놈이 없었는디 무단시 고생해지 말고 내비도 부시오! 멀라고 비싼 휘발유 태워가며 헛일해고 싸돌아댕기요?"

김노인은 필터 가까이 타 들어간 담배 꽁초에다 가래침을 뱉은 뒤 땅바닥에 놓고 구두 뒷굽으로 짓이겨 버린다. 그리고 도끼눈을 해가지고 필자를 위아래로 한번 꼬나본 뒤,

"명함 좀 봅시다."

필자가 의심스러운 모양이다. 1년을 넘게 찾은 증인이다. 그것도 빨치산의 산 증인이다. 명함을 보더니,

"소설은 인간을 만든다. 좋은 말이구먼."

명함에 씌어 있는 글귀를 읽고, 지갑을 꺼내더니 깊이 명함을 넣은 뒤,

"이런 말을 절대로 안 하려고 했는디 당신을 믿고 처음 이야기 허요. 글 쓰는 사람이고, 당신이 썼다는 책 내용을 보니까 깡다구가 있어 보인께로. 나 이름은 밝히지 않고 쓴다고 약속 지킬라요?"

"걱정 마십시오! 어르신 말고 두 명이 더 있는데, 그분들은 가해자이고 어르신은 실존 빨치산이니까 절대로 비밀로 하겠습니다."

도끼눈을 해가지고 필자를 위아래로 쳐다보더니 엄청난 이야기를 해 주었다.

"나가 이야그를 오늘날까지 하지 않은 것은 부역 땜시 경찰서 가서 피아노 치고(전과자 조회 때 열 손가락으로 지문 찍는 것) 온 뒤 감시당하고 살아와서 그래요. 선생이 글 잘못 써가지고 나한테 피해가 쪼금만 있어도 책임져야 할 꺼인디, 책임질라요?"

"어르신, 저는 작가입니다. 걱정을 접어두시고 겪은 대로만 이야기해 주시면 절대 피해가 없게 하겠습니다."

김노인은 필자를 못 믿겠다는 듯이 다짐을 한 번 더 요구했다. 필자는 준비해 간 필자의 신문 보도 자료를 보여주었다. 첫 작품 《애기하사 꼬마하사 병영일기 (1·2권)》 내용 중에 월남 고엽제가 아닌 휴전선 살포 폭로 기사, 4번째 작품 《쌍어속에 가야사》 내용은 김해시에 있는 김수로왕 능의 묘가 가짜 묘라고 한 책에 대한 월간지와 신문 면의 서평이다. 이러한 사실을 국내 처음 밝힌 사람이라고 하자,

"맨입으로는 못 하겠소!"

술을 먹어야 말을 하겠다는 뜻이다. 필자는 가게에서 캔맥주와 소주를 사서 김노인에게 한잔 권하였다.

"맥주는 싱거버서 못 묵은께 선생이나 입가심하시오."

소주잔이 연거푸 세 번이나 건네졌다. 김노인은 오른손 엄지를 구부려 코에다 대고 누른 뒤 '팽!' 하고 코를 풀고 나서 담배를 꺼내 입에 물고 이야기를 시작하였다.

"나가 말이여, 제사를 지내고 산으로 가겠다고 하자, 빨갱이들도 여자들은 데려가지 않기로 하고 남자들만 데리고 간다는 허락이 떨어져서, 밤 12시가 지나서야 제사가 끝나고 제물(제사 지내고 난

음식)을 엄니가 보자기에 싸서 주더라고. 가면서 먹으란 것이재. 사촌형을 비롯하여 당숙과 함께 마을 사람들이 포함되어 12명이 산으로 올라갔지라. 동지 섣달 높은 산이라서 거칠게 바람이 불어 바짓가랑이 속으로 냉바람이 들어오고, 얼굴을 스치고 지나간께 어찌꼬롬 추운지 얼굴이 찢어져 뿔라고 글드만, 앞에 가는 사람이 길이 없는 곳을 헤쳐 나가면서 소나무 가지를 밀고 가다가 놔 버리니 활시위처럼 휘어진 것을 놓은 것 같아 그 반동으로 소나무 가지가 얼굴짝을 치니 회초리로 때린 것보다 더 아픈데 눈물이 찔끔찔끔 나오드란께. 그 짓을 하면서 아마 서너 시간 걸었는디, 앞에서 웅성거리는 소리가 들리더라고. 본부에 도착한 것이지. 얼굴은 춥지만 땀이 나 바짓가랑이가 사타구니에 칙칙 갱기드란께."

김노인은 술기운이 들어 취기가 돌자 필자에게 존대말이 하수로 바뀌기도 한다.

"컴컴해서 얼굴이 잘 보이지 않고 간솔(송진이 묻은 소나무) 가지에 불을 붙여서 얼굴을 보여주는데, 완마 쌍판때끼리 본께 겁나불더라고. 면도를 안 한 구렛나루 얼굴에 세수도 못 했는지 돼지 얼굴 같드랑께."

"빨치산 본거지에 도착하였군요?"

"우리 쪽 본부것지? 산적같이 생긴 놈이 일어서더니 손을 덥석 잡고 '동무들 잘 오셨습니다. 오시느라고 고생하였을 텐데 오늘 저녁 누추하지만 편안히 주무시고 내일 봅시다' 첫인사를 그렇게 끝내고 잠자리에 들었재."

"산이라서 무척 추울 텐데 잠이 옵디까?"

"계곡에다 돌을 쌓아서 담을 만들고, 생솔가지와 억새풀로 겹겹이 울타리를 만들고, 바닥에는 돌자갈을 깔고 싸리나무를 많이 꺾어서 깐 뒤 그 위에 낙엽을 수북히 깔아 놓았더라고. 마을에서 뺏어간 솜이불을 덮고 잤는데, 추워서 못 잔 것이 아니라 이가 많아서 긁어대느라 잠을 못 자겄습디다."

"여자들도 있을 텐데요. 그들은 별도로 기거한 데가 있습니까?"

"이 양반이!"

하더니 김노인은 소주잔을 필자에게 내민다.

"지금 빈 속인데 더 하셔도 되겠습니까?"

"이까짓 거 삥아리(병아리) 눈물밖에 안 되는 술을 가지고 그요. 목구멍에서 다 묻어 뿔고 간에 기별도 안 가는디요."

종이컵에 반을 따르자 다 채우도록 술잔을 들고 있다. 할 수 없어 채우자 "입바이(가득) 따러! 입바이 더 많이 따르랑께!"하며 가득 채우라고 한다.

잔이 넘치자 그때서야 벌컥벌컥 마시고 난 뒤 '쪽' 소리를 하고서 '카~' 한다. 술을 좋아한다지만 연세도 있고 하여 얼굴엔 취기가 돈다. 혓바닥으로 입 주위를 한 바퀴 돌려 입술에 묻은 술을 닦아 먹더니 '꺽' 하고 트림을 뱉어낸 다음, 이야기를 계속한다.

"여자들도 같이 붙어 잤지라. 따로 자려고 해도 무서우니 남자들 틈새에서 잘려고 글드라구요. 추워서 여러 명이 뽀작뽀작 껴안고 잘께 어찌고 해볼라고 한 사람도 없고… …."

"……."

"아, 근디 멀라고 물어보요?"

"여자들이 잡혀갔으니 궁금하지요!"

"여자들이 잡혀온 것이 아니라 자진해서 온 사람이 많았어라."

"산에서 살기도 어렵고 불편하였을 텐데 여자들이 지원해서 올 이유가 없지 않습니까?"

"완마, 작가 선생이람시롬 그것도 몰라부요? 토벌대가 마누라를 비롯해 가족들을 모두 죽인다는 소문이 돌아서 가족 중에 다 큰 가이네들이 산으로 들어갔지라. 거기다 젊은 사람은 다 죽이고 마을은 불태운다고 하자 젊은 여자들도 산으로 도망쳤는 거라. 뒤에 안 일이지만 밥도 해 주고 옷 같은 것 꿰매주는 것을 했다요만, 어쩌다 간간이 빨갱이 높은 놈들하고 연애질도 했것재!"

"산사람이 된 뒤 무슨 일을 했습니까?"

"총도 쏠 줄 모르지, 토벌대와 전투도 안 하지, 보급이 끊겨서 먹고 살기에 급급하여 밤이면 마을로 내려가 먹을 물과 양식을 뺏어왔는데, 우리들은 노무자(짐꾼) 일만 했지라."

"매일 식량을 뺏어갔는데 계속 나옵디까? 토벌대가 온 마을을 쑥밭으로 만든 뒤부터 어떻게 식량을 조달하였습니까?"

"그렁께로 우리들이 동원되얏재. 공비들이 지리산으로 들어온

뒤 식량을 전부 숨겼는데, 마을 주민들이 죽이고 토벌대가 전부 떠나자 숨겨 놓은 장소를 안께로 밤에 가서 꺼내왔재.”

김노인 말은, 마을에서 강제로 잡혀갔던 양민들이 토벌대가 가족을 모두 죽이고 생활 터전마저 불태우자 자진하여 빨갱이가 된 것이다. 그들이 배가 고파지니 잡혀오기 전에 숨겨두었던 식량을 꺼내왔다고 하였다.

“불도 피울 수 없을 텐데 생식을 했단 말입니까?”

“왜 불을 못 피운다요?”

“연기가 나니 발각되어 토벌대가 소탕 작전을 나서면 어쩔 것입니까?”

“토벌대요! 그 아그들이 무서워서 전쟁 제대로 한번 못 한 놈들인데 무슨 수로 험하고 높은 산뻬알을 공격해 옵니까?”

“그렇다면 치열한 전투는 한 번도 해 보지 않았군요?”

“그런 일이 애시당초 처음에는 없었지라!”

“토벌대가 힘없고 대항 능력도 없는 마을 사람들에게 광기를 부렸군요?”

“워머, 말하면 멋할 껏이요. 두 번 말하면 숨차지. 개자식들, 불쌍한 사람만 몽창시리 죽이고 빨치산들과 전쟁 한 번 제대로 못 한 그 아그새끼들이 나라를 지키는 군인이라고. 더러워서…….”

김노인은 ‘까르륵’ 하고 가래를 끌어올려 사정없이 뱉어낸다.

“참, 어르신 여동생과 마을에 남아 있는 가족은 어떻게 되었습니까?”

“억장이 무너질라고 헌디 멀라고 물으요? 그 생각만 하면! 씨발 분이 안 풀려요. 토벌대 새끼들이 우리 식구들을 몽땅 죽여 뿌렀재!”

"여동생도 말입니까?"

"여동생은 제사를 지내고 옆집 친구 형수와 동네 젊은 여자들과 함께 광주로 밤에 떠났기 때문에 목숨은 구했지만 말짱 황이 되야 뿌렸소!"

"자정이 지나서 여자들끼리 길을 나섰단 말입니까?"

"젊은 남자·여자를 공출하듯이 데려가니 동네에 남아 있다간 무슨 일 날까 바 겁이 나서 어찌끄럼 있을 꺼이요. 시내로 갔는데, 이튿날 토벌대들이 몰려와서 집에 남아 있었던 가족을 싸그리 몰살시켰으니 살면 머할 거요?"

"여동생은 지금까지 살아 계십니까?"

"워머! 그 생각하면 오장육부가 뒤집어질라고 글고 환장해것는디 시방 멀라고 그런 것까지 전부 다 묻는다요?"

남아 있는 소주를 병째로 마신 뒤,

"개 호로자식들, 지금 그놈들 혹여 만난다면은 육철낫으로 배를 갈라 생간을 끄집어내어 배추김치 양념에다 버물어 버리고, 창자를 몽땅 끄집어내어 까시가 많은 탱자나무 울타리에 걸어놓고 싶은 심정이요!"

하더니 술병을 찾는다. 필자는 술병을 감추어 버렸다. 더 먹으면 오늘 녹취는 끝날 것 같기 때문이다. 술로 울분을 참으려는 김노인은 한평생 살아오면서 가족이 생각나면 술로 한을 달랬을 것이다.

분을 삭이지 못하여 성난 황소처럼 콧바람을 씩씩대며 자기 꼬리에 달린 방울을 잡으려고 빙빙 도는 고양이처럼 공터를 몇 바퀴 돌더니 '철퍼덕!' 하고 맨땅에 주저앉아 버린다.

"워머, 느그미 떡을 할 것, 오늘 나 싹까발래 버릴라요! 선생 잘

쓰시요이. 우리 여동생 인물이 반반했는데, 이 오빠가 부역을 하였고, 부모 형제들이 빨치산으로 몰려 몰살당했으니, 취직도 안되고 뭘 좀 할려고 하면, 경찰서에 끄네끼에 묶인 개처럼 끌려가 열 손가락 피아노 친 오빠 때문에 아무것도 못 하였소. 그 당시 여고 졸업하면 국민학교 선생을 할 수 있었는데, 나 때문에 헛것이 된 것이쟤!. 결국은 부끄러운 일이지만 양동서 똥갈보(술집 작부) 짓까지 하다가 얼굴 잘난 것 때문에 공무원과 결혼하였는데, 광주 민주화인가 먼가 때문에 조사를 하게 되었다요! 6·25때 전력이 드러나 신랑과 옥신각신하다가 그라목손(제초제)을 먹고 죽어 뿌렸소!"

김노인은 말을 끝내고 가슴을 주먹으로 북을 치듯 한다.

"그 짠한 것이 그라목손(일반 농약은 먹고 즉시 위세척을 하면 살릴 수가 있는데, 그라목손 등 제초제는 소량만 먹어도 결국 풀잎이 말라죽듯이 죽음에 이른다)을 묵어 뿌끄요."

그 징한 세월 속을 지나오면서 햇빛에 타버린 구릿빛 얼굴에 새겨진 수많은 굵은 주름살을 타고 대책 없이 눈물이 흘러내린다. 옛일을 끄집어낸 데다 술까지 먹었으니 감정이 격해진 상태이다.

"워머! 횟간이 뒤집질라 그러네, 참말로."

말을 끝내고 바지주머니를 뒤져 김노인은 담배를 꺼내 입에 물고 라이터를 찾았다. 필자가 라이터를 집어주자 다시 땅에 내려놓는다.

나는 김노인을 혼자 두고 언덕으로 올라갔다. 불갑산 자락 끝을 보니 온갖 풍상 속에 곧게 자라지도 못한 노송 밑으로 옹기종기 앉아 있는 늙은 집들이 예스런 정취를 더 한다. 작은 계곡을 따라 흐르는 도랑물 소리가 흘러간 세월 속에 억울하게 죽어간 그때 사람들의 원한의 숨소리가 되어서 들리는 듯하다.

　태고부터 산중턱에 앉아 있었던 기암들은 50여 년 전 아비 규환의 생지옥을 지켜보았을 텐데…… 물이끼가 말라 버린 자귀목에 물감을 덧칠하듯 군데군데 자생하고, 생명을 다 한 고목이 을씨년스레 서 있다.

　앙상한 두 어깨를 들썩이며 통한의 눈물을 흘리는 노인네를 멀리서 쳐다보며 이런 생각, 저런 생각에 젖어 있는데,

　"어이 선생! 갈 길도 멀 꺼인디 언능 오씨요!"

　빨리 오라는 손짓을 한다.

　"오늘 밑천을 다 털어놓랑께로 어와 앙그씨요."

　김노인은 경남 김해서 필자가 왔다는 것을 알고 갈 길이 멀다고 걱정을 한다. 필자가 김노인을 마주보고 앉자 뼈만 남은 앙상한 손으로 어깨를 잡아끌면서 잠긴 목소리로 "강선생!" 하고 부른다.

　눈물 자국이 얼룩진 노인을 정면으로 바라보지 못하고 외면한 채 지리산 고봉을 응시하고 있는 필자에게,

　"이쪽으로 뽀짝(바짝) 가까이 앙그씨요!"

　정작 말을 걸어올 쪽이 입을 다물고 있으니 멋쩍었던지 껄껄 웃는다.

　"어와, 뽀짝 앙그랑께, 갈 길도 여기서 솔찬이 멀 꺼인디?"

　"늦으면 하룻밤 자도 상관 없습니다."

　궁둥이를 약간 움직여 필자가 바짝 다가앉자,

　"지금부터 하는 말은 처음으로 하는 말이니께 잘 들으씨요! 절대로 안 하려고 그랬는디 강선생이 믿음이 가서 이야기하요. 나도 인자는 저승사자 소환장이나 기다릴 나이 아니요. 쩌그 머시다냐! 인육(人肉) 먹은 적은 없지라?"

"······?"

필자가 피해자들한테서 들은 적이 있지만, 실존 빨치산 가해자에게서 듣는다는 것은 처음이다. 설마 하였는데 김노인 표정으로 보아서 사실인 듯하다.

김노인은 필자의 얼굴에 바짝 얼굴을 갖다대고 말라쳐진 꺼풀을 꿈벅이며 필자의 표정을 살핀다. 필자가 특수부대 요원이라 그런 훈련도 받았느냐는 뜻이다.

교육 중 생존 투쟁 훈련 과목 안에 생식 훈련이 있으나 인육 관련 과목은 없다.

"설마, 사람고기를 먹을 수 있습니까? 아프리카 식인종도 아니고. 그런 말은 있기는 하지만 확인된 사실이 없지요!"

"배 고프면 먹을 수도 있지! 3일만 굶으면 갓을 쓴 양반놈도 남의 담을 넘는다 안 급디요!"

"그거야 전해져 내려온 속담이 아닙니까."

"춥고 배고프니 굶는 것도 추운 것 참는 것보다 더 힘이 듭디다."

"영감님, 정말로 인육을 먹었다 말씀이오?"

"······."

잠시 말을 중단한 김노인은 양미간을 한번 찌푸리더니 입을 연다.

"나도 처음에는 몰르고 묵어 부럿는디, 인육을 먹고 3일 뒤에 알았재. 사람고기인 줄 알고 먹는 사람이 어디 있것소!"

"운동 선수를 태우고 가던 비행기가 추락, 눈으로 덮인 험준한 산 속에 식품이 떨어져 죽은 인육을 먹고 두 달 이상 견딘 사건을 영화로 보았습니다만, 정말 그 당시 그런 일이 있었군요?"

"긍께 나가 시방 하는 말은 구라(거짓) 까는 것이 아니랑께로 그러네. 나가 아니깐 '확' 까발레 뿐다 안 굽디요?"

1993년 국내 상영된 영화 〈엘라이브(Alive)〉 이야기이다. 1972년 10월 전세 비행기가 남미 안데스 산맥에 추락했다. 구조대는 72일 만에 사건 현장에 도착했고, 우루과이대학 럭비 선수 16명을 구조했다. 구조대는 그들이 의외로 건강한 것이 의아했다.

그 궁금증은 이내 풀렸다. 사망한 탑승객의 인육을 먹으며 버텼던 것이다.

40년 전 45명이 탑승했던 전세 비행기는 조종사의 실수로 안데스 산맥 해발 35킬로미터 지점에 추락, 그 충격으로 13명이 즉사했다. 사망자 중에는 선수 외에 선수의 부모와 여동생 등도 있었다.

비행기에 있던 몇 조각의 초콜릿과 포도주로 연명하며 구조를 기다리던 중 "당국이 구조를 포기했다"는 라디오 뉴스를 들었다. 생존자들은 잠시의 절망감을 떨치고 눈 속에 파묻었던 동료들 시신을 끄집어내어 유리창 파편으로 시체를 얇게 썰어 비행기 동체에 널었다가 태양열에 익혀지면 먹었다. 인육을 먹을 수 없다고 버티던 몇 사람이 죽었고, 1주일 뒤엔 눈사태로 8명이 더 숨졌다.

이들 역시 식량이 됐다. 두 달쯤 지나 일행 중 2명이 구조를 요청하러 나섰다. "더 먹을 것이 없을 때까지는 제발 내 어머니와 여동생 시신을 건드리지 말아달라"고 부탁한 뒤 떠난 두 학생은 열흘간 혹한의 눈 속에서 추위와 배고픔을 견디고, 마침내 한 목장지기를 발견해 구조를 요청하여 즉각 출동한 구조대에 의해 나머지 동료들을 살려냈다는 실화를 영화한 것이다.

처음에는 동네 주민들과 식량을 얻어먹거나 강제로 공출하여 먹고 지냈으나, 보급이 완전히 차단된 뒤 전투할 무기와 탄약이 급한 것이 아니라 먹을 것이 문제가 되었다. 날은 춥고 배는 허기가 지니 추위는 배가되어서 굶어죽는 자가 생겨났다.

낮에는 토벌대 때문에 행동을 자제하였고, 밤에만 산에서 내려와 마을을 찾아들었다. 토벌대가 주민을 학살하고 마을에 불을 질러 폐허로 만들어놓고 떠났기 때문에 그 동안 감추어 둔 식량으로 견디어 왔으나, 퇴로가 차단된 인민군 잔당이 지리산 계곡으로 많이 모여들면서 식량은 급속도로 소모되기 시작하여, 급기야 하루 한 끼로 때우는 사태까지 되어 버린 것이다. 집을 뛰쳐나온 개들과 돼지를 잡으려고 사냥팀까지 만들어졌다는 얘기이다.

주변 마을이 폐허가 되어 버리자 밤길 수십 리를 걸어가 식량을 강탈해 오기 시작하였다. 부대 전체가 모여 산에서 지냈는데, 식량이 떨어지자 작은 부대 단위로 갈라서 이동하기 시작했다.

'중공군이 반격해 오니 곧 인민이 해방될 것이다. 그들이 올 때까지 각 부대 단위로 자체 식량을 조달하라'는 지시가 지리산 빨치산들에게 떨어진 것이다.

"어느 날 밤이었지요. 된장국이 나왔는데 고기가 많이 들어갔다라고요. 개고기인 줄 알았어요. 냄새도 된장국에다 그을린 고기 냄새가 났었지요. 너무 맛이 있어 그 날따라 배부르게 먹었다 말입니다. 밥을 먹고 한식경이나 지난 뒤 물이 먹고 싶어 식당으로 갔는데, 취사를 하였던 자들이 밥을 먹는데 된장과 고추장을 섞어 밥을 비벼 먹었길래 '국은 안 먹느냐? 모자라느냐?' 하면서 솥뚜껑을 열어보니 솥에는 국과 고기가 많이 있어 '고깃국 많이 있네!' 하고 먹으려고 하자, '높은 사람 주려고 남겨 놓은 것'이라고 하여 그러는가 싶어 그냥 잠이 들었지요. 이튿날 이상한 소문이 떠돌기 시작하였는데, 식량을 구하러 갔다온 자들이 마을에서 들은 이야기라면서, 다리거리에서 죽은 사람이 뼈만 남고 살점이 다 떨어져 나가고 없는데, 짐승이 먹은 흔적이 아니라 칼로 떼어낸 자국이라고 소문이 퍼져 가보았더니 진짜 뼈만 남은 세 구의 시체 옆에 개를 그슬린 흔적이 있었다고 하는 겁니다. 입소문이 퍼져 현장에서 확인된 것이지라. 식량을 구하러 갔던 팀이 개를 잡고 난 뒤 살코기 인육을 가져와 개고기와 섞어서 된장을 풀어 넣고 국을 끓인 것이다 이 말입니다."

"어르신이 먹은 고깃국이……. 사람고기였단 말입니까?"

밤이라 개고기 누린 냄새와 된장 냄새 때문에 알 수 없었고, 일주일 동안 하루 한 끼 식사를 하였기 때문에 배가 고파 모처럼 고깃국에 잔치를 한 것이다. 인간은 생존이 해결된 뒤에야 무엇을 할 것인가를 생각할 수 있다.

"설마 사람고기인 줄 누가 알았것소이! 알면 아무도 안 묵재! 안 그요?"

"개고기하고 사람고기하고 섞어 국을 끓였으니 누가 알았겠습니까? 이해가 갑니다."

식량 구하러 간 사람들이 소문을 듣지 않았다면 아무도 모를 일이고, 개고기 보양탕 먹은 것이라고 넘어갈 일이었다.

"앞에 이야기하시기를 생식을 한 것이 아니고 밥을 해먹고 국을 끓여 먹었다면 집결지가 들통날 것이고, 토벌대가 소탕 작전을 벌일 수 있었을 텐데 그것이 궁금합니다."

"추운 겨울이고 산 위쪽에서 생활하는데 뜨거운 밥이나 국물을 먹지 않으면 어떻게 살 것이요? 마을에서 동원된 가마솥에 밥을 하고 국을 끓여 먹었재!"

"토벌대가 발견하고 공격해 오지 않았습니까?"

"처음에는 보란 듯이 밤이고 낮이고 해먹었지라. 꽹과리도 치고 징을 치고 북을 두드려 토벌대를 약을 올렸는 데도 단 한 번도 습격을 해오지 않았지라! 특히, 마을로 내려갈 때 농악기를 꺼내 메구를 쳐서 난리를 떨고 했당께. 산 속에서 대기하고 있다가 공격해 오면 우리는 방어를 했응께. 토벌대보다 훨씬 유리한 조건에서 싸웠고, 실제 전투해 본 인민군 이야기로는 따발총을 쏘면 국방군이 대항하여 쏘는데 총알이 하나도 안 날아오더라는 것이요. 공중에다 쏜 것이재! 따발총은 기관총처럼 따르르륵 하고 순식간에 수백 발이 날아가는데, 제대로 훈련도 받지 않은 토벌대는 머리를 숙이고 쏘니 마치 하늘에다 쏘는 것이나 매한가지지!"

"맞는 말입니다. 정조준하여 쏘아도 잘 맞지 않아 훈련소에서 뺑뺑이 돌고 원산 폭격이란 기압을 받았는데, 고개 숙이고 쏘면 총알이 하늘로 전부 날아갔을 것입니다."

"그러니까 토벌대가 동네서 지랄을 떨었재. 산에서 연기를 피우고 우리 여기 있으니 올 테면 와바라 하면서 밥을 해먹었지!"

"결국은 소탕되지 않았습니까?"

"전쟁을 하여 져서 소탕된 것이 아니여! 식량 보급과 총알(병참) 보급이 안 되어 소탕되었그만! 총알이 떨어져 죽창을 맹글어 싸웠당께. 총알이 떨어지고 식량이 떨어진 것을 알고 습격해 왔는데, 그때부터는 불리하여 밥을 하는 데도 기술적으로 하였구만. 참말로 굼벵이도 궁굴(구르는) 재주가 있는 거여!"

"저도 적진에서 연기를 내지 않고 낮에 밥을 하는 것은 배웠습니다. 항고(반합)에다 하기 때문에 적은 양이고, 마른 나무로 하면서 밥이 끓어 넘을 때쯤 밥물이 넘어서 불에 떨어지지 않게만 하면 연기가 안 나게 할 수 있습니다만, 많은 사람들의 밥을 지을 때는 어려웠을 텐데요?"

"그랑께로 기술적으로 했당께 그러네. 오늘 좋은 것 다 갤차주네 참말로 그냥! 하루는 인민군 대장이 나와서 밥솥을 걸게 하고 연기 나갈 턱쪼가리(밥솥을 걸고 뒤쪽 굴뚝 낼 자리)부터 호리가다(작은 도랑)를 파라고 하여 일렬로 늘어서서 한 사람당 무릎이 다 들어갈 정도 깊이로 호리가다를 만들었쟤. 30미터 정도 각자 할당량을 주니 순식간에 파뿔든마. 한 고랑당 200미터 이상 될 것이여. 솥단지 하나 걸면 그러한 것은 서너 개 만들지. 처먹고 하는 일 없쓰께 그것도 재미나더라고. 호리가다 폭은 처음 시작한 곳은 석 자 정도에서 점점 좁게 판 뒤 뒤끝에 가서는 깊게 파 안방 구들장 고래구멍(연기가 잘 빠지게 굴뚝 곁을 깊게 파면 그곳에서 연기와 공기 소용돌이에 빨려 불이 아궁이에서 잘 타고 굴뚝에서 연기가 잘 나간다) 만들고, 호리가다를 만든 다음 솔갱이(소나무) 가지로 흙이 안 빠질 정도로 덮은 다음 흙으로 덮으면 200미터 이상 된 곳을 연기가 빠져나가면서 솔잎 사이에 머문 연기가 정화되어 나가기 때문에 낮에 불을 때어도 연기가 나지 않게 음식을 맹글어 묵었쟤! 강선생 어치요(어때요)? 기똥차 불쟤?"

"……."

한 곳으로만 연기가 나가는 것이 아니라, 그러한 통로를 3~4개 정도로 만들어 불을 지핀다면 연기가 나지 않을 것이다.

열심히 체크하고 있는 필자에게 좋은 것은 가르쳐 주었다고 녹취 중 제일 기분 좋은 얼굴로 쳐다본다.

"나, 근디 술을 쬐깐 더 묵었쓰면 쓰것는디. 어째까라, 나가 후

딱 가서 사올랑께 그냥 앙거 있쓰시오."

한참 열변을 토하더니 술 생각이 나는 모양이다. 바지에 떨어진 담뱃재를 훌훌 털고 일어나는 것을 보고 필자는 가방 속에 숨겼던 소주병을 꺼내 주고 가게로 갔다. 컵라면 두 개를 사고 마른 안주를 사서 돌아오자,

"와따메! 글 쓰는 사람 머리 영리하다 글드만, 눈치가 겁나게 빠르요이. 나도 솔찬히 시장기가 있었는디."

컵라면을 받아들고 뜨거워서 국물을 입으로 불어 식혀 가면서 조금씩 마신다. 소주병을 보니 반 병 정도 남아 있다. 술병을 한쪽으로 치우자,

"음마! 되게 걱정하네. 쥐(쥐)약 없으면 나가 시방 이 나이에 무슨 낙(재미)으로 산다요?"

"지금 혼자 두 병 정도 먹었습니다. 건강도 생각하셔야지요?"

"딴또(아주 작은)병 두 병 가지고 그요? 걱정하지 마씨요!"

"이것만 먹고 끝냅시다."

"젊었을 땐 됫병으로 마셨승께 염려, 걱정 깍 묶어두랑께 그러네. 나 죽어도 강선생 돈 들여 초상칠 일이 아닌께로. 내비둬 부시오."

"인제 연세도 연세인만큼 양을 줄이고 담배도 적게 피우셔야죠."

"아이고! 효자 났네! 시방 효자 났네 시방! 아! 술 담배 해로운 것 누가 모를 꺼이요. 낙이 없어 도통 사는 게 이 모양 이 꼴로 살았승께로 묵을 것은 다 묵고 죽어야재. 잘먹고 죽은 귀신은 얼굴 때까리(색깔)도 좋다 안 급디요이."

"……."

김노인은 라면 국물만 '홀짝' 마시더니 면은 그대로 남겨놓는다. 시장할 테고 독한 술을 먹어 속 버릴 테니 그만 먹으라고 하였더니, 요새는 밀가루 음식만 먹으면 속이 메슥거린다고 하였다.

전쟁 끝나고 감옥소에 갔다온 뒤 강냉이 가루죽, 밀가루죽, 원도 없이 먹었노라 하였다.

"산 속 생활을 어떻게 마무리하였습니까?"

"날은 춥고 끼니는 거르는 날이 많아지자 산 속에서 동요가 일기 시작하였지요. 배고픔을 못 참아 이탈하는 자가 많아지기 시작하였고, 이탈하다가 토벌대에 사로잡힌 자들이 있어서 산 속 사정을 알고 있기 때문에 그들과 같이 토벌대가 작전을 시작하자 점점 세력이 약해지기 시작하였는데, 그 원인은 병참 보급, 특히 탄약 보급이 안 돼 죽창으로 싸울 수밖에 없는 지경에 이르게 된 것이지요!"

처음에는 버젓이 밤이고 낮이고 밥을 해먹고 농악놀이를 하면서 토벌대를 약을 올렸으나 60m/m 81m/m 곡사포 등이 토벌대에 보급되자 빨치산 거점에 포사격이 시작되어 사기가 완전히 꺾이게 된 것이다.

"왔다! 슝슝 소리가 나면 가슴이 벌렁벌렁해서 돌이나 나무 뒤로 숨기에 바빴지라. 먼디서 포를 사격한께 포알이 먼저 떨어진 뒤 꽝 소리가 뒤에 나는 거여. 꼬랑지에 불붙은 개처럼 이리 뛰고 저리 뛰느라고 정신이 없었지라. 포 한 번 쏘면 두 번 '쾅' 하는데, 쏠 때 '쾅' 하지 포탄이 떨어지면서 꽝 하지 어디에 떨어질지 도통 알 수가 없습디다. 아, 그 잡것들이 산삐알로 총공격이 시작되었는데, 마을에서 살아남은 사람들과 토벌대가 지나가지 않은 마을 일가 친척이 총공격 때 가족의 시체를 찾으려고 토벌대와

합류하여 오는 바람에 살아남았지라."

"토벌대가 어르신을 죽이지 않은 이유는 무엇 때문인가요?"

"총공격 때 이우재 동네 사는 외삼촌이 경찰이었는데, 토벌대와 같이 작전을 하다가 나를 본 것이지요. 토벌대 장교가 분류 작업을 끝내고 젊은 사람은 따로 모이게 하더니 즉결 처분하려고 무릎을 꿇어앉게 하더라고요. 죽었구나 싶었는데 삼촌이 본 것이지요. 여자나 나이 많은 남자는 부역에 동원자로 분류되어 사살을 면하고, 젊은 남자는 빨치산이라는 토벌대 장교의 판단으로 현장 사살을 지시한 것인데, 외삼촌이 경찰이어서 화를 면하게 된 것이지라. 글고 토벌대 아그들이 어만디다 포를 사격해서 죽지 않고 산 것이재이!"

"현장에 있는 사람들이 인정을 해 주었군요? 아니, 이제껏 작전

권 안에 있는 마을을 초토화시키고 양민을 몰살하다시피 하였는데, 산사람이 된 어르신을 살려준 것은 이해가 가지 않는데요?"

"그런 것이 아니고라. 그 당시 빨치산들이 공무원 가족과 부농 가족을 못살게 하였고, 많은 죽임을 당하고 괴롭힘을 당했지라. 그러니께 나는 경찰 가족이니께 강제로 끌려가 무자게 고생했다고 생각하여 살려준 것이고, 경찰과 합동 작전을 하여 부역에 동원된 사람들 중 늙은이와 부녀자는 살려준 것이지만, 그 곳에서 죽지 않고 사로잡힌 사람은 모두 피아노를 쳤기 때문에 전과 기록(가족이 연좌제)에 올라간 것이재! 호적에 두 줄로 빨간 줄이 긁어져 뿌러 사람 행세를 못한 것이요!"

"……."

"산에서 내려와 유치장에 들어갔는데, 완마 매일 밤 간수놈들이 도리깨로 타작하듯 두둘겨패는데 생똥이 나오도록 두둘겨패는 것에 견디지 못하여 반항하다가 총살당하는 사람도 있습디다. 개장 안에(유치장) 피가 흥건히 나와 말라 있는 것을 보면 뻘건 뺑기(페인트)가 엎질러져 있는 것 같은디……. 밤에 시체를 치우지 않아 겁도 나고 피냄새 때문에 개악질이 나와 죽겄습디다. 참말로 오지게 얻어터지고 삼촌 빽으로 나왔지만, 지금도 날구지(구름이 끼여 비가 오기 전)하면 온 뼈마디 삭신이 욱신거려 죽을 지경이랑께. 바른 대로 안 까발린다고 몽둥이로 도리깨 타작하듯이 패고 난 뒤 반죽음이 된 사람을 군화발로 못자리 밟듯이 밟아부러서 전부 골병이 들어 나왔지라."

당시 지리산 자락에 살고 있던 양민들이 빨치산에 협조(부역)하였을지라도 당시로선 그것을 증명할 길은 없다. 그런데도 토벌대는 순진한 양민을 향하여 총을 쏘아야 했을까? 그것이 단지 명령 때문에 이루어졌던 일이었을까?

당시의 처참한 지리산 자락의 아비 규환을 떠올리면서 우리 국민들이 미망에서 서서히 깨어나 역사의 진실을 바로보게 되길 필자는 소망한다.

"장시간 아픈 상처를 건드려 죄송합니다. 누군가가 증언했어야 할 역사의 비극을 재야 사학자에게 충실히 증언해 주어 감사합니다. 다시 찾아뵙는 날까지 몸 건강하게 지내십시오!"

"가불라요? 드문드문 총총 놀면서(가다가 쉬면서) 가시오. 글고 말이여, 늙은 사람이 한마디해것는디 고향은 식은 밥 묵댓기 댕겨야 하는 법인께. 한번 타고난 목심, 무서울 것 뭇이 있다요만……. 좌악 긋고 날라부는 화살처럼 화끈하게 살다가는 것이재. 안 그요? 내 기냥 이때까정 야물딱지게 살아보지도 못하고 인자 저승사자 소환장만 기다리는 신세가 돼 부렀소만……. 지금이라도 닭장 지키는 간수놈 만나면 짱돌로 대그빡 뒤통수를 찍어뿔고 싶으요. 강선생, 지금 가불면 언제 볼까이?"

"책이 출판되면 꼭 찾아뵙겠습니다."

"글라요? 나 멀리 안 나설랑께 조심해 가더라고. 싸게 갈라고 글지 말고 밤이 되면 등떠리 불달고 댕기는 번개차(영업용 총알 택시)가 오지게 많이 댕게 갔고 끈덕하면 안 좋은 일 생기요. 88도로는 사고 많이 낭께!"

귓전에 투박한 전라도 사투리가 잔울림을 남기고, 차가 속력을 내자 바람 가르는 소리만 차창을 때린다. 차는 어느덧 88고속 IC에 들어서고, 지는 해가 지리산을 물들이고 있다.

시체를 모두 우물 속으로 집어넣어라

'함평군(咸平郡)'

함평군은 전라남도 북서부에 위치하고 있다. 동쪽은 광주직할시
와 나주군과 경계를 이루고, 남쪽은 무안군, 북쪽은 영광군과 장
성군과 접하며, 서쪽은 황해 바다로 걸쳐 있다. 노령산맥의 여맥
이 수지상(樹枝狀)으로 뻗어내려 구릉산지를 이루고, 그 사이에
호남의 젖줄인 영산강 지류들이 흘러서 비교적 평탄한 지세를 이
루고 있는 고장이다.

북부에는 불갑산(佛甲山)·모악산·군유산 등 노령산맥의 봉우
리가 영광군과 군 경계를 이루며 솟아 있고, 중앙에는 발봉산·천
주봉·고산봉·기산봉 등 잔구산들이 발달하여 있으며, 남서부에
는 감악산이 무안군과 경계를 이루고 있다.

나산천과 고막천이 동부를 남류하여 영산강에 합류하며, 함평천
(咸平川)이 중앙을 남류하여 이 천 역시 영산강에 합류한다. 영산
강은 영암군과 경계를 이루면서 남쪽으로 흐르며, 엄다면과 학교
면을 흐르는 중류는 사호(沙湖)라고도 한다. 이들 하천 유역에는

월야평야·학교평야·엄다평야 등 3개 면에 연이은 평지가 발달되었다.

이들 평야는 비옥하여 호남 곡창의 일익을 담당하나 때로는 홍수 피해를 보기도 한 고장이다. 호남선이 군의 남부를 지나며, 학교역이 있고, 광주―목포 간 도로 역시 남부로 지나고 있다.

나주―영광 간 국도와, 장성―지도 간 국도가 군의 중앙을 지나며 함평서 교차하고, 영광―광주 간 국도가 북동부를 지나고 있어 매우 편리하다. 월야면은 함평군의 동북부에 위치한 면이다. 동쪽은 장성군과의 경계에 월악산(月岳山)이 있고, 남쪽에는 나산면과 경계를 이룬 어수산이 솟아 있으며, 월야천(月也川)이 면 중앙에 흐르고 있다.

하천 유역에는 비옥한 월야평야가 이루어져 쌀과 보리가 주 농업이나, 군내에서 과수원 면적이 가장 넓어 과일 생산이 많았다.

용월리와 양정리를 중심지로 하천 습지대가 많아 돗자리를 만들었다. 영광―광주 간 국도가 있어 영광군 불갑산, 함평군 불갑산의 경계를 나눈 불갑산에서 은거하며 활동한 공비 때문에 용월리는 피해를 볼 수밖에 없다. 그 곳은 나주 정씨가 집성촌을 이루고 살았는데, 모두 동성이다.

해보면 상곡리에 사는 정윤덕 씨는, 정씨 일가가 많이 죽어 문상 가다가 그만 길가에서 토벌대 총에 맞아 죽는 바람에 한 집안이 멸족되어, 족보에 대가 끊긴 집도 있다고 증언했다.

토벌대가 함평 월야면에 들어온 뒤 1950년 12월 6일과 7일 이틀간에 걸쳐 전남 함평군 월야면 정산리 동촌 마을과 월악리 내동·지변·순촌·송계·동산·괴정 등 7개 마을 양민 2백여 명은 국군 토벌대인 5중대에 의해 무참히 학살당했다.

단지 공비들이 발호하던 불갑산 자락에 살았다는 죄목으로 개인적인 감정이든 명령에 의해서이든 간에 하나같이 끌려나가 토벌군들의 총탄 세례를 받았던 것이다. 다시 말하지만 이 곳 주민들과 유가족들은 5중대 중대장이었던 권준옥 대위를 죽기 전 꼭 한 번만이라도 만나길 원하고 있다. 그것은 너무나도 억울하게 죽어간 가족들의 총살 이유를 알고 싶어서라고 한다. 월야면 월악리 6개 마을을 초토화시킨 5중대는 자신들이 저지른 일이 잘못됐음을 인정한 건지는 몰라도, 그 뒤로 마을을 습격한다든지 광기를 부리는 일이 없이 조용히 자중하는 듯했다.

그러나 그것도 잠깐, 월악리 '남산뫼학살사건'을 일으킨 지 꼭 34일째 되던 51년 1월 10일(음력 12월 3일), 중공군의 개입으로 인해 유엔군이 밀려 1·4후퇴가 시작된 지 6일째 되던 날, 이들은 해보면 상곡리 성대 마을의 양민들을 어린아이·노약자·부녀자 할것없이 닥치는 대로 사살해 버렸다.

"무엇을 잘못했는지 도저히 알 수가 없었습니다. 우리 마을엔 좌익 분자도 없었고, 공비들에게 부역한 사람도 없었는데!"
라며 자신의 형님 덕에 살아났다는 정윤덕 씨는 증언한다.

정씨는 이날 아침 군인들이 들이닥치기 전에 마을을 빠져나갔다. 전날 밤 이문리에 살고 있는 형이 자신의 집으로 와 돗자리를 만들라고 했다. 하지만 하도 세상이 어수선해 집 밖을 나가기도 겁이 나고 가기도 싫어 바빠서 못 간다고 했다.

그러나 형의 말을 거역하기엔 양심의 가책이 느껴져 새벽에 일찍 일어나 형집으로 가는 바람에 5중대의 습격을 피했던 것이다. 해보면 상곡서 나산면 이문리까지 와서 돗자리를 만들어 달라고 부탁했을 때 많이 망설였지만, 그 당시 농한기에는 할 일도 없고 사랑방에서 화투나 치는 게 고작이었다고 했다.

이문리와 용두리가 돗자리를 많이 만들었다. 용두리의 돗자리는 지금도 특산물로 유명하다.

형 때문에 살았지만 나머지 가족은 토벌대한테 목숨을 빼앗긴 것이다. 그는 자기 때문이라고 했다. 집에 자신이 없는 것을 알고 통비(부역자) 가족으로 찍혀 가족이 죽임을 당하였다고 자책하였다.

정씨는 군인들이 자신의 마을에서 일어난 양민 학살 이유를 이렇게 얘기하고 있다. 인천상륙작전으로 인해 적들의 보급로가 끊기고 국군과 유엔군들이 계속 북진해 갈 무렵, 불갑산의 공비들은 기세가 완전히 꺾여 국군 순찰병들이 보여도 피해 다녔다고 한다.

그러다가 중공군이 전선에 투입되면서 전세가 뒤바뀌자 51년 1·4후퇴 이후 공비들은 공공연히 지나다니며 양민들을 위협하고 다녔다.

목포·여수·순천 등지의 좌익 분자와, 미처 퇴각하지 못한 북괴군 등 수천 명이 모여 은신하고 있던 불갑산의 빨치산들이 날뛰기 시작하자, 불갑산 자락의 마을들을 습격한 것이다.

정씨가 하루 종일 돗자리를 짜고 해가 질 무렵 집으로 돌아와 보니 동네는 한 집도 남김없이 불질러져 새까맣게 변해 있었다. 기가 막혔다.

마을 사람들을 찾아보아도 아무도 없었다. 집으로 가보니 볏단 쌓아 놓은 것마저 불에 타 버렸다. 하는 수 없이 그 길로 형님이 살고 있는 이문리로 갔다.

당시 성대 마을에는 62가구가 살고 있었다. 국군 토벌대와 공비에게 이중 고통을 받고 있던 마을 사람들은 대부분 나산면 이문리로 피난을 가 있었다.

전쟁 중이다 보니 유언 비어가 난무해 처녀가 길을 가면 군인들이 겁탈을 한다는 둥, 국군이 공비들에게 잡혀 머리가죽이 벗겨졌다는 둥 참혹한 이야기들이 떠돌아다녔다. 처녀들은 나갈 일이 있으면 아예 머리를 올리고 옆집 아이를 빌려 등에 업은 채 여러 명이 몰려다녔다.

당시 이 곳에서 지서를 지켰던 청방(請坊 : 지금의 방위병과 비슷함) 근무를 한 윤동섭 씨는 학살의 현장을 그대로 보고 들은 생생한 증인이다. 그는 학살 사건이 일어나던 날 지서에서 근무를 하고 있었다.

이 곳 역시 다른 마을과 마찬가지로 먼동이 뿌옇게 틀 무렵 적진에 돌진하듯 5중대가 들이닥쳤다. 군인들은 양민들을 마을 앞마당으로 모이라고 했다. 모두 엄동 설한의 겨울잠에서 깨어나지 못하고 늑장을 부렸다.

5중대는 그것을 용서하지 않았다. 마을 곳곳에서 새벽잠을 설친 마을 사람들의 비명 소리와 물건 부서지는 소리가 들렸다. 잠시 후 새벽 안개가 짙게 깔린 마을 앞 넓은 마당엔 60여 명의 어린 아이·노약자·부녀자 들이 모였다.

이어서 군인들은 집집마다 불을 지르기 시작했다. 양민들은 발을 동동 구르며 안타까워했다. 또 할머니 한 사람은 "먹을 양식도 없는데 볏단을 태우면 무얼 먹고 사느냐?"며 제발 볏단은 태우지 말 것을 애원했다. 하지만 막무가내였다. 들은 척도 않고 남김없이 태워 버렸다.

"동네 공터에서 힘없는 늙은이와 어린아이·부녀자 들은 집과 가재 도구가 타는 것을 보고 발을 동동 구르며 울부짖었지라. 생각해 바 뿌시오. 밤에는 공비가 나와서 양식을 뺏어갔고, 낮에는 군인들이 부역자를 골라낸다고 개지랄을 하지? 어찌꼬이요. 시키면 시킨 대로 해야지 괴로움을 피할 수 있었쓴께."

"윤씨 어르신은 용케도 살아났는데, 해보면·문장리·상곡리·대창리에 파평 윤씨 집성촌인데, 어느 마을에서 태어났습니까?"

"강샌은 모른 것이 업구만이. 나는 상곡리에서 태어난 본토베기재. 근디 강샌은 어찌꼬롬 글케도 잘 아요?"

"어르신, 제가 글쟁이 아닙니까. 동네에 불을 지르면 가축들은 어떻게 했습니까? 전부 잡아먹었습니까?"

"그 말핸께 재미나는 이야그 한자리 해야 쓰것소. 가축들이 많았지라. 그때는 소 한 마리가 재산 아니요. 남의 집 논밭갈이해주고 품삯(노임)을 받았쓴께. 지금으로 말할 것 같으면 우스운 이야기지만 말이여. 울밑에 있는 논 한 마지기 값이었재. 공비들도 소를 잡아가드만. 글지만 말이여, 공비들은 황소만 잡아가고 암소는 새끼 낳게 하라고 안 잡아 갔는디. 완마 토벌대 국군 새끼들, 겁나게 더 고약하든마. 소 임자한테 말도 안 하고 총으로 소대갈빡을 정통으로 쏴 뿔드랑께. 허기사 사람도 쏴 뿐디 그까짓 짐승이야 대수라고. 소털을 불에 끄슬려고(태우려고) 하다가 잘못해 갖고 아래채 헛간에 불이 붙은 거여. 어머! 불이 붙은께 치간에서 똥누다가 뛰어나온 사람도 있드랑께. 늦게 나온다고 장교가 카빈총으로 좆나게 패 뿔드랑께. 그것 구경하고 있는디 젓태(곁에) 있는 아줌씨가 옆구리를 팔꿈치로 지기(신호)더라고. 아줌씨가 말도 못하고 손가락으로 가리킨 곳을 보니 공터에 달구(닭)새끼가 털에 불이 붙은 채 쪼그리고 앉아 있습디다. 알을 둥지에서 낳으려다 불이 난께 튀쳐나온 것 같드랑께. 급했던가 그 난리통에 공터에서 쪼그리고 앉아 알을 낳는 거여. 그걸 본께 얼마나 우스운지 동네 사람들이 모두 웃고 군인들도 웃드랑께. 코메디가 그보다 더 우서울라고. 아 근디 몸땡이에 불이 붙었쓩께 뜨거울 것인디. 그 와중에 앉아서 알을 낳은 뒤 도망을 간께로 우리 집 도꾸(똥개)가 알을 먹고 나더니 닭을 잡으려 뒤쫓은 거라. 글자 군인들이 도꾸를 보고 총을 쏘기 시작하는데, 총알이 도꾸를 피해 가는지 어쩐지 모르지만 닭모가지를 물고 산으로 도망쳐 불드랑께. 그것을 보고 구경하고 있던 사람들이 잼지다고 박수를 친 거여! 지금 암만 생각해 봐도 박수 친 것이 군인들 비위를 건든 것 같아 생지랄병을 더 한 것 같으당께!"

"……."

토벌대가 쏜 총에 개가 맞지도 않고 닭을 물고 산으로 도망치는 것을 보고 마을 사람들이 박수를 치자, 사격 솜씨 없는 토벌대의 자존심을 건든 것이라고 생각해서 주민을 학살했다는 것은 논리상 맞는 이야기가 아니냐는 뜻이다.

"이들은 월야면에서 만행을 저지르고 피맛을 이미 본 사람들입니다. 계획적으로 저지른 사건일 겁니다."

"글긴 글꺼이요만은!"

"제 말이 맞은 말일 것입니다."

"그래도 나는 도꾸 때문인 것 같아라. 지금은 사람을 물까 봐 개를 홀롱게(목거리)해서 긴 끄네끼로 묶어놓고 키우지만, 그 당시는 풀어놓고 키울 때 아닌가베. 사람 먹을 양식도 귀해서 개는 돌아다니면서 이것 저것 주워먹고 똥도 먹고 하여 똥개라고 했쟤이. 묶어 놓고 키우면 공비들이 다 잡아묵어 뿌렀것쟤. 개들이 먹을 것이 없어진께 사람 시체를 먹고 미친개가 수두룩 해 뿌러, 밤에 돌아다니기도 무서웠당께. 그때 죽은 사람들 두 번 세 번 죽었쟤. 농기구 등 무기 될 만한 것은 공비가 나타나서 전부 공출해 가뿔고 연장이 없었소. 땅은 얼어서 시체를 묻으려면 땅을 깊이 파야 하는데, 몰래 감추어 논 연장이 신통치 않아서 시신 묻을 구덩이를 깊이 파지 못하고 엉성하게 묻으면 멧돼지가 시체를 절단내고, 남은 것은 먹을 것이 없어 반늑대가 된 들개들이 시체를 먹고 머리통을 물고 다니다 논밭에 뒹굴어서 멀리서 보면 축구공같이 보였승께 가족들이 얼마나 한이 맺혔을 꺼이요."

"죽은 사람이야 억울하게 죽었지만 윤씨 어르신은 어떻게 살아남을 수가 있었습니까?"

"웃기는 일이지만 도꾸 때문이지라. 도꾸가 나를 살린 것이쟤. 도꾸가 달구새끼를 물고서 산으로 도망쳐 뿐께 쌍판때가리가 더러운 장교가 모여 있는 주민들 앞으로 나오더니 '여러분 잼짐니까?' 하면서 주둥이를 한쪽만 벌리고 피식 웃더라고요. 아무도 대답을 안 하자 '잼지지 않는단 말이지요!' 하더니 '아까 도망친 개새끼 임자 여기 있으면 나오십시오!' 아무도 나가지 않고 있자 '전부 손을 머리에 깍지 끼고 앉아 저기 뽈대(축구 골문)까지 걸어갔다 오시오.' 하고 오리걸음을 시킨 것이지라. 사람 미치것습디다. 집이 불타고 있는디 오리걸음으로 가라고 한께 무슨 소리인지 모르고 멀뚱멀뚱 쳐다보고 앉아 있는디, 토벌대 한 명이 앞에서 시범을 보여 따라서 했지라. 늙은이·어린아이·부녀자들이 한 번 갔다오는데 반죽음이 되어 씩씩거립디다. 늙은이들이 힘들어하자 '노인들은 앉아 구경하시오' 하면서 개주인 나올 때까지 하겠다고 하자 곁에 아짐씨가 찔벅거려싸요. 그래서 할 수 없이 나갔는데, 토벌대 한 놈이 '이 개새끼! 넌 죽었어' 하면서 쫓아나와 사정없이 총 개머리판으로 갈빗대를 쳐서 '아이구' 하면서 넘어졌지라. 그리구 입에다 총구를 집어넣어 '죽여 버리겠어' 하며 노리쇠를 후퇴시키는 소리를 듣고는 그만 기절했지라. 너무 추워 눈을 떴는데 개굴창(실개천)이더랑께. 얼음 속에 처박은 것인데 기절했다가 깨어난 것이재. 질질 끌려 장교 앞에 갔는데 무섭기도 하고 춥기도 하여 7~8월 풋꽃(학질 걸려 딸꾹질)한 놈처럼 벌벌 떨고 있는디. '너 이 새끼 운 좋은 줄 알거라. 아까 닭을 물고 도망간 개를 데리고 오면 살려주지. 그 대신 번개처럼 빨리 갔다 와야지, 늦으면 너의 가족은 혼날 줄 알거라' 하면서 똥방맹(궁둥이)이를 찌까대비 신은 발로 차붑디다."

"총소리에 놀라 도망간 개를 주인이 아니면 잡을 수 없다는 것을 알고 보내주었군요?"

"글치라! 개 찾으러 산으로 가서 찾아보았지만 총소리에 놀라 도망간 개 찾는 게 모래밭에 서숙쌀(좁쌀) 찾는 격이지. 너무 힘들어 돌팍에 앉아 쉬는데 총소리가 난리굿을 치더라고. 큰 돌팍에 올라가 동네가 보이는 곳에서 내려다보니까 마을 사람들한테 총질을 하여대는 것을 보고 못 내려오고 숨어 있다가 땅거미가 지고 훨씬 지난 뒤 내려왔지요. 우리 식구들은 모두 죽었고, 살아남은 사람과 야밤에 건성건성 시체를 매장하고 날 새기 전에 신내리를 거쳐 용천사 절에 들어갔지라. 스님처럼 민머리를 하고 억지 땡땡이중 노릇을 며칠 동안 하고 있다가 모악산으로 갔는데, 상곡리에서 간 산사람(부역자)들은 불갑산에 있다 하여 불갑산으로 들어가 전쟁 끝날 때까지 산에서 살았소. 어찌 꺼이요, 우리 도꾸 때문에 마을 사람들이 몰살당한 것 같은디, 내려올 수도 없었지라."

윤동섭 씨는 토벌대가 집중 사격해도 죽지 않고 도망친 도꾸가 토벌대 자존심을 상하게 하였고, 토벌대 사격 솜씨를 조롱이나 하듯 도망간 개는 개주인이 데려올 수 있다고 판단하여 윤씨를 시켜 데려오게 한 것인데, 살려준 셈이 된 것이다.

윤씨가 개를 찾으러 산으로 간 뒤, 오리걸음을 끝내고서도 윤씨를 기다릴 수 없었던지 토벌대는 마을에 불이 붙어 새빨갛게 변하자 안개가 자욱한 속에서 누군가가 명령했다.

"출발하라!"는 명령에 60여 명의 양민들은 군인들이 양옆, 앞뒤로 착검하여 포위한 채 죽음의 구덩이로 가는 줄도 모른 채 불타버린 집 걱정, 보릿고개까지 견딜 먹을 양식 걱정을 하며 무거운 발걸음을 옮겼다.

정월달의 추위는 매서웠다. 엄동 설한의 긴긴 겨울밤의 따뜻한 아랫목에서 꿈길 같은 단잠 속에 젖어 있다가 갑자기 날벼락을 맞은 것이다. 새벽에 군인들이 들이닥칠 때만 해도 의례적인 것으로 생각, 인원 파악만 하고 해산하겠지 하고, 누비 무명 적삼도 입지 않은 채 끌려나온 순진무구한 양민들은 오직 올겨울 먹을 양식과 집이 불에 타버려 어디서 잠을 자야 할지 걱정이 태산이었다.

한 걸음 한 걸음 떨어지지 않는 발걸음을 옮긴 지 30여 분, 걸어서 나지막한 야산에 도착했다. 추위와 배고픔과 앞날의 걱정으로 불안에 떨고 있는 양민들에게 한 장교는 "이것들을 저 우물가로 정열시키라"고 했다(지금은 우물을 막아 초등학교 운동장이 되어 버렸다).

현재 학교 건물이 서 있는 약간 비탈진 산 위쪽에 기관총을 설치했다. 성대 마을 주민들은 분위기가 이상하자 술렁이기 시작했다.

　그러나 모든 게 허사였다. M1소총에 대검을 꽂아 양민들의 목
에 갖다댔다. 그러고는 한 사람씩 우물을 향해 걸어가게 했다.

　"저 우물을 지나서 집을 향해 뛰어가 한 줄로 서라!"
라고 했다. 불안한 마음을 감추지 못하고 우물 쪽으로 향해 뛰어
가기 시작했다.

　그 앞에 다다르자 기관총에서 불을 뿜었다. 몸을 숨길 곳도 없
었다. 마을 사람들이 물을 길어 먹는 곳이라 주위의 나무들을 깨
끗하게 없애 버렸기 때문이다.

　그 곳에 모인 사람들은 거동이 불편한 노약자와 부녀자, 그리고
어린아이들뿐이었기 때문에, 그들은 마룻바닥에 기어다니는 개미
잡기보다 더 쉬운 사냥감이었다. 우물을 향해 뛰어가는 사람마다
기관총에 맞아 넘어졌다.

　"사람 잡는 사격 연습을 한 것입니다. 순하디순한 양민들을 끌
어다가 몸을 피할 곳, 그림자조차 하나 숨길 곳 없는 데서 살인
무기로 죽음의 유희를 벌인 것입니다."

　흥분한 정씨가 얘기했다.

　앞서 가던 사람들이 총에 맞아 죽어 넘어지자 서로 앞서 나가지
않으려고 몸부림치기 시작했다. 그러나 요지부동이었다. 그들은
착검한 총을 목에 갖다 들이댄 채 뛰어나가지 않으면 목을 찔러
버릴 것같이 거칠었다. 이래 죽으나 저래 죽으나 마찬가지다 싶어
뛰어나가고 있었다.

　지금은 노환으로 별세했지만, 이 곳에서의 생존자 박모씨는 골
수에 한이 쌓였다고 항상 입버릇처럼 얘기했다고 한다. 60여 구의
시신이 우물가에 이리저리 흩어져 죽어 있었다. 한 장교가 청방

(請坊)들에게 명령했다.

"시체를 모두 우물 속으로 집어넣어라."

청방인 김씨와 그의 동료들은 하나둘 시체를 우물 속으로 집어 던졌다. 우물은 담이 낮고 상당히 깊었다. 몇 번째인지 모르겠지 만 살아 있는 사람이 있었다. 다름 아닌 정금난 여인(당시 15세)이 었다. 청방들은 모두 놀랐다. 군인들이 볼까 싶어 정여인의 몸을 가린 채 움직이지 말고 죽은 듯이 가만히 누워 있으라고 했다. 정 여인은 이 곳에서 부모 형제를 모두 잃고 혈혈단신 천애 고아가 되었다.

당시 이 곳 주민들은 정여인을 모르는 사람이 거의 없었다. 왜 냐 하면 도저히 살아날 수 없는 곳에서 살아난 사람이기 때문이 다. 또 지금은 사망했지만 학살 현장에서 살아나온 박씨가 생전에 자신의 증언을 언젠가는 후세 사학자들에게 알려줄 것을 항상 당 부했다고 한다.

이로써 상곡리 성대 마을 양민 60여 명은 5중대의 기관총 연습용 사격 과녁이 되어 죽어간 것이다.

그로부터 며칠이 지났다. 나산면 이문리에 사는 최모씨가 김씨에게 부탁했다. 자신의 가족이 학살 현장에서 총에 맞아 죽었다는 것이다. 김씨는 청방이었으니 현장을 잘 알 것이라며 가족들 시신을 건져내 주길 원했다. 김씨는 그 날의 끔찍스러움이 떠올라 주저했지만, 누가 해도 할 일이다 싶어 최씨와 마을 사람들과 같이 가서 시체를 건져내기 시작했다. 차마 눈뜨고 볼 수 없는 전경이었다.

얼굴 닦는 수건으로 마스크를 한 채 한 구 한 구 들어올렸는데, 시체는 몸이 물에 불어 터져 옷이 길게 찢겨져 있고 손가락은 오그라들어 있었다. 끌어올릴 때마다 우물 바닥 가장자리에 붙어 있는 흙을 양쪽 손에 한 줌씩 쥔 채 끌어올려졌다.

통곡 소리가 여기저기서 터져나왔다. 온통 울음바다였다. 집들은 불타고 양식마저 불태워 버린 5중대를 원망하며 하염없이 흘러내리는 눈물과 가슴속의 한과 서러움을 씹어 삼키며, 얼어붙은 땅바닥에 가족 무덤들을 만들기 위해 타다 남은 나뭇조각으로 땅을 팠다.

이들을 살해한 5중대는 다시 이틀 뒤 옆마을 모평(牟平) 부락을 습격, 2백여 명의 양민을 학살했다. 군인들에 의해 두 번, 세 번씩의 죽임을 당한 성대 마을 양민들, 그들의 원혼을 달래기 위해 유가족들은 우리네의 관습대로 음력 섣달 초이튿날 마을 집집마다 제사를 지낸다.

지금은 많은 주민들이 그 지긋지긋한 한많은 고향을 떠나버렸지만, 어느 곳에 가든 이 날은 제사를 지내며 죽은 자의 한을 달래주고 또 달래고 있다.

불갑산습격사건

　불갑산 자락에는 광암리·신내리·상곡리·해보리, 그리고 산 바로 아래 금계리를 비롯한 마을들은 장성—함평 간 구도로와 영광—광주로 가는 국도 4거리가 교차되는 지점이어서 공비 토벌 작전 병력이 이동하기 좋은 곳이었다.

　공비들 역시 이 도로를 이용하여 불갑산에 빨리 숨어들 수 있었다. 토벌대는 월야면 월악리 주민들을 살육하고 정산리를 비롯하여, 동촌·내동·지변·순촌·송계·동산·괴정 등 주변 마을 주민들을 자기들 생각대로 부역자·통비자로 몰아 사살하고, 금덕리를 거쳐 불갑산 주변 마을 통비자 색출을 하기 위하여 기동하고 있을 때, 밤새 공비들이 농악대를 만들어 굿잔치를 벌이며 총을 쏴서 토벌대를 약을 올린 것이다.

　또한 밤새 뜬눈으로 지새운 토벌대는 약이 올라 날이 밝자 주민들을 마을 공터로 모이게 하였다. 주민들 중에 통비자가 있어 우리 중대가 머무르고 있는 곳을 향하여 밤새 총을 쏴댔다며 그 부역자를 알려달라고 하였다.

당시로서는 어느 집 할것없이 공비들에게 식량을 제공, 아니 뺏길 수밖에 없는 처지였다. 강제로 강탈해 갔으며, 일부 주민은 자진하여 빨치산에 몸을 담기도 하여, 가족들은 도울 수밖에 없는 처지가 된 것이다.

강제로 식량을 약탈당하여도 토벌대가 알면 통비자로 분류하였기 때문에 서로가 같은 처지여서 입을 다물었다. 한편으로는 조상 선산 문제로 감정이 악화된 이웃끼리는 거짓 증언을 하여 상대편 가족이 수난을 당하는 어처구니없는 일도 벌어졌다. 이웃끼리 앙금이 있는 사람들이 보복을 하기 위하여 거짓 증언을 하는 바람에 철천지원수가 된 것이다.

마을 전체를 쑥밭으로 만들었지만, 광주 등 외지로 나간 가족들이 있었기 때문에, 군인들이 작전을 끝내고 떠나 버린 마을에서 밝혀진 어처구니없는 사건의 전말은 이렇다.

월야면·월야·월악·외치·용월리는 나주 정씨 집성촌이며, 해보면·문장·상곡·대창리는 파평 윤씨 집성촌이다. 파평 윤씨 선산에는 명당 자리가 많은 지형을 이루고 있다. 그래서 풍수 좋은 묘자리를 지정하고 헛장(가묘)을 만들어 두었다. 묘지는 조성하였지만 시체가 없는 것이다(무구장이라고도 한다).

이것을 안 나주 정씨 한 사람이 밤을 이용하여 아버지 묘를 써 버렸다. 뒤에 이 사실을 알아차린 파평 윤씨가에서 똥장군에 똥물을 지고 가서 묘역에디 끼얹어 버렸고, 이것을 인 정씨가와 윤씨가끼리 주먹다짐이 오가던 나머지, 화가 난 윤씨가에서 묘를 파내고 관을 끄집어내 버린 사건이 발생된 것이다.

묘를 파내는 것은 살인과 같은 죄목에 해당되어 법정 싸움까지 번지게 되었고, 몇 차례 재판에 재산만 날려 버린 사건이 되었다.

나주 정씨의 잘못이지만, 파평 윤씨는 전과 기록이 족보에 올라갔다고 복수할 날을 기다리던 중 전쟁이 났고, 공비가 숨어들고 토벌대가 오고…… 얽히고 설킨 진흙탕 싸움이 되어 버린 것이다.

나주 정씨가는 죽은 아버지를 편히 모시려다, 따지고 보면 아버지의 영혼을 그만 재판정까지 불러내는 불효를 저지른 셈이 된 것이다.

나라 전체는 이념과 사상 갈등으로 민족간의 싸움이고, 마을 한 구석에서는 씨족간의 싸움으로 술렁이고, 토벌대가 떠난 함평군 관내는 밀고자 색출로 또 한 번 전쟁을 치렀고, 그 후유증으로 인하여 살아남은 몇몇 사람까지 마을을 떠나 버려, 밤이면 원귀들의 호곡성만 들려오는 공동 묘지로 변했다.

한동안 사람들의 발길이 끊어지기도 하였으나, 이제 그 날의 상처는 찾아볼 수 없고, 그저 순박하고 마음 착한 사람들이 지리산 자락에 살고 있다.

51년 1월 10일, 성대 마을의 어린이와 노약자를 가리지 않고 60여 명의 양민들에게 기관총으로 무차별 난사한 뒤 우물 속에 수장시켜 두 차례의 확인 사살까지 감행한 5중대는, 이틀 후인 12일 성대 마을과 불과 2킬로미터 정도 떨어진 상곡리 모평 마을 양민 2백여 명을 또다시 학살하는 만행을 저질렀다.

불갑산과 인접해 있던 광암 대각 산내리 주민들이 5중대에 의해 모평 마을로 소개해 있던 터라, 이웃 마을 주민들이 더 많이 희생됐다. 이 곳 모평 마을의 증언자인 이모씨(당시 12세)와 김모씨(당시 17세), 그리고 김모 할머니(당시 35세) 등은 당시의 공포가 생생한 듯 하나같이 자신의 신분이 밝혀지는 것을 두려워한다. 또한 사진 찍기를 거부하며 어떤 보복이 자신과 가족들에게 가해질지 모른다며 한사코 자신들의 신분을 밝히지 말아줄 것을 당부했다.

이씨는 이 날 아침 해보면 소재지에 볼일이 있어 나갔다가 화를 면했다. 일을 마치고 집으로 가보니 마을은 잿더미로 변해 있었다. 그의 가족들은 일부 이문리로 피난을 가고, 할머니와 숙부가 방을 구하지 못해 미처 피난하지 못하고 있었다. 할머니는 헛간에 몸을 숨겨 목숨을 건졌고, 그의 숙부는 5중대의 기관총에 살해되었다고 했다.

이 날 아침 5중대가 습격한 이유를 이 마을 주민들은 이렇게 얘기하고 있다.

전날 밤 5중대가 주둔해 있던 해보면 금덕(琴德)리 장터를 향해 해보국민(초등)학교 쪽 언덕과 불갑산 비녀봉(飛女峯, 해발 156m)에서 공비들이 봉화를 피우고, 국군의 1·4후퇴를 약이라도 올리려는 듯 총을 쏘아댔다. 부아가 치민 5중대가 불갑산 주변 마을을 아예 없애 버리기로 작정한 것이라고 주장했다.

그 당시 모평 마을엔 우익계 인사들이 많았고, 많은 사람들이 피난을 간 상태였다. 이 날 아침 모평 마을에 들이닥친 5중대는 다른 마을과 마찬가지로 골목을 돌아다니며 고래고래 고함을 질러댔다.

"마을 앞으로 손들고 나오라."

그러고는 집집마다 불을 질렀다. 군인들은 마을 사람들에게 "이곳은 위험한 곳이니 피난을 해야 한다"며 척귀용 쪽으로 모이게 했다.

이 곳에서 한 사병의 도움으로 온 가족이 살아나온 김할머니는 군인들이 들이닥쳤을 때 가장 먼저 이불 보따리를 챙겨 머리에 이고 남편과 며느리, 그리고 어린 남매 셋을 데리고 척귀용 길가

에 다다랐다. 그때 한 사병이 가까이 다가와,

"당신들, 이 곳에 있으면 다 죽이니 빨리 도망하라."

라고 귀뜸해 주고는 저만치 떨어져 걸어갔다. 김노파와 가족들은 피난 보따리도 팽개친 채 이문리 쪽을 향해 달려갔다.

척귀용에서 총소리가 요란하게 들렸다. 누가 먼저랄 것도 없이 털썩 주저앉아 버렸다. 총소리를 듣는 순간 온몸에 힘이 빠져 버린 것이다. 5중대는 모평 마을 양민들이 모두 빠져나간 것을 확인한 뒤 척귀용 쪽 윗길가에 기관총을 설치해 놓고 그들을 기다리고 있었다.

양민들의 행렬이 길게 늘어선 채 느릿느릿 걸어 나오고 있었다. 그 순간 한 마디의 말도 명령도 없이 기관총이 불을 뿜었다. 비무장의 양민들은 피난하기 위해 이불·옷가지·양식이 담긴 보퉁이를 등에 걸머진 채 땅바닥에 푹푹 고꾸라졌다.

모평 부락 양민 학살은 마을 주민들을 모으거나 분류 작업도 하지 않았다. 단지 위험하니 피난해야 한다는 말 한 마디, 그것뿐이었다.

양민들은 자신의 집들이 불에 타 방 얻을 걱정, 그도 어려우면 친척집을 찾아갈 생각에 잠겨 걸어나가면서 가족끼리 서로 얘기하기에 바빴다.

천진난만하다 못 해 차라리 바보스러웠던 양민들을 피난이라는 말로 꾀어 2백여 명 이상 학살해 버린 것이다.

이로써 함평군 9개 마을의 양민 5백여 명의 학살극은 막을 내렸다. 길가 산 속에서 한두 명씩 학살당한 것을 제외한 집단 학살은 모두 끝이 난 것이다.

"당시는 전쟁 중이었지만 군작전 지시가 얼마나 얼토당토 않았는지 기가 막힐 노릇"이라고 당시 지서장을 지낸 이모씨는 증언했다.

51년 1월 7, 8일께였다. 1·4후퇴가 시작된 지 3~4일 후였다. 월야면 월계리 마을 뒷동산에서 '군경 합동 작전 회의'가 열렸다. 이 곳에서 '군 지휘관은 하루 공비 50명 사살, 무기 50점 노획'이라는 주먹구구식 작전 명령을 하달했다.

그 지시는 이에 앞서 이미 하달되어 있는 명령인 듯했다고 이씨는 증언했다. 함평 양민 학살이 지리산 토벌 작전 공비 사살로 보고되고, 괭이·삽 등 농기구가 노획 무기로 보고된 것 같다고 했다.

당시 경찰들은 군인들을 따라다니며 농기구를 끌어모으고, 집에 불을 지르며, 사람들을 나오라고 외쳐대는 일을 맡았다고 한다. 무지한 발상에서 나온 작전으로 인해 더 많은 양민들이 목숨을 잃은 것이다.

이후 5중대는 51년 2월 20일(음력 정월 대보름) 해발 515미터의 험악한 산세의 불갑산 공비 대토벌 작전에 투입 '대보름 작전'을 전 사단 병력과 함께 펼쳤다.

당시 불갑산에는 수천에서 수만 명의 공비가 은신해 있었다. 그 수는 정확히 알 수가 없으나 공비 서남지구 사령부가 설치되어 있던 점으로 미루어 최소한 1만 명 이상이 들어가 있지 않았나 추측된다.

이 곳에는 억지로 부역을 했거나, 주위 사람들의 시기로 인해 좌익 아닌 좌익이 되어 산으로 입산한 사람들도 많았다. 당시 좌익들의 협박에 못 이겨 입산하게 된 박모씨(당시 19세)는 같은 마을에 사는 좌익 분자들이,

"산에 같이 가지 않으면 가족들을 몰살하겠다."
라고 협박을 해 하는 수 없이 따라가긴 했다. 그러나 박씨의 아버지는 항상 "좌익 활동을 하게 되면 살아남을 수 없다"고 입버릇처럼 말해 왔다. 빨치산 활동과 식량 약탈, 그리고 공산당 조직 등을 강요했지만, 그는 차일피일 미뤄오다 더 이상 버틸 수 없어 그들이 보지 않는 틈을 타 양쪽 귓속에 물을 부어넣었다.

며칠 후 귀가 붓고 고름이 나 아파 죽겠다며 움직이지 않았다. 결국 박씨는 그때 상처로 인해 지금도 귀가 잘 들리지 않아 보청기를 사용하고 있다.

국군들의 '대보름 작전'이 있기 며칠 전 국군 수만 명이 불갑산을 습격한다는 소문이 산 속에 떠돌아다녔다. 예로부터 명산이라 불리었던 불갑산의 운명도 대보름 작전으로 인해 초토화 직전에 놓였다.

드디어 작전이 개시되었다. 피아간 사활을 건 공방으로 불갑산 자락에 시체가 산을 이루고, 피가 봇도랑 개울을 메웠다. 국군들은 불갑산을 둘러싼 함평군 해보면·나산면 등 7개 지역에서 포위해 돌진해 들어갔다. 추위와 배고픔으로 굶주림에 허덕이던 공비들은 우왕좌왕 갈길을 찾지 못했다.

온 산은 시체로 뒤덮였고, 골짜기마다 피가 흘러내려 개울을 붉게 물들였다. 목격자들은 당시 사람들이 흰 명주옷을 입어 작전이 끝날 무렵에는 산 계곡 전체가 거의 흰색으로 뒤덮였다고 증언했다.

그 숫자를 가히 짐작할 만하다. 이 곳에서 억지로 끌려간 양민들도 많은 희생을 치르고 죽어 갔다. 겁이 나 숲 속에서 죽은 듯 엎드려 있다가 국군들이 진입해 왔을 때 살아나온 박씨는, "지금도 당시 보았던 그 수많은 시체들이 꿈 속에 간혹 나타난다"며 치를 떨었다.

결국 악질 좌익 분자들은 진격해 오는 국군들의 힘에 밀려 도망쳐 3월 25일 장성군 삼서면 석마리에 은신해 있다가 국군과 경찰의 공격을 받고 완전 섬멸됐다. 공비들은 불갑산 서남지구 공비사령부를 토벌키 위해 작전을 벌인 국군의 손에 의해 완전 궤멸되어 버렸다.

이념과 사상의 갈등에서 우익이 무엇인지 좌익이 무엇인지도 모르는 농사꾼들인 함평 사람들은 공비들의 근거지인 불갑산에 고향을 두었다는 죄로 국군들의 손에 무참히 살해된 것이었다.

자신들의 목숨이 풍전 등화인지도 모른 채 시키는 대로 따라 움직였기 때문에 운명으로 돌리기엔 너무나 억울한 것이다. 지금도 사라지지 않고 있는 6·25의 상흔들. 세월이 흘러도 육신은 썩고 없어졌지만, 영혼은 오늘도 내일도 또 모레도 구천을 떠돌며 자신의 한을 풀어줄 것을 원하고 있을 것이라고, 살아남은 자들은 비극이 있었던 날을 기일로 정하여 정성들여 제를 올리며, 그들의 죽음을 지금껏 슬퍼하고 있다.

유족 또한 뼛속 깊이 사무친 천추의 한을 간직한 채 도도히 흐르는 세월의 무심함을 탓하며 죽어간 자들의 영혼이나마 제자리를 찾길 기원하고 있다.

거창양민학살사건

거창군(居昌郡)은 경상남도 최북단 서북부의 내륙 산간 지방에 있는 군이다. 동쪽은 합천군, 서쪽은 함양군, 남쪽은 산청군, 북쪽은 경상북도 금릉군과 전라북도 무주군에 접한다.

소백산맥을 경계로 하여 경상북도와 전라북도가 접경하고 있어서 남부 지방에서는 유일한 진안 고원에 이어져 있는 산지의 일부이다.

북쪽은 덕유산(1614m) 고봉을 비롯하여 월봉산·삼봉산 ·수도산·단지봉, 서쪽은 기백산(1390m)·금원산, 동쪽은 두리봉·의상봉·비계산·오도산 등 고봉들이 솟아 있고, 남쪽은 비교적 낮은 보록산(767m)·갈전산·천마산 등이 분포되어 작은 분지를 형성하고 있다.

이러한 산들은 낙동강 지류인 황강·남강·감천(甘川)·금강 등의 원천이 되고 있다. 비극의 산줄기 신원면 감악산(甘岳山, 951m)은 군의 남부에 있는 산이며, 소백산맥에서 뻗어나온 가야산의 준봉으로 남상면과 신원면의 경계를 이룬다. 감악산(紺嶽山)이라고도 쓰이는 이 산은 802년 애장왕(3년)이 이 산에 연수사 절을 세운 뒤부터 감악이란 이름이 붙여진 것이라고 한다.

남쪽 산록에서는 낙동강의 지류인 황강에 흘러드는 옥계천이 발원하며, 북서쪽 산록에는 신라 현강왕이 중풍으로 고생하다가 이곳 약수를 마시고 병이 나았다는 약수터와, 여승과 아들 사이의 애달픈 사연이 깃들인 600년 된 은행나무로 유명한 연수사가 있다.

685년, 신라 신문왕 5년에 거타주를 나누어 청주(진주)와 거열군(거창)을 설치하였다. 1414년, 태종 14년에 거제현과 거창현을 합쳐 제창현으로 통합하였다가, 1415년 태종 15년에 거창현으로 환원시켰다.

1470년, 성종 1년에 거창군으로 승격하였으나 현과 군·부 등으로 바뀌다가, 1895년 고종 32년에 거창군으로 개편하였다. 1914년, 안의군 소재 마리면·북상면·위천면과 삼가군 소재 신원면(神院面)을 편입시켰다.

거창군 신원면의 한문자를 풀이하면 귀신이 창궐하여 모여 있는 집이 되기도 하고, 귀신 얼굴이 많이 보인다는 뜻이기도 하다. 지명처럼 수많은 사람이 억울하게 죽어 원귀가 된 거창 사건을 알아본다.

경남 거창군 신원면은 이름 때문인지 1914년에 생긴 뒤로 끊임없는 참화가 이어졌다. 시원면이 생긴 것은 1914년 삼가군의 신지면과 표원면이 합쳐져 거창군에 편입되어 신원면이 생겼다. 이때만 하여도 사람들은 신원이란 이름이 신선이 모여 사는 곳이 될 것이라고들 좋아했다.

특히 학살 현장인 청연 마을이 더욱 그랬다. 감악산에서 흐르는 맑은 물이 마을 아래서 모여 연못을 이루어 항상 맑고 고운 물 같은 인심이 고여서 청연이 됐다고 전해졌다. 또 이 마을에는 노인성이 비쳐져 사람들이 장수한다는 이야기가 구전으로 전해져 왔다.

참으로 우연인가? 지명 때문인가? 필자는 집필하면서 지명을 보고 깜짝 놀랐다. 거(居)는 살 거, 창(昌)은 창성할 창, 군(郡)은 고을 군, 신(神)은 귀신 신, 원(院)은 집 원, 면(面)은 낯 면, 그러므로 '귀신이 창궐하여 사는 고을, 귀신들이 사는 집, 귀신들의 얼굴이 있는 집'으로 해석할 수밖에 없는 한문자 풀이이다.

이름 때문일까? 떼거지로 몰려온 일부 미련한 국군 때문에 억울하게 자신이 무슨 죄를 지은지도 모른 채 죽임을 당하였던 그 현장을 처음 찾아간 날은 2001년 9월 15일(토요일)이다.

〈제50주기 제13회 거창 사건 희생자 합동위령제 및 추모식〉이 신원면 괴정리 박산 합동 묘역에서 거창 사건 희생자 유족회 주체로, 거창군이 주관하고 경상남도가 후원하는 위령제를 참관하기 위해서였다.

김해서 출발하여 거창 군청에 들러 문화과 담당자의 안내로 추모 행사장에 도착하였다. 필자는 달리는 창 밖을 자세히 살폈다. 50여 년 전, 미련한 국군에 의하여 저질러졌던 처절했던 장소는 확인할 수 없고, 박산골 묘역에 쓰러진 추모비를 발견하고 '아~ 이곳이 바로 비운의 역사 현장이구나!' 확인할 수 있었다.

그때 살육의 현장에서 기적적으로 살아남은 피해자 유족들은 무심한 세월의 흐름을 탓하며 한많은 삶을 살아온 흔적인 듯 수많은 주름살을 이마에 새기고 있었다. 햇볕에 짙게 그을린 구릿빛 얼굴로 필자에게,

"50여 년 전에 피울음의 역사가 아직도 흑백 활동 사진처럼 돈다."
라면서 쓰러진 묘비를 안고 넋두리를 하고 있었다. 이제서야 명예를 회복할 수 있게 되었다고 하였다.

옥계천 물처럼 흘러버린 무심한 원한의 세월, 그 세월 속에 입술을 깨물고, 하늘을 보며 원망을 하고, 땅을 치며 통한의 눈물을 흘렸는데, 이제야 누명을 쓰고 죽임을 당해 억울하여 저승도 가지 못한 채 반 백 년 긴 세월 동안 구천을 떠도는 원혼이, 마침내 명예 회복을 하고 평안한 안식처를 찾을 수 있을 것이라 했다.

필자는 돌아오면서 묘비를 끌어안고 울던 너무나 순박한 얼굴이 잔영으로 남아, 가슴 깊이 아릿한 슬픔을 느꼈다.

1951년 2월 10일부터 3일 동안 하늬바람이 몰아쳤던 그 사흘 동안을, 경남 거창군 신원면의 60대 이상 토박이 어른들은 길이 잊지 못한다.

산이 병풍처럼 둘러싼 이 고요한 분지가 피비린내나는 아비 규환의 생지옥으로 변해 버렸다. 눈이 포근하게 쌓인 새하얀 분지가 눈 깜짝 하는 사이에 시산 혈해(屍山血海)로 짙붉게 물들어 버렸다. 죽음이 산같이 쌓이고, 피가 바다처럼 흘렀다.

차마 눈뜨고 바라볼 수 없는 처참한 양민 학살극이 바로 이 곳에서 벌어졌던 것이다. 국토를 지키고 겨레의 생명을 지키는 것을 사명으로 하는 국군의 총격 앞에 어질디어진 양민들이 무참하게 죽어가야만 했다.

흥행을 목적으로 한 전쟁 영화를 만드는 아무리 유명한 명감독도 연출할 수 없는 인간 도살장이 산 좋고 물 좋은 명산 지리산 자락에서 펼쳐지고, 그저 순하디순한 사람들이 우리나라 역사상 전무 후무한 살육의 현장의 주인공이 되어 버렸다.

이때 원통하게 숨져가며 눈조차 감지 못한 원혼은 752명. 3살 이하의 천진무구한 젖먹이가 119명, 14살까지의 어린이는 259명, 60~92살에 이르는 노인들만도 70명이나 된다.

이들에 대한 총살 이유는 공비와 내통했다는 것이었지만, 그러고 싶어도 할 수 없는 노약자에다가 말 모르는 연령층의 죽음이 전체 희생자 가운데 75퍼센트에 이르렀다. 참으로 치가 떨리는 극악무도한 학살극이었다. 이것이 바로 거창양민학살사건이다.

"와이 카는교? 대장님! 죽어도 말 한마디 하고 죽읍시데이. 국민 없는 나라가 어디 있다 캅디꺼?"

수용소 신원국민학교에서 처형장이 된 박산골로 끌려온 한 주민

이 빙 둘러쳐진 총부리 앞에서 마지막으로 외친 절규였다.

그러나 이미 산청서 살육 잔치를 끝내고 들이닥친, 미친개가 되어 버린 토벌대의 답은 M1총 개머리판으로 항변하는 주민의 턱을 '돌려쳐'로 갈겨 비명 대신 입에서 피를 쏟게 하였고, 칙가대비(농구화)로 허북단지(허벅지)를 차서 안 넘어지면 개머리판을 높이 들어 찍었다고 한다. 그러면 늙은이들은 개구리처럼 땅바닥에 넘어져 거북이처럼 기어갔다고 한다.

"아무리 국군이 그랬을라구요, 노인들한테요?"

"선생님, 그런 말 할라카든 내사 입 닫겠소."

"어르신, 하도 기가 막혀서 한 소리 해 본 것이니 노여워 마십시오."

"노인들이 기어간 뒤에 토벌대들에 의해 강제로 줄을 세워 놓은 모습을 바라보니 풀꼬마리(팔꿈치)에서 선지피가 옷소매에 배여 나와 붉게 물들어 있는 모습을 이 눈으로 봤다 카이!"

그러니까 양민들은 죽기 전 인간으로서 감내하기 힘든 고문까지 당한 셈이다. 그리고 M1총의 표적이 되어 갈기갈기 육신이 찢긴 채 죽어가 구천에 떠도는 원혼이 되었다.

동족을 적으로 둔 이유 때문에 사상도 모르고 이념도 없는 양민들이 무참히 죽어간 마을은 폐허로 변하였고, 마을 주변 산은 공동 묘지로 변하였다. 사람은 죄를 지으면 하늘을 두려워한다. 그러나 토벌대는 양심이 없었다.

감악산(紺岳山) 기슭의 합동 분묘에는 반세기 가까운 세월에도 눈감을 수 없는 주검들이 구천을 떠돌면서 호곡하고 있다.

지금까지 마냥 '거창사건'이라 불렀던 이 사건. 그러나 유족들은 외로이 '거창양민학살사건'이라 강변해 왔다.

긴 세월이 흘렀어도 진솔한 진상 규명은 고사하고 변변한 묘비도 없다. 세웠던 묘비도 지난 61년 5월 계엄 선포와 함께 국군에 의해 파헤쳐진 채 부서진 상태로 지금까지 복원되지 못하고 있다.

그 동안 유족회 측의 끈질긴 명예 회복과 보훈 요구도 그저 평 풍식으로 왔다갔다하며 정부 관계부처 간에 책임을 떠넘기고, 법안은 맴돌고만 있는 현실이다.

1914년에 생긴 신원면은 그 이름 때문인지 끊임없는 참화가 이어졌다. 감악산(紺岳山 951m)·갈전산(葛田山 76 3m)·보록산(保錄山 705m)·월여산(月如山 862m) 등에서 시작되는 옥계천(玉溪川)은 장마 때마다 물을 내리쏟아 병자년 수해 때는 105명이 목숨을 잃었고, 51년 2월 10일부터 3일간 계속된 참상으로 그 아름다운 산 끝자락에는 시신이 널렸었다.

54년 3월, 합동 분묘가 생길 때까지 3년 동안 시신이 방치되어 흘러내린 시즙(屍汁)이 옥계천을 적셨다.

외로운 혼들이여! 꽃피는 봄과 녹음의 여름이 가고, 가을바람에 낙엽은 지고, 또다시 봄, 그러는 사이에 지축은 돌고 돌아 세월이 가면 새로운 역사가 창조될 때 그대들의 흘린 피가 이 나라 민주주의의 발전의 한 시련으로써 길이 남을지니, 원혼들이여, 고이 잠드소서. 오늘에 모인 가족 친지들은 비분에 눈물을 머금고 그대들의 명복을 비오니, 이승에서 억울한 죽음은 후세에서 길이길이 위로를 받으소서.

4·19 직후인 60년 11월 18일, 신원면장을 지냈고 도의원을 지낸 김성출 씨(작고)가 합동 묘소 묘비 제막식에서 한 추모사의 마

지막 구절이다. 유족회가 함석판에 페인트로 써서 묘소 옆에 꽂아 두고 있다. 그 옆에 나뒹그러진 채 누워 있는 위령비는 글씨조차 짓이겨져 비스듬히 누워 있다.

'거창양민학살사건'이란 1951년 2월 경상남도 거창군 신원면 일대에서 공비 토벌 작전을 벌이던 당시 11사단 9연대 3대대가 주민들이 공비와 내통했다고 잘못 판단한 데서 양민을 집단 학살한 사건을 말한다.

인천상륙작전의 성공으로 서울을 수복하고 그 여세를 몰아 적도(敵都) 평양을 10월 19일에 탈환함으로써 한만(韓滿) 국경선까지 진격하였다. 그러나 1951년 2월, 중공군의 한국전쟁 개입에 따른 1·4후퇴로 정부의 두 번째 부산 피난, 그리고 국군과 유엔군의 전면전 반격 개시라는 전황의 와중에서 지리산과 백운산 등 산악지대의 공비에 대한 토벌 작전이 한창일 무렵, 거창군 신원면 과장리에 2월 5일 새벽 공비가 나타났다.

공비들이 경찰 지서를 습격했는데, 이때 교전으로 장방간 30여 명의 전사자를 내자, 이 소식을 전해들은 계엄사령부는 보병 11사단 9연대에 공비 토벌 명령을 내렸고, 이에 한동석 소령이 지휘하는 제3대대는 거창군에 주둔하게 되면서 악의 씨앗이 잉태되었다.

신원면에 주둔한 3대대는 대현·와룡·내탄·중유 등 6개 마을 주민들이 내통(부역)했다는 이유로 내탄 마을 골짜기에서 마을 청장년들을 죽이고, 좌익이 무엇이며 우익이 무엇인지도 모르는 순박한 양민을 LMG기관총으로 학살하였다.

거창에 주둔한 토벌대는 주민들에게 신원국민학교 운동장에 모여 피난길에 오른다고 거짓말로 모이게 해놓고, 1천여 명의 주민

가운데서 군인 가족과 경찰 가족, 그리고 공무원 가족들을 가려내고 남은 5백여 명을 박산골 개천가로 몰아넣은 뒤, 약 2시간여 동안 기관총과 개인 화기로 무차별 난사하여 어린이에서 노약자와 부녀자, 심지어 임산부, 갓 결혼하여 첫날밤도 치르지 않은 신혼 부부까지 학살하였다.

당시 부산에 피난 중이었던 국회에서는 이 사건에 대하여 논란이 벌어졌는데, 거창 출신 신중복 의원과 전남 고흥 출신 서민호 의원은 다음과 같이 주장하였다.

"군에서는 사전 경고도 없이 마을 모두를 불태우고, 젖먹이로부터 아이들 327명을 포함하여 최소한 6백여 명이 박산골 개천에서 총살했고, 증거를 없애기 위해 시체에 휘발유를 뿌려 불을 질러 태운 다음 산에 시체를 묻었다. 죽은 사람들의 성별을 보아 여자가 많다는 사실은 그들을 빨치산으로 볼 수 없다는 명백한 증거인 것이다."

이렇게 주장하게 되어 마침내 국회 조사단이 현지에 파견되게 된다. 그러나 이 사실을 안 토벌대는 가짜 공비 조작극을 연출하여 조사단의 활동을 방해하는 사태가 벌어졌다. 조사단이 현지에 도착하자, 당시 계엄사령관 김종원 대령은 미리 거창군 남상면과 신원면 경계 사이의 계곡에 공비를 가장시킨 군인과 경찰을 매복시켜 조사단에게 총격을 가함으로써 국회 조사단의 현지 조사를 저지시켜 버렸다.

공비들에게서 노획한 무기들로 무장하고서 한 짓이었기에 조사단은 처음에 속을 수밖에 없었다. 뒤에 이 사실은 거짓으로 밝혀져 1951년 12월 12일 관련자들이 군법 재판에 회부되어 선고받음으로써 명목상 일단락되었다.

김종원에게 징역 3년, 당시 11사단 9연대장이었던 오익균과 한 동석에게 무기 징역이 각각 선고되었으나, 이들은 모두 그 뒤 대통령 특사로 풀려났으며, 특히 김종원은 경찰의 간부로 다시 등용되었다.

거창양민학살사건은 이와 같이 이승만 정권하에서는 진상이 은폐된 채 흐지부지되고 말았으나, 4·19의거 후 살아남은 유족들이 사건 당시의 신원면장 박영보(朴榮輔)를 산 채로 불태워 죽여버린 사건이 벌어지고, 이에 대한 대검찰청의 재수사가 있게 되면서 사건의 진상이 백일하에 드러나게 되었다.

거창 사건은 한국전쟁에 따른 민족사적 비극의 일단을 보여준 사건으로, 아직도 끝나지 않은 역사적 사건으로 남아 있다.

그 역사의 현장에 무심한 세월은 거침없이 지나가고, 핏줄을 잃고 그 곳에 살았다는 이유만으로 연좌제에 묶여 사람 구실을 못하고 살아온 사람들이 피맺힌 절규로써 명예 회복과 보상을 해달라고 이 정부에게 호소하고 있다.

1950년 11월에 접어들면서 전황은 중공군의 참전으로 전선이 흔들렸다. 이 해 11월 25일 국군은 청천강 유역에서 중공군의 강습을 받아 밀리기 시작했다. 12월 2일에는 인천상륙작전으로 어렵게 뺏은 평양을 내놓고 후퇴를 거듭했다.

전선이 이렇게 걷잡을 수 없이 흔들리자 지리산을 주무대로 활동하던 남부군들도 본격적인 교란 작전을 벌이기 시작했다.

산청군 오부면에 아지트를 두고 있던 공비의 활동도 시작됐다. 이 공비 부대는 여순 반란사건 뒤 주모자인 김지회가 이끄는 남녀 혼성 부대로서 약 5백 명이었다.

거창 학살사건이 생기기 꼭 2개월 전인 50년 12월 4일, 이들은 밤을 틈타 인접해 있는 거창군 신원면 지서를 공격했다. 당시 신원 지서에는 박기호 씨(65세)가 차석으로 근무하고 있었다. 박씨의 이야기를 들어본다.

그때 지서에는 지서주임을 포함, 8명의 경찰과 12명의 의용 경찰이 공격을 막고 있었다.

적은 4백여 명으로 구성된 남녀 혼성 부대였다. 북과 꽹과리를 치면서 간헐적으로 총을 쏘며 3중 포위망을 형성한 채 서서히 공격해 들어왔다. 적들은 우리의 인원·무기 등의 상황을 잘 알고 있어 쉽게 함락시킬 수 있었다.

3백여 평인 신원 지서는 돌과 흙으로 3개 방어 초소를 구축했으나, 20명의 경찰과 의용 대원으로는 4백 명의 공격에 단 몇 시간도 버틸 수 없는 급박한 상황이었다.

온밤 내내 술을 먹고 농악놀이로 지샌 공비들은 포위망을 형성한 채 돼지 등을 잡아 국을 끓이고 밥을 해 먹어가며 쉬엄쉬엄 공격을 해댔다. 이들은 전투 의욕을 고취시키기 위해 작은 목표물(신원 지서)을 앞에 놓고 출정 잔치를 벌이고 있는 듯했다.

5일 밤이 되자 배를 채운 공비들이 북소리를 요란히 울리며 최종 공격을 해왔다. 소낙비같이 퍼붓는 그들의 집중 사격에 경찰 3명이 순식간에 순직했다. 의용대원 장규복 씨와 김상기 씨도 흉탄에 전사했다.

적은 지서 주변의 유리한 지역을 선점하고 있었고, 수적으로도 20배가 넘어 더 이상 버티기는 불가능했다. 박대성 지서 주임은 어둠을 이용해서 철수(도망)하도록 지시했다. 그러나 포위망에 걸려 오도 가도 못 하는 '독 안에 든 쥐'의 형국이 돼 버렸다.

그런데 한밤중에 갑자기 이들의 공격이 조용해졌다. 이미 우리는 향토 방위대장 임종섭 씨가 수류탄 공격에 사망하는 등 전투력을 상실하고 있을 때였다. 공비들은 우리에게 퇴로를 열어주고 철수할 기회를 준 듯했다.

살아남은 경찰 5명과 나머지 대원들은 지서에서 10여 리 떨어진 관동 뒷산까지 정신없이 달려나갔다. 점호를 해 보니 10명밖에 없었다. 관동에서 감악산을 넘어 사지를 벗어났고, 거창읍으로 철수했다. 20명 중 경찰 3명, 의용대원 7명 등 10명의 전사자를 낸 전투였다.

지서를 뺏긴 후 3일 뒤인 12월 8일 창녕의 경찰 부대가 도착, 탈환을 시도했으나, 이 부대 역시 작전 중 16명의 전사자만 내고 되돌아갔다.

경찰은 신원 지서의 탈환을 위해 몇 차례 공격을 시도했으나 완강한 저항에 부딪쳐 번번이 실패만 했다. 거창군 신원면은 이때부터 토벌대가 진주할 때까지 2개월 동안 인공기(人共旗)가 걸리고 공비 세력권 안에 놓이게 됐다.

경찰은 결국 자체의 힘으로는 수복이 불가능하다는 판단을 내리고 토벌 전담 사단(11사단)에 지원을 요청했다. 11사단 9연대 산하의 1대대는 함양, 2대대는 하동 지역 담당이었다. 3대대가 산청군과 거창군 지역을 맡아 거창농고에 대대 본부를 설치하고, 51년 2월 6일 신원면으로 출동했다.

거창양민학살사건 당시 11사단이 9연대에 내린 작전 명령 5호 역시 '견벽청야(堅壁淸野)'였다.

이는 앞에서 말한 것처럼 《손자병법(孫子兵法)》에 나오는 말이다. 확보해야 할 거점은 벽을 쌓듯이 견고히 확보하고, 포기해야 할 곳은 인원과 물자를 철수시켜 적이 이용할 수 있는 여지를 깨끗하게 없애라는 뜻이다.

나무랄 데 없는 명령이다. 그러나 이 명령이 사단에서 연대로, 연대에서 대대로 하달되는 과정에서 해석이 잘못되어 문제를 일으켰고, 역사적인 비극을 부른 것이다.

신원 지서 차석이었던 박기호 씨는 이 작전 명령에 대해 당시 현지 군인들은 명령을 거부하는 사람, 또 정보·물자·노역을 공비에게 제공하는 사람은 현장에서 총살하라는 것으로 해석, 이 같은 일을 저질렀을 것이라고 했다.

사실이 그렇다면 애매한 한자 문장의 작전 명령이 얼마나 큰 비극을 불러왔는지 소름이 끼친다. 더구나 학살당한 3살짜리 이하 젖먹이 119명을 포함해서 14살 이하 어린이 259명, 예순 살에서 아흔두 살까지의 노인 70명이 모두 공비에게 정보·물자·노역을 제공할 수 있다는 해석에 경악을 금치 못한다.

51년 2월 10일, 한동석 3대대장이 공비 협력자를 색출한다며 부락민 전부를 신원국민학교에 모이도록 지시했다. 겁을 먹은 마을 사람들이 산을 넘어 산청 쪽으로 빠져나가자 박격포를 쏘아 피난 길을 막았다. 이때 군의 일부는 와룡리 주민 1백여 명을 탄량골로 끌고 가서 집단 사살해 버렸다.

일부 주민들이 공비를 도운 것은 사실이다.

"부모 형제를 위협하며 도와달라고 하는데, 어느 강심장이 거절하겠는교?"

5일 밤 공비들이 신원 지서를 공격할 때 그들은 분명히 퇴로를 열어주고 철수할 기회를 주었다. 사실 경찰 병력이래봐야 치안이나 담당하였고, 전투 장비 역시 공비들의 무기 체계와는 아주 많이 뒤지는 열세였다.

말 못 하는 짐승도 질서가 있다. 하물며 이성이 있는 인간인데, 지리산 토벌대는 짐승보다 더 했다. 대항하는 경찰도 퇴로를 개방해 두고 시간을 주었는데, 국군 토벌대는 민간인들을, 더욱이 대항 능력도 없고 심지어 거동이 불편한 노인을 비롯하여 젖먹이 어린아기까지 사살하였다니, 인간으로 할 짓인가!

덕산리 청연 부락 70여 명도 마을에서 사살되었고, 가옥도 불태워졌다.

한편, 신원국민학교에 강제 수용됐던 6백여 명의 주민들(어린이·노약자 359명 포함)은 2개 교실에서 하룻밤을 지낸 다음 날인 11일 마을 앞산인 박산골에 끌려가 집단으로 총살됐다.

조성제 씨는 기적의 생존자이다. 당시 생후 4개월이던 조씨는 어머니 한동옥 씨의 품에 안겨 교실에 있었다. 어머니 품에 안겨 있던 조씨가 밤새껏 울자 보다 못 한 경비병이 애나 달래고 오라며 밖으로 내보냈다. 그래서 조씨는 아기를 안고 친정인 산청으로 달아나 두 목숨을 건졌다. 그러나 조씨의 아버지와 형제들은 끝내 변을 당했다.

51년 2월 6일은 설날이었다. 주민들은 제사상을 마련했고, 일가 친척이 종가에 모이기도 했다. 3대대가 경찰대와 방위 병력만 남겨두고 산청으로 철수를 했지만, 토벌대는 마을을 휩쓸고 다니면서 온갖 횡포를 부렸다.

제삿술을 뺏어 먹고 취해서 잠든 사이에 공비들의 기습을 받아 11명이 사망했다. 뿐만 아니라 경찰 지서와 면사무소도 소실됐다.

"그 팔피의 토벌대가 한강서 얻어터지고 남산에 가서 눈 흘긴 기라!"

"공비들에게 당한 것을 마을 주민들에게 화풀이를 했단 말입니까?"

"하모, 아침 나절부터 초상집에 와서 해거름까지 탁베이 진탕 묵고 네 발 뻗고 잔 기라. 잔칫날을 알고 있는 공비들도 음식을 얻으러 온 기라. 잔칫날은 마당에 체활(포장)을 치고 하니 산 위에서 내려다보면 멀리서도 보인다 아이가! 그 자슥들이 탁베이 물 안 탄 것을 먹었으니 꼭지가 돌아 빠져서 정신 때가리가 저승 간 기라."

공비가 와서 기습 공격하니 당할 수밖에 없었다고 한다.

"말도 마소. 그 일로 인하여 죄 없는 동네 사람한테 패액시럽게 행동한 거라요."

술 취해 잠들어 있을 때 통비분자가 공비에게 연락을 하여 11명이 죽었다고 억지를 부린 것이다.

이 같은 사태가 벌어지자 연대 본부에서 불호령이 떨어졌고, 때를 같이해 '견벽청야'라는 작전 명령이 하달된 것이었다. 이 명령을 수행하기 위해 신원에 다시 진주한 것이 비극의 씨앗이 됐다.

군인들이 전 주민들을 국민학교에 모이라고 했다. 노인들은 집에 남아 있는 경우도 있었다. 이를 본 군인들은 보이는 대로 총을 쏘았다. 신원국교 2개 교실에 수용된 사람들은 꼼짝도 할 수 없었다. 군인들은 소를 멋대로 잡아먹었고, 교실 안의 책걸상을 끄집어내 부수어 운동장에서 불을 지폈다.

더구나 반반한 부녀자를 골라내어 성폭력을 하여 욕심을 채웠다고 유족들은 증언한다. 정이기 할머니는 그 날을 이렇게 회고한다.

264 지리산 킬링필드

"어린것들은 춥다, 집에 가자 조르고, 배가 고프다며 울며 보채는데, 군인들은 온통 운동장에서 장작불을 지펴놓고 소를 잡고 보따리 속에서 꺼낸 귀금속 등 금붙이와 골동품들을 골라 짐꾼에 지워 어디론가 가져가 버렸다."

"갓신했시몬 총맞을 뻔한 기라요. 장교한테 항의하였더니 총을 겨누면서 노리쇠를 당겼다가 '철커덕' 소리나게 총알을 장전하데요. 토벌대 장교들 모두가 성격이 괴팍스럽데요. 똑똑히 기억되는데 굴래씨염(구렛나루) 나 있는 장교는 대위였는데, 눈알이 게냉이(고양이)처럼 고약하여 쳐다만 보아도 깔딱수하것습디더."

이 할아버지는 먼산을 쳐다보며 한숨을 쉬었다. 윗상관에게 까발리다가 들켰을 때는 그 자리에서 총을 쏴 죽여 버렸다. 어차피 죽은 목숨이지만 그들은 전투 중 말을 듣지 않는 부하를 즉결 처분하듯 사살했다.

중유리의 이시근 할아버지는 "베 40필, 명주 20필을 거창읍까지 지게로 져다줬더니 곧 팔아먹더라"고도 했다.

2월 11일, 운명의 날 아침이 되자 거창 경찰서 사찰계 형사들과 군장교, 그리고 면장 등이 참석한 가운데 '성분 분석'을 했다. 성분 분석이래야 경찰과 군인 및 공무원 가족을 골라내는 일뿐이었다. 6백여 명 중 519명을 1킬로미터 남짓한 박산골로 끌고 가 정보 장교 지휘 아래 총살해 버렸고, 장작더미를 덮은 후 불을 질러 버렸다.

설쇠러 왔다가 죽은 인근 마을 주민 33명도 끼여 있었다. 시체는 방치되어 3년 동안 부패했고, 핏물이 흐르는 옥계천(玉溪川)에는 가재들이 수도 없이 번식했으며, 시체 위에 모여든 까마귀들은 원인도 모르게 죽기도 했다.

현재 신원중학교 앞 도로변에 안장돼 있는 519기의 합동묘소는 산청－거창 간 도로 확장 사업에 잘려 묘역이 많이 줄어들었다.

유족들은 신원국교에 수용됐던 사망자들이 네 번 죽임을 당했다고 이야기한다.

첫째 죽음이 집단 학살이고, 두 번째가 장작더미로 덮은 생화장, 세 번째가 54년 3월 3일(음력) 박산골의 유골을 모아 주민들이 새로 화장하고 현재의 묘역으로 옮겨, 남자묘·여자묘·아기묘로 안치한 것이다.

그 해 삼월 삼짇날을 이장일로 잡고 시신을 수습했다. 주민들은 서로 울지 말자고 굳게 약속을 했지만, 저절로 흘러내리는 눈물을 주체하지 못했다. 어떤 아주머니는 같이 죽겠다고 불 속에 뛰어들어 만류하는 사람들을 더 울리기도 했다.

유족들은 새로 화장한 시신들 중 머리가 크면 남자, 작으면 여자, 더 작으면 어린아이로 유골을 나누어, 남자는 위쪽에 묻고 여자는 아래쪽에 묻었다.

아이 무덤은 그 중간의 여자 무덤 곁에 작은 봉분을 만들었는데, 무덤의 형체가 아빠와 엄마 사이에서 엄마 품에 안겨 젖을 빠는 형극을 이루고 있다.

네 번째 죽음은 5·16군사 쿠데타 직후에 있었다. 그 당시 묘비가 문제로 떠오르게 됐다. 묘비에는 '일부 미련한 국군의 손에 의하여……'란 글귀가 있었다.

이 비문은 거창의 국회의원이던 신중목 씨의 청으로 이은상 씨가 지은 것인데, 이후 이은상 씨는 자신이 쓰지 않은 것이라고 한사코 부인한 일화를 남기고 있다.

1961년 6월 15일, 계엄하의 경남도지사는 최갑중 씨였다. 이날 합동 묘지는 경남도의 묘지 개장 명령으로 봉분이 파헤쳐지고, 비석은 땅 속에 묻히게 된 것이다.

이때 파묻힌 묘비는 유족회 측의 끈질긴 호소와 진정 속에서도 철저히 외면돼 오다가, 67년 봉분만 겨우 원상 회복됐고, 묻혔던 비석은 지난 88년 유족회 측의 손에 파헤쳐져 햇빛을 보게 됐으나 아직 상석 밑에 누워 있다.

"10일날 청연 부락 사람들을 모조리 죽였다 카데. 소문을 들었지만 직접 보지 않은 일이라 아침부터 동네가 어수선했는데, 글마들이 온 기라. 토벌대 글마들을 보자 가근방(주위) 사람들이 전부 집으로 가서 젊은 사람은 도망치게 하고 늙은이와 아녀자, 어린이만 남았는 기라."

빨갱이도 아녀자들은 거칠게 다루지 않았다.

"내는 음식을 잘못 묵어 똥깐에 있었는 기라. 똥개들이 자지러질 듯이 울고, 마을 사람들이 고삿길을 살거름을 치며, 가족들 이름을 부르고 하여 온 마을이 벅신벅신하더니 갑자기 조용한 기라. 느치감치 나와보니 마을 사람들이 모두 학교로 가고 마을은 텅 비었재. 토벌대 글마들이 집집마다 다니면서 숨어 있는 사람 찾아낸다고 장도가지(장독)에다 총을 쏴 간장과 된장 도가지가 깨어져 냄새가 말도 아닌 기라."

"그렇다면 토벌대가 총을 쏜 것은 계획적으로 주민을 학살할 전주곡이나 마찬가지였네요."

"일마들이 설레발치며 고삿길을 다닌 기라. 내하고 맛다드랬는데(맞닥뜨렸는데) 글마들 얼굴이 올매나 살천시럽은지 온몸이 산뜩해지대에."

"총을 쏘니 거역 못 하고 국민학교 운동장으로 마을 주민이 전부 모일 수밖에 없지 않습니까? 그러한 낌새를 느꼈습니까?"

"하모예! 글마들 하는 행우지 괴팍스러워버서 안 기라. 올매나 모지락스럽은 짓을 하는지……."

"김선생님은 어떻게 하여 목숨을 건질 수 있었습니까?"

"헛간에 거름을 파고 숨어서 살았는 기라. 전날 밤 청연부락에서 사람을 많이 죽였으니, 아침에 글마들 얼굴 쌍판을 보니 눈에 핏발이 섯드라 카이. 통시에서 볼일 보면서 불각시리 생각하니 이미 마을에 토벌대가 쫙 깔려 있어 산으로 도망치다간 발각되어 총에 맞어 죽을 것 같고, 집집마다 찾으러 다니는데 들킬 것 같아 헛간 구석지에 거름을 파고 도롱이(떡잎이나 볏짚으로 만든 우비)를 걸치고 숨었재. 빨갱이들이 양석을 뺏어가 내가 도가지(통)에다 양석(양식)을 넣어 거름을 파내고 그 속에 숨긴 뒤에 다시 그 위에다 똥물을 끼얹어 놓으면 똥꾸룽내가 나니 건성으로 보고 가기 때문에 살아났는 기라."

"말을 듣고 보니 기막힌 아이디어입니다. 저희 고향에서도 밀주를 해 먹었는데, 면에서 조사가 나왔습니다. 들키면 벌금도 물고, 양이 많을 때는 영창도 갔습니다. 조사가 나온다는 낌새가 있으면 김선생님이 하였던 것처럼 술독을 거름 속에 숨기고, 걸쭉한 똥물을 끼얹어 숨겼습니다. 쌀이 귀한 때여서이지요."

"……."

"그 고약한 냄새를 맡고 얼마나 지나서 나왔습니까?"

"한식경이나 지나서 나와 보니 마을이 조용한 기라. 콩 볶는 듯한 총소리가 요란하게 들리고, 조용해지는가 싶으면 산발적으로 총소리가 몇 번인가 나더니 조용하여 학교 쪽으로 어스렁거리고 가보았더니, 동네 사람들이 겁에 질린 얼굴에 울면서 내려오는 기라. 다행이다 싶어 거문가리해 둔 논까지 가는데 비오기 전 청깨고리처럼 울며 내려오던 아지매가 '아재 전부 죽었다!' 닭똥 같은 굵은 눈물을 떨구면서 미친 듯이 우는 기라."

그때까지는 영문을 몰랐다고 했다. 마을 사람들이 피난을 가지 않고 내려오기 때문에 큰 걱정은 않고 탄량골에 가니 아비 규환 그 자체였다고 하였다. 유족들의 울음소리가 까마귀떼 울음소리보다 더 했다고 했다. 피투성이를 끌어안고 하늘만 쳐다보며 울었다 했다. 성분 조사에 몇 명만 살고, 임산부에서부터 거동 불편한 늙은이까지 학살하고 불을 질러 버린 것이다.

나치가 유태인을 학살한 것처럼 씨를 말리는 작전이 감행된 것이다. 국군에 의해서 적군이 아닌 국민의 군대가 적과 싸워 보지도 못하고 낙동강 전선까지 밀려와, 유엔군 참전으로 적을 물리칠 때까지 국군은 가을걷이 끝난 들판에 허수아비보다 못 한 존재였다. 그런 군이 순하디순한 한핏줄인 동족을 죽인 것이다.

역사는 그 당시 저질러진 사건을 어떠한 변명을 하여도 용서하지 못할 것이라고 피해자 유족은 절규하였다.

"빨갱이들이 밤에 불각시리 나타나 양석 뺏어가지, 젊은 놈들을 산으로 데불고 가서 시달림을 받고 있는데, 반 미친게이 토벌대 일마들이 마을에 가악중에 나타나 애먼 소리 하여 마을 사람들에게 못된 행우지한 기라. 절마들보다 일마들이 훨씬 가탈시럽재. 일마들 대갈삐이가 돌인 기라. 가들이 지나가는 곳은 날포리(하루살이) 목숨이지 산 목숨이 아니다 카이. 가악중에 사람이 많이 죽어 각 살 돈이 있나, 한꺼번에 죽어 준비한 각이 있나. 몰살당한 가족은 시체 수습할 사람도 없어 멀리서 소식 듣고 온 씨족들이 가마이데이로 시체를 포장하여 상여도 없이 지게에 지고 가서 매

장하였고, 나머지 사람은 한 구덩이에 묻어 버렸다 아인교!"

"그렇다면 탄량골이나 박산골 묘역 시체는 누구 것인지 가려낼 수도 없겠군요?"

"모르는 일이쟤. 치우지 못한 시체들이 다랑지논에 늘비한 기라. 멧돼지와 들개들이 시체를 물고 다녀 눈뜨고 못 볼 광경인 기라, 빨갱이 절마들보다 토벌대 일마들이 더 썸둑시럽었쟤. 토벌대 가들이 부녀자 데불고 가서 지랄 용천을 떨고, 니노지를 칼로 도려내고 유방을 절단 낸 것을 본 기라. 토벌대 가들이 호로자석들인 기라."

"집단으로 강간을 하고 음부를 절단했다는 말은 도처에서 들었습니다만, 이 곳도 예외는 아니었군요?"

"하모요, 왜놈들이 대동아 전쟁 때 강제로 처이 공출(일제 때 강제로 처녀를 뽑아서 정신대를 만든 사건)해서 아기미(젖먹이가 있는 여자) 있는 여자는 뽑지 않았는데, 토벌대는 치마 입은 여자나 옹구바지(몸뻬) 입은 젊은 부녀자들을 강간하고 죽여 버렸다 카이. 그런 법이 어디 있겠는교?"

"……."

"선생은 호남 사람이니까 어떨는지 모르나 광주 민주화 운동 한 사람들은 총을 뺏어 군인들에게 대항하였지만, 6·25때 협박 때문에 한두 명 공비를 도와주었다고 마을 전체를 도리깨 타작하듯이 하여 몰살을 시켰으니 얼마나 억울한교?"

"어르신 그 동안 올바른 지도자가 없었기 때문입니다. 근자에 와서 정치권이나 언론에서 관심을 가지고 있고, 특별법이 통과되었으니 늦은 감이 있으나 잘 될 겁니다."

"선생, 공정하게 잘 써주이소. 그리고 민주화 보상도 해 주어야

되지만, 6·25때 피해당한 사람들 거의 다 죽어가고 얼마 안 되니 보상도 우선 순위가 있다고 해 주소."

"알겠습니다. 정확하게 쓸 테니 몸 건강하게 지내십시오!"

필자가 녹취를 끝내고 차에 오르자 그는 차창 문을 두들긴다. 차창 문을 열자, 자그마한 보자기를 넣어 준다. 거창 사과였다.

"입이 출출할 때 드시소!"

피해자들마다 증언하였으니 이것은 분명한 사실이다.

젖티(유방)가 칼로 잘려 피와 젖이 섞여 있는 것을 개들이 먹고 있는 것을 목격한 사람도 있었다고 한다.

그들이 지나간 뒤는 온갖 소문과 비어들이 입에서 입으로 옮겨져서 가족을 몽땅 잃은 유족을 더 슬프게 하였다고 했다. 대강 시체를 수습하고 고향을 떠나오지 않은 사람도 많을 것이다.

그 당시 일어난 현대사의 비극 가운데 자국의 군대에게 당한 양민들의 슬픈 사연을 영원히 묻으려 했다. 총에 죽고 칼에 난도질 당하여 숨이 끊어지지 않은 양민들에게 나무로 덮고 기름을 끼얹어 화장을 한 그 날의 가해자는 우리 모두일 수도 있다.

거창양민학살사건은 1951년 2월 10일부터 12일까지 3일간의 참화이다. 탄량골(11일)과 박산골(12일)의 집단 사살은 두 곳 다 골짜기로 주민들을 몰아넣어 학살한 데 비해, 청연 부락의 76명은 마을 앞 논에 집결된 채 무차별 총탄 세례를 받았다.

당시 이 부락에는 40세대의 주민들이 살고 있었다. 남자들은 대부분 피난을 가 버렸고, 남아 있는 사람은 노인과 부녀자, 그리고 아이들뿐이었다.

이 곳의 참극은 3대대가 공비 본거지인 산청군 오부면 일대를 공격하기 위해 떠나고, 신원 지서를 지키도록 한 경찰부대가 기습 당한 다음 날의 일이다.

박상득 씨는 그때의 참상을 이렇게 설명한다.

마산에서 고등학교를 다니고 있었는데, 고향에서 무슨 큰일이 일어났다는 소문을 듣고 친구와 함께 달려갔다. 마을을 들어서니까 집들은 모두 불타 없어졌고, 부락은 텅 비어 있었다.

이상한 악취가 풍겨 논으로 가봤더니 총에 맞은 시체가 무더기로 널려 있었다. 살아서 피신해 온 사람들의 이야기를 들어보니 마을 주민들을 모아놓고 그 자리에서 총을 쏘아 버렸다는 것이다. 집들은 모두 불태워 버려 폐허가 되었다고 했다.

멋대로 해석된 '견벽청야' 작전의 기막힌 수행이었다.

청연 부락의 참변 소식은 다음 날 11일이 되자 신원의 6개 리에 쫙 퍼졌다. 군인들은 다시 와룡리 주민들을 피난 가야 한다며 몰아세웠다. 부락민들은 웅성댔지만 공비들 때문에 위험하니 안전한 곳으로 피난시켜 주겠다고 했다.

주민들은 불안하면서도 국군의 말이기에 믿었고, 피난 채비를 했다. 이미 청연 부락의 소식을 듣고 피난길을 나서다가 박격포를 쏘아 길을 막는 바람에 오도가도 못 한 채 겁을 먹고 있는 주민들이었다.

군인들은 빨리 서둘러야 한다며 총으로 돼지를 잡고 밥을 하라고 지시했다.

한쪽에서는 아직 밥이 끓지도 않았는데 마을 입구 쪽에서는 벌써 피난길을 떠난다고 법석이었고, 이때 먼저 출발한 사람들은 신원국민학교에 수용돼 다음 날(12일) 박산골에서 참변을 당했다.

피난 행렬이 신원국민학교 쪽으로 마을마다 줄을 이었는데, 와룡리 주민들도 선두와 후미로 나누어 2킬로미터 정도를 가던 중 10여 명의 군인이 중간을 차단시켰다. 탄량골에서였다.

어른 아이 할것없이 116명의 주민이 골짜기로 밀어넣어졌다. 갇힌 주민들은 불길한 낌새와 살벌한 분위기에 짓눌려 새파랗게 질려 있었다. 그때 한 군인이 "군인이나 경찰 방위대 가족이 있으면 나오시오"라고 외쳤다. 눈치 빠른 10명이 손을 들고 골짜기 밖으로 빠져나갔다.

이것이 바로 '성분 분석' 작업이란 것이었다. 나머지 106명은 이곳에서 모두 총살당한 것이다.

총을 쏘자 안 죽으려고 까꾸막을 기어오르기 시작하였다. 그 곳을 향하여 기관총이 집중 사격을 하자 죽기 살기로 까꾸막을 오르던 사람들이 피를 분수같이 뿌리며 쓰러져 볏집단이 구르는 광경처럼 보였다 한다.

"깨고리처럼 굴러 떨어진 사람들이 논 기티이에 채곡채곡 쌓이데예."

길가 끝도 계곡에서 총알이 우박 쏟아지듯이 쏟아지는 틈에서 살아난 기적의 생존자가 임분임 할머니이다.

총소리에 놀라 기절해 있다가 눈을 떠보니 모두가 솔가지 불에 그을려 있고, 자신의 치맛자락도 불에 그을렸으나 화상도 별로 입지 않은 채 살아 있더라는 것이다. 물론 임할머니의 경우도 이 날 남편과 친정어머니를 잃었다. 아들 셋은 미리 산청으로 피난 보냈기 때문에 참화를 입지 않았다.

탄량골에서 참변을 당한 주민들보다 일찍 피난 나섰던 사람들과 와룡(臥龍)·대현(大峴) 등 윗동 6개 리 주민 6백여 명은 군인들의 총칼에 떠밀리다시피 해서 11일 밤 신원국민학교에 집결했다.

탄량골의 참변 소식은 이미 퍼져 있었고, 교실 2칸에 빽빽이 들어선 사람들은 아이들의 울음소리와 군인들의 고함 소리에 정신을 제대로 차리지도 못한 채 모두 겁에 질려 숨도 쉬지 못할 지경이었다.

겨울 밤이 깊어갈수록 불안은 더 해만 갔다. 차가운 교실 바닥에서 밤새 한잠도 못 자고, 불안에 떨고 추위에 떨고 있었는데, 새벽에 지서 주임(박대성)과 면장(박영보)이 나타났다.

사지(死地)에서 천사를 만난 것처럼 주민들은 반가웠다. 아침이 되자 주민들은 운동장으로 내몰렸다. 박지서주임이 교단에 올라서서 군경 가족과 방위대 가족을 찾아내고 비곡(飛谷) 사람들은 나오라고 했다.

1백여 명의 사람들이 우르르 몰려나갔다. 그러자 박주임은 "웬 비곡 사람들이 이리 많으냐?"며 짜증을 내고 내려가 버렸다.

여기서 제외된 520명의 주민들이 박산골로 끌려갔다. 지휘자는 이종대 소위(당시 23세 정보장교)였다. 여기서 520명 중 3명만이 살아남았다. 신현덕·문홍준·정방원 씨 등 세 사람이다.

이들은 총을 난사하기 직전 빙 둘러선 군인들의 총부리 앞에서 이소위가 뒷처리를 위해 빼돌린 7명 중에 포함되어 있었다. 총살 후 흙을 덮고 솔가지를 깔아서 화장시킬 인부로 쓰기 위해서였다.

남은 7명은 지시에 따라 솔가지를 해 와 시체를 덮은 후 불을 질렀다. 그리고 흙을 져다날라 시체를 대충 덮었다.

작업이 끝나자 다시 이들에게도 총질을 해댔다. 총알이 쏟아지자 무심결에 엎드렸다가 3명은 살아남았다.

다시 총을 겨누는데 애걸복걸하면서 지금 본 것을 절대 말하지 않겠다는 다짐을 하자 살려준 것이다. 군인들은 이들을 짐꾼으로 만들어 따라다니게 했다. 얼마 후 이들은 도망쳐 목숨을 구했다.

3일간의 참극은 이로써 끝났다. 적막한 산촌의 순박한 농부들은 이렇게 죽어갔다. 이 해 2월 6일이 설날이었고, 설쇠러 왔던 주민 33명도 이 사흘 사이에 죽었다. 신원 유족회가 4·19 직후 작성한 사망자 명단에는 이들 외지인의 이름은 빠져 있다.

신원면 장기리 면소재지에서 덕산리를 거쳐 3킬로미터 남짓한 지점의 덕갈산(德葛山) 계곡이 국회 조사단 피습지이다.

51년 4월 7일, 신종목 의원의 폭로로 거창양민학살사건이 물의를 일으키자 국회가 진상 조사단을 현지에 파견했다. 김종순·신종목·김의준 의원 등 조사단 일행이 차를 타고 덕갈산을 넘어가자 9연대 3대대 소속 1개 소대 병력이 계곡에 숨어 있다가 공비로 위장, 이들에게 위협 사격을 가했다. 이 바람에 조사단은 현지에 발도 들이지 못하고 혼비백산 되돌아가 버렸다.

위장 공비를 지휘한 김종원 씨는 일본군 하사관 출신으로 알려져 있다. 김씨의 당시 지휘선상에 있었던 토벌 부대 11사단의 장교들과 거창 경찰서 사찰계 주임 등은 일본 경찰전문학교를 수료한 사람들로 알려져 있다.

국회 조사단의 피습 사건이 위장 공비 사건임이 곧 밝혀지자 당시 내무·법무·국방의 3부 장관이 사임했고, 대구의 군법회의에서 사건의 직접 책임자 김종원은 전급료 몰수와 파면 및 징역 3년(구형 7년), 오익경은 무기 징역(구형 사형), 한동석은 징역 10년, 이종대는 무죄를 선고받았다. 그러나 이들은 얼마 되지 않아 모두 특사로 풀려났다.

국방장관이던 신성모는 주일 대표부의 대표로, 김종원은 전남 경찰국장을 거쳐 치안국장까지, 오익경은 군으로 복귀, 한동석은

5·16 이후 강릉·원주시장을 거쳐 보사부 서기관으로, 이종대는 사업가로 변신했다.

거창양민학살사건은 이제 더 이상 역사 속에 묻어두어서는 안 된다고 유족들은 절규한다. 50년간의 숨죽인 울음을 이제는 그쳐야 하고, 한이 한으로 계속 남아 있어도 안 된다고 주장한다.

1988년 2월 15일, 거창 사건 희생자 위령추진위원회의 명의로 된 거창양민학살사건의 유족이 말하는 통한의 절규는 다음과 같다.

"정부는 거창양민학살사건을 더 이상 외면하지 말라. 건국 이래 거창양민학살사건이 최대의 사건이다. 정부는 유족들의 진정을 무슨 이유로 거창군수에게 미뤄서 흐지부지했는가. 군정은 그 동안 우리 유족을 너무 탄압해 왔다. 현 민주 정부는 거창 사건의 중대성을 새삼 인식하라. 지금까지 안정을 바라며 참아온 우리 유족들의 인내에도 한계가 있다. 거창 사건이 해결되지 않고서는 88서울 올림픽은 퇴색한다. 억울한 유족 앞에 정치 철새들이여, 반성하라. 당시 거창양민학살사건의 현지 책임자 한동석과 이종대는 그 동안 어떻게 지냈는지 처신(거취)을 밝혀라."

다음은 1960년 11월 18일, 합동 묘지 건립 제막식에서 당시의 거창군 남상면장이던 김용복 씨가 낭송한 추도사의 일부이다. 거창 사건의 진실과 당시의 실상을 가장 적나라하게 표현한 글이다. 그 역시도 유족회의 일원이다. 자신의 혈육이 공비도 통비도 아니었다며 절규한 것이다.

"신원면 내 6개 부락에서 순박 무구하고 선량한 양민 남자 109명, 여자 183명, 소아 225명의 고귀한 생령(生靈)이 천추의 한을 품고 불귀의 원혼으로 화하게 되었던 것입니다.

오호 애재라, 오호 통재라. 그 당시의 가해자는 흑인종이나 백인종의 이민족이 아니었으며, 우리 동포의 손에 의한 것이고, 그 수난 장소가 이역 만리의 전쟁터가 아니라 그가 생장한 고국 산천 정든 고향이었으며, 수난 방법이 총이나 칼 무기는 말할 것도 없이 곤봉이나 젓가락 하나 가지지 않은 적수 공권의 양같이 순한 인사들이었고, 수난 중에 한 사람이라도 반항이나 거역하는 이가 없었고, 도리어 상대편 가해자들에게 신뢰감과 안도감을 주는 국군이라 하여서 친밀하게 여겨졌던 그 군대의 기관총에 의하였던 것입니다."

60년 4·19 직전, 신원면 합동묘지건립추진위원회가 조직되자 자유당 정권의 경남도지사는 도비 50만 환을 묘비 건립에 보조했다. 유족들은 이 보조비를 정부의 사죄로 받아들이고 묘비 공사에 박차를 가했다. 4·19 직후 유족들은 피해 보상을 요구하는 시위를 벌여 이 문제가 다시 거론되다가 자유당 정권이 무너진 보름 뒤 일은 또 터지고 만다.

묘비를 세우기 위해 석물 운반 작업이 한창이던 70년 5월 15일, 150여 명의 유족들이 막걸리에 취해 흥분된 상태에서 박영보 씨를 불러 따져보자고 했다. 박면장은 당시 약 3킬로미터 떨어진 양지리에서 양조장을 하고 있었다.

누구라고 할것없이 우르르 박면장 집으로 몰려갔다. 박면장은 저녁 밥상을 받은 자리에서 유족들에게 끌려나왔고, 와룡리 묘소에 도착했을 때는 경찰서장도 나와 있었다. 주민들이 박면장을 데려나온 것은, 당시 성분 분석 때 군과 경찰 가족이라며 빠져나오는 부락민들을 박면장이 가로막았기 때문에 더 큰 희생을 냈다는 데 있었다.

서장이 유족들을 달랬으나 이미 흥분된 그들은 야유를 했고, 급했던 박면장은 서장 차를 향해 도망가기 시작했다. 이 모습을 본 유족들은 돌멩이를 던지기 시작했고, 박면장은 서장의 가랑이 아래서 돌팔매에 맞아 죽었다.

사태가 심상치 않자 서장도 돌멩이에 부상을 입고 철수해 버렸다. 유족들은 거창 사건 당시와 같이 박면장 시신 위에 솔가지를 덮고 불을 질러 버렸다.

집단 살해 사건임에 분명하다. 경찰이 손을 쓰지 못할 만큼 울

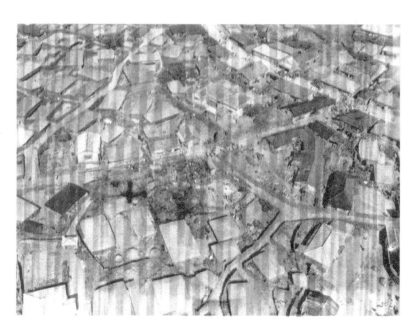

분이 컸다. 주민들의 위세에 눌려 흐지부지되듯 하던 이 사건은 마침내 이듬해 터진 5·16 직후 문제가 제기됐다. 거창양민학살 사건은 여기서 다시 한 번 굴절된다.

군사정부는 유족회를 반국가 단체로 지목했고, 문강현 유족회장 등 6명을 구속해 버렸다. 또 박면장 피살 사건 피의자로 12명을 구속했다.

6월 15일엔 합동 묘소에 대한 묘지 개장 명령을 내리고, 이를 7월 30일 시한으로 공동 묘지로 이장토록 행정 명령도 내렸다.

그러나 유족들은 뼈를 보고 사람을 가릴 수 없다는 이유를 들어 묘소의 보존을 호소했다. 당국에선 유족들의 호소를 들어 봉분만 파헤치고, 위령비는 땅에 묻은 뒤 현장 사진을 찍어 상부에 보고하는 식으로 뒷처리를 했다.

이 위령비는 60년 11월 18일, 전 유족이 참석한 가운데 엄숙한 제막식을 갖고 봉헌된 것이었다. 이은상 씨가 쓴 것으로 되어 있는 이 비문은 거창양민학살사건 희생자들의 무고함을 입증하고, 그들의 원혼을 달래는 상징이라고 유족들은 생각하고 있다.

짧은 겨울 해가 감악산을 기웃거린다. 석양에 당도한 신원면은 고산지대 특유의 골안개가 짙다. 신원은 구사·청수·수원·양지·중유·대현·와룡의 7개 마을이 산비탈을 깔고 앉은 벽지이다. 한 서린 계곡에 눈이 내려 고요와 정적이 새삼스럽다.

지리산 토벌대가 양민 학살을 — 해병 1기생의 증언

　당시 피난을 떠나 버린 6천여 명처럼 모두 고향을 떠나 버렸다면 화는 입지 않았을 것이다. 누구의 책임이든 간에 지켜야 할 땅을 제대로 지키지 못해 잠시 공비의 손아귀에 있었다는 것 이외에는 한 치의 잘못도 부끄럼도 없는 주민들이었다.

　죽기 전에 이유나 알자며 총부리 앞에서 토해 낸 마지막 절규는 대답 대신 날아든 총탄에 입을 다물었을 뿐이다. 이것이 천추에 남는 한이다.

　지금까지 인류의 역사 기록은 자칫 힘 가진 자와 승자의 편에 서기가 쉽다. 거창의 비극도 예외는 아니다. 국내의 출판물들을 살펴보면 그 예를 쉽게 찾을 수 있다. 삼영 출판사가 84년 12월 10일에 발행한 《국사대사전》 53페이지에는 이렇게 기록되어 있다.

　거창 사건 : 1951년 2월 신원면에서 일어난 양민 대량 학살 사건. 공비 소탕을 위해 주둔하였던 국군 제11사단 제5연대 연대장

오익경 대령, 제3대대장 한동석 소령의 견벽청야 작전에 의해 감행된 것으로, 동년 3월 29일 거창 출신 신종목 의원의 보고로 공개되었다. 동년 2월 11일 동 대대장 직접 지휘로 신원면 지구의 포위 작전을 개시하는 동시, 누차의 권고에도 불구하고 소개하지 않은 부락민을 신원국민학교에 집합케 한 후, 군·경·공무원과 유력 인사들의 가족만을 가려낸 뒤 신원면 인민위원장 이하 187명에 대하여 한동석 대대장 중심으로 연대 본부 작전 명령 제5호 부록에 의해 군법회의 간이 재판을 개정, 사형을 언도, 박산에서 형을 집행하였다……(下略)

국사 사전에 기록이 얼마나 잘못되어 있는가를 알 수 있다. 차라리 '공비로 오인하여 대다수 양민이 억울한 죽음이 있었다든가, 교전 중 일부 주민의 희생이 따랐다'라는 문구가 들어가 있었어도 피해 가족들은 위안을 삼았을 것이라고 했다.

"해병대 몇 기생입니까?"

"해병 1기생이지. 처음에는 해군에 입대하여 3개월 훈련을 받은 뒤, 인천 해군 경비대에서 7개월 근무를 끝내고, 해병 창설 때 병과를 바꾸어 해병이 되었지."

"지원병으로 알고 있습니다만……."

"하모, 해방되고 국방 경비 시대였기 때문에 당시 전부 지원했다 아이가! 지금도 지원병만 받고 있는 줄 알고 있는데, 내는 학교 공부하기 싫어서 일찍 입대했다."

"해병으로 병과를 바꾼 특별한 이유가 있었습니까?"

"이유는 무슨 이유!"

"……."

처음으로 창설된 부대였고, 또한 그 당시 그가 통신병이었기 때문에 해군에서 TO가 남아돌아서 갔다고 했다. 최노인은 해병 제1기생이 되어 배속받은 근무지인 제주도로 갔는데, 첫 사령관이 신원준이었고, 제주도로 간 이유는 육군 9연대가 반란군으로 돌변하여 한라산으로 들어가자, 해병대가 토벌 작전과 치안을 맡기 위하여 부대가 이동되어 반란군 섬멸 작전 중 한국전쟁이 터졌다고 했다.

"제주 4·3사건 때문에 해병대가 파견되었군요?"

"하모. 그 당시 제주도에는 빨갱이들이 천지 빽깔인기라. 우리 해병대가 일마들을 억수로 많이 잡은 기라."

"한라산으로 숨어들어 소탕하기가 무척 어려웠을 것인데요?"

"무슨 소리하노? 귀신 잡는 해병 아이가. 빨갱이 일마들을 잡아서 굴비 역드시 끄네기로 묶어 가지고 지금의 제주 비행장 터에 모은 기라."

"현장에서 즉결 처분을 하지 않았군요?"

"골수분자와 단순 가담자를 구분하여 처벌을 하려 하였으나, 당시 제주도에는 감악소가 없는 기라. 상부에서 사살하라는 명령이 떨어져서 새피(억새풀밭)밭을 불질러 수곤포(삽)로 구디(구덩이)를 숫하게 디비파서 그 안에 밀어 넣고 모딜띠(모조리) 총살하여 묻어 버린 기라."

"재판도 없이 누구 마음대로 총살형을 하였단 말입니까?"

"이승만이 아니면 신성모 마음 아이가!"

"……."

낮에는 한라산 속에서 지내고 밤이면 민가에 내려와 가축을 잡아 가고 식량을 약탈해 갔다고 하였다. 험준한 산 속에서 게릴라

전을 하여 신발이 떨어지면, 말이나 소를 잡아먹은 뒤 기름기를 제거하지도 않은 가죽을 벗겨 그것으로 옷이나 신발을 만들어 입고 다녔는데, 썩은 냄새가 너무 지독해서 코 속에다 쑥잎을 넣고서 조사를 했다고 하였다.

"빨갱이 절마들이 소깝데이(쇠가죽)로 칙까대비(일본말 : 농구화)를 기똥차게 잘 만든 기라. 발목댕이를 문둥이 다리 동치듯이(나병환자가 썩은 상처 부위를 붕대 감듯이) 동여매고 소가죽을 발등까지 덮일 정도의 크기로 절단한 다음에, 가장자리에 구멍을 내고 가죽을 가늘게 절단하여 가로지기로 신발끈을 결속하듯 하여 신고 다닌 기라. 통시가데이서 목깜한 것같이 곁에만 가도 게악질이 나서 내는 밥도 제대로 먹지를 못하여 얼요구하고 한라산 꼭디까지 정찰 나갔다가 속이 허덜부리하여 골로 갈 뻔한 기라."

"증언에 의하면 몇 만 명이라고 하는데 전부 비행장터에서 총살하여 묻어 버렸습니까?"

"하모. 얼마나 많이 죽었는지 묻을 장소가 없어 낡은 배에 가득 싣고 거문도 등대 앞 바다에서 배를 폭약으로 폭파시켜 수장시켰지."

"……."

"안주꺼정 아무한테도 이바구하지 않했는데……."

"산 채로 수장시켰단 말입니까?"

"하모 그 곳에 급류가 흐르고 깊어서 뼈가지도 없을 것이여. 멀리 떠내려가 버렸겠지. 그때 젊은 남자들이 수를 헤아릴 수 없을 정도로 많이 죽어 제주도엔 여자가 많은 것이지. 제주도를 삼다도라고 안 하는가베? 돌이 많고 바람이 많은 것은 섬이니까 그러한 것이고. 여자가 많다는 것은 4·3사건 때 젊은 아들을 숫티 죽여서 생겨난 말인 기라……."

"……."

거문도(고도 : 古島). 동서. 서도의 세 섬으로 둘러싸인 바다를 도내해(島內海)라고 하는데, 그곳은 수심이 깊어 큰 배 출입이 자유롭다. 거문도를 중심으로 하는 수역(水域)은 순천·여수 방면에서 제주도 사이에 있다.

너무나 엄청난 이야기를 들으니 등골이 오싹해진다.

"토벌 작전이 한창인……."

"6월 25일 새벽 3시쯤 되었을 때 전문이 온 기야, 내가 전문을 가지고 부대장 관사에 찾아가 부대장에게 보였더니 전문을 받아들고 읽어보자마자 손이 중풍 난 것처럼 떨면서 삼팔선이 터졌다 했는데, 무슨 소린 줄 몰랐다 카이."

"북한군이 3·8선을 넘어 남침했다는 말을 이해 못 하였군요?"

"하모, 쫄병이 무슨 소린 줄 아나? 멍청하니 서 있으니까 최일
병, 큰일났다! 삼팔선이 터졌다. 큰일났다! 연발하면서 빨리 가서
부관을 깨워 오라고 하여 부관을 깨비서 데려와 셋이서 차를 같
이 타고 사령부를 오는데, 스몰라이트(야간 관제등) 켜고 왔는 기
라."

"무엇 때문에요? 제주도까지 아직 적이 오지도 않았는데요."

"반란군 때문이재! 그놈들이 알면 해꼬지를 할 거 아닌가?"

"계엄령을 선포하여 주민 통제와 항만 관리 경계 태세에 들어간
뒤 신성모 국방장관한테 '해병대가 출동하겠다' 하였더니 '소부대
가지고 출동하여 무엇 하겠느냐? 제주도에 남아서 반란군 소탕과
치안에 힘쓰라'며 해병대 출동을 막아서 근 달포를(45일간) 제주도
에 있었지."

"전 부대원이 몇 명이나 되길래 소부대였습니까? 사령관까지 있
는데 말입니다?"

"사령관까지 모딜띠 430명이고, 신원준이 계급은 대령이지만 해
병대에선 당시 최고 높은 계급인 기라."

부대장이나 마찬가지이지만, 사령관이라고 불렀다는 것이다.

"사령관이면 장성급인데 대령보고 사령관이라고 부르기는 뭔가
잘못된 것 같습니다."

"……"

"실제 전투는 언제부터 참여하였습니까?"

"7월 13일날 전투병에 학도병을 배속시켜 대한조선공사 배를 징
발하였는데, 홍천호야. FS 미군 수송선과 같이 군산항에 상륙하
여 보니 육군이 후퇴를 하여 우리도 변변한 전투도 못 해 보고
전라북도 남원까지 순식간에 밀려왔지!"

"아니! 귀신 잡는 해병이라고 하는 부대가 후퇴만 계속하여 군산·이리·전주를 거쳐 남원까지 퇴각했다면 개가 웃을 일이네요?"

"말도 말어! 우리는 일본군이 묻어 놓고 간 구식 38장총 단발짜리이고, 글마들은 따발총인데 깸(게임)도 안 됐지. 부대가 창설되고 지급받은 38장총이 모두 고물이 다 된 것이라서 녹이 슬고 하여, 닦고 기름칠했지만 총구를 보면 곰보처럼 부식이 되었는데 그건 개인 화기이고, 실탄도 일본놈들이 땅 속에 묻어 놓은 것을 파내었지만 녹이 슬어 땎아 사용했지만 탄띠가 없어 양말에 담아 끄내끼에 묶어 가지고 어깨에 주렁주렁 매고 다녔는데. 글마들은 타르륵하고 따발총으로 공격해 오는데 어떻게 싸우나? 총알이 아까버 실탄 사격도 못 해 보고 헛총질만 하였다 카이."

"일본서 실탄을 주지 않아서 실제 사격을 못 해 보았군요?"

"하모, 후퇴하면서 어쩌다가 구식 장총으로 쏘면 봉사(시각 장애자) 문고리 잡기 식으로 인민군을 죽였지만 깸도 안 되드라 카이."

"허수아비였겠네요?"

"글캐도, 남원서 우리가 선두에 나섰고, 육군·경찰 순으로 전투를 하겠다고 협조(공동 작전) 요청하였는데, 한참 싸우다 보니 뒤가 헐비하고 조용한 기라. 우리만 남고 육군과 경찰들은 몰래 후퇴해 버려 인민군에게 완전 포위되어 버렸지. 전화도 없을 때니 SR 600 통신기로 군산 앞바다에 작전 중인 해군 함정에 지원 요청하였으나, 지원해 줄 병력이 없으니 알아서 여수까지 도보로 후퇴하라는 명령을 받고 야밤에 포위망을 뚫고 몰래 발맘발맘 빠져나와 모딜띠 목숨을 구했는 기라. 대원 중에 개애대가리가 걸려

밭은 기침을 하는 바람에 들켜 사단이 날 뻔했다 카이."

　해병대는 여수에 도착하여 미군 수송선에서 M1소총을 처음 받았으며, 노리쇠를 후퇴시켜 실탄 장전시키고 방아쇠 당기는 법만 배운 뒤 광양·하동·진주를 거쳐 진해로 들어왔다고 하였다.

　전쟁 초기에는 국군과 인민군이 복장도 똑같았으며, 모자에 별만 틀려서 미군이 아군과 적군을 구별을 잘못하여 처음에 인민군한테 엄청난 희생을 당하였는데, 이것이 역으로 잘못되어 한국군을 무차별 죽이는 사건이 되었으며, 우리 군이 보복을 하여 미군을 습격하는 사건도 있었다고 하였다.

　같은 민족끼리 싸우는 전쟁터에서 누가 적인지 구분할 수 없는 상황에서, 자신을 방어하기 위하여 쏜 총탄이 우방군을 죽이는 것을 양민 학살이라고 하자 유엔군은 "우리 나라보고 전쟁을 하지 말라는 것이냐?"고 반문하여 이러지도 저러지도 못하여 작전을 중단하기도 하였다고 하였다.

　유엔군으로서는 분간할 수 없었을 것이라고 했다. 김노인 역시도 적군인지 아군인지 멀리서는 분간하기 어려웠다고 하였다.

　(최근 노근리양민학살사건이 밝혀지자 당시 파견되었던 한 미군 병사는 남의 나라에서 왜 싸워야 되는지도 모른 채 사지에 내몰린 유엔군 일원으로서 살아남기 위한 최소한의 자기 방어를 위해 쏜 총탄과 포탄에 희생된 양민을 학살한 군인으로 몰아세우는 것은 너무 억울하다. 말도 통하지 않고, 또한 피부색깔과 언어가 같은 민족끼리 싸우는 한국전쟁에 파견된 미군이나 유엔군은 빨갱이라고 명찰을 달고 다니지 않은 이상 양민인지 아군인지 구분하여 총을 쏠 수 없었다고 진술하였다.)

　"국군끼리 전투도 하였겠네요?"

　"하모, 수다 했지. 일부 장교들은 배상 부리며(거만한 태도로 몸을

288　지리산 킬링필드

아끼고 꾀만 부리고) 시건방을 떨기도 했지만. 우리 부대가 중동부 전선에 있는 김일성 고지 전투 때 해병 1기 동기생으로 전라도 보성 아인 줄 알고 있는데 글마는 소총 소대 소대장이고, 나는 화기 중대 소대장이었지. 우리 소대가 화력 지원을 하기 위하여 포와 기관총을 설치하고 김일성 고지에다 중화기 지원 사격을 할려는데 가악중에 일마가 빤쓰 바람으로 화염 방사기를 짊어지고 김일성 고지 도치카를 태워 버리로 갔는 기라. 일마가 거기서 화염 방사기도 사용해 보지 못하고 총에 맞아 죽은 기라."

"무엇 때문에 군복을 벗고 팬티 바람으로 갔습니까?"

"만약 죽으면 빨갱이들이 자기 옷을 가져가 바꾸어 입고 아군 쪽에 숨어들어 장교 행세를 하고 돌아다녀도 아무도 모르기 때문에 그런다고, 소대원과 빤쓰 바람으로 김일성 고지를 점령하기로 한 것인데 아깝게 모두 죽었지. 참말로 한번 보성에 글마 부모를 찾아가 본다는 게 아직도 못 가고 만 기라……."

"정말로 해병대답군요?"

"그때에 도솔산 주변 전투 때 귀신 잡는 해병대 별명이 생겨났는 기라."

"옷이 북과 남이 같았다고 하지 않았습니까?"

"처음에는 그랬지만 인천상륙작전 전에 미군 군복이 모두 지급되었쟤. 철모까지 모든 장비가 일괄 지급되었기 때문에 우리 측 병력이 죽으면 옷에서부터 장비까지 전부 걷이가서 국군 복장으로 위장한 다음, 우리 측 무기로 무장하고 특공대를 조직하여 유엔군에게 엄청난 피해를 줄 수 있기 때문에 그런 것을 방지하기 위하여 옷을 벗고 공격한 것이지……."

"중동부 전선인 대암산 전투와 미 2사단이 전멸하다시피 한 편치볼 지구 전투가 치열할 때이군요?"

"그럼, 그럼. 우리 해병대 동기생이 빤쓰 바람으로 화염 방사기를 짊어지고 김일성 고지를 점령하러 가다 저격병에게 당하고 말았는데, 그 곳을 차지하려고 무리한 공격을 하여 엄청난 인명만 손실났구만. 얼마나 많은 사람이 죽었던지 김일성 고지와 스탈린 고지 계곡 사이를 피아골이라고 불렀고, 사람이 너무나 많이 죽어 현장에다 시체를 묻어서 십자가를 세운 곳이 십자능선·단장능선·단장계곡, 그 사이에 계곡을 타고 흐르는 도랑(하천)에 피가 흘러넘쳤다고 할 정도로 치열한 전투를 하였으나, 김일성 고지는 결국 북한이 차지하였지. 쌩고생만 허벌나게 한 기라."

"제가 바로 적 912 GP 김일성 고지·스탈린 고지·913 GP 앞쪽 대우 OP에서 근무한 적이 있었기 때문에 46번 국도를 따라 펀치볼(미군 2사단 전멸, 주먹으로 싸웠다 해서 붙혀진 이름) 지역과 우리 해병 2개 여단이 적 3개 사단을 전멸시킨 도솔산 전투 지역에서 근무하여 잘 알고 있습니다."

"더 이상 말 안 해도 잘 알겠구만!"

"이야기가 딴 곳으로 흘렀습니다만 팬티 바람으로 적진에 갔다가 장렬히 산화한 김소위 님의 이야기는 국군의 귀감이 됐겠군요?"

"하모! 해병대 사나이지. 진짜 사나이 소리를 그래서 듣는 거여! 하모!"

최노인은 자기가 해병대 1기생임을 자랑스러워 했고, 1기생들이 늙어 죽어서 지금은 몇 명 남지 않았다고 하였다.

"전투다운 것을 해보기는 진동 전투에서 했는데, 부대 전체가 1계급 특진을 했다 아이가……."

"마산 진동 말입니까?"

"하모! 빨갱이 글마들이 전라도를 거쳐서 부산을 묵을라고 발광을 할 때 미군과 함께 싸웠는데, 미군 깜둥이들이 억수로 죽은 기라. 무척 더울 때야, 8월 달이었거든…… 양촌 지나 33고지에서 미군과 빨갱이들 하고 전투를 하였는데, 쌍방간에 너무나 많은 사상자가 났지. 우리가 시체를 치우려 했는데, 깜둥이들의 시체를 그대로 방치하여 무더운 날씨 때문에 반은 부패되어 손목시계 찬 곳이 살이 부어올라 시계가 절반은 살 속에 들어가 있는 것 같드라고. 돈도 있었지만, 돈은 전부 버리고 시계만 회수했는데, 어떤 놈은 열 개도 넘게 수거해서 시계를 끄내끼에 주렁주렁 끼워 달고 목에 걸치고 다니니 목걸이 같은 기라. 신삥(이등병)들은 이노 북구리(W백)에다 옷을 가득 채워 장교들에게 바치는 기라. 글마들이 국제 시장 가서 팔아 먹었것쟤!"

"그때만 해도 시계는 무척 귀할 때 아니었습니까?"

"하모! 전부 야광 시계였거든, 밤에 시계를 보면 개똥벌거지불같이 푸르등하재. 내는 처음 귀신불로 본 기라. 시커먼 깜둥이가 차고 죽어서 밤이면 시계불만 보이더라 카이. 그라고 딸라가 글마들 보켓도(호주머니)에 다들 있드라고. 그때는 국내에서 딸라돈이 통용 안 되서 필요 없어 버렸는데 그때 모아두었으면 부자가 됐을 텐데, 전부 다 시계만 좋아하더라고. 밤에 자다가 시부지(슬며시) 가져가도 모른 기라. 장교들이 부산 가서 팔았다 카드만, 우리는 그런 것도 모른 기라."

"진동 전투가 승리로 이끌었기 때문에 부산 함락을 막을 수 있었습니다. 그때 부산이 함락되었으면 끝난 것이지요?"

"글타 카이. 미군 25사단 킨(KEAN) 부대가 우리 택을 치면(비교를 하자면) 특수 부대인 기라. 글마들이 씨껍한 기라, 아군인지 국군인지 모른 채로 많이 당했다 아이가! 회수 못 한 시체에서 구디(구데기)가 벅신벅신한 기라, 깜둥이 몸에 허연 구디가 말이여……."

김노인은 말을 끝내고 이마를 찌푸린다. 그 장면이 떠오르는 모양이다. 김노인은 남원서 후퇴하여 여수에서 M1 소총을 지급받아 마산 진동까지 와서 처음으로 전투다운 전투를 하였다.

8월 3일, 진동에 진지를 구축하고 보니 미군 25사단 주축으로 편성된 킨 특수 임무 부대가 진주 고개로 지향된 대규모 반격 작전(8월 7일~13일)을 전개하였는데, 앞 기록에서 밝혔듯이 국군과 전투에 승리한 북한군이 옷과 장비를 가져가 특공대를 만들어 미군 부대 내까지 들어와 많은 인명을 살상하여 엄청난 희생을 치렀다.

해병대는 함양과 진주 지구 전투에서 적 대대를 격퇴하면서 50년 8월 3일 진동리 서방고사리에서 북한군 6사단의 정찰대를 기습 공격하여 전멸시킴으로써 해병 창군 이래 최대의 전공을 세워 전장병 1계급 특진의 영예를 안았다.

북한군은 낙동강 최후 방어선인 왜관 다부동에서 밀어붙이고 호남 지역과 경남 서부 지역을 점령한 뒤, 부산을 점령하려고 고성에다 적 사단 본부를 설치하여 치열한 전투를 전개할 때, 해병대는 동정 고개(395고지)에서 우로는 함안을 거쳐 군복을 지나 백야산에서 진지를 구축했다.

그 뒤, 오봉산에서 방어선을 구축하고 있는 적을 공격하고, 좌로는 야반산에 방어 진지를 구축한 적을 섬멸하기 위한 미군과 양면 작전을 전개하였다.

중앙으로 나선 김성은 부대는 배틀산과 야반산, 그리고 수리봉 전면에 방어 진지를 구축하고, 대항하는 북한군 6사단과 전면전을 치러 괴멸시키자, 일부 살아남은 잔당이 함안을 거쳐 지리산으로 숨어들어 빨치산과 합세하여 '지리산 공화국'이 된 것이다.

8월 7일부터 미육군 특수 부대와 연합 작전을 벌이고 있었을 때, 진주 고개로 대규모 적들이 밀고 오자 대규모 반격 작전(8월 7일~13일)을 합동 전개하는 동안, 우리 해병대는 진동리—마산간의 보급로를 타개하고 야반산·수리봉·서북산 일대의 적을 완전히 격퇴한 후, 함안—군북으로 우회 기동하여 오봉산 필봉의 적을 섬멸하는 등 종횡무진 진동리 지구 방어를 위해 용전 분투함으로써 적 6사단의 필사적인 공세를 분쇄하였다. 그리고 적략적 요충지 마산—진해를 지키고 낙동강 방어선을 튼튼히 구축하는 데 기여하였다.

이 곳에서 전공을 세운 김노인 부대는 인민군이 충무로 들어왔다는 전문을 받고, 거제대교 옆 장평에 상륙하여 어문 고개를 차단하고 적을 하루 만에 소탕한 뒤, 충무에 있는 해군 백부대(부대장이 백씨)에게 인계하였다.

인민군 잔당은 고성 쪽으로 도망가서 산으로 숨어들었다. 이 소식을 접하여 미군 25사단 킨 특수 부대가 출동하였다는 전문을 받은 인민군 잔당은 뿔뿔이 갈라져 도망가 진해 굴암산(662m)에 재집결하여 결사 항전을 벌였다.

50년 9월 말, 단풍이 지고 곧 낙엽이 떨어지면 은신하기 어려움을 간파하고 지리산 속에 은둔한 빨치산 본부로 합류하라는 명령을 받고 산악지대로 야밤을 통해 이동하기 시작했다.

야간에는 평야를, 주간에는 산을 이용하여 불모산(802m)을 거쳐 김해 진례면 뒷산 용지봉과 태종산 일대에서 암약하다가, 일부는 내룡을 거쳐 비음산과 진영읍 금병산(272m)에 숨어들었다. 진영은 소규모 산지들이 많으며, 읍의 북쪽에서 동류하는 낙동강과 그 소류지들이 이루어져 있어 은신하기 좋은 곳이다.

한국전쟁이 끝나고 김일성이 전쟁 패인을 분석한 결과, 남쪽으로 향하여 전쟁을 할 때는 여름에 하는 것이 잘못이고, 또 부산을 직선으로 가서 공격하지 않고 호남을 점령한 뒤 부산을 점령하려고 한 작전이 잘못이고, 수도 서울을 점령하고 1주일가량 지체한 것이 잘못이었다는 결론을 내렸다고 한다.

호남을 점령하고 대구 쪽으로 진출한 주력 부대와 부산을 공격하려 하였지만, 낙동강 최후 방어선을 구축한 연합군의 방어선을 뚫지 못하고, 또한 해병대와 미군 주축으로 된 킨 부대의 방어선 진동 전투의 실패 때문이었다.

　경남 김해·진영 일대에서 잔류한 인민군이 노무현 대통령의 고향 뒷산인 봉화산성에 진을 치고 봉하 끝자락 본산리 봉하 마을까지 출몰하였다. 이것을 당시 보도연맹에 가입된 사람들이 도와준 것이라는 판단 때문에 마을에 내려와 부역을 강요하였고, 식량을 약탈해 갔다.

　가족을 볼모로 위협하면서 노무자(물자 운반)를 하였으며, 일부 공무원들은 인민 재판 때 증인으로 나와 현장에 있었다는 이유로 전쟁이 끝난 뒤 보도 연맹자로 또는 빨치산이거나 통비자로 몰려 총살당하였고, 무기수로 수감 중 옥사하기도 하였다.

　또 보도연맹 사건에는 지식 기반층이 많이 가입하였는데, 많이 배운 사람들이고 친척들이어서 도장 한 번 찍어줌으로써 빚을 대신 갚은 것처럼 생각한 인정 많고 순박한 사람들이 많이 당하였다고 최노인은 말했다.

　최노인은 대통령 영부인 권양숙 여사의 부친도 공무원(면직원)이었기에 아마도 그렇게 당했을 것이라고 했다. 그 시대에 태어난 사람들로서는 운명이라고 하기에는 너무 억울할 것이다. 최노인 부대는 충무에서 1개월 있다가 대한조선공사에서 징발한 LCT를 타고 인천상륙작전에 참가하여 서울 수복 후 가평·양평까지 갔다가 인천으로 다시 와서 배를 타고 남해안을 우회하여 원산에 상륙하려 하였지만, 적이 완강히 버텨 15일간 포항에서 원산항 앞까지 오르내리락거리다 상륙하였다.

처음 원산 명사십리 쪽에 상륙하여 시내로 들어가 인민군 잔당을 섬멸하고, 신고산에서 3일간 머물다가 원산 옆 장전으로 이동하며 기차를 징발하여 함흥으로 간 것이다.

"엄청 추울 때 따까리(지붕·뚜껑) 없는 기차를 타고 가는데 글마들이 불각시리 총을 쏴 많이 죽었지. 기차는 쉬지도 않고서 달바빼는디(달아나는데) 미치것더라. 죽은 시체도 처리 못 하여 한쪽 구석댕이에 방치하였고, 소피도 구석댕이에서 봐야 핸 기라. 함흥에 주둔 때 크리스마스를 맞이하였지! 그때 경기도 수원에서 미군의 딘소장이 포로가 됐다는 소식을 그때 들었쟤."

"눈이 많이 와서 전투하기도 힘들었다는 이야기를 들었습니다만……."

"그때 눈이 엄청나게 왔을 때여……."

얼마나 눈이 많이 내렸는지 집이 안 보였다고 했다. 장백산에서 국군 1개 대대가 포위되어 구하려 미군과 같이 출동하였는데, 눈 때문에 식량 공급이 전혀 안 되어 모두 죽는 줄 알았다고 했다.

장백산은 99고개였는데, 소나무 같은 큰 나무는 없고 전부 키작은 잡나무만 있는 정상에서 진지를 구축하였다. 그래서 밥을 99고개를 내려가 주먹밥을 가져오면 얼어서 먹기가 힘들었지만, 미 해군 고문관들도 그것을 할수없이 먹었다고 했다.

텐트를 치고 1개 분대씩 잠을 잤는데, 밤이면 바람이 불어 체감 온도가 영하 40~50도 정도 되어 절반 이상이 동상이 걸려서 발을 절단하였다고 했다.

김노인은 통신병이어서 B30SR 배터리 포장을 깔고 잠을 자서 동상이 걸리지 않았는데, 동상이 걸린 동기들은 함흥 금파 비행장에서 부산 수영 K9에 도착한 뒤 발을 보니 발가락이 허옇게 뒤집어져 썩어가고 있어 모두 절단하여 상이 용사가 되었다고 하였다.

"이승만이가 함흥까지 와서 연설을 하고 주민들의 열렬한 환영도 있어 통일된 줄 알았는데, 압록강이 얼어 뿔자 중공군이 인해전술로 밀려와 후퇴를 했재. 함흥비료공장 옆에 금파 비행장에서 부대를 비행기를 이용해 수영 K9 비행장으로 철수시키고, 내는 대대장과 마지막 비행기를 탔는 기라."

"전투를 하면서 밀린 것이 아니고 비행기를 타고 급하게 철수할 이유라도 있었습니까?"

"중공군 일마들이 불각시리 밀고 오는 것을 봤는데, 까만 보재기에 서숙쌀(조)을 뿌려 놓은 것 같은 기라. 10명씩 1렬종대로 공격해 오면서 맨 앞에 있는 놈만 총을 가졌는데, 그놈이 죽으면 뒤에 따라오는 놈이 총을 회수하여 공격하는 식으로 인해 전술로 밀고 오니 가당치도 않은 기라."

"열 명 중 한 명만 총을 들고 싸웠군요?"

"하모, 정면에서 붙었는디 내도 갓신했시믄 떼뜸질할 뻔한 기라. 보도시 금파 비행장까지 가서 제일 느까 시마이하고(끝내고) 비행기를 탔는데, 이륙하다가 활주로에서 처박힌 기라. 처음 타보는 비행기라 억수로 기분이 좋았는데, 비행기가 뜨지를 못하고 활주로 끝에서 대갈빼이를 박아서 유리창으로 내다보니 프로펠라가 활주로를 파는 것을 보고 '오메야' 꼬두바리로 철수하다가 다 죽는 줄 알았재! 비행장 주변에 화약 창고, 기름 등 보급품을 한 번도 써보지 않고 적재하여 두었는데, 우리가 철수한다는 기밀을 엿듣고 글마들이 불각시리 떼거리 지어서 몰려오는 거야. 이제 끝이구나 했지. 우리가 철수하면 폭격할 것인데, 그러지도 못하고……. 적들 수중에 들어가면 문제 아니여. 거의 두 시간 정도 지났을까, 비행기가 온 거여! 비행기를 타고 상공에서 금파 비행장을 내려다보니 버섯밭을 보는 것 같았재."

"비행기가 이륙하자 폭격을 했겠군요?"

"하모! 글마들한테 쓰지 못하였던 병참 비축분이 들어가면 안되니까 폭격을 했것재!"

"원산에서 육군이 철수할 때도 그러한 작전이 전개되었다죠?"

"그쪽 일은 모르지만 철수할 때는 모든 장비는 전부 못 쓰게 만들거나, 아니면 땅에 묻거나 불태워 버린다 아이가!"

"수영 K9 비행장에 착륙하자, 살았구나 했겠군요?"

"하모! 하모! 이바구하면 숨차지. 즉시 철수할 비행기가 오지 않았으면 금파 비행장에서 중공 떼놈들 공격과 미군 폭격으로 전부죽었겠지. 비행기에서 보니 폭격당한 곳에 버섯 머리통 같은 연기가……. 하여튼 버섯밭을 위에서 보는 것 같았다니깐. 얼마나 폭탄을 널쳐 버렸는지 모른 기라. 살았어도 고뿔(감기)에다 동상에다 모딜띠(모두) 빙신 같은 기라."

"해병대는 지리산 토벌 작전에 합류하지 않았습니까?"

"빨갱이 토벌이야 육군이 하고, 우리는 북한군 정예 부대하고만 전투를 하였재. 육군에 있다가 해병대로 지원해 오는 사람이 있었는데, 글마들이 악종들이어서 받아주고 TO가 모자라는 부대에 보충시켰는 기라."

"엉망이었군요?"

"전쟁 중인데 육해공군이 있지만 신원이 확실하고 자원해 오면 일단 받아 보충시켜 주고, 뒤에 병과와 소속을 분리하기도 하였재! 도망 안 가고 싸우겠다는데 감사해야지. 전쟁 끝나고 분류 작업하느라 고생을 하였을 것이여. 그러니까 부대가 소똥구리 벌거지처럼 똥을 구르면 커지듯이 모든 부대가 그렇게 창설되어 전쟁이 끝난 뒤 새로 정비를 한 기라."

김노인은 전쟁이 끝나고 일등병조(지금의 상사 계급) 변신하여 근무하였다. 군번 8111968번으로 제대 후 전기업종 업체를 운영하여 지금은 경남 김해서 살고 있다.

늙으면 하루가 틀린다고 하였든가, 김노인을 99년에 만났을 때

는 자세한 이야기를 하였는데, 막상 책으로 옮기려고 녹취를 하니 3년 전보다 기억력이 현저히 떨어졌다.

그나마 그 동안 밝혀지지 않은 사건들이 밝혀져서 다행이었다. 그 역시 '지리산 공비 소탕 때 양민 학살 사건은 어쩔 수 없는 것 아니냐? 그때 그곳에 살던 사람의 운명이다'라고 하였다.

그래서 지금 정부의 햇볕정책을 적극 지지한다고 하였다. "서울에 미사일 서너 방이면 몇 조 원의 피해를 입을 것이고, 수많은 인명 피해가 있을 것 아니냐?"고 필자에게 질문을 하였다.

전쟁을 겪어보지 않은 자들과 군복무를 해 보지 않은 자들이 막말을 함부로 한다며, 그런 자들이 전쟁이 나면 제일 먼저 도망치고, 자식들을 국내 병원에서 출산이 가능한 데도 해외에서 원정출산을 하여 외국 시민권을 만들게 하고 있다고 언성을 높였다.

미군이 저지른 양민 학살 사건도 양민인 줄 알고 저지르지는 않았을 것이다. 자기 나라도 아닌 전쟁터에 끌려와 우방국 군인인 줄 알고 반겨주었는데, 적으로 돌변하여 수많은 젊은이들이 잘 알지도 못한 나라 전쟁터에서 죽어 갔다.

그들의 부모를 생각하고 가족들의 슬픔을 생각해 보아야 할 것이란 말도 덧붙였다. 또한 정부 잘못이고, 국군의 잘못이고, 당한 사람들은 명줄이(운명) 그뿐이라고 하였다.

부산을 함락시키려 마산 진동에서 최후 발악을 하던 북괴를 미군과 양동 작전으로 우리 해병대의 용맹 무쌍한 활약으로 괴멸시켰기 때문에 인천상륙작전이 성공할 수 있었다. 진동서 살아남은 잔당들이 지리산으로 숨어들었고, 이들을 소탕하러 나선 토벌대가 양민 학살을 저지른 것이다.

지리산 토벌대가 양민 학살을 — 육군 일병의 증언

민족 최대의 수난사인 한국전쟁으로 낙동강 최후 방어선을 구축한 국군과 유엔군이 사활을 건 대공방전을 전개하고 있을 때, 우리 해병대의 용감성과 충용성이 진동리에서 그 족적을 남겼다.

"영장을 받고서 입대하였습니까?"

"형님 앞으로 징집 영장이 나왔는데 형님이 천질(간질병)이 있어 갖고 형님 대신 입대하였지!"

"무엇 때문에 그랬습니까? 형은 병이 있어 입대 안 해도 되는데 말입니다."

"그때는 그런 병이 증명이 안 된께로 그랬지, 천질병은 어쩌다가 한 번씩 하는데, 병사계가 본 것도 아니고 의사들도 모르고재. 한번 발작을 하면 잠시 동안이고 끝나면 멀쩡한께로 알 수가 없재! 아부지가 형 대신 가라고 하여 대신 갓당께, 그때는 장남이 최고 아닌가베! 글고 천질병은 불을 보면 발작하는 병과 물을 보면 발작하는 병, 두 가지가 있는데, 형님은 물을 보면 발작을 했는디 꼴짝논(계곡) 둔벙(작은 연못) 가에서 발작을 하여 그만 둔벙에 빠져 죽어 버렸다는 소식을 들었네!"

"형님이 돌아가셨다면 형님 대신 근무할 필요가 없었는데 억울하였겠습니다?"

"형님 몫으로 계속 근무할 수가 있간디…… 더군다나 전쟁터에서 보도시나 이름으로 고쳐 군복무를 하였네!"

"그러면 그 동안 근무 기간도 본인의 근무 기간으로 하였습니까?"

"형님이 죽었다는 소식을 1·4후퇴 때 원산에서 인민군에게 포위되어 있을 당시에 알았는데, 복무 기록 카드에 내 이름이 잘못 기재되어 있다고 어거지를 쓰니까, 처음에는 안 믿던 서무계가 대조해 보더니 기록 잘못을 인정하고 나한테 원상 복구해 주었지. 전쟁 중이라 기피하는 사람이 많았는데 자원 입대하였다고 1계급 특진까지 시켜주더만."

"형님 대신 입대하였지만 그런 면에서는 덕을 보았네요? 1계급 특진까지 하고 말입니다."

"전쟁을 하는 중에 1계급 특진하면 무슨 혜택이 있는 것도 아니고 말짱 헛것인데 머시가 좋탕가? 그때는 행정 요원들이 얼빵하여 기록 착오를 인정해 주었지, 지금 같으면 떽도 없는 일이지"

"처음 입대 때 어디서 집결하여 훈련소로 갔습니까?"

"순천역에 집합하여 목포로 내려가 제주도로 갔재. 배를 타고 한 1주일간 갔는디, 와따메 배멀미를 해서 제주도 부두에 내리니 하늘이 빙빙 돌드만 눈앞에 현기증이 나서 비누방울 같은 게 보이드랑께! 사역 나가 배고픔을 못 참아 바닷가에서 생미역을 먹고 배탈이 나서 피똥을 싸고 죽은 사람이 엄청 많았네, 치질이 걸린 사람도 많았고, 그때가 살기 어려울 때였거든……."

최노인은 눈을 지그시 감는다. 그때를 회상하는지 양미간을 찌뿌린다.

"개인 화기를 지급받고 군복도 지급받았습니까?"

"왜망(M1) 총을 받고 군복은 외강목(무명천)에다 국방색을 물들여 만든 옷에다 찌까다비(농구화)를 받았쟤!"

"훈련은 얼마나 받았습니까?"

"1주일간 제식 훈련과 총 쏘는 법을 배우고 난 뒤 배를 타고서 군산으로 상륙하여 춘천 방면으로 이동하였지, 중동부 전선으로……."

"사격 연습도 제대로 하지 못하고 갔겠군요?"

"그 짓거리 오래 할 시간이 있어야쟤! 각 도에서 온 병력들이 매일 들어오고, 인천상륙작전이 성공하여 북진할 때인께로 병력

보충을 시킬라고 실탄 장전시키는 법과 방아쇠 당기는 법만 갤차 주고 끝이여! 참말로 왜망 총을 처음 쏘고 전투해 본게 먼지만 폴폴나고 인민군이 한 놈도 안 죽드랑께! 총알이 인민군을 피해 다니는 것처럼 한 개도 안 맞드만……."

"춘천 방향으로 이동하면서 실제 전투를 해 보았습니까?"

"간간이 했지! 강릉 묵호 쪽으로 쓰리코타에 1개 분대씩 타고 이동하였는데, 간혹 보이던 인민군이 시납으로 사라져 버리더라고."

"후퇴 때이니 전부 산 속으로 숨어들어서 인민군이 안 보였을 것입니다. 그래도 어르신은 행운입니다. 차를 타고 이동하였으니 말입니다."

현장에서 운전할 줄 아는 사람을 차출하여 차를 몰게 하였는데 사고도 많이 났으며, 간혹 전투가 있었지만 북한군 대부대와 직접 교전은 없어 고성까지 갔다. 고성에는 다리가 전부 끊겨 버려 동네 주민들을 모아서 나무를 베어다가 임시 다리를 만들어 차를 건너게 하여, 함흥까지 전투를 안 해 보고 무사히 청진까지 갔는데, 함흥에서부터 주민들이 태극기를 들고 환영해 주어 통일이 될 줄 알았다고 했다.

그 곳에 도착해 보니 경찰은 한 명도 없고 인민위원장(완장을 두르고)에게 치안을 통제하도록 일임을 하였다고 했다. 여자들을 요구하는 상관들이 있었는데, 여자들을 모두 굴 속에 숨겨두고 데려오지 않았다고 하였다.

인민군은 후퇴하면서 반격해 오는 유엔군을 지연시키기 위하여 모든 다리를 폭약으로 폭파함으로써 차량의 이동을 지연시킨 것이다.

수복한 지역은 미군 측에서 치안을 담당하는 인민위원장에게는 화기를 지급하고 군복을 지급하여 그들의 임무를 수행할 수 있도록 모든 장비까지 일괄 지급하였으며, 범죄자에 대해서는 현장 사살권도 주었다고 했다.

통일이 되는 줄 알았는데 갑자기 국군과 유엔군이 밀리기 시작하였다. 중공군 개입으로 후퇴가 시작된 것이다. 최노인 부대도 후퇴를 하여 원산까지 왔는데, 그만 원산에서 갇혀 버렸다.

북쪽에서는 중공군이 인해 전술로 내려오고, 남쪽에서는 산 속에 숨어 있던 인민군 잔당이 무리를 지어 원산 쪽으로 포위해 오자, 원산은 독 안에 든 쥐 꼴이 되어 버린 것이다.

"와따! 말도 마소, 어찌꼬롬 사람이 많이 모였는지 원산 항구가 똥천지가 되부렀당께! 울력(노력 동원)하여 청소하였지만 날밤 새고 나면 말짱 헛것이드랑께!"

"원산으로 사람이 몰려든 이유는 무엇 때문이었습니까?"

"중공군이 몰려오니 갈 디가 있어야재! 육로로 후퇴하기 힘들고 싸워보았자 떼놈들이 인해 전술로 싸워서 우리 측이 전멸이 됐쏭께. 해상으로 철수하려면 동해안 원산 항구에서 미군 배로 철수해야 되기 땜시 전부 몰려든께 변소깐이 있어야재, 아무든디나 똥을 싸부러 갔고 사방 천지 삑깔이 똥이 있어 참말로 똥냄새가 진동을 해불고…… 어 뭐! 지금도 생각하면 징그럽그만……. 똥파리는 얼마나 많은지 몰라!"

"원산에 갇혀 있을 때 전투는 안 했습니까?"

"했기는 했재! 특공대 애들만 한 번씩 나가서 전투를 했지만 크게 전투를 한 것이 아니고……. 경계 근무만 핸 것이나 마찬가지여……."

갑자기 몰려든 피난민 때문에 원산 항구는 사람이 득실거렸고, 변소가 준비되지 않아 아무 곳에서나 볼일을 보아서 항구 전체가 똥으로 범벅이 되었다고 하였다.

미군 보급선이 물품을 싣고 왔지만 항구까지 못 들어와서 해상에서 부교를 띄워 하역을 시켰고, 일부는 작은 똑딱선에 싣고 오면 그것을 보고 사람들이 벌떼같이 항구로 몰려들어 아수라장이 되곤 하여 부두 1킬로미터 반경에 민간인 출입을 통제하기까지 하였다고 하였다.

"동해상에 떠 있는 미군 보급선을 보면 가물가물 해든마! 너무 멀리 떠 있어서 아주 적게 보이는디, 보급품이 끝도 없이 나오드랑께, 그 먼디서 말이여. 거미똥구멍에서 줄이 나오듯이 한도 끝도 없이 나오드랑께. 배가 크긴 큰 모양인디 육지에서 쳐다보면 쬐만하든마."

"국군은 배가 없었습니까?"

"그때, 우리 해군은 배가 있었지만 수송선과 보급선은 없었는가 우리 배는 안 보이드랑께!"

원산 항구까지 미군 보급선이 접안하여 정박할 수가 없어 해상에서 부교를 띄웠는데, 항구 밖 멀리서 하역 작업을 하였으니 배가 작게 보였다는 것이다. 주로 밀가루가 많이 보급되었고, 부교를 이용하여 탱크까지 보급되었다고 하였다.

"철수는 어떤 방식으로 하였습니까?"

"원산에서 1개월 정도 갇혀 있었는데, 철수할 때는 15세 이상 40세 이하 남자들만 부교로 걸어서 승선하였재!"

"무엇 때문에 15세에서 40세 이하 남자들만 철수시켰습니까?"

"그것도 모른마이, 전투를 할 사람만 필요하재! 그 많은 사람을 싣고 모두 올 수가 없으니께 그랬재! 철수할 때 빈 몸만 가지고 철수를 하라고 글드랑께!"

"총도 버리고 말입니까?"

"글재."

한 사람이라도 더 싣고 가기 위하여 모든 전투 장비와 무기도 버리고 탄약은 땅에 묻고 철수하였다고 하였다.

적이 사용 못 하게 각종 장비는 불태우거나 폭파시켜 버리고, 전투를 할 수 있는 건강한 남자들만 배를 탈 수 있었다고 하였다.

민간인과 군인을 태운 배가 강릉을 향하여 출발하자, 원산 항구 상공에 비행기 두 대가 선회하면서 기름을 뿌려 불바다를 만드는 것을 선상에서 보았다고 하였다. 많은 사람이 불타 죽었을 것이라고 하였다. 전투기가 폭격하는 장면을 보았다고 하였다.

"설마 사람이 있는 곳에 기름을 비행기로 뿌리고 융단 폭격을

했을라고요?"

"근것이 아니랑께! 울들이 철수한다는 소식을 듣고 빨갱이들이 몰려왔을 것 아니여? 그랑께 쌕쌕이(전투기)가 사정없이 폭격했지! 와따 호주끼(전투기)가 시꺼머케 날아가더니 폭격을 하는지 원산 상공이 시꺼먼 구름으로 덮여 불드랑께로 많은 사람이 죽었겠재, 아마도……."

사람들로 북적이던 원산 항구, 배가 적어 전투를 할 수 있는 남자들만 철수시키고, 어린이와 늙은이·부녀자들뿐인 곳에 상공에서 기름을 뿌리고 전투기로 폭격하였으면 수많은 사람이 죽었을 것이다.

그래서 전쟁은 다수의 힘 없는 양민만을 많이 죽이는 것이다. 원산 항구에서도 수많은 양민이 노근리학살사건처럼 피해당했을 것이다.

전쟁 기간 동안 우리 나라 곳곳에서 죄 없는 민간인들이 억울하게 죽어갔다. 최노인의 증언에 의하면 원산 항구에 몰려들었던 수많은 피난민, 어린이와 늙은이 부녀자들이 죽었을 것이다.

최노인은 자기 눈으로 똑똑히 보았다고 하였다. 가을걷이가 끝난 논밭에 무리지어 날아다니는 메뚜기처럼 미군 전투기가 원산 항구 상공에 떠서 폭격을 해댔다고 하였다. 수많은 장비가 원산 항구로 보급되었는데, 1개월도 못 버티고, 철수할 때 한 사람이라도 더 싣고 오기 위하여 A급 장비를 적지에 버리고 간 것이다.

그 곳을 점령한 적들이 장비를 못 쓰게 하기 위하여 폭격을 하였겠지만, 한편으로는 수를 헤아릴 수 없는 민간인이 희생되었을 것이다.

아이러니컬하게도 미국은 한 사람의 남자 병력을 더 태워 철수하기 위하여 수많은 장비를 버렸고, 그 장비를 적이 사용하지 못하게 하기 위하여 폭격을 함으로써 무고한 민간인을 희생시켰으니, 전쟁은 항시 선량한 양민의 피해가 더욱 컸다.

역사적으로도 그렇다. 최노인은 전쟁 중 제일 많은 민간인 희생지역이 원산 지역이라고 말했다. 원산에서 철수하여 강릉에 도착하였다는 최노인은 모든 장비를 새로 지급받아서 부대 편성을 다시 하여 중동부 전선에 투입되었고, 1년 동안이나 치열한 전투를 하였다고 한다.

"강릉에 도착하니 완전히 패잔병 신세였지."

"A급 장비가 보급되고 군복도 새로 지급되었는데 몸에 안 맞아서 끈으로 묶어서 다녔지. 왜망총(M1)이 구리스 종이에 포장되어 나왔는데 구리스가 잘 닦여지지 않아 두럼통에다 넣고 삶아서 기름을 빼냈당께!"

"총을 삶아서 닦았단 말입니까?"

"구리스가 안 따까진디 어찌꾸롬 총을 수입할 꺼인가?"

"……."

"새로 총을 보급받고 보니 군인 같더라고. 부대가 편성되는데, 사단이 먼저 생기는 것이 아니고 중대가 생긴 뒤 대대가 되고, 다시 연대가 되면 사단으로 편성되었쟤. 처음에는 오합지졸이 되어 이리 붙고 저리 붙고 하여 소속 부대가 자주 바뀌었지!"

"주특기가 엉망이었겠네요?"

"그 바람에 왜망총에서 에레무지(LMG) 사수가 되갖고 그때부터 겁나불게 고생했지, 에레무지 대갈박이 겁나불게 안 무겁는갑네? 나가 사수인께 대가리를 메고 조수가 삼각다리 들고 탄통을 들고 댕겠는디 그때부터 좆뺑이쳤네. 조수 그 아그가 조막댕이만 했거

든. 솜바지를 입고 뛰어다니는 것 보면 이불 보따리가 궁구러 다
닌 것 같았당께. 나도 사실은 조망맹이만 하지만……."

"힘들었단 말이군요? 키가 작아서 말이지요?"

"나도 죽을 맛이지만, 조수도 탄통 박스들고 뛰어야지, 사격 다
하고 나면 탄통 가져와야지. 사실은 조수가 더 좆뺑이쳤을 꺼이
여!"

"어디서 치열한 전투를 하였습니까?"

"나가 38연대로 전출을 가서 강원도 고성읍 전투 때 허벌나게
싸웠는데, 내금강산에서 돌아나와 해금강으로 가는 길목인 고성
앞 375고지를 뺏을라고 전투할 때 진짜 싸움 같은 싸움을 했네!
북한도 중요한 곳이고, 우리도 중요한 포진지 확보 때문에 서로
뺏고 뺏기기를 수차례하였는데, 폭격을 얼마나 하였는지 375고지
가 폭격으로 24미터가 낮아져 351고지가 되었지, 우리 쪽에서 휴
전 직전 공격해서 탈취하여 점령하였는데, 아 글씨 꼴통부대 38연
대가 빼앗겨 버렸지. 사고뭉치 연대였당께! 도통 전쟁을 안 하고
사고만 쳤지. 38연대 장교는 보충받으나마나였당께!"

"……."

"백마고지 전투 때 폭격을 많이 하여 1미터가 낮아졌다고 하든
마, 그것은 호리뺑뺑이(아무것도)이여, 10미터가 아니고 24미터가
낮아져 부렀당께!"

공격을 하면서 하도 많이 죽어 버리니까 장교들의 말을 듣지 않
고 전투 지역에서 중간뛰기(작전 중 도중에서 놀고 있다가 철수)하다
가 돌아오곤 하였는데, 장교들이 이 사실을 알고 처벌을 하자, 그
뒤부터는 작전 중 장교를 사살해 버려 38연대는 장교 보충 받으
나마나란 말이 생겨났다고 하였다.

배고픔과 추위로 몰살당한 375고지

375고지는 포격으로 6부 능선부터 풀 한 포기 없는 민둥산이었는데, 우리 쪽에서 보면 적이 보이지 않다가 공격해 가면 땅 속에서 기어나와 수류탄을 빙빙(방망이 수류탄) 돌려 던지고 굴 속으로 들어가 버려, 우리 측 병력이 거의 전멸하곤 하였지만, 아군 쪽에서는 우리 측 병사들이 있기 때문에 사격도 못하여 번번이 당했다고 하였다.

"좆 빠지게 기어가 8부 능선쯤 가면 두더쥐처럼 기어나와 보름날 쥐불놀이할 때처럼 끈에다 수류탄을 달아 빙빙 돌려갖고 손을 놔뿔면 수류탄이 멀리 오거든. 목구멍에서 개밥이 나올 정도로 힘들어 고지에 올라갔는데, 갑자기 땅구멍에서 두더쥐처럼 수류탄을 던져 뿌니 어쩌 꺼이여, 옴싹(전부) 죽어 뿔재. 낮에는 시체도 못 가져오고 밤이 되면 시체 가져오기를 밥먹듯이 하였지. 밤새 시체 치우는데 히마리가 없든마."

"적들이 땅굴을 파고 들어가 있었군요?"

"글재! 이쪽에서 보면 포격을 받아갖고 풀 한 포기 없는 뻘건

황토밭 같아…… 쩌기 머시드라, 으이 요새 학교 앞 거리 점빵
앞에 그런 기계 있든마. 고무 망치로 대갈통을 째래패면 요상한
소리내고 들락날락한 것, 그것도 영판 잼지든마. 그때 전쟁한 사
람이 만들었을 꺼이여, 그것허고 똑같애 뿌렀쑹께."

"두더지 잡기 게임기 말이군요?"

"인민군이 안 보여서 점령할 꺼이다고 죽어라 하고 올라가서 총
한 방 제대로 쏴보지도 못하고 전멸당하다시피 한께, 고지 탈환
작전을 할려고 해도 쫄병들이 장교들 말을 듣지 않는 거여. 38연
대 병력이……"

"작전중 명령 불복종이면 즉결 처분권으로 재판 없이 현장에서
사살해 버리는 것을 알고도 그런 짓을 했단 말입니까?"

"누가 그걸 모르간디."

"……"

"그 짓거리 하는 줄 알고 난 뒤 부대장님이 화가 몽땅 나부러서
직접 작전 명령을 내린 거여. 고지가 민둥산이 된 곳에 나무가 포
격을 맞아 몸땡이만 남았는데, 그 곳에다 밀가루 푸대를 걸어놓고
오라는 명령을 내렸는데, 중간뛰기핸 거여."

"공격 못 하였겠군요?"

"완마, 빨갱이들이 그것을 알고 올라갔다 하면 집중적으로 총을
쏴서 주게(죽여) 뿔든마. 긍께로 아무도 안 갈라 글재 어쩔 꺼인
가? 공격해 가면 전멸당한 것을 뻔히 알면서 누가 갈 꺼인가? 명
령만 내리면 장교를 몰래 주게 뿐게. 장교들도 명령을 못 내리고
결국은 뺏겨 부렀는디."

"병들이 하극상(下剋上)을 저질렀다면 즉결 처분권이 있어 현장
에서 사살해 버린데도 명령을 듣지 않았습니까?"

"긍께, 처음에는 그런 식으로 했지만 쫄짜들이 솔찬이 겁이 없드랑께. 즈그들끼리 사바사바해 갔고 고참들 몰래 장교를 주게 뿐디 소용 있당가. 작전 중에 뒤에서 쏴 주게 뿐디 누가 알 거인 가!"

"……."

내금강에서 해금강 쪽으로 들어오는 적을 정확히 보고 포를 사격할 수 있는 중요한 지역이어서 전투가 치열했다고 하였다.

포 사격을 할 수 있는 곳이 375고지였는데, 아침 7시부터 공격을 개시하여 철수 때 보면 200여 명의 중대 병력이 40명 정도로 줄어들었고, 이튿날 TO가 넘칠 정도로 타부대 병력을 보충받아 전투를 하였지만, 밤이 되면 시체 회수가 더 힘들었는데, 결국은 고지를 탈취 못 하고 철수하였다고 하였다.

"결국 명령을 듣지 않아서 철수하였군요?"

"지금 생각해 보면 전부 영창에 갈 일이재. 38연대가 70퍼센트가 전라도 병력이었는데, 전투를 안 하니까 죽은 자도 없었고 총기 분실도 없었당께."

"……."

필자 생각으로는 처음 밝혀지는 엄청난 사건인 것 같다.

"그 당시 나는 에레무지를 사수하여 이쪽에서 보면 우리측 군인들이 기어올라가는 것이 보이거든. 쌍안경으로 보면 고지는 황토밭인데 7부 능선쯤 넘어서면 적들 벙커에서 일제히 뚜껑이 열리고 빨갱이들이 나와 수류탄을 던지는 것이 보여도 에레무지를 못 쏘것드랑께. 잘못 쏘면 우리측이 맞을 것 같기도 하고 빨갱이들이 수류탄을 옴싹 던지기도 하고……. 수류탄을 알로 보고 궁그러 뿐께, 궁그러 오면서 터지는디, 여기저기서 먼지만 폴폴 나드라고.

그놈들은 굴 속으로 들어가 불고 한참 뒤에 쌍안경으로 봉께 누에 키우는 체반에 누에 뿌려논 것 같아. 시체가 말이여! 긍께 아무도 안 갈라 글쟤, 수도 없이 죽었쟤! 명령 불복종으로 죽으나, 가서 죽으나 매마찬가지인께, 장교를 주게 뿌니 장교들도 눈치채고, 375고지를 포기해 버린 것인께. 이런 말했다고 말썽나는 것 아니쟤?"

"염려 마십시오! 그보다 더 한 것도 증언해 준 분이 있습니다."

"머신디?"

"민간인들을 세워두고 LMG(중기관총)로 등 뒤에서 사격을 하고 M1총에 철갑탄으로 쏴 몇 명까지 죽나, 또 카빈 소총으로 몇 명 죽나 시험을 했답니다."

"아~ 그거?"

"알고 계십니까?"

"나가 에레무지 사수여서 긍게 아니고 3사단 18연대 백골연대로 간 동기가 있었는디……. 함양으로 배속받아 토벌대에 합류하였거든."

"공비 토벌도 하였습니까?"

"거제도 포로수용소에서 3개월 근무하고 경남 산청으로 갔는데, 그때는 나는 에레무지 사수가 아니고 분대장이였지. 계급이 높아부렀거든."

"3사단 18연대 백골(해골 표시) 연대, 유명한 부대 아닙니까? 저의 형님도 3사단 18연대 소속 소대장 전령이었는데, 1967년 6월에 무장 공비 소탕 작전 때 교통호에서 무전기로 교신 중 공비가 쏜 따발총에 다섯 발을 맞고 광주 77병원에서 제대하였습니다. 교통호에 엎드려서 있던 중 흙을 뚫고 나오면서 가해진 다섯 발 총탄을 맞아 뼛속에 탄환이 한 개가 박힌 채 제대하여 7급 상이 용사였습니다. 그래서 그 부대 전통을 잘 알고 있습니다."

"음맘마! 그것이 글칸이, 사실은 그 부대가 이북서 피난 온 사람들이 대부분이고 전부 하사관인디 눈이 많이 와서 무거리(창설 멤버)만 옴싹 죽어 부렀는디, 그것도 모를 꺼이여!"

"……."

"눈이 1주일간 쉬지 않고 내려 추위 속에 먹을 것이 없어 전멸해 뿔고 뒤에 생긴 부대여, 시방 있는 부대는!"

최노인의 말에 의하면, 18연대는 피난 온 독종(부모 형제가 죽어서)된 사람들로서 상사 계급이 대부분이었다고 하였다. 375고지에 단 1분도 쉬지 않고 1주일간 눈이 내렸는데, 식량 보급이 끊겨져 배고픔과 추위로 90퍼센트 이상 전멸되었다고 하였다.

그들이 전부 죽은 뒤 보충병을 받아 18연대 전통을 이어받았다고 하였다. 비행기로 보급품을 투하하였지만, 사람 키 두 배가 넘는 눈이 내려서 보급품을 못 찾았고, 일부 가까운 초소끼리는 물을 끓여 붓고 또는 로프 줄을 던져 초소를 연결하였지만, 고지에 있던 병력은 전부 얼어죽어 부대 전체가 전멸하다시피 하였다는 증언을 하였다.

그 부대는 지금의 공수 특전단 같은 부대로서 전원 하사관이라고 하였다.

"어르신, 18연대로 간 동기생도 그때 죽었단 말이군요?"

"그랬을 꺼이여, 고약하긴 고약한디! 어찌끄럼 고약한지 사람이 죽어도 눈도 안 깜짝이더만……. 토벌하러 갔을 때 그 동기가 기관총 사수였는디. 사람 죽이는 것을 재미로 하데. 이북에서 가족이 전부 몰살당했다고 하는디, 나가 봤어야 알지! 그래서 원수 갚

을라고 그랬는지 몰라도 말이여."

"지리산 토벌작전은 선량한 양민 학살 사건 아닙니까? 적군이
아닌데요?"

"누가 모르간디!"

"알면서도 그랬습니까?"

"모르는 소리 말게. 동네 사람들이 빨갱이한테 울들이 있는 곳
을 갤차주 부러 갖고 토벌대가 옴싹 주거(죽여)뿐 곳이 많은께. 그
런디다 장교들이 시킨께 할 수 없이 그랬재!"

"그래도 어린아이와 노인들, 그리고 여자들이 빨치산 공비들과
는 아무 관련이 없는데도 살상을 하였단 것은 양심에 가책을 느
끼지 않습니까?"

"처음에는 안 그랬는디. 토벌대도 자꾸 반란군한테 피해를 입은
께 맛배기(시범)로 근 것이재!"

최노인 말로는 공비를 도와주면 연좌제로 묶어 가족을 몰살시키
고 마을을 초토화시키면 소문이 퍼져 누구도 공비를 도와주지 못
하도록, 속된 말로 시범 케이스로 한 짓인데, 그럼에도 계속 피해
가 있자, 지리산 주변 마을을 설정하여 그런 짓을 저지른 것 같다
는 것이다.

그래서 전남은 함평, 전북은 남원 등에서 단 한 번씩 저질러졌
을 뿐이다. 결국 경남은 크게 세 군데가 저질러졌는데, 그 후로
공비들이 토벌대를 습격하는 일이 뜸하여졌다고 하였다.

직접 목격하였는데, 토벌대가 빨치산들에게 죽창에 찔려 죽고
농기구에 맞아 죽은 것을 본 장교들이 술을 먹고는 '휩쓸어 버려
라'는 명령을 하였다고 하였다.

최노인 자신도 그때는 같은 부대원들이 낫에 의해 배가 갈라져

죽어져 있는 현장을 목격해서 그런 마음이 들었다고 하면서, 억울하게 죽은 사람이 있겠지만 명령이었기 때문에 할 수 없이 저질러진 것이며, 그 곳에 사는 사람이 재수 없는 사람들이라고 몇 번이고 강조했다.

"사람 죽이기 좋아하는 사람 어디 있간디? 백정도 아니고 말이여!"

"당시에는 부대원이 출신 도별로 편성되었다는데, 토벌대는 어느 도 병력이었습니까? 38연대 전라도 병력이었습니까?"

"아니여, 짬뽕 부대여. 어중이떠중이들이 모였든마."

"학도병도 있었다는 말을 들었습니다만……."

"나도 말이여, 차출이 되어갔는디, 볼통시(작은 키)만한 애기들도 있든마. 신병들이 더 많은 편이었는데, 대강 부대 편성을 하여 출발했네. 처음에는 어디로 간다는 말도 없고 쓰리코타에 태우고 밤새 가보니 산중이드랑께. 근디 동네 들어가본께 말소리가 틀래불든마. 그래서 알았재."

최노인 말처럼 그 곳에 살던 사람들은 재수가 없는 사람들인가? 그러기엔 너무 억울하다. 분명 장교들이 술을 먹고 내린 명령이며, 상급에서 내린 명령이다. 책임을 져야 할 누군가 입을 봉하고 있다.

"처음에는 빨갱이들이 지리산 일대를 장악해 부렀는디, 우리 쪽도 많이 죽었재! 밤에는 그놈들이 염탐할라고 동네로 내려오면 울들은 꼼짝달싹도 안 하고 숨어 부렀당께!"

"그것이 문제 아닙니까? 전투다운 전투도 안 한 토벌대가 양민을 죽인 것 자체가 잘못이지요?"

"음맘마, 그런 소리 말어! 싹 주게(죽여) 부러야 쓰것든마. 노무

자로 끌려가서 일해 주고 마을로 내려와서 밤이 되면 국군 있는
곳을 갤차준께, 빨갱이들이 기어내려와서 옴싹 주게 뿐디, 장교들
이 문책 안 당할라고 근 거재!"

"어르신은 토벌대에서 양민을 학살하였습니까?"

"기관총 사수들이 많이 했고 신병들이 많이 혔재!"

"신병들이 많이 하다니요?"

"울들은 전쟁을 신물나게 했싸 갖고 사람 죽이는 것도 웅성스럽
든마, 신병들이 총 쏘는 것을 재미를 삼는 것 같으든마!"

"그럴 리가 있습니까?"

"자네가 책을 써분다는디. 언감생심으로 쓰잘데없는 소리를 하
것는가이!"

"토벌 작전이 끝나고 어디로 갔습니까?"

"경찰들한테 치안권을 전부 넘겨주고 부대가 시나브로(조금씩) 갈라져서 중동부 전선으로 가서 방어 작전만 하다가 휴전이 되어 예비 사단에서 어영부영하다가 제대해 부렀네! 일일이 말할라면 한도 끝도 없재. 책을 몇 권 쓸 꺼이네?"

최노인은 양민을 학살하였냐는 말에 기관총 사수와 신병들의 짓 이라고 하였지만, 양미간에 경련이 일어나는 것을 간과할 수 없었 다.

직접 총을 쏘지 않았더라도 그 현장에 있었으면 똑같은 양민 학 살자이다. 토벌대의 피해도 아주 많았다고 증언을 하였다.

그러나 그것은 변명이다. 면죄부가 될 수는 없다. 국가의 최고통 치자가 적으로부터 국민과 국가를 보호하기 위한 마지막 선택은 전쟁이다. 그것을 수행하는 것이 군인이다. 나라를 지키고 국민을 보호할 군이 자국의 국민을 죽인 것이 거창·산청·함양·남원· 함평 사건들이다.

거제도 포로 수용소의 진상 — 생존 토벌대의 증언

"전쟁중 거제도 포로수용소로 가서 경비를 하였다고 했는데, 정예의 전투 요원들을 후방으로 보낸 이유가 궁금합니다."

"포로수용소에 무단시 갔간디. 처음에 예비 연대로 특명이 나서 그 곳에서 훈련을 시키는 조교를 했는데, 어주리떠주리 신삥들만 모인 연대가 경비를 한 모양이드라고⋯⋯. 군기도 안 잡힌 기록 카드에 잉크도 안 마른 아그들뿐인 부대가 어찌꾸롬 경비를 설거인가? 인민군이 얼마나 고약하냔 말이여? 지독한 놈들 아닌가 베. 도저히 경비를 할 수가 없어, 그 부대가 시마이(끝내고)하고 전벙 전투 사단 교체 부대와 반씩 편성하여 우리 연대가 들어갔지. 1개 막사에 300명씩 수용했는디. 3명이 경비를 하였지. 그때 자유 담배가 나왔는데, 수용소 한 막사당 300갑을 주고 포장지를 회수하는데 300개가 전부 회수되어야지, 안 그러면 CPX(비상)가 걸렸쟤."

"담배갑은 무엇하려 회수를 합니까, 무기도 아닌데요?"

"그런 소리 말어! 이것들이 담배갑에다 폭동을 일으키자 라는 내용의 글을 적어 똘똘 말어갖고 땅바닥 위에 놔두어 바람 불면 옆 막사 쪽으로 궁구러가게(굴러가게) 하여, 종이에 써 있는 내용을 읽어보고 폭동을 일으킨당께. 참말로 겁나, 요것들이 밤이면 반공 포로를 잡아내어 인민 재판을 하여 주게(죽여) 뿐 뒤 막사 안 침대 밑이나 취사반 바닥에다 묻어 뿔 정도로 고약하든마!"

최노인 말에 의하면, 담배 포장지에 며칠, 날, 몇 시, 몇 분에 폭동을 일으키자는 내용을 적어 바닷가 바람을 이용하여 전달하였다고 하였다.

3명이 300명을 감시하는 게 너무 벅찼다고 하였다. 막사와 막사 사이에 철조망이 세 겹으로 경계를 이루고 있었는데, 폭동이 일어났을 때는 모포를 철조망에 걸치고 밀어 넘어뜨려 300명이 600명이 되고, 600명이 900명 식으로 점차 전포로가 모여 힘으로 밀어

붙였는데, 미군은 망루에서 기관총을 쏘지만 직접 사람한테는 겨누지 않고 바닥에다 사격을 하였다고 했다.

피탄(유탄)을 막기 위해 바닥에는 시멘트 대신 모래를 깔아 인명 피해를 주지 않으려고 하지만, 그들은 매일 인민 재판을 열어 반공 포로를 골라내 죽이자, 이승만 대통령의 지시로 개인 면담을 통해 반공 포로를 일시에 가려내 출신 도청 소재지로 이동시켜 석방시켜 버렸다고 하였다.

"말도 마소! 나도 그 곳에서 죽는 줄 알았네. 담배갑이 한 개라도 모자라면 미군 30명이 막사 주변에 깨쓰를 살포하고, 몽둥이를 들고 막사 밖에 있다가 나오는 놈마다 도리깨로 타작하듯 두들겨 패는디, 못 보것데, 개 잡는 것도 아니고……."

미군은 폭력을 자제했는데, 집단적인 폭동을 방지하기 위하여 담배 포장지를 회수하는 과정에서 폭력이 행해졌다는 것이다.

"옷을 뜯어서 어깨에다 주렁주렁 모양새를 만들어 붙이고는 인민군 장군처럼 행세하여, 포로들이지만 군대 조직처럼 움직이든마. 군대나 마찬가지여. 미군들도 살인만 저지르지 않으면 탓치 안하든마."

"인권을 최대한 존중해 주는 국가이기 때문에 그런 것이지요?"

"멀라고 대우를 잘 해주는지 모르것든마. 그것들한테는 사지옷(양모)을 주고 울들한테는 안 주고 말이여……. 철조망 주변에 피난민들이 바글바글한디. 별 짓거리 다 하는데도 울들이 경비를 하니께 쌤쌤이(서로 주고받음)도 많이 했쟤!"

"경비를 본 국군 대우는 어땠습니까?"

"외출·외박·휴가도 일체 없고, 완마 3개월 동안 깔치국 원없이 먹었네. 응성스럽데. 돈을 쓸 데가 없어 묻어둔 것이 철수할 때 파보니 썩어 부렀드랑께. 근디 인민군 장교들은 잘 해 주든마. 장교들은 신사적인디 농담도 잘 하고 오다가다 만나면 '국군 아저씨들 수고 만씁네다' 하고 인사도 해 주고 말이여. 많이 배웠다고 하든디……."

장교들은 마음대로 활동하였고, 2명씩 침대를 사용했으며, 칫솔·치약 등 모든 소모품도 고급으로 지급되었다고 하였다. 옷을 팔아먹고 내복만 입고 다니면 그 즉시 바로 지급되었으며, 포로들에게 인권 유린은 없었다고 하였다.

101헌병대가 경비를 서고 있을 때 포로들에게 포위되어 버린 사건이 터졌는데. 그때 함포 사격을 하여 전멸시키겠다고 하자 폭동이 진압되었다는 말을 들었다고 하였다. 최노인 부대가 철수한 거제 포로수용소 임무를 끝내고 산청 지역 공비 토벌대에 배속된 것이다.

"전투 사단이 경비를 하여도 힘든디. 헌병들이 히마리(힘)가 있간디. 나가 이때깔로 한 이야기 괜찮은지 모르것네?"

"염려 마십시오! 제가 책임을 지겠습니다. 많은 이야기를 해 주어 고맙습니다."

최노인의 증언 과정에서 그가 양민 학살 현장에서 저질러진 반인륜적인 행동을 스스럼없이 감행한 토벌 대원이었음을 필자는 직감할 수 있었다.

처음에는 토벌이 목적이었지만, 빨치산들에게 습격을 당하여 인명 피해가 나자 감정이 개입되었다는 논리는 자기 변명에 불과하다.

그 날 그 현장에 있었던 가해자는 명령에 따랐으며, 피해자는 재수가 없는 사람이었다는 최노인의 말을 떠올리며, 이제는 누군가 사죄할 때가 되지 않았나 하는 생각이 든다.

최노인은 당시에 전쟁과 기근으로 인하여 모든 가정들이 조반 석죽도 못 먹는 집들이 자기 입 하나 덜어보려고 6년간 연장 근무하여 못 볼 것도 많이 보았다고 했다. 그는 그때 당한 사람들한테 미안하지만, 전쟁 중에 명령에 따른 것이니 양쪽 다 재수없을 때 태어난 것뿐이라고 시대 상황을 탓하였다.

최노인은 필자한테 피해 없게 해달라고 부탁하였다. 최노인의 녹취한 분량만 가지고도 책을 한 권 쓰고 남을 분량이지만, 필요한 부분만 채록하였다.

국군 제11사단 9연대 3대대는 6·25전쟁 도중 지리산에 있는 빨치산 잔당을 토벌할 목적으로 창설된 부대로서, 1951년 2월 5일, 거창군 신원면에 들어갔다. 그들은 '작전 지역 내에 있는 모든 주민을 학살하고 집들을 불질러 버리라'는 명령을 받고 있었다고 전해진다.

권양숙 여사의 부친은 빨치산인가?

필자가 조사한 바 노무현 대통령 영부인 권양숙 여사의 부친께서는 항간에 알려진 빨치산 일원이 아니셨다. 여기서 그의 기록을 조명해 보기로 하자.

권오석(權五桔) 기록

대통령 영부인 출생지 창원군 진전면(鎭田面, 지금은 마산시 편입)은 군의 서남부에 위치하고 있다. 본래 고려 시대에는 우산현, 조선 시대에는 진해현에 속하였으며, 1895년에는 진해군 서면(西面)으로 되었다.

1908년에는 창원군에 편입되어 진서면으로 개칭되었고, 1910년에는 마산부에 편입되었다가, 1914년에는 군면 통폐합에 따라 양전면(良田面)의 5개 동리와 함안군 비곡면 대정리 및 고성군 구만면의 일부를 합하여 13개 동리로 개편되었다. 1989년에는 함안군여항면 평암·금암·고사·영양리 등 4개 동리를 편입하였다.

면의 남쪽과 서쪽으로 별발들(419m) · 기대봉(旗臺峰) · 탑곡산(塔谷山 279m) · 호암산(虎巖山 309m) · 와우산(臥牛山 191m) 등이 연봉을 이루고, 북쪽에는 서북산 줄기가 이어져 있어 두 산맥 사이로 약간의 평지가 전개되어, 여기에 함안군에서 발원한 고사천(姑寺川)이 동산리를 거치면서 진전천이 되어 남해로 흘러 들어간다. 주요 농산물은 쌀과 보리이며, 그밖에 축산업이 활발한 곳이었으나, 지금은 공산업이 진출하고 있다.

바닷가에 위치한 율리리는 옛날에 염전에 많아 양전(良田)으로 불렸으며, 지금은 진전 옹기가 생산되고 있다. 교통은 목포－부산 간, 거제－울산 간 국도가 곡안리에서 합류, 분기된다. 한국전쟁 당시 창원군에 속한 면 중 맨 서쪽에 위치한 진전면이 점령되었다.

북한군은 부산 함락을 위하여 진전면을 점령하고 진북면과 이웃 진동에서 밀고 밀리는 대접전을 벌이고 있을 때다. 우리 해병대는 미 킨부대의 지원을 받아 부산 함락을 막기 위해 최후 발악하는 북한군과 생사를 가름하는 대공방전을 벌이고 있을 때 일어난 사건이다. 노무현 대통령이 선거 막바지에 떠오른 장인이신 권오석이 남로당 간부(창원군 노동당 부위원장, 인민위원, 부위원장, 반동 조사 위원회 부위원장)를 역임하면서 양민 학살 현장에서 주도적인 역할을 했다는 보도가 있어 필자가 확인하여 본 바 모두 사실과 달랐다.

권오석 씨는 1948년에 막걸리에 메틸 알코올(공업용 알코올)을 소주로 착각하고 잘못 타서 먹고 실명하였다. 시각 장애인이 남로당 간부(책 후미와 남로당 관련 자료 참고)라는 것은 재판 과정에서 덧붙여진 죄목이다.

당시는 보도연맹으로 어수선하던 때였다. 보도연맹 역시 멋모르고 도장을 찍었다가 죄를 뒤집어썼던 것을 훗날 기록에 의해 우리는 잘 알고 있다. 진영에서도 보도연맹 관련자들이 200여 명 사살당하였다.

권오석 씨는 일제 시대 때 공무원 시험에 합격해 면서기로 일했을 정도로 인텔리였으며, 외모도 준수하고 똑똑한 사람이었다. 당시 북한군은 대다수 공무원과 그 가족을 반동분자 가족으로 몰아 인민 재판에 회부하여 현장 사살하였다. 권오석 씨가 일제 시대부터 공무원이었으면 공산당 생리로 봐서 제1호 적이었으며, 살아남기도 어려웠다. 증언자들은 그가 시각 장애인이었기 때문에 살려주었으며, 또 어린아이가(권양숙) 있기 때문에 살려주었을 것이라고 하였다. 당시 사건 기록에 희생자는 11명인데, 군인이 2명, 마을 이장 1명, 나머지 8명은 농민이었다. 이것도 권오석 씨가 관련이 없다는 증거이다. 필자가 거창·산청·함양·남원·함평 등 자료 조사 때 빨치산들은 농민은 죽이지 않았는데, 토벌대인 국군이 죽였다고 증언하였다.

따라서 필자가 판단하기로는, 학살 현장에서 어슬렁거리다가(시각 장애이기 때문에) 마을 주민에게 목격되었을 것이고, 공무원 신분이었음에도 살아남았기 때문에 통비자가 아니겠느냐는 추측으로 와전될 수도 있었을 것이다.

재판 기록에 의하면, 험준한 산비탈에 위치한 오지 마을에서 자행된 인민재판 현장에서 주도적인 역할을 했다고 하지만, 직함으로 보면 부위원장이므로 그가 주도적인 역할을 했다는 것은 타당치 않다. 그가 완전히 실명한 상태에서 어떻게 좌익 활동을 할 수 있었겠는가! 일부 증언자들은 당시 인민재판에서는 말 한마디로 양민들의 생사(生死)를 가름하였다고 했다. 인민군이 반동분자 색출작업에 협조하라고 총을 겨누고 요구하면 어쩔 수 없이 면직원과 경찰의 이름을 알려주었을 것이라고도 하였다. 필자는 복지신문 기자다. 식각 장애인들과 많은 대화를 가졌다. 그들은 시각 장애인이 된 것은 전생에 죄를 많이 지어서 벌을 받은 것으로 대다수 믿고 있었다. 그래서 절대 남을 해치는 일은 하지 않는다고 한다. 보이지 않는데 남을 어떻게 괴롭힐 수 있느냐? 다시 죽어 좋은 몸으로 태어나는 불교 윤회사상을 믿고 있었다.

한국전쟁이 일어나기 전부터 진전면에서 살아온 권오석 씨는 면 직원이었다. 당시 대법원 재판 기록에 권오석 씨 증언에 관련되어 사살당한 기록은 9명인데, 경찰도 아니고 면서기 등 공무원도 아닌 농민들이다. 대선 당시 모 월간지에 노무현 후보를 음해하기 위하여 의도적으로 피해자 쪽 증언을 듣고 권오석 씨 활동을 나쁜 쪽으로 기록 출판되기도 했다.

필자가 2년 동안 가해자와 피해자 수십 명을 만나보고 증언을 들었는데, 당시 점령 지역의 농민들은 '없는 자를 잘살게 해 준다'는 공산당 이론에 빨려들어 빨치산이 되었다고 하였으며, 또한 공무원 가족이어서 제일 많은 피해를 당하였다고 대다수는 그렇게 증언하였다.

설혹 이민재판에 관련이 있다 하더라도 권오석 씨는 한국전쟁 당시 점령한 공산군에 의해 부역을 강요받아 면서기 경력 때문에 어쩔 수 없이 인민재판 현장에 강제로 끌려나갔을 것이다. 인민재판이란 알다시피 지역 주민들이 하는 재판이다. 그 현장에 있었기 때문에 수복 후 구속되었고, 구속 후 무기징역을 선고받았으며, 복역 중 폐결핵과 두 눈 실명의 사유로 형 집행정지 처분을 받고 풀려났을 것으로 본다. 질병으로 인해 형 집행정지로 풀려났건, 죄가 가벼워서 석방되었건 간에 그도 피해자라는 점이다.

일부 독자들이나 피해자 측에서 필자를 욕할지 모르나, 잠시 읽기를 멈추고 그 시대 상황으로 가보자! 나 하나 죽는 것은 두렵지 않다. 자식과 내 아내를……. 그들의 생명을 볼모로 협박에 의해 강요하면 과연 어떻게 행동하겠는가? 필자는 대북 테러 부대 팀장이었다. 국가를 위해 목숨 하나 기꺼이 바칠 수 있다. 그러나 자식과 아내, 부모·형제·일가친척 목숨까지라면 그것은 아니다. 그것은 가족까지 내 목숨과 같이 할 수 없기 때문이다. 또한 그들의 목숨이지 내 목숨이 아니기 때문이다.

권오석 씨는 1961년 3월 27일 재수감되었다. 군사정권 박정희는 결핵에 시각 장애인을 예비 검속한 권오석을 10년 넘게 복역시켜, 1971년 마산교도소에서 옥사하였다. 박정희 군사 독재 정권은 통치 수단의 하나인 반공을 국시의 제일로 삼고, 혁명공약 서두 내용처럼 사회 불안 요소를 격리한다는 차원에서 당시 병약하고 거동도 불편한 1급 장애인인 권오석 씨를 옥사시킨 그야말로 금수 같은 일을 저지른 것이다.

필자는 거창 사건을 알기 위해 박산골 입구에 자리잡은 합동 묘소 앞에 거창 양민 학살 피해자 위령비가 파헤쳐진 것을 보고 군사 정권의 악독함을 목격하였다.

항간에 권오석 씨가 전향하지 않은 것을 비난한 자가 있다. 그런데 필자가 권오석이더라도 그렇게 하지 않을 것이다. 왜냐 하면 죄가 없는데다, 그 자신도 피해자의 한 사람이기 때문이다. 또한 전향을 하면 자기가 죄를 시인하는 꼴이 되기 때문이다. 가족들에게는 잔인하다고 들을지 몰라도 학살 주범으로 낙인찍혀 가족이 연좌제에 몰려 고통을 받는 것보다, 주범이 아님을 주장하고 옥사한 것이 의로울 수 있었을 것이다. 그는 지식 기반층이었기 때문이다.

"좌익 악질이었던 B씨가 구속된 뒤 자신이 살기 위해 불리한 증언을 했다 캅디다. 권오석이 면서기로 근무할 때 공출 문제로 사이가 나빴는데 글마가 시각 장애인을 학살자로 죄를 뒤집어씌운 것인 기라. 하모, 그때만 하여도 말 한번 잘못하여 이웃끼리 감정만 상해도 부역자로 이바구한 기라. 갑오 싯기하여(양분하여) 산 논 때문에 공출 많이 맥인 것 가지고 감정이 나빠져 권오석이도 부역을 했다고 이바구했다 카든마. 내사 들은 이야기인 기라……."

선거 전후 수많은 기자들이 다녀갔다고 하였다.

"설만 분분하고 재판 기록이 맞것지예?"

"글캐도 군사정권 시절에 한 재판이 맞겠는교? 맹인이어서 불리하게 서류 맨드라서 강제로 끌어다가 마구잡이로 손도장 꾹꾹 찍어 온갖 죄를 뒤집어씌운 것이겠재?"

등등 증언자들의 말을 현지 증언 녹취길에 동행한 한국예총 김해지부 김좌길 김해지부장님과 김해고등학교 총동창회 허영호 회장과 함께 들을 수 있었다.

어쨌거나 당시 상황으로 보면 통치자의 잘못이다. 통치자의 권력욕에 의한 희생물이다. 진전면의 기록을 정리하면서, 노무현 대통령께서는 누구보다도 아내가 연좌제에 묶이어 가슴 아프게 삶을 지탱해 온 유년 시절을 그 누구보다 잘 알고 자칫 지금의 대통령 자리도 도로아미타불될 뻔했기 때문에, 이 나라를 잘 통치할 것으로 필자는 믿어 의심치 않는다.

그리고 무엇보다도 필자는 노무현 대통령께서 퇴임 후 유모차에 어린 손자를 태워 김해시 연지공원 산책로에서 필자와 서로 만났으면 한다. 또한 서울뿐만 아니라 대도시 공원 같은 번잡한 곳에서 경호원 없이 노부부가 다정히 손을 잡고 산책을 다니는 모습을 보았으면 한다. 우리 나라 역대 통치자는 통치 기간에 무슨 죄를 그리도 많이 지었기로서니 퇴임할 즈음 담장은 높이고 경비를 강화하며, 외출시 경호원과 대동하는가! 통치자는 통치 기간이 끝나면 우리와 같은 평범한 시민이 되어야 하지 않겠는가!

하기(下記)는 대검찰청 수사국이 작성한(좌익 사건 실록) 권오석 재판 기록이다. 자세히 살펴보면 1급 시각 장애인이 한 행동으로 보기 어렵다.

영부인 권양숙 여사의 부친 권오석 씨의 재판 기록

대검찰청 수사국 작성, '좌익 사건 실록'에 기록된 권오석의 범죄 혐의

제8 피의자 권오석은

① 1949년 6월 1일 오전 7시경 자택에서 남로당 진전면책 김행돌(金行乭)의 권유로서 지정 가입하여, 1950년 1월 10일경까지 맹인(盲人)임에도 불구하고 차를 기화로 부락당원에서 군당 선전부장의 중요직에 임명되어, '토지 개혁', '남녀 평등권', '정세 보고' 등을 남로당이 목적하는 바의 실행을 선전하고

② 1949년 12월 14일 오전 9시 및 동일 오전 12시, 2회에 걸쳐 창원군 진전면 오서리 거주 권경순(權景純) 및 권오상(權五常)으로

부터 현금 5000원씩 계 1만 원의 군자금을 조달하여 당에 제공해 간부의 임무를 완수하고

③ 1950년 8월 11일 오후 9시경 창원군 진전면 일암리 대방 부락에서 창원군 노동당 위원장 옥철주(玉哲柱)로부터 동당 부위원장인 간부의 부서에 편입하고

④ 1950년 8월 19일 오후 7시경부터 창원군 진전면 일암리 대방 부락 허경순 자택 사랑에서 제1(玉哲柱), 제2(孫鍾吉), 제6(金仁鉉) 등과 회합하여 인민공화국 기관을 설치하여 공산군 점령지구 내에서 후방 보급 사업을 목적으로 창원군 진전면 치안대를 조직하고

⑤ 1950년 8월 20일 오전 9시부터 창원군 진전면 일암리 대방 부락에서 제1, 2, 6 피의자 등과 회합하여 반동분자로 지명된 자를 숙청하기 위하여 반동조사위원회를 설치하여 동회 부위원장 겸 조사원을 피임하고

⑥ 1950년 8월 20일 오전 10시부터 창원군 진전면 일암리 소재 군당 조직본부에서 제2 피의자와 공모하여, '노동당 진전면당', '임시 인민위원회 진전면 위원회', '진전면 임시 농민위원회', '진전면 임시 여성동맹', '진전면 임시 민주청년동맹'의 각 기관을 설치하여 인민공화국 형태의 하부 조직을 감행하고

⑦ 1950년 8월 23일 오전 10시부터 창원군 진전면 일암리 대방 부락에서 제1, 2, 6, 7 피의자와 공모하여 인민공화국 형태로 확립할 목적으로 '창원군 임시 인민위원회', '창원군 임시 민수청년동맹', '창원군 임시 여성동맹', '창원군 임시 농민위원회' 등의 각 기관을 조직 설치하고

⑧ 동일 오후 8시경 창원군 진전면 일암리 대방 부락에서 제1,

2, 6, 7 피의자 등과 공모하여 노동당 창원군당을 강화하기 위한 목적으로 동당을 개편하고

⑨ 1950년 9월 3일 오전 9시경부터 창원군 진전면 일암리 대방 부락 소재 당 조직본부에서 반동분자 조사를 강력히 추진시키기 위하여 반동분자조사위원회를 개편하고

⑩ 1950년 8월 9일부터 20일까지의 사이에 걸쳐, 창원군 진전면 일암리 대방 부락 소재 허경구(許景九)의 자택 창고를 가(假) 감금소 및 반동분자조사위원회 본부로 하여, 면 치안대에서 제1, 2, 6, 7, 10 피의자 등과 공모하여 창원군 진전면 양촌리 거주 전 면장 하백섭(下百燮) 외 50여 명을 좌익에 대한 반동분자로 지명하여 불법 체포 감금하고, 그 죄상을 조사한 사실이 있고

⑪ 1950년 8월 말 일시 불상 야간에 창원군 진전면 일암리 대방 부락 허화촌 댁(許花村宅) 마당에서 제1, 2, 5, 6, 7, 14, 20, 27 및 권경원(權景元) 등과 공모하여 반동분자 취급 토의회를 개최하고, 반동분자로 지정하여 불법 체포 감금 중인 하백섭 외 7명에 대하여 조사 경과 보고 등과 학살에 대한 음모 계획을 감행하고

⑫ 1950년 9월 5일 오전 3시경 고성군 회화면 옥산골 '번듯대 고개'에서 제1 피의자 외 수명이 공모하여 반동분자로 지명하고, 음모 계획 중이던 양민 하백섭 외 9명을 학살하는 현장 부근에서 학살을 용이하게 감시하고……

(시각 장애인인 권오석 씨가 불편한 몸으로 이웃 군인 고성까지 가서 인민 재판을 진행하였다는 것을 누가 보아도 조작한 흔적이 엿보인다.)

⑬ 1950년 9월 10일 오후 6시경 창원군 진전면 일암리 대방 부락 면 치안대 본부에서 제1, 2, 4, 7, 10 피의자 및 이동수・허남 홍 등과 공모하여 불법 체포 감금 조사한 반동분자 금옥갑 외 수

명에 대하여 A급(처형자), B급(강제 노무), C급(석방자) 등으로 구분하여 학살할 음모 계획을 감행했다.

위와 같은 재판 기록은 1급 시각 장애인이 그런 일을 하기는 부적합하다. 전시 때 임무를 신속 처리하여야 하는데, 장애인에게 간부 직책을 주어서 주도적인 역할을 하게 하였다는 것은 모순이다. 독자들 개개인의 판단에 따라 다를 것이지만…… 필자는 불리하게 재판을 받아. 권오석과 그 가족 모두 피해자라는 결론을 내렸다.

당시 그 비극의 현장에서 살아남았던, 학식이 있거나 덕망이 있는 자는 전쟁이 끝나고 보도연맹 관련자나 빨치산으로 몰아 죄를 뒤집어씌웠다.

그러나 보도연맹(保道聯盟)에 가입되었다고 하지만, 보도연맹 역시 대부분 억울한 누명을 씌워 처벌하였다. 진영 역시 보도연맹 회오리에 휩쓸려갔다.

보도연맹이란 광복 후 좌익 활동을 하다가 전향한 사람들로 구성되어 있던 단체이다. 정식 명칭은 '국민보도연맹'이었으나 통상 보도연맹으로만 불리었다. 1949년 6월에 결성되었으며, 회원수는 1950년 초 30만 명이 넘는 것으로 집계되었다.

결성 목적은 1948년 12월 국가보안법이 시행되면서 좌익활동을 하던 사람들을 전향시켜 보호하려는 것이었다. 이에 따른 활동 목표는 ①대한민국 절대 지지 ②북한 괴뢰정권의 절대 반대 타도 ③공산주의 사상의 배격 분쇄 ④남북 노동당의 멸족 파괴, 정책 폭로 분쇄 ⑤민족 세력의 총력 결집 등의 강령으로 요약된다.

당시 한국 정부로서는 4·3제주폭동 사태와 여순반란 사건 등의 수습 처리 과정에 따른 후속 조처와 아울러, 중국 대륙의 공산화에 따른 대응 조치로써 반공 노선을 확고하게 다지기 위하여 전향자들의 보호·관리하는 기관이 필요했던 것이다.

이리하여 정부 당국의 주도 아래 '민주주의 민족전선'의 조직부장이었던 박우천을 초대 간사장으로 하여 결성되었다. 구성원들은 국가보안법에 저촉된 인사 가운데 남한의 단독 선거에 반대하였거나, 또는 대한민국 정통성을 부인한 좌익계 집단 및 결사의 구성원이었다가 전향한 사람들이었다.

구체적인 대상자로는 남로당원을 비롯하여 노동조합 전국평의회, 인민위원회, 민주주의 민족전선, 조선민주애국청년동맹 등 남로당계 외곽 단체의 구성원들이었다.

이들 외에도 1948년 11월 말 서울시 전향자들의 소속 단체를 미루어보면 남로당·북로당·조선민주애국청년동맹·조선부녀총동맹·민주학생연맹·혁명단·조선보건연맹·인민당·민중동맹·인공단·조선음악가동맹·조선연극가동맹·조선영화동맹·조선과학자동맹·조선노동조합전국평의회·조선농민조합총연맹·전국출판노조·근민당·인민위원회·신민당·민주한독당 등 22개 단체 구성원들이 그 대상자로 되었다.

그 해 11월의 포섭 기간 중 김태선(金泰善) 서울시 경찰국장이 다음과 같이 표명했다.

"전향 전에 악질 행위자였다면 반드시 가입해야 한다. 이유는 공산당에 가입하여 반국가적 살인 방화를 감행한 자들은 전향을 하였다고 일률적으로 신용할 수 없으니, 전향 후 재출발하여 언동으로나 실천으로 자기가 확실히 충실한 국민이 되었다는 것을 일반 사회나 국가에 알려야 할 것이며, 이 기회를 가지려면 보도연

336 지리산 킬링필드

맹에 가입해야 한다."(〈조선일보〉 1948년 11월 22일자)

이러한 말 속에 표명된 바와 같이, 전향자들은 의무적으로 보도연맹에 가입하게 되어 있었다 그러므로 경우에 따라서는 당사자 자신도 모르는 사이에 가입된 사례도 없지 않았다.

연맹 회원 중에는 조선공산당 장안파 핵심 인물이던 정백(鄭栢)을 비롯하여 국회 프락치 사건 연루자 원장길(元長吉)·김영기(金英基) 의원, 시인 정지용(鄭芝鎔)·김기림(金起林), 소설가 황순원(黃順元), 국어학자 양주동(梁柱東), 문학평론가 백철(白鐵), 만화가 김용환(金龍煥) 등도 들어 있었다.

1950년 6월 초, 서울의 경우 이들 연맹원 중에서 완전 전향이 인정된 6,900여 명에 대해서는 이 연맹에서의 탈퇴가 허용되기도 하였다.

이 연맹원들의 활동은 지하에서 활동 중인 좌익분자들의 색출과 자수 권유, 반공대회, 문화예술행사 개최 등을 통한 국민 사상 선양 활동 등 사상 전향을 위한 다양한 실천 운동으로 전개하였다.

그러나 6·25전쟁 발발로 이러한 활동은 중단되었으며, 동족상잔이라는 민족적 비극 속에서 연맹 자체가 없어지고 말았다. 더욱이 연맹원들은 일부 위장 전향자들의 준동에 자극받은 당국에 의해 예비 검속되거나, 전쟁의 위급 상황에서 현장 처형되는 사례가 전국 도처에서 수없이 발생하였다.

그들은 한국전쟁이 끝나고 통비자들 색출 과정에서 집단학살, 집단 매장되었다. 그러나 이러한 사례들에 대한 자료는 거의 찾기 어려워 미궁으로 묻힐 뻔한 현대사의 한 대목을 필자는 밝히려고 노력하고 있다.

이 책은 색안경을 끼고 본다면 노무현 대통령 영부인의 부친 행동에 대한 해명 자료로 볼 수도 있을 것이다. 그러나 필자의 의도를 잘 간파하기 바란다. 이 책은 노대통령께서 민주당 대통령 후보가 되기 전인 2000년부터 자료 조사를 하여 집필한 것이다.

그 당시 좌·우익이 판치는 세상에서 살아남기 위하여 무리에 휩쓸려 억울한 누명을 쓰고 죽은 자들이 대부분 선량한 우리의 양민이었다는 점에 경악할 일이다. 이 책을 다 읽고 나면 필자의 말을 이해할 수 있을 것이다. 설혹 권오석 씨가 좌익이나 보도연맹 사건에 관련되었다고 할지라도 잘못은 최고 통치자요, 적을 막지 못한 국군이라는 점이다.

필자도 그 현장에서 가족의 생명을 담보로 협조를 요청하였다면 손수 처형할 수도 있었을 것이다. 왜냐 하면 점령지에서는 그보다 더한 일이 역사적으로 일어났기 때문이다. 또한 그 현장에서 일어난 동족간의 살육도 기가 막히지만, 국민의 군대인 국군이 양민들을 집단 학살했다는 사실에 대한 현존하는 목격자들의 생생한 증언은 더욱 치를 떨게 하기 때문이다.

북의 핵개발 여부에 미국과 첨예한 대립을 하고 있는 틈새에서 우리 대통령 역할이 그 어느 때보다 어려움에 처해 있다. 왜냐 하면 지금의 시국이 제2의 한국전쟁이 될 수도 있기 때문이다. 지구상에 하나뿐인 분단 국가의 휴전선에, 이 땅의 가장 혈기 왕성한 피를 가진 남과 북의 1백여만 명의 젊은이가, '우리는 하나'가 아닌 '너와 나는 적'이 되어 총을 겨누며 대치하고 있다. 우리는 이와 같은 현실을 간과해서는 안 된다.

에필로그

　수많은 사람에게 상처를 안겨준 한국전쟁(6·25사변)은 50여 년 동안이나 휴전 중이다. 가슴에 원한과 분노를 안은 채 반 세기 세월을 살아온, 죄 없이 학살당한 양민 가족, 그리고 전쟁터에서 부상당한 채 적정한 보상도 받지 못하고 오늘도 병상에서 죽음을 기다리는 전상자들과 그 가족들에게 이 나라 국민과 정부는 도대체 무엇을 해 주었는가!

　반공 이데올로기 속에 빨치산이라고 몰려 학살당한 선량한 민간인의 일들, 이를테면 거창·산청·함양·남원·함평 등지의 풀리지 않은 수많은 일들은 이 시대에 살고 있는 우리들이 풀어야 할 숙제인 것이다. '작은 나라여서, 힘이 없어서, 열강들의 틈바구니 속에서 희생당한 우리들만 불쌍한 민족이라고 체념하기에는 너무 억울하다'라는 식으로 매듭을 지어서는 안 될 일이다.

　한국전쟁 당시 반공 이데올로기 속에 빨치산(부역자 및 통비자 포함)이라고 얼마나 많은 사람들이 억울하게 개죽음을 당하였던가!

　당시에 저질러졌던 민간인 학살에 대한 본격적인 진상 규명 운동이 시작된 지 벌써 1년여가 지났다. 청춘이 백발이 되고 백골이 되어 구천에서 떠돌아 헤맨 지 어언 반 세기라는 세월이 흘러 강산이 다섯 번이나 바뀌어, 이제 그 흔적조차 찾아보기 힘든, 그야말로 형극의 세월이 흘러 버린 것이다.

우리는 이러한 아픈 역사에서 교훈을 찾아야 한다. 전쟁의 폭력을 통하여 자유·평화가 인간이 살아가는 데 정말 소중하다는 사실을 알고 학살의 끔찍함을 기억함으로써 인권이 얼마나 중요하고 필요한가를 알아야 한다.

거친 땅만 파며 힘겹게 버텨온 할아버지와 할머니, 그리고 어머니 홑치마폭을 움켜쥔 누이와 동생, 차마 펴지도 못한 고사리손들이 공포와 광란의 골짜기에서 마대를 찢는 소리를 내는 기관총에서 퍼붓는 탄환에 갈기갈기 찢겨서 단숨에 쓰러져 간 '그 날을……!' 그 날에 있었던 슬픈 일들을 잊어서는 안 될 것이다.

좌에서 우로, 우에서 좌로 쏟아지는 총탄을 피해 미친 개에게 쫓기는 오리떼처럼 피해 다니다가 죽어간 불쌍한 영혼들을 잊지 말자!!

나라 지키라고 국민이 사준 무기를 가지고 토벌대는 양민을 무참히 학살하였다. 양민 학살 당시 M1소총 철갑탄으로 사격하면서, 사람을 한 줄로 세워두고는 몇 명까지 인체를 뚫고 지나가 살상할 수 있는가를 실험하였다는 가해자의 증언도 들었다. 그리고 양민 학살 현장에서 기관총으로 양민을 학살하였다 하여 더욱 비난을 받았다. 기관총은 연속으로 발사되기 때문에 시체를 걸레로 만들 수 있으면서 고통을 준다. 단발 사격은 사람의 급소를 겨냥하여 바로 죽음에 이르게 하지만, 기관총은 그렇지 못하고 수십

군데를 관통하기 때문에 숨이 끊어질 때까지 고통이 따른다.

이러한 무시무시한 기관총을, 대항할 능력도 없고 거동도 불편한 노인들을 포함하여, 젖먹이·어린아이와 부녀자들에게 갈겨대었으니 하늘도 울고 땅도 노하였을 것이다.

한국전쟁 당시 지리산 자락에 살고 있던 선량한 양민들은 토벌대 국군에게 끌려가 기관총 난사장에서 인간 타킷이 되어 시신도 수습하지 못할 정도로 갈갈이 찢겨져 죽어 갔고, 치료받으면 살 수 있는 사람도 끌어모아 기름을 뿌려 불을 질러서 두 번 죽게 하였고, 미친 개와 멧돼지들에게 타다 남은 살점이 뜯겨서 세 번째 죽임을 당하였으며, '통비분자'라고 더러운 명예를 씌워 네 번째 죽임을 당하여 저승도 못 가고 구천을 헤매게 하였다.

잡으라는 공비는 잡지 못하고 비무장 민간인을 학살한 것이다. 57m/m직사포·81m/m·60m/m곡사포·수류탄 등 비무장한 민간인에게 잔인한 무기들이 동원되었다는 데 더 분노를 느끼지 않을 수 없다. 적이 아닌 자국민에게 사용하여 차마 꺼내기조차 부끄러운 대량 살상 무기로 양민을 학살한 사건이 지리산 자락에서 그렇게 저질러졌던 것이다.

필자는 비극의 현장에서 죽은 사람들 중에 '통비자(공비와 내통자, 부역자)'도 있을 것이라고 생각한다. 그러나 그 사람들의 잘못이 아니다. 이 나라를 통치하였던 통치자의 잘못이었고, 적들이 쳐들어와서 국토를 유린하고 국민을 살상하는 데도 그것을 막지 못한 국민과 나라를 지켜야 할 군대의 잘못이다. 적을 막지 못한 이들의 책임이다.

최고 통치자가 나라와 국민을 적으로부터 지키기 위해 마지막에 쓰는 카드는 전쟁이다. 전쟁에 승리해서 나라와 국민을 보호할 의무를 가진 집단이 국군이다. 당시에는 위에서 열거한 의무를 가장 엄격히 수행해야 할 사람들이 그 임무를 완수하지 못하였다.

협조하지 않으면 내 가족을 죽이겠다고 하면 나 역시도 협조할 수밖에 없었을 것이다. 그 누가 가족을 '몰살'시키겠다고 하는 데 어찌 협조를 안 할 수 있겠는가!

문제는, 정작 적인 빨갱이들은 노인과 부녀자 및 어린아이는 한 사람도 죽이지 않았는데, 빨치산 토벌대 국군은 본연의 임무를 망각한 채 마을 사람들을 깡그리 죽이고, 그들의 재산인 소·돼지 등 가축을 마음대로 잡아먹고, 부녀자를 성폭행했다는 사실이다. 그것도 모자라 보금자리인 집들마저 모두 불태워 버렸다.

필자가 직접 가해자의 증언을 들었기 때문에 그때 일어난 사건들은 정확하게 기록할 수 있었다. 과연 어린아이들이 좌익이고 우익의 이념을 알았을까? 훗날 미련한 군인들에 의해 저질러진 사건이라는 피해자들의 말에 격분한 대한민국 국군은 군의 명예를 실추시켰다고 합장시킨 묘를 파헤쳐 다섯 번째 '시살' 죽임을 자행하였다. 더욱 가증스러운 것은 유족들을 연좌제란 멍에에 묶음으로써 그들은 50여 년간 인간다운 삶을 박탈당한 채 살아왔던 것이다.

정부를 강제로 찬탈하여 국가를 수호하겠다고 일어선 박정희 5·16군사쿠데타도 인권을 짓밟았으며, 지리산 양민 희생자 유족회를 반국가단체 혐의로 유족 대표들을 구속하였고, 위령비와 합동 묘역까지 파괴하였으며, 유족을 보호 관찰자로 규정하여 불이익을 주었다. 그리하여 동족 상잔이란 비극의 현장에서 기적처럼 살아남은 유족들은 호적을 경신하여 족보를 고치고 통비자임을 부인해야 했던 비참한 형극의 세월을 살아야 했다.

이념과 사상의 갈등에서 우익이 무엇인지, 좌익이 무엇인지도 모르는 농사꾼들로서 그때 지리산 자락에서 둥지를 틀고 살던 사람들은 처절한 자신들의 비극을 운명으로 돌리기엔 너무나 억울했을 것이다. 자신들의 목숨이 풍전등화인지도 모른 채 죽지 않으려고 시키는 대로 따라 움직였을 것이다.

지금도 사라지지 않고 있는 한국전쟁의 상흔들은 아무리 세월이 흘러서 육신은 썩고 없어졌지만, 영혼은 오늘도 내일도, 또 모레도 구천을 떠돌며 자신의 한을 풀어줄 것을 탄원하고 있을지도 모른다.

살아남은 이들은 그들의 억울한 죽음을 지금껏 슬퍼하고 있었다. 또한 뼛속 깊이 사무친 천추의 한을 간직한 채 도도히 흐르는 세월의 무심함을 탓하며, 죽어간 자들의 영혼이나마 달래주려고 해마다 그 날이 오면 제사를 지내고 있다. 지축을 흔들고 자욱한

포연과 설운(雪雲) 속에 피비린내 풍기던 그 싸움이 멎은 지 반
백 년, 높고 낮은 연봉을 타고 내린 계곡과 허허벌판에서 국군에
게 죽임당한 사람들의 부활한 목숨처럼 들꽃이 흐드러진 땅……
지리산.

　높은 고봉을 넘나들던 산새들도 삶과 죽음이 교차되던 그날 그
때처럼 산등성이와 골짜기 곳곳을 넘나들며 귀곡성(鬼哭聲)을 들
었을 것이다.

　아슴푸레한 안개에 휘감긴 지리산 연봉 끝자락에, 철따라 고루
내린 비바람도 눈서리도 숨결이 되고 핏줄이 되고 뼈대가 되어,
그 옛날 옛적부터 조상대대 자자손손 이어갈 깊은 슬기와 밝은
마음씨로 이 땅 위에서 살아가는 어진 사람들의 가슴마다 간직한
꿈들을 꽃피우고 열매 맺게 하여 살아가게 했다. 그런데 바보 같
은 국군에게 그들은 생죽임을 당하여 꿈도 이상도 한껏 펼쳐보지
못한 채 지리산 골짜기의 원귀가 되어 울부짖으며 50여 년을 훌
쩍 넘겼던 것이다.

이 슬픈 역사를 감춘 한이 서린 땅에서 부모 형제, 일가 친척, 다정다감한 이웃을 떠나보내고, 가슴에 멍이 든 채 살아온 것만으로도 죄인이 된 채 버티어 온 유족들, 그들은 억겁의 모진 세월인 양 반 백 년이 넘을 동안 지금까지 살아온 것도 구천에서 맴돌 영혼들에게 죄송하고 미안해하고 있었다.

더욱이 유족들은 억울하게 그들을 떠나보낸 것도 분하고 원통한데, '통비자'라는 더러운 죄목까지 꼬리표를 단 채, 구천에 헤매는 그들의 명예 회복을 위해 살고 있다고 하였다. 또한 경호강·엄천강의 강변에 물안개 피어오를 때, 포성 소리가 지천을 울리던 그 날부터 부모 형제 핏줄을 찾는 울부짖는 소리가 지금까지도 귓가에 산울림처럼 남아 있는 것 같아 가슴이 아프다 했다.

지리산 산자락 끝, 허허벌판에 억울하게 죽어간 사람들의 부활한 목숨인 양 피어난 들국화 가지마다 층층이 핀 노란 꽃송이가 유족들의 한서린 세월들이 한 이랑 두 이랑 겹겹이 쌓여 있는 것 같았다. 그것은 마치 굽이치는 삶의 고통이 비칠 때마다 지리산 깊은 골짜기를 오르내리며, 유골을 찾아헤매는 발걸음이 아직까지 멈추지 못한 채, 그 한의 업보를 가슴에 안고 있는 유족들의 운명의 계시를 안고 피어나는 꽃처럼 보였다.

계절마다 달이 비워지기도 하고 채워지기도 하는 것처럼 그 비극의 땅에서 살아남은 자들은 오직 그 일을 운명처럼 받아들었다.

자기 품안에서 혹독한 전쟁을 치렀던 이 전적(戰跡)의 지리산야에서 반 백 년 기다림의 긴 세월 동안 귀곡성(鬼哭聲)은 지나가는 바람을 붙잡고, 원혼을 달래지 못한 지리산 양민 학살 사건은 한의 세월 속에서 무심한 세월처럼 거침없이 흘러 엄천강 물길을 따라 언제인가 역사 속 뒤안길로 사라져 갈 것이다.

오늘도 억만 년 동안 잠들어 온 지리산은 그때처럼 앉아 있는데, 천지에 메아리쳐 멍멍해지던 총포 소리, 아비 규환 소리……. 멎어버린 지 몇 세월인가. 흐드러지게 핀 붉은꽃, 흰 꽃이 총포 맞은 영혼들의 화신(化身)처럼 그 땅에 피어 있었다. 뿐만 아니라 뜨거운 불꽃에 밤새 달구어지고도 부서지지 않는 지리산자락 돌자갈처럼 발길에 채이며 살아온 통한의 긴긴 세월 흐름 속에 동행하며, 피맺힌 육신과 설움에 들볶인 그 오랜 청춘을 이겨낸 그 민초들은 오직 운명이려니 생각하며 들판에 피어 있는 이름 모를 들꽃처럼 살아가고 있다.

계절 따라 산천은 변하건만 살아 있는 자 뼛속까지 저리게 하는, 가슴 속에 각인된 사무친 천추의 원한은 사그러들지 않고 있다면, 아마도 그들은 이승의 업보를 등짐 지고 떠나갈 때까지 잊지 못할 것이다.

"가악중에 글마들이 총을 어무이한테 쏜 기라요. 빨갱이 소탕하여 편하게 살게 해 줄 토벌대가 왔다고 우리 어무이는 숨카논 양석으로 음석을 해 주었는데, 탁베이 처묵고 곤대만대가 된 채 마을 사람들에게 총을 쏜 것을 보고, 머라캔 것 가지고 어무이한테도 총을 쏜 기라. 짐승도 먹이를 준 사람의 손은 물지 않는다 카는데, 우리 어무이 생목숨 죽여놓고 느까 잘못했다 카면 무슨 소용 있는교? 후우재까지 에민 소리만 하고……. 또 글마 새끼들 9살 된 여동생 상단 같은 머리를 움켜잡고 뒤엄밭으로 끌고가 총을 '팡!' 하고 쏘아 내 여동생도 죽인 기라. 그 생각하몬 아이고 억장이 무너질라 안 카나. 내는 떼뜸질당하기(죽어서 땅에 묻히는 것) 전에 잊을 수가 없는 기라!"

한국전쟁의 개요

※ 하기 지령문은 북한군 이학구 대좌가 다부동 전투에서 미 기
병 1사단에 투항할 때 소지했던 남침 지령문이다.

The over to invade south korea
남침지령문(南侵指令文)
명령하달 : 제4보병 사단장(1950년 6월 22일 14시)
수　　　신 : 각 예하부 연대장

전투 명령 요지
공격 방향 : 마지리 → 의정부 → 경성 방향으로 공격한다.
공격 준비 완료 : 1950년 6월 23일

사단의 우익은 제1보병 사단이, 좌익은 제3보병 사단이 병행 공
격 사단 전투 대형은 2개 제대로서 제18보련은 조공으로 우익에
서, 제6보련은 주공으로 좌익에서 공격하며, 제5보련은 예비로 운

용한다.

제5보련은 → 제1대대장은 습격조를 편성할 것(반전차포 1개 소대, 반전차총 2개 분대, 공병 1개 소대, 보병 1개 소대)

제5보련 제2보대는 18보련의 적후방에서 공격할 것이며, 마지리 동평촌 경계선에선 전차 진입을 준비할 것.

포병 준 사격은 30분간이며, 그 중 15분은 포격, 15분은 파괴 사격으로 한다. 적의 유생 역량 진압 영구화점 파괴 장애물 제거 및 도로 개설로 돌격을 준비할 것.

돌격시 경성으로 통하는 주도로 방향의 병력 진지 포병 진지를 격파할 것. 적의 퇴로를 차단하고 적의 수송로와 주도로를 차단할 것. 의정부 방향으로부터의 적 지원 부대의 집결을 저지한다.

사단 항공대는 적의 군사 시설 파괴, 적 예비 집결은 불허할 것. 반전차 예비대는 45m/m 대대 1개 중대와 공병 1개 중대로 편성 제2대대를 후속하면서 적 기계화 부대 침입을 불허한다.

사단 지휘소는 협곡 1328이며, 감시소는 0331인바, 1950년 6월 23일부터 전개하며 이동 축은 의정부로 통하는 도로 방향이다. 공격 준비 완료 후 공격 개시 후 최근 차후 및 보일 임무 완료 후 각각 무전기 및 1회씩 하고, 서면 보고는 매일 2회씩 하되 오전 7시와 오후 7시 정각에 제출할 것.

기본신호	신호탄	전화	무전주파수
공격개시	폭풍		244
돌격	적색 신호탄	청천	224
포병공격	붉은 신호탄	폭풍	333
돌격지원	녹색 신호탄	눈보라	111
사격중지	백색 신호탄	사격 중지	222
화력호출	목표 방향으로 베락	적색 녹색혼합	444

제1대리인 : 참모장
제2대리인 : 16보련장
제4보병 사단장 : 이권모
참모장 : 허봉학

1950년 6월 25일 새벽.

150대의 T-34/85 전차를 앞세운 9개 사단 10만여 명의 북한군이 일시에 38도선을 넘어 공격을 개시했다. 앞서의 남침 지령문에서 화력 호출 전화 통화 암구어처럼 우리 국군은 벼락을 맞은 꼴이 되어 버렸다.

'폭풍'―그들의 공격 개시 신호로 시작된 6·25동란은 1953년 7월 27일까지 총 37개월간 계속된 한국전쟁의 시작이었다.

이 전쟁의 참전국은 자유 진영의 한국군 및 유엔군·미군을 위시한 15개국이다. 공산 진영은 북한군·중공군, 그리고 비공식적으로 참전한 소련 공군 일부이다. 이처럼 많은 국가가 참전하여 군 사상자만 200여만 명, 민간인 250여만 명의 손실이라는 대참극으로, 엄청난 물적·인적 희생에도 불구하고 다시 분단이라고 하는 어정쩡한 끝나지 않은 휴전이라는 얄궂은 계약이 성립되어 버린 이 미완의 전쟁은 우리 민족사의 뼈아픈 현장이기도 한, 이 세대에 살고 있는 우리들이 해결해야 할 가장 큰 비운의 역사의 고리이다.

동족상잔의 비극인 한국전쟁 기간 동안 남한 측만 계산하더라도 민간인 991,068명, 국군 993,921명, 경찰 16,816명의 피해가 발생했으며, 한반도의 분단이 영원히 고착되는 결과를 초래하였다.

한국전쟁의 전모

한국전쟁은 반 만 년 역사를 통하여 가장 참담한 동족상잔의 비극이다. 제2차 세계 대전이 끝난 뒤, 강대국 사이의 이해 관계로 냉전 체제가 계속되고, 전후 복구에 심혈을 기울일 때, 사회주의를 표방한 북한의 김일성은 한반도의 반쪽인 남한의 적화 통일을 꿈꾸고, 같은 사회주의 국가인 소련과 중공의 지원 아래 1950년 6월 25일 새벽 국사분계선 38도선 전지역에 걸쳐 선전 포고도 없이 기습 남침을 감행하였다.

구소련의 항공기 및 탱크와 각종 무기를 비롯해 중장비로 무장한 19만 8,380여 명의 압도적인 군사력 우세하에 개전 3일 만인 6월 28일 수도 서울을 함락시키고, 그 여세를 몰아 최후의 방어선인 낙동강 전선까지 남하하였다.

8월 1일, 국군 제11사단 12연대는 왜관 낙정리 일대에서 적 2개 대대를 저지하고 다부동 전투의 첫 교전을 승리로 장식하였다. 북한군은 3사단, 5사단, 제105전차 사단까지 동원하여 계속 남하하면서, 대구를 점령할 목표로 제105전차 사단으로 증강된 보병 3

개 사단 병력 2만 1천여 명을 왜관 다부동 일대에 투입하여 맹렬한 공격을 가해 왔다.

대구 시내 중심가에 포탄이 떨어지고 영천이 함락되는 등 전황이 극도로 불리했다. 이에 정부를 비롯한 미8군 사령부까지 부산으로 이동하고, 마지막으로 경찰도 철수하라는 명령이 하달된 것이다.

이렇게 전황이 불리한 때 다부동 낙정리 일대의 전투를 승리로 장식한 반면, 11연대는 해평에서 주둔하여 적의 남하를 저지하고 있었고, 15연대는 3차례 교전 끝에 북한군의 낙동강 도하를 저지하였으나 끝내 실패하여 369고지를 피탈당하자, 첫승리를 장식하였던 12연대가 투입되면서 369고지를 탈환하였다(유학산 전투).

북한은 대구만 점령하면 부산까지 단숨에 점령할 수 있다고 생각하고, 13일 전열을 정비하여 대규모 공세를 시작하였다. 국군 1사단은 주 저항선인 328고지에서 백병전을 치렀고, 유학산 고지에 3개 연대를 배치하여 필사의 방어전을 전개하였다.

한편, 북괴는 837고지에서 674고지를 평행으로 하여 진목정까지 진격하여 다부동을 위협하였으며, 한때는 자칫 주 저항선이 무너질 위기에 처했으나 아군은 적 3개 사단의 공격을 백병전으로 저지하는 동안, 미 제8군 사령부는 다부동 일대에 적의 주력 부대가 집중된 것을 인지하고, 왜관 북서쪽 낙동강변에 그 유명한 B29 폭격기로 적진지를 융단 폭격을 감행하였는데, 개전 후 최초로 한미 연합 작전을 전개하여 대구를 점령하려던 북한군을 격멸시켜 버렸다.

8월 30일부터 9월 24일간 낙동강 방어선이 붕괴와 반격으로 밀리고 밀리는 접전이 벌어지고 있었다. 이때 미군 제1기병 사단이 174고지에서 180고지 일대를 방어 진지를 구축하고 있던 중, 대구 북쪽 12km 지점의 315고지가 적 1개 대대에 의하여 점령당하자, 미군 제7기병 연대가 이 고지를 탈환하여 피탈 직전의 대구 위기를 극복하였다.

이것을 계기로 연합군은 9월 16일 모든 전선에서 총반격을 개시하였으나 적의 완강한 저항으로 미군 제1기병 사단이 왜관—가산성에 대한 반격이 지연되었다. 이에 국군 1사단이 중구동으로 우회 기동하여 적을 배후에서 포위하여 분산시킨 후, 그 여세를 몰아 천생산과 군위를 탈환함으로써 다부동 전투를 승리로 이끌었고, 이로써 북진의 계기를 마련한 것이다.

인천상륙작전의 성공과 더불어 북한군에게 피탈된 지 90일 만인 9월 28일 수도 서울이 수복되었으며, 낙동강 전선에서 퇴로가 차단된 북한군이 산악 지대를 이용하여 총퇴각하였는데, 그 중 일부가 지리산으로 숨어들게 되면서 공비가 된 것이다.

한편, 전라도를 점령하고 서부 경남으로 진출한 북한군은 경남 고성 진동리에서 우리 해병대에게 부산 진격을 저지당했다.

최후의 방어선인 낙동강 전선에서 국군과 유엔군이 사활을 건 대공방전을 전개하고 있을 때, 우회로 부산을 점령하려던 북한군을 함양·진주 지구 전투에서 북한군 1개 대대를 격멸시킨 한국 해병대(부대장 김성은)가 50년 8월 3일 진동리 서방 고지에서 북한군 6사단의 정찰대를 기습 공격하여 궤멸시킴으로써 창군 이래 최대의 전공을 세워 전 부대장병이 1계급 특진의 포상 영예를 획득하였다.

8월 7일부터 미 육군 25사단을 주축으로 편성된 킨(KE AN) 특수 임무 부대(특공 정찰과 테러 부대)가 진주 고개로 진격할 대규모 공세를 전개하는 동안, 국군 해병대는 진동리와 마산 간 보급로를 확보하고 야반산·수리봉·서북산 일대의 적을 완전 격퇴시킨 후, 함안에서 우회하여 오봉산 필봉의 적을 섬멸하는 등 진동리 지구 방어에 용전 분투했다. 그 결과, 대구 지역의 낙동강 전선이 불리함을 전해들은 적 6사단의 최후 발악적인 공세마저 분쇄하였다. 또한 오도가도 못한 북한군의 필사적인 저항에도 불구하고 전략적 요충지인 마산과 진해를 수비, 낙동강 방어선을 더욱 튼튼히 구축해 놓았다.

이리하여 연합군의 총공세로 지리멸멸하던 북한군이 진주와 함양 쪽으로 도주 중 퇴로가 차단되면서 산청군 오부면 공비 아지트로 합류하게 되어, 그 세력이 지리산 공화국이 되면서 비극의 씨앗이 잉태되었다. 다시 말해 이들 패잔병은 지리산에서 고립, 공비가 됐다. 이들을 뒷날 남부군(빨치산)이라 칭했다.

좌파니 우파니 하는 용어는 1729년 프랑스 국민의회 의장석에서 볼 때 왼쪽은 급진파(자코뱅당), 중앙은 중간파, 오른쪽은 온건파(지롱드당)가 의석을 잡은 데서 유래되었다고 한다.

그 후 제1차 세계 대전 중 형성된 사회민주당 내의 급진파에 대해서도 사용되었다. 우리 나라는 해방 이후 이념 논쟁이 격화되었고, 한국전쟁이 벌어져 통비자를 좌익으로 구분하였으며, 특히 공산주의자를 지칭하는 용어로 좌익이라고 하였다.

우리 나라에 좌익과 우익이 등장하게 된 동기는 광복 이후 1950년대까지 한국 민족의 줄기찬 항일 독립 투쟁의 역사에도 불구하고, 직접적 계기는 1943년 '카이로 선언'을 통해 한국의 독립을 공약했던 연합군의 승리에 따라 일제가 붕괴된 데 있다.

외세에 의한 광복은 일제로부터의 해방이라는 긍정적 의미와 동시에, 국토 분단과 외세 개입에 의한 종속화라는 부정적 의미를 함께 내포하고 있다. 이러한 성격을 지녔던 우리의 광복은 곧이어 1945년 말 모스크바 삼상회의에서 전개되었다.

그 뒤 여러 가지 우여곡절 끝에 1948년 남한만의 단독 선거로 대한민국 정부가 수립됨으로써 국토 분단이라는 새로운 비극을 낳았다. 이러한 와중에서 송진우(宋鎭禹) · 장덕수(張德秀) · 여운형 · 김구 등이 암살당하고, 제주 4 · 3폭동과 여순반란사건 및 지리산 공비 토벌 등이 발생하여 사회를 더욱 혼란시켰다.

더욱이 일제의 잔존 세력이 온존하여 6 · 25 이후 50년대 전후 복구를 위한 미국의 무상 원조와 결탁함으로써 막대한 부정을 저질러 사회를 극도로 부패시켰다. 미군정하에서는 정치적 자유가 보장됨으로써 민족주의 정당, 혁신당 · 공산당 등 각종 성격을 띤 정치 세력들이 우후죽순처럼 등장하였다.

이때 중국에서 대한민국 임시정부와 동시에 이승만이 돌아왔는데, 이들은 미·소 양대 세력을 업고 공산주의 운동 아니면 반공산주의 운동을 전개하였다. 이를 반영하여 모든 사회 단체들도 적색계의 조선노동조합 전국평의회(전평)와 민족계의 대한독립촉성노동연맹(대한노총)처럼 공산주의 단체 아니면 반공 단체로 분열, 조직되었다.

한국전쟁 기간이 끝난 뒤 이승만 정권이 들어선 뒤에도 전쟁 기간 중 가족들은 연좌제에 묶여 사형이나 무기수로 분류, 사회와 단절시켜 버렸다. 선량한 국민을 목 조일 수 있는 수단이 바로 반공을 국시의 제일로 삼았다는 점이다. 그로 인하여 박정희정권까지 권력 수단으로 수많은 법이 만들어져 이적 단체 올가미를 씌워 암흑정치가 계속되었던 것이다.

빨치산이 되었던 사람들의 증언들에 의하면, 특권층인 소수 계급의 인간들 때문에 다수의 빈민층이 학대받는 것은 불합리하다는 단순한 생각으로 공산주의 이론에 빠져들었다고 하였다. 그들은 게릴라전과 인민 재판 등을 하면서 일부는 혹독한 살인과 방화 약탈을 해 보았지만, 맹목적인 충성으로 얻은 것은 상투적인 계급 이론의 허구성과 획일적 사고 방식이었으므로 회의를 느끼게 되었다고 했다.

그들 일부 지식층은 형장에서 사라지기 전 최후 진술에서 만약 자신에게 다시 삶이 주어진다면,

"새로 발견된 인간성에 대한 애착을 지닌 삶을 살겠다."

라고 하였지만, 그러한 삶이 주어지지 못하였다.

관념적인 이념의 허구성보다 더 고귀한 것은 가족 사랑과 인간

애라는 것이다. 대다수는 가족을 보호하려다 사랑하는 가족을 두고 먼저 총탄에 사라져 갔다. 또한 가족에게 연좌제라는 굴레를 씌우고 떠난 것이다.

5·16군사정부 시대는 반공을 국시의 제일로 삼아 이를 국가 최우선 정책으로 앞세우고, 진보 성향을 가진 정치인들을 좌익으로 몰아 정치 활동을 제한하기도 하였다.

그래서 한국은 우익만 있고 좌익이 있을 수가 없는 반쪽 날개의 정치를 하였다고 혹자는 말했다. 당시의 지리산 끝자락에 살고 있던 선량한 민초들은 뜻도 모르는 용어에 어리둥절했을 뿐이었다.

역사의 재조명

3대대 병력이 신원을 떠난 2월 7일부터 거창 학살 사건을 일으킨 2월 10일까지의 행적에 대해 역사는 침묵만 하고 있다.

3대대 병력이 '2월 8일 산청에 갔다'라고 표시돼 있는 2월 8일에 이 엄청난 학살이 일어난 것을 대한민국 국민 또는 역사학자들조차 까맣게 모르고 있었다. 단지 참상을 겪은 당사자들 외에는 말이다. 필자가 만난 가해자들은 그때에 저질러졌던 엄청난 사건을 가슴 속 깊이 묻어두고 빗장을 걸어 행여 열릴까 봐 못질을 해 버렸다고 하였다.

아직도 한국전쟁 기간 중 민간인 학살의 실태가 정확하게 밝혀지지 않고 있다. 지금이라도 피해자와 가해자가 모여서 밝혀야 할 것이다. 더 이상 하늘에 묻는 짓은 이젠 그만두어야 한다.

이 땅에는 50여 년 전 빨갱이를 소탕한다는 미명 아래 수많은 이웃들이 이름 모를 야산 골짝으로 도살하려는 소처럼 끌려 가 총살당하여 쓰레기 파묻히듯 한 구덩이에 매장당하였다. 다른 한편으로는 바다로 끌려가 수장당했어도 말 못 하는 농아인처럼 한

결같은 침묵으로 일관하고 살아왔다. 재판도 없이, 죄목도 가해자가 정한 대로 현장에서 종결짓고 처형당하였다. 그렇게 당한 가족은 살이 떨리고 뜨거운 피가 역류하였으리라.

항간에서는 "해묵은 사건을 들추어내서 무엇하겠는가?"라는 비판도 있다. 그러나 폭력적인 살상, 끔찍한 원한과 복수로 얼룩진 지난날에 이 땅에서 저질러졌던 사건의 진상을 국민 모두가 알고, 자라는 후세들에게 그러한 비극이 다시는 이 땅에서 일어나지 않도록 교육하자는 것이다.

요즘 젊은 세대들은 기성 세대의 잘못을 지적하고 있다. 이 땅의 모든 잘못은 이 땅에 사는 우리 모두의 잘못일 수 있다. 추한 역사를 들춰내고 있느냐는 질책도 있지만, 그것은 당하지 않은 자의 무책임한 발언일 수도 있다.

광주 민주화 항쟁에 대한 국회 증언 때, 임신한 딸이 금수 같은 계엄군 총검에 배를 찔리자 뱃속에서 태아가 죽지 않으려고 발버둥치는 것을 목격한 친정어머니의 증언을 들었을 것이다.

"더도 말고 덜도 말고 가해자도 나 같은 꼴을 당하여 보거라!"

하고 국회의사당에서 울부짖던 피해자 어머니를 TV화면으로 우리는 지켜보았다.

광주 항쟁 당시 가해자 가족들도 그렇게 참혹하게 당해 보란 뜻이다. 모체가 죽어갈 때 뱃속에서 살아 있던 아기의 몸부림을 생각하면 필자의 등에 식은땀이 흐른다.

50여 년 전, 이 땅에 사는 힘없는 양민들에겐 그 장면보다 더 끔찍한 사건이 있었다. 북에서는 변절자로 버림받고, 남에서는 '빨갱이'라고 저주받았던 무고한 민간인들에게 이 땅에 살고 있는 누군가는 가해자였고, 그것을 보고도 모른 체, 나하고는 상관없다

입 다물고 방관하였던 것이다. 다행히도 그때 저질러졌던 억울한 죽음에 대한 진상 조사가 이루어지고 있다.

이 한반도에 전쟁의 상흔이 존재하는 현장마다 억울하게 죽어간 민간인 희생자들을 조사할 수 있는 '통합 특별법'이 제정되어야 한다고 이제서야 각 언론에 보도되고 있다.

올해로 한국전쟁이 일어난 지도 53여 년이 지났지만, 전쟁의 상흔이 치유되기는커녕 고통의 나날 속에 가슴앓이를 하고 있는 유족들의 한을 더 이상 방치할 수 없는 노릇이다. 지금 우리 주변에서 전쟁 때 희생당한 사건과 이를 뒷받침할 수 있는 구체적 증거들이 속속 발견되고 있다. 이런 상황에서 유야 무야 그냥 넘어갈 수는 없다. 군경의 사기에 악영향을 줄 수 있다는 변명과, 자료가 불충분하다는 핑계들을 대가며 소극적인 자세만을 취하는 것을 더는 보아줄 수 없다는 것이다.

모든 일은 과거사라고 자연 치유를 기다리는 '고 자세'는 지양하여야 한다. 역사의 정확한 재정립이 필요하며, 과거의 잘못을 반성하고 그것을 교훈삼아 다시는 그와 같은 참담한 역사를 만들지 말아할 것이다.

따라서 특별법 제정이야말로 유족들의 맺힌 한을 풀어주고 국민 대통합을 실현시키는 지름길이다. 특별법의 목적은 진상 조사와 희생자들의 명예 회복에 있는 동시에, 법의 적용 대상은 좌익·우익을 망라해 한국전을 전후하여 학살 또는 희생된 모든 민간인이 되어야 할 것이다.

또한 억울한 죽음을 규명하기 위한 진상조사위원회에 조사권을 부여해야만 정확한 조사가 이루어질 것이다. 그것은 학살 사건에 연루된 군경을 조사 대상으로 삼기 때문이다. 정확한 진상 규명이 돼야 명예 회복이 뒤따를 것이고, 특별법 내용도 충실해질 수 있을 것이기 때문이다.

50여 년이 훌쩍 지나 버린 한국전쟁, 우리는 그 동안 무엇을 하고 있었나? 그 동안 전쟁으로 폐허가 된 삶의 터전을 복구하려고……? 아니다!

옛 격언에 '미래에 대비하려면 과거를 잊지 말라'라는 문구가 있다. 바꾸어 생각하면 과거를 기억하지 않는 자에겐 미래도 없다는 뜻으로 해석된다. 우리가 과거를 잊지 않으려고 노력하는 것은 과거의 실수를 다시 반복하지 않기 위함인 것이다.

필자는 우리가 과거를 기억하고 자신의 잘못을 되새김으로써 똑같은 실수를 미연에 방지할 뿐만 아니라, 더 발전할 수 있을 것이라고 생각한다. 어쩌면 현시점에서 불과 50여 년 전의 역사적 사건에 대하여 정의를 내린다는 것은 큰 실수일 수도 있다. 하지만 그렇다고 해서 역사적 사건 자체를 망각해서는 안 될 것이다. 왜냐 하면 이 땅에 지난날의 비극이 또다시 되풀이된다면 한민족의 미래는 그 누구도 장담할 수 없기 때문이다.

우리는 과연 후세에게 무엇을 남겨줄 것인가? 풍부한 천연 자원? 한때는 아름다웠던, 하지만 지금은 무분별한 개발과 남용으로 썩어가는 금수강산? 우리가 후세에게 떳떳하게 남겨줄 수 있는 것은 과연 무엇일까? 그리고 또 얼마나 될까? 우리는 단 한 번도 정의(正義)를 바로세우지 못해 본 사회, 단 한 번도 민족에게 저질러졌던 역사의 범죄자를 단죄해 보지 못한 국가에서 부모가 자식에게 정의를 가르치기를 바라는 것은 허황된 욕심일 뿐이다.

필자는 감히 말하고 싶다.

"민족의 고난을 슬기롭게 극복한 우리 민족의 자랑스러운 역사를 후세에게 남기기 위해 모든 잘못을 알고 있으면서도 침묵으로 일관하려는 것은, 어쩌면 우리 모두가 기회주의자일 뿐이다."

역사에 대한 객관적인 기록과 올바른 가치관이야말로 후세에 대한 가장 위대한 유산이 아닐까. 그리고 오늘날의 풍요를 누리고 있는 우리가 해야 할, 이 땅에 살고 있는 사람들의 자유와 평화를 위하여 피흘린 순국 선열(殉國先烈)의 고귀한 희생에 대한 최소한의 보답이 아닐까.

한국전쟁 때 부상당해 지금껏 병상에서 고생하는 환자를 만난 적이 있다. 차라리 죽었으면 가족들이나 편히 살 수 있지 않겠느냐고 필자에게 그 동안의 고통을 털어놓았다. 선거 때나 호국의 달이나 한 번씩 얼굴을 내미는 정치인들이 죽이고 싶도록 밉다는 것이다. 그들이 오면 무슨 소용이 있는가?

이제 죽을 날도 얼마 남지 않았다는 것이다. 지금 한국전에 참전한 용사들은 칠순이 넘어 팔순 중반이며, 그 위로는 가슴에 한을 안고 조국을 원망하다가 이미 이승을 떠난 사람들이라는 것이다.

뚜렷한 보상도 이루어지고 있지 않은 것에 대한 불만이다. 한국전쟁 때 이 나라를 누가 지켰는가? 그들을 우리는 기억하고 있는가?

근간에 민주화 운동을 하다 죽었거나 행방불명된 자, 또는 부상을 당한 자에게 보상이 이루어지고 있다. 그들은 월남전에 파견된 전사자·부상병, 또는 고엽제 환자 등과도 그 보상 방법이 달라 형평성에 대하여 분개하고 있다.

지금의 정치 지도자들 중에는 데모나 하고 사회를 혼란하게 만든 자들이 정치 일선에 많이 포진되어 있다. 그 데모자, 아니 민주화 운동을 하였던 그들 덕택에 정권을 잡은 거나 다를 바 없다.

그래서 그들의 보상은 먼저 이루어지고 있다. 주지하다시피 민주주의는 첫째는 자유의 실현이요, 둘째는 평등의 보장이며, 셋째는 인도적 가치의 추구이다.

우리는 자유를 누리고 있다. 첫째의 자유는 실현을 했다. 둘째 평등의 보장이 이루어지고 있는가? 셋째 인도적 가치의 추구는……? 이 시대에 살고 있는 우리들은 패거리 집단인가? '내가 속해 있는 집단만 잘 되자'라는 식인가? 민주주의란 평등의 보장이 제일의 원칙이다.

자유·평등·박애의 세 가지 가치 체계는 인간의 개인적인 존엄성을 바탕으로 하여 궁극적으로는 공동체의 발전을 구현하는 데 중점을 두게 되어 있는 것이다.

민주주의는 현실적으로 완벽한 정치 체계도 아니고, 불변의 이데올로기도 아니다. 오히려 보다 중요한 사실은 각각의 사회에 어느 정도의 적법성을 가지는가의 문제일 뿐이다. 사실 우리 나라의 민주주의는 광복 후 정부 수립, 6·25전란(한국전쟁), 이승만 정권의 지배, 60년대와 72년의 유신 체제, 79년 박정희 사망까지 사실상 제도적인 면에서나 기능적 과정에서 극도로 약화되었던 일종의 국가주의적인 성격으로 탈바꿈되었다.

80년대 들어 군사정권의 연장선인 전두환 정권과 그 뒤로 이어진 노태우 정권까지, 민중이 다시 지배 세력에게 숨죽이고 살아온 것 때문에 민주주의 제도는 더욱 위축되고 말았다.

이렇게 40여 년 동안 제대로 피워보지 못한 민주주의가 문민 정부를 거쳐 국민의 정부에서 꽃을 피워 보려 하니, 그 동안 숨죽였던 소외 계층의 목소리가 커지고, 80년대 광주 항쟁 등에서 민주

주의를 위해 목숨을 잃고, 또한 부상당한 투사의 가족들 목소리가
커지고 있어, 정부에서 일괄 보상 지급이라는 법을 만들어 시행하
고 있다.

참으로 잘된 일이지만 방법이 틀렸다. 왜냐 하면 한국전쟁 중에
학살당한 민간인들, 피해자, 전쟁 상이자, 전몰 유가족, 월남전 참
전 용사, 전몰 유가족 및 상이자, 고엽제 환자, 1968년부터 휴전
선 고엽제 살포 피해 환자 등은 적게는 55세 이상 고령자들이다.
이들이 살면 몇 십 년을 살겠는가! 이들의 보상이 먼저 이루어지
고 난 다음, 70년대 후반부터 이루어진 민주화 운동 유가족 및 부
상 당사자들의 보상이 이루어져야 한다고 본다.

고엽제 환자들은 환자로 판명이 나도 유공자 대접을 받지 못하
고 있다. 그들은 남의 나라 전쟁에 불려가서 목숨을 걸고 전쟁을

하였다. 그 대가로 받은 전투 수당을 정부에서 90퍼센트 이상을 착취하여 경제 발전에 써 버렸다. 박정희는 경제가 발전되면 되돌려 주려고 하였지만, 박정희가 죽은 뒤 유야무야되어 버린 것이다. 그 당시 대기업 과장 월급 정도의 수당을 받았지만 정부에서 착취한 것이다.

그들은 국가와 민족을 위해 고귀한 목숨과 뜨거운 피를 흘려서 받은 생명 수당을 착취당하였다. 따지고 보면 열사의 땅에서 싸운 젊은이들이 경제 발전을 이룩한 장본인들인데, 그 열매를 엉뚱한 곳에서 따먹은 것이다. 그들의 보상이 먼저 이루어져야 한다.

한국전쟁 때 억울하게 죽은 가족, 빨갱이로 몰려 죽은 가족, 병상에서 오늘도 차라리 죽기를 원하는 전상 용사들, 그들의 명예 회복과 충분한 금전적 보상이 먼저 이루어져야 한다.

그들은 병들고 힘든 삶이지만, 이제라도 민족의 도움으로 남은 여생을 보람되게 살 수 있도록 최우선으로 보상을 베풀어야 한다. 특별법이란 이런 때 제정되어야 하는 게 아닌가!

그들은 30년에서 40년 이상 병고에 시달리고 있다. 고엽제 환자들로 판명나서 모두 국가 유공자로 추대되어야 할 사람들이다. 또한 고엽제 이외 다른 질병도 포함하여 보훈병원에서 치료를 받을 수 있게 해 주어야 한다. 그 이유는 당뇨·고혈압·심혈성 심장병 등 모든 고엽제 병은 다른 병을 유발할 수 있기 때문이다. 자동차 엔진 한 곳이 고장이 나면 차량 전체에 무리가 오지 않는다.

국조 단군은 홍익인간(弘益人間) 이념으로 나라를 세웠다고 기록되어 있다. 국조신화(國祖神話)에 기록된 홍익인간을 해석하면 '널리 인간을 이롭게 하라'는 의미로 직역되지만, 흔히는 인본주의─인간 존중─복지─민주주의─사랑─박애─봉사─공동체 정신─

인류애, 즉 인류 사회가 염원하는 보편적인 정신과 맥을 잇는 것이다.

왜 우리는 배달의 자손인가? 이런 질문은 곧 우리의 정체성(正體性)을 묻고 있다. 정체성은 본바탕을 말한다. 그러므로 한국인의 본바탕이 무엇이냐고 묻는 말과 같다. 여기서 본바탕이란 뿌리로서, 주로 한국인의 정신적 근본과 기준이 무엇인가를 묻는 말인 것이다. 말하자면 정신적 현주소가 아니라, 정신적 뿌리를 묻는 것이 정체성이다.

너도 배달의 자손이고 나도 한민족의 배달인이라고 할 때 나와 너 사이의 공통점은 곧 한민족 배달의 자손이라는 것이다. 너와 내가 한민족이므로, 너하고 나는 곧 우리가 되는 셈이다.

정신적 근본이 서로 같으며, 서로 같은 기준이라는 공감대 안에서 사는 곳을 일러 고향이니 조국이니 같은 민족이니 하면서, 너와 나는 우리가 되어 공동 운명체로서 이 땅에서 살아간다. 이 땅은 한국으로서 우리의 나라이며, 우리는 서로 동거 동락(同居同樂)하면서 후손까지 연결해 가는 한민족 간의 고리라 할 수 있다.

너와 나는 같은 집단인데, 누구는 잘 되고 누구는 정당한 대접을 못 받아서는 안 될 것이다. 보상은 선후가 있는 것이기에 필자는 우리의 한민족의 근본을 이야기한 것이다. 같은 한민족 배달의 자손인데, 어느 피는 한쪽에서 편안히 순환하며, 한쪽에서는 추위와 원한과 괴로운 병상에서 떨어야 하는가.

요즘 젊은 사람들의 전쟁 감각도 순진하다고 한다. 전쟁이 얼마나 처절하고 참담한 줄 모르고 있다. 입시 전쟁, 귀성 전쟁, 폭력배와의 전쟁, 매춘 전쟁 등 전쟁이 너무 많아서일까. 이런 전쟁을 하도 많이 하여서 전혀 실감이 안 나는 모양이다. 혹 젊은이들은 전쟁이 결판나고, 숨을 쉬지 못하고, 육체에서 영혼이 사라지고, 피터지는 장면을 직접 목격하지 않아서일까? 사람 죽일 일도 아니고, 경험을 못 해 봤으니 그럴 수도 있겠지만 말이다.

전쟁은 장난이 아니다. 죽이지 않으면 죽어야 하는 것이 바로 전쟁이다. 요즘 젊은 세대들의 의식을 보면, 전쟁 공포증에 시달리면서 피아간 죽이고 죽는 현상에서 전쟁을 한 기성 세대와는 달리 컴퓨터에서 게임하듯이, 무슨 공상 소설이 아닌가 하는 정도로 간과해 버리는 의식이 문제이다.

분단과 통일 문제를 어떻게 볼 것인가?

통일이란 남북이 미래의 민족 생존과 번영을 위한 청사진을 함께 만들고, 서로의 차이가 공존할 수 있는 문화를 탄생시키는 작업이다. '우리는 하나!'라고 느끼게 될 때 비로소 우리는 진정한 통일을 이루었다고 할 수 있다.

오늘날 우리에게 통일은 무엇을 의미하는 것인가? 통일은 남북의 주민이 공존할 수 있는 새로운 민족 공동체를 만들어 가는 과정이다. 통일이란 남북이 대립된 정치적·경제적 제도를 하나로 만들고, 서로가 공존할 수 있는 문화를 탄생시키는 작업이다. 그런 과정을 거쳐 남북한 주민이 서로를 인정하며, 심리적으로 '우리는 하나'라고 느끼게 될 때, 비로소 우리는 진정한 통일을 이룬 것이다.

과정으로서의 분단과 통일

매우 복합적 성격을 지닌 우리의 분단 과정을 다음 세 관점에서 조망해 볼 수 있다.

첫째, 1945년 8월 15일 북위 38도선을 중심으로 미군과 소련군이 각각 분할 점령함으로써 '국토 분단'이 진행되었다.

둘째, 1948년 8월 15일 대한민국 정부 수립과 9월 9일 '조선민주주의인민공화국' 정부 수립으로 '체제의 분단'이 진행되었다.

셋째, 6·25전쟁의 비극을 치르면서 '심리적 분단'이 가중되었다.

이렇게 중첩된 분단 과정 속에서 분단은 제도화되었고, 남과 북은 '남 아닌 남'으로 적대와 경쟁 관계 속에서 분단 반 세기를 살아왔다.

이런 맥락에서 볼 때, 통일은 우리 민족의 현실을 구속하고 있는 이러한 분단 구조를 해체해 나가는 과정을 의미한다.

통일을 이해하는 기본 관념

그러면 우리는 어떤 통일을 지향해야 하는 것인가?

첫째, 우리의 통일은 창조적이고 새로운 통일이 되어야 한다. 우리의 통일은 두 개의 이상을 가진 국가 사회가 단순히 하나로 되는 통합(Integration)이나 통일(Unification)의 성격을 가지는 것이 아니다.

혹자는 우리의 통일을 분단된 조국과 민족의 재통일이라는 의미에서 재통일(Reunification)이라고 규정 짓는다. 여기서 재통일은 복고적인 '분단 이전으로의 원상 회복'을 뜻할 수 있다.

그러나 우리가 지향하는 통일은 서로 다른 체제가 공존한다는 현실을 인정한 위에서 민족 성원의 삶의 질을 높여 나간다는 미래 지향적이고 창조적 과정으로서의 새로운 통일(New Unification)이 되어야 할 것이다.

둘째, 우리의 통일은 과정적 통일이 되어야 한다. 어떤 사람들은 통일을 좁게 해석하여 정치 통합만 이루어지면 통일이 되는 것이라고 주장한다. 그러나 통일은 그보다 훨씬 넓은 개념으로, 민족 구성원이 하나의 삶의 공간 속에 살게 되는 것을 의미하는 것이다. 생활 공간의 통합, 경제 체제의 통합, 문화 통합·의식 통합·정치 통합 등이 모두 이루어진 상태를 통일로 보아야 할 것이다.

셋째, 우리의 통일은 남과 북이 함께 사는 통일이 되어야 한다. 그동안 냉전적 국제 질서하에서 남과 북은 서로 '이기는 통일'을 강력히 주장해 왔다. '이기는 통일'은 통일을 우리의 뜻대로 이룬다는 점에서는 바람직하지만, 그 과정에서 많은 사람이 다치고 손해를 입게 될 가능성이 크다. 통일은 궁극적으로 우리 나라와 우리 민족을 살리기 위하여 추구하는 것인데, 그렇지 못한 통일이라면 받아들이기 어려운 것이다.

이런 의미에서 어느 한쪽에 의한 흡수 통일이나 무력 통일은 바람직하지 않다. 이제 세계는 탈냉전의 새로운 질서 속에서 화해와 협력이라는 새로운 패러다임을 구축해 가고 있다. 이러한 세계사의 흐름에 발맞추어 우리의 통일도 '함께 사는 통일'이 되어야 한다.

현재 남북한에 살고 있는 민족 구성원 어느 누구도 희생되지 않고, 나아가 더욱 행복해질 수 있는 통일이 되어야 한다. 요컨대 통일은 21세기 한민족의 발전 전략 차원에 의한 남과 북이 서로의 '차이점'을 인정하면서 궁극적으로 공통점을 찾아가는 창조적 과정이 되어야 한다.

우리는 왜 통일을 이루어야 하나?

통일은 19세기 이후 우리 민족이 걸어온 굴곡과 좌절의 역사를 청산하고 민족 발전의 새로운 전기를 마련하는 것을 의미한다. 우리는 새로운 세계사의 전환기를 맞이하여 그 동안의 소모적 경쟁과 대립을 중단하고, 민족의 잠재력을 극대화시킬 수 있는 공존 공영과 통일에의 길을 모색해 나가야 할 것이다. 빠르게 변화하는 '속도의 시대'에 발맞추어 세계사의 흐름에 능동적으로 동참하기 위해서도 통일은 절실한 과제이다.

자유민주주의와 민족 변영의 실현

통일의 당위성에 대한 우리 사회의 주장을 다음 몇 가지로 정리할 수 있다.

첫째, 전쟁의 공포를 제거하기 위해 통일을 성취해야 한다. 우리 민족은 6·25전쟁 당시 엄청난 인명 피해와 재산손실을 경험했다. 분단 상태하에서는 전쟁 재발의 위험이 완전히 해소되기 어렵고, 또다시 이 땅에서 전쟁이 발발한다면 그것은 우리 민족에게 돌이킬 수 없는 참화를 안겨주게 될 것이다.

둘째, 민주주의 발전과 동북아 평화를 위해서도 통일은 매우 중요하다. 분단 상황하에서 민주화는 기본적으로 제한될 소지가 있다. 따라서 통일이 된다면 민주주의에 대한 구조적 제약 요건이 제거되기 때문에 민주화가 신장될 것이고, 민족 구성원 모두가 자유와 민주주의의 가치를 향유할 수 있게 될 것이다.

또한 한반도의 통일은 동북 아시아 평화를 위해서도 필수적 조건이 되고 있다. 한반도에 평화가 정착되지 않고, 분단이라는 불안정한 구조가 해소되지 않고는 동북 아시아에서 평화와 협력의 새로운 질서가 구축되는 것은 불가능하기 때문이다.

셋째, 경제 발전과 민족 번영을 위해서 통일을 이룩해야 한다. 남한은 자본과 기술, 그리고 북한은 자원과 노동력 면에서 상대적으로 각각 장점을 갖고 있다. 통일이 되면 남북 경제의 강약점이 서로 보완되면서 더 큰 발전을 이룰 수 있다.

또한 과도한 경쟁에서 생기는 불필요한 민족 역량의 소모를 방지함으로써 막대한 군사비와 국제 사회에서의 치열한 외교 경쟁에 낭비하고 있는 수많은 자원을 민족 번영을 위해 활용할 수 있다.

이제는 새로운 세계사의 전환기를 맞이하여 그 동안의 소모적 경쟁과 대립을 중단하고, 민족의 잠재력을 극대화시킬 수 있는 공존 공영과 통일에의 길을 모색해 나가야 할 것이다.

넷째, 1천만 이산 가족의 고통을 해소하기 위해 통일이 반드시 이루어져야 한다. 분단으로 인해 가족끼리 헤어져서 만나지 못하는 것은 물론이고, 생사조차 확인하지 못하는 것은 민족적 비극이자 수치라고 할 수 있다.

동서독의 경우 분단하에서도 이산 가족의 만남과 이주가 이루어졌었고, 중국·대만의 경우에도 이산 가족의 만남이 이루어지고 있는 현실이다. 인권은 인류 사회의 보편적·중추적 가치이며, 따라서 가장 기본인 인도적 문제라고 할 수 있는 이산 가족 문제는 반드시 해결되어야 할 과제이다.

다섯째, 점차 심화되는 민족적 이질화를 억제하고, 동질성을 회복·유지하기 위해서 통일은 시급한 과제가 되고 있다. 반세기에 걸친 분단 결과, 남북한은 이념·정치·경제·사회·문화 등 각 분야에서 매우 이질화되어 있고, 이러한 경향은 시간이 경과됨에 따라 더욱 심화되고 있다.

따라서 분단 체제가 장기화될 경우 남북한이 같은 민족으로서 동질성을 상실하고 더욱 더 이질화될 가능성이 농후해진다. 분단 상황이 동질성을 파괴하는 것을 더 이상 방치할 수 없으며, 이런 의미에서 통일은 시간과의 싸움이기도 하다.

이상의 내용들은 우리가 행복하게 살기 위한 기본 조건이라고 볼 수 있다. 그 점에서 분단으로 말미암은 비극과 부작용, 그리고 앞으로 닥칠지도 모를 고통과 민족적 불이익을 막기 위해 우리는 통일을 이루려고 노력하는 것이다.

북한은 더 이상 적이 아닌가?

이제는 성공적인(?) 남북 정상 회담으로 영도다리 난간을 잡고 목메이게 불러보던 떠꺼머리 총각이 호호백발되어 북한 대동강변에서 헤어졌던 금순이를 상봉할 날이 머지 않을 것 같은 현실로 시국은 변해가고 있다.

대다수의 우리 국민이 평화 통일을 꿈꾸고 있는 지금 이 순간에도 통한의 155마일 휴전선 철책선에서는 우리의 젊은이들이 완전 무장한 북한군과 총부리를 겨누며 대치하고 있다. 물론 남북 정상

회담 이후 상호 비방과 도발 행위는 현저히 감소하고 있는 것은 사실이다.

세계에서 단 한 곳밖에 없는 분단 국가, 그 상채기로 낳은 철책선에 무려 100만 명의 남과 북의 병사가 너와 나는 한민족이 아닌 적이라는 이상 현실 속에 주둔하고 있다.

"타인을 죽이는 행위를 막기 위해 생명을 바치지 않고 팔짱을 낀 채 보고만 있다면 그것은 바로 나 자신이 죄이다. 그러한 일이 벌어진 뒤에도 아직 내가 살아 있다는 것은 씻을 수 없는 죄가 되어 나를 뒤덮는다."

철학자 야스퍼스의 말처럼, 조국과 민족을 지키는 특수 신분인 군인으로서는 긴장을 한순간이라도 늦출 수 없는 분단의 현장이다. 이 한반도를 수십 번을 태우고도 남을 고성능 무기로 서로 심장부를 향해 겨누고 있으며, 여전히 한반도가 세계 제1의 화약고라는 사실에는 변화가 없다.

한순간의 잘못으로 죽이고 죽는 현장에는 가장 혈기왕성한 젊은 이들이 있다. 또한 전군 병력 60퍼센트 이상을 서울을 향해 전진 배치하고 있는 북한은 53년 휴전 이후 무려 42만 4천5백여 건의 정전 협정을 위반하는 행위를 자행하였다.

이것은 북한의 변함 없는 적화 통일을 위한 대남 전략과 대남 도발의 실상을 그대로 확인해 주는 명백한 증거이며, 한반도가 현재 휴전상태에 있다고는 하지만 남북한 간의 소규모 무력 전쟁은 끊임없이 계속되고 있다는 현실을 반영하는 것이다.

반 백 년의 세월이 지났건만 올해도 한반도 분단 현실은 아무런 변화도 없고, 불안정한 휴전 상태는 계속되고 있는 것이다.

더욱이 통일을 위한 변화의 주체가 되어야 할 북한보다도 정상

회담 이후 급변하는 우리의 모습 속에서 북보다 오히려 우리가 변화의 급류를 타고 있는 것이 아닌지 심각하게 걱정될 정도이다. 과연 한반도에서 전쟁 위협은 모두 제거되었는가? 북한은 더 이상 적이 아닌가?

그러나 분단 한반도의 현실이 이러함에도 불구하고 이미 우리는 많은 부분에서 변화하고 있다. 불과 몇 년 전만 하여도 상상조차 할 수 없었던 일들이 이제는 우리들의 일상생활에서 공공연하게 벌어지고 있는 것이다.

신문과 라디오에 등장하는 북한을 묘사한 광고나 말투는 더이상 새로운 것이 아니며, TV에서는 북한 영화가 상영되고, 거리에서는 북쪽 대중 가요가 불려지며, 학문의 요람인 대학교에서는 인공기가 심심찮게 휘날린다.

암울했던 군정 시절 같으면 이적 행위로 귀신도 모르게 잡혀가 피터지게 얻어맞고 물 고문, 전기 고문, 육체 마디마디가 절단 나거나, 사형 아니면 무기 징역이요, 설혹 풀려나더라도 '요 감시' 인물로 낙인 찍혀 시도 때도 없이 무지막지하게 매타작을 당했을 일이다.

필자의 유년 시절에는 '동무'란 말만 하여도 빨갱이라고 몰려 반병신이 되었던 시절이 있었다.

〈쉬리〉라는 영화에서는 테러리즘의 근원이며 공포와 증오의 대상이었던 북한이 〈판문점 공동경비구역 JSA〉라는 영화에서는 따뜻한 심장을 가진 보통 사람들의 세상으로 묘사되었다.

필자가 걱정되는 바는 이러한 시대적 흐름에 편승되어 우리들의 주적(主敵) 개념이 함께 희박해지고 있지 않은가 하는 점이다.

북한은 아직도 군사 무기를 증강하고 있다

지금 북한은 변화하였는가? 아니면 변화되어 가고 있는가?

남북 관계 개선을 추구하는 우리에게 이 문제만큼 중요한 것도 드물다. 북한은 개방이니 하는 말들에 거부감을 나타내고 있으며, 김정일 국방위원장도 그동안 '내게 변화를 바라지 말라'고 말해 왔다. 따라서 북의 변화는 우리 입장에서 주관적으로 판단할 수밖에 없다. 희망일 뿐이다.

북한의 평화 공존의 여부, 개방 개혁 여부, 그리고 체제의 완화 여부 등 세 가지 측면에서 검토하는 것이 바람직하다. 북한의 평화 공존의 핵심은 평화의 제도화, 군사적 긴장 완화, 남조선 적화 통일, 혁명의 포기 여하에 달려 있다.

평화의 제도화를 위해서는 〈6·15 공동 선언〉에 평화에 관한 조항이 반드시 포함되어야 함에도 불구하고, 북한의 부정적인 자세 때문에 누락되고 만 것이다. 남북 정상회담 이후 2000년 가을에 열린 남과 북의 국방장관 회담에서도 북한 측은 군사적 긴장 완화 조치에 소극적이고 모호한 태도로 일관하였다.

북한은 '4자 회담'을 통한 한반도에서의 항구적 평화 보장체제 마련에도 회피적 태도를 보여 왔으며, 정전 체제의 평화 체제 전환에 있어 북·미평화협정 체결 입장을 고수하고 있다.

당사자인 남한을 빼고서 미국과의 체결을 주장함은 그간의 북한 측 태도로 보아 제2차 남북정상회담이 서울에서 열린다 할지라도 정부가 바라는 '남북 불가침 선언'에 북한이 호응할지는 아직 미지수이다.

군사적 긴장 완화를 위해서는 군사 직통 전화 개설, 상호 훈련 참관, 부대 이동 사전 통보, 군 인사 교류와 같은 초보적인 군사

신뢰 구축 조치가 마련되어야 함에도 불구하고 북한은 이를 외면하여 왔다.

그들은 오히려 지난 2년간 장·방사포 등 재래식 공격 무기를 25퍼센트 증강했다고 하며, 전 병력을 60퍼센트 이상 휴전선 일대에 전진 배치시켜 놓았다. 2000년 여름에는 10년 이래 최대 규모의 군사 훈련을 휴전선 지역에서 실시한 것으로 알려졌다.

우리는 IMF로 수많은 기업이 도산하였고, 100만 명 가까이 실업자가 생겼으며, 서울역 지하철역 등에 전국 각지에서 파산한 사람들이 노숙자로 들끓고 있을 때, '대북 식량 지원'으로 60만 톤의 곡물 중에서 50만 톤은 차관(언제 받을지도 모름), 10만 톤은 무상으로 북측에 보냈다.

이것은 굶주린 북한 동포를 위하여 제공한 것이다. 무엇 때문에 그랬을까? 한번 되새겨볼 일이다.

다행히 아이러니컬하게도 군의 움직임에 반해, 남조선 혁명 전략과 관련해서는 대남 비난·비방 행위가 일단 줄어들었다. 그렇지만 여전히 '한국민족민주주의전선(민민전)' 방송을 통해 대남 교란 행위는 계속되고 있다.

평화 공존을 위해 북한은 어떻게 해야 하는가?

우리 대통령은 북한이 주한 미군 철수를 위한 국보법(보안법) 폐기, 연방제 실시 주장에 종래 입장에서 변화를 보이고 있다고 밝힌 바 있다. 다시 말해 그러한 주장을 포기했다는 말이다.

남북정상회담 이후 북한이 국보법 폐기 주장을 뒤로 하고 있는 것은 사실이나, 그것은 남한 내에서 국보법 개정 폐기 움직임이 자생적으로 나타나고 있기 때문에, 이를 관망하려는 입장에서 공식적인 주장을 중지하고 있다고 보아야 할 것이다.

그리고 주한 미군 철수와 연방제 실시 문제에 관해서는 정상 회담 이후에도 북한이 관영 매체를 통해 여러 차례 주장한 바 있다.

평화 공존을 위해서는 남북 기본 합의서 부활이 꼭 필요하다. 2001년 1월 4일 〈노동신문〉에는,

"우리는 기존 관념에 사로잡혀 지난 시기의 낡고 뒤떨어진 것을 붙잡고 앉아 있을 것이 아니라 대담하게 없애 버릴 것은 없애 버리고…… 모든 문제를 새로운 관점과 새로운 높이에서 보고 풀어나가야 한다."

라는 신(新)사고를 강조하는 김일성 국방위원장의 어록이 게재되었다고 한다.

북한은 지난해에 이어 올해에도 EU국가들과 수교를 하는 등 대외 관계개선에 주력하고 있다. 북한이 신사고를 강조하는 배경에는 낙후된 경제 회생을 위해서는 과학기술 발전이 필요하기 때문이다. 그 과학기술의 신장을 위해서 신사고를 역설한 것으로 보아야 할 것이다.

북한이 근자에 들어 정보·통신 기술 분야의 발전에 심혈을 기울이고 있는 것도 그와 같은 맥락에서 보아야 할 것이다.

북한이 진정으로 변화의 모습을 보여주려면 체제 및 정치 분야에서의 통제를 완화해야 한다. 절대군주 수령의 절대주의를 덜 강조하고 합리성을 추구해야 하며, 정치 분야에서는 다원주의화 요소를 도입해야 한다. 그러나 오늘의 북한 사회에서는 그러한 징후들이 전혀 보이지 않고 있으며, 오히려 강성 대국론과 선군 정치를 강조하고 있다.

남북정상회담 이후에도 제1의 적국은 북한

남북정상회담 이후 남북 관계는 외형상 대화·교류·협력을 통한 화해·협력 무드가 이어져 왔다. 그러나 북한의 외형적인 유화적 태도와는 달리, 실제적이고 본질적인 면에서는 남북한 관계 진전은 이룩되지 못했다.

그 주된 이유는 북한이 근본적으로 변화하지 않고 있는 데 있는 것이다. 현 단계에서 북한의 변화는 사회주의 체제 강화를 위한 전술적 변화이지, 체제 완화를 위한 전략적 변화는 아니다. 그렇다면 변하지 않는 북을 어떻게 할까?

사상과 이념이 다르고, 반 세기 동안 전제군주적인 절대 체제에서 살아온 북한 주민은 상위 지도자들이 이념적 사상 체계가 무너질까 두려워하고 있기 때문에 변화하지 못하고 있다.

지금 변화하고 있는 것은 북한이 아니라 바로 우리이다. 하지만 남북정상회담 이후 급변하는 대북 정책은 이미 북한을 우리의 주적에서 제외시켜 버렸다. 이러한 정책에 근거하여 더 이상 북한이 우리의 주적이 아니라면 과연 우리들의 주적은 과연 누구일까?

골수에 사무친 우리 선조 대대로 찍힌 원수인 일본? 중국? 러시아? 그렇지 않다면 우방이라고 자처하고 슈퍼 세계 경찰이라고 하는 미국? 아니다. 북의 백만 대군과 세계 몇 위로 꼽히는 살상 무기가 한반도 서울을 향하여, 아니 같은 민족인 단군의 자손인 우리를 향하여 겨누어져 있다는 현실을 직시하여야 한다.

위에서 열거한 국가들이 향후 미래에 대한민국의 적대 국가가 될 수도 있을 것이다. 흔히 문서상 외교 관계에 있어 '영원한 우방'이란 존재하지 않는 것이니 말이다.

하지만 지금 한반도의 지리적 특성과 동북 아시아의 외교적 역학 관계를 고려할 때 여전히 우리의 제1의 적국(敵國)은 바로 북한이다. 참으로 서글픈 역사와 동행하고 있다. 남북한 관계가 갑자기 호전되었다고 해서 적과 아군도 구분 못 하는 멍청한 짓은 이 정도 수준에서 멈추어야 할 것이다.

북한이 변화를 시도한다면 '위로부터의 개혁' 형식을 취해야 한다. 왜냐 하면 공산 독재 국가들의 특징에 따라 주민들을 철저히 통제하여, 아래로부터의 봉기 가능성을 원천적으로 봉쇄하고, 현 체제에 손상을 주지 않은 범위 내에서 변화를 시도해야 하기 때문이다.

또한 점진적 · 부분적인 개혁을 추진할 수도 있을 것이다. 아래로부터의 봉기 가능성을 열어줄 정치 개혁을 뒤로 미루어 두고, 경제 개혁만 부분적으로 추진할 수 있으며, 대남 혁명보다 체제 수호적 차원에서 대남 정책을 추구할 가능성도 크다.

주민의 조직 및 의식화가 결여되어 있기 때문에 '아래로부터의 개혁' 가능성이 희박하고, 위로부터 변화하지 않으면 북한의 변화는 그 물에 그 밥인 셈이다.

북한 주민들 스스로 '아래부터의 개혁'을 시도해야

지금 우리는 들떠 있다. 우리 대통령의 환영과 환송을 보고 가까운 시일 안에 통일이 될 줄 알고 말이다! 천만의 말씀이다. 북한은 아직까지 이념이나 체제, 그리고 전략면에서 달라진 것이 없다.

중국이 쳐들어올 것도 아니고, 러시아가 쳐들어올 것도 아닌데, 북한 주민 수십 만 명이 굶어죽어 가는데, 국방비는 줄이지 않고 있다.

북한은 손상되지 않은 범위 내에서 많은 변화가 시도되는 것이며, 암시장·자유시장 등을 통해 북한 주민들이 자본주의화를 보고, 아래로부터의 변화를 시작하고, 이러한 것들이 축적되어 장기적으로는 북한 체제의 변화를 이루기를 바라는 것이 우리들의 꿈이다.

그러나 현실은 냉정하다. 필자나, 아니 누구이든간에, 김정일을 비롯한 북측의 고위 간부라면 지금 이대로가 편할 것이다.

우리의 현실을 보라. 피칠갑을 해서라도 남의 목을 밟고서라도 고위직을 원하지 않는가! 벼람벽에 똥을 바를 때까지(노망이 들도록).

인간의 심리는 남이나 북이나 똑같은 것이다. 권력을 탐하는 무리들이 있는 한 평화 통일의 염원은 멀기만 하다. 즉, 우리 대통령이 김정일더러 물러가라, 내가 통일 대통령이 되겠다, 김정일이 우리 대통령을 보고, 내가 남한까지 통치하는 단일 지도자가 되어야 하겠다고 우긴다면…… 웃기는 얘기가 아닌가?

한국전쟁에서 중재도 없이 재판도 없이 온 산천 마을마다 총검 앞에 원통히도 목숨을 빼앗기고, 50여 년 세월을 지내온 양민들의 한을 이제는 밝혀내고 원상 복구하여 살려 놓으라고 통곡하는 이 땅에서는 숨 죽이며 살아왔던 힘없는 민초들의 피서린 사연들이 끝없는데!

피울음 삼키며 오래오래 눈시울 적시며 가리키는 골짜기마다 눈 못 감은 애꿎은 흰옷 입은 사람들, 남녘 땅 분단의 쓰라린 밤은 달빛 아래 잠들지 못하고 있는데, 우리는 그들의 소리를 들어야 한다. 시퍼런 하늘이 그때 그 얼굴로 내려다보고 있다.

휴전 성립 후 끝없는 어두운 터널, 살얼음판 같던 북과의 관계는 2000년 6월 13일 역사적인 김대중 대통령의 남북 정상회담이 이루어짐으로써 해빙의 무드를 탔다.

공항까지 직접 영접을 나온 김정일 국방위원장과의 정상회담도 순조롭게 이루어졌다.

그러나 아직은 성급한 감이 없지 않다.

동북 아시아 정세의 새로운 급류

하지만 평화 분위기가 고조되고 있는 한반도와는 달리 동북 아시아 정세는 새로운 급류를 타고 있다. 한동안 소원했던 러시아와 중국은 최근 미국의 NMD 계획에 대한 입장을 같이하면서 외교 관계를 다시 강화하고 있고, 세계 유일의 슈퍼 강국인 미국에 대한 공동 견제를 공공연하게 천명하고 나서고 있다.

일본 역시 최근 주일 미군에 의해 자행된 민간인 피해 사건으로 인하여 반미 감정이 매우 격화된 상태이고, 일본 정부 또한 이러한 반미 감정을 수습하는 데는 별로 관심이 없어 보인다. 북한은 이번 남북정상회담을 계기로 인하여 새로운 국제 외교 관계 수립에 적극적인 자세를 보이고 있으며, 러시아와 중국과의 새로운 협력을 준비하고 있는 것이다.

결과적으로 이번 남북정상회담은 남북 정상의 첫만남이라는 가시적인 성과를 거두고, 향후 발전적인 남북한 관계 개선의 기틀을 마련한 것이다.

그러나 중국 및 러시아와 같은 우방과의 긴밀한 외교 관계를 다시 회복하고, 국제 사회에 더욱 적극적인 진출을 모색한 북한과는 달리, 오히려 우리는 비록 우려할 정도는 아니라고 하지만, 내부적 국론의 분열과 함께 한미행정협정(SOFA) 문제로 인하여 가장 중요한 우방인 미국과의 관계가 소원해지는 등 적지 않은 손실을 입고 있다.

한미행정협정(SOFA), 어떻게 볼 것인가?

한반도 평화를 위하여 대한민국에 주둔하고 있는 주한 미군의 존재와 한미행정협정이 어째서 한반도 평화의 새로운 걸림돌이 되는지에 대하여 의문을 제기하는 사람도 있으리라 본다.

하지만 한반도 평화 정착에 지대한 공헌을 하고 있는 주한 미군의 역할을 충분히 감안한다 하더라도, 불평등한 한미 관계는 결국은 새로운 갈등의 씨앗이 될 것이며, 한반도 통일에 있어 그 어느 때보다도 중요시되는 한미간 긴밀한 공조 체제의 균열은 어떠한 형태로든 한반도 평화 통일의 저해 요소로 작용할 것이기 때문이다.

물론 주한 미군의 전면적인 철수를 요구하는 것은 절대 아니다. 일본에서 주한 미군 철수를 주장하지만, 우리는 미군이 주둔하지 않았다면 휴전 이후 전쟁을 몇 번을 치렀을 것이고, 지금의 경제 발전은 감히 생각도 못 했을 것이다. 그 많은 국방 예산은 어디서 충당할 것인가?

60년대에서 70년대 초반까지 우리는 북한보다 못살았고, 군의 병력 및 화력은 엄청난 열세였다. 미군이 주둔하고 있어 우리는 많은 혜택을 보고 있는 것은 사실이다. 북한이 꾀하는 한반도 적화 통일의 제일 큰 걸림돌이 바로 주한 미군이다.

그러나 우리는 전적으로 미군을 믿을 수가 없다. 주일 미군 병사에 의한 성추행 사건으로 달아오른 여론을 진정시키기 위해 미 대통령이 직접 나서서 성명을 발표하는 마당에, 그 동안 한국민들 사이에 누적되어 왔던 주한 미군에 대한 불만과 갈등에 대해서는 무성의한 모습을 보여주는 이중적인 미국의 모습 속에서, 과연 우리는 미국이 진정한 혈맹(血盟)으로 이루어져 있다는 그 신의를 믿을 수 있을 것인가?

물론 미국과 우리 나라의 수평적 외교 관계를 기대하기는 어렵다. 하지만 마치 식민지 주둔군과 같은 태도를 보이고 있는 주한 미군의 고압적인 자세에 급기야 유례 없이 대한민국 대통령이 직접 한미행정협정, 즉 SOFA(Syatus Of Agreement)의 문제점에 대하여 지적하고 나설 정도로 한미 관계는 새로운 국면에 접어들고 있다.

그러나 아직은 주한 미군 철수를 논할 단계는 아니라고 본다. 안타까운 현실이지만 아직은 주한 미군이 없는 한반도의 자주 국방은 상상도 할 수 없기 때문이다.

대다수 국민은 불과 3만 7,500여 명 수준인 주한 미군의 규모만 보고 미군의 철수를 역설하고 있다. 그러나 대북 정보 수집 중의 한 가지 예만 들더라도 미국은 한반도에 연간 약 10억 달러 이상의 예산을 쏟아붓고 있는 것이다. 이 점만 보아도 주한 미군의 존재는 단순한 주둔 병력 숫자 이상의 의미를 지니고 있는 것이다.

요컨대 인류의 종말을 달리고 있다는 종교계의 예언처럼 지구를 수백 번 파괴하고도 남을 미국의 핵우산 속에 우리는 보호를 받고 있는 것이다.

주한 미군 주둔의 문제

물론 이에 대한 반발 역시 만만치 않다. 주한 미군의 주둔은 한반도 통일의 가장 큰 저해 요소라는 것이다. 그러나 만약 한반도의 평화 통일을 위하여 주한 미군이 모두 철수하였다고 가정해 보자. 그렇다면 주한 미군 철수로 인하여 발생하게 될 막대한 국방비의 추가적인 부담은 과연 누가 질 것인가?

한반도가 지금 당장 통일이 된다고 하더라도 독립적인 자주 국방이 이루어지기 위해서는 상당 시간이 필요할 것이다. 그리고 이것은 통일 이후에도 일정 시간 동안의 주한 미군의 한반도 주둔을 의미하는 것이다.

더군다나 현재 대한민국의 재정 수준으로는 당장 통일이 된다 하더라도 북한까지 챙길 여유가 없다. 동서독 통일에서 보았듯이 통일 독일도 동독 때문에 한때는 혼란한 사회가 된 적도 있었기 때문이다.

우리는 IMF로 결판났다가 이제야 겨우 허리를 펴고 있지 않은가! 이런 상황에서 주한 미군이 상당수 부담하고 있는 국방비를 우리가 고스란히 떠맡게 된다면 우리의 국가 재정은 상상할 수 없을 정도로 악화될 것이다. 지금 우리가 할 수 있는 유일한 행동은 더 이상 한미 공조 체제가 깨어지지 않는 범위 내에서 불평등한 한미 행정 협정을 '시정하는' 것뿐이다.

그것만이 한반도 통일의 가장 핵심적 위치에 있는 미국의 우호적인 지원을 기대할 수 있는 유일한 대안이다.

그런데 현실은, 매향리 사격장 소음으로 주민들과 마찰, 한국전 생시 양민 학살 사건이 곳곳에서 다시 제기되고 있고, 월남 고엽제, 휴전선 고엽제가 재판 상태에서 아직 풀리지 않은 일들이 계속 꼬이고 있는 실정이다.

덩달아 경제가 연착륙되고 있어 무역 장벽을 높이는 일 때문에 당사국 간에 무역 전쟁도 치러야 하는 등 우리와의 관계는 점점 더 골이 깊어가는 작금의 현상도 간과해서는 안 될 우리 정부의 어려운 입장이다.

평화 통일을 위한 방법은?

평화 통일에도 지름길이 있을까? 지름길이 있다면 과연 무엇일까? 문제는 있지만 답은 얻기 어렵다. 피 한 방울 흘리지 않고 그동안 눈부신 경제 발전을 이룩하여 오늘의 경제 강국이라고 자칭하고 있는 한반도의 평화 통일을 위한 답이 있다면?

그러나 현실은 냉엄하다. 필자는 우스꽝스런 이야기를 들은 적이 있다. 우리 민족은 화투놀이를 무척이나 즐긴다. 우리의 정신 문화를 병들게 하고, 마을의 화합을 깨고, 노동력을 상실케 하는 점을 노려 일본이 의도적으로 보급한 놀이 문화가 화투이다.

네 장의 화투를 청자 항아리 안에 넣고서 김정일 국방위원장과 우리 대통령이 눈감고 두 장씩 가져 높은 끗발이 나온 사람을 대통령시키고, 그 다음이 부통령이 되는 놀이를 하면 평화 통일이 되지 않겠는가?

얼마나 답답하면 그런 코미디 같은 이야기가 나올까. 앞서 얘기했듯이 욕심이 있는 한 한반도는 힘의 우위에 의하여 통일이 될 수밖에 없을 것 같다. 말장난에 불과한 이야기이다. 다른 방법은 없는가?

우리와 비슷했던 동서독의 경우를 예로 들어보자. 많은 국민이 알고 있는 사실이지만, 서독과 동독 통일에 있어 가장 큰 견인차 역할을 한 것은 물론 서독의 경제력이었다. 서독의 자본으로 동독을 몽땅 사들였다는 표현이 적절할 정도로 독일의 통일 과정은 서독에 의한 동독의 완전한 흡수 통합이었다.

그러나 그 이면에는 제2차 세계 대전의 전범 국가라는 불명예에도 불구하고 NATO의 일원으로 동독을 완전히 압도한 서독의 강력한 군사력이 있고, 또 한편으로는 공산 국가의 구소련의 몰락도 있었기에 가능했던 일이다.

"군사력은 그 국가 지도자가 가장 최후에 선택하는 비장의 카드이다."

더욱이 경제력이 뒷받침이 되지 않은 군사력이란 현시대에선 존재할 수가 없다. 인적 구성의 옛 군대와는 판이하게 다르다.

그럼, 이러한 전제를 바탕으로 추론을 시도해 보자. 만약 서독이 아닌 동독이 통일의 주체가 되었다고 가정해 볼 때, 과연 동독이 경제력으로 서독을 압도하고 평화적인 통일을 이룩할 수 있었을까?

사회주의 경제 체제의 한계로 인해 이러한 가정은 실현이 불가능하다. 만약 사회주의 경제 체제인 동독의 주도로 통일이 이루어졌다면, 아마도 서독의 경제 체제까지 완전히 교란되었을 것이다.

그럼, 군사력에 의한 무력 통일은 어땠을까?

이것 역시 현실성이 떨어지는 얘기이다. 수적으로는 동독이 서독을 압도할지도 몰라도, 질적으로는 서독에 완전히 압도당하고 있었기 때문이다. 이것은 독일 통일 후 5년 동안 동독군의 군장비 중 80퍼센트 이상을 도태시켜 버린 사실로도 잘 알 수 있을 것이다.

자! 그렇다면 우리의 경우를 되짚어 보도록 하자. 경제적으로는 북한을 완전히 압도할 수 있다고 하지만, 지금 당장 통일이 된다 하더라도 북한의 경제까지 완전히 수용할 만한 수준은 되지 못한다. 독일 통일시 서독이 보여주었던 엄청난 자본력이 지금 우리에겐 없다.

현대 기계 산업의 꽃이라는 자동차 산업만 보더라도 삼성 자동차가 르노에게 팔리고, 대우자동차가 역시 조만간에 외국 업체에 팔려 나갈 상황에서, 완전 공황 상태까지 가 버린 북한 경제를 우리가 책임진다? 김정일이 듣는다면 박장 대소할 것이다.

그렇다면 국방력은 어떠한가? 지난 연평도 앞 해전의 결과에서 알 수 있듯이 질적으로는 우리 군이 북한군을 압도하고 있다. 하지만 체감 전투력은 그리 큰 차이가 나지 않는다는 것이 문제이다.

현재 북한이 추구하는 한반도 통일 정책에서 최소한 무력도발에 의한 통일 의지를 포기하게 만들기 위해서는 무엇보다도 우리 군의 철통 같은 국방 태세와 강력한 군사력이 먼저 선행되어야 할 것이다.

우리의 경제력과 국방력의 구축만이 지름길

우리가 통일을 논함에 있어 절대로 간과해서는 안 될 사실은, 평화는 확고한 자주 국방이 이루어질 때만 가능한 것이며, 평화 통일 역시 우리의 국력이 확고할 때만 가능할 것이다. 불안정한 국력과 자주 국방 의지는 오히려 혼란과 분단의 영구 고착만을 지속시킬 것이다.

또한 아직도 대남 적화 야욕을 버리지 못하고 있는 북한의 무력

도발 의지를 포기시키기 위해서는 북한을 완전히 압도할 수 있는 국력이 필요한 것이다. 단, 이것은 우리가 독일의 통일 과정과 같이 북한을 흡수 통일하자는 의미와는 전혀 다른 것이다.

북한은 남한에 의한 흡수 통일에 대한 공포를 가지고 있다고 한다. 그리고 이 점에서 한 가지 통일에의 불안 요소가 발생한다.

많은 사람들이 경제적으로나 군사적으로 남한이 북한을 완전히 압도하고 있다고 생각하고 있지만, 이것이 바로 큰 오판이다. 왜냐 하면 경제적으로는 북한을 완전히 압도하고 있을지 몰라도, 군사적으로는 아직도 남한이 북한에게 열세를 면치 못하고 있기 때문이다.

이것은 눈에 보이는 유형적·물리적 군사력을 고려한 결과이다. 오죽했으면 미 국방성이 북한을 가리켜 '거대한 병영 국가'라고 평을 내렸을까? 그러나 이것은 양쪽 날의 칼이 될 수도 있다.

강력한 군사력 유지를 위해서는 이를 뒷받침할 수 있는 경제력이 필요한데, 현재 북한의 경제력은 막대한 군사력을 뒷받침할 수 없다. 경제력이 뒷받침되지 못하는 군사력은 존재할 수 없다. 이것은 북한이 새로운 변화를 모색하게 된 가장 큰 동기가 되고 있다.

하지만 북한의 개혁과 개방이 자신들의 의도대로 진행되지 않고, 정권 운명이 막다른 골목에 몰렸다고 판단될 때 그들이 마지막 선택할 수 있는 최후의 방법은 무엇이겠는가? 당연히 그 해답은 군사력 사용일 것이다.

만약 북한이 최후의 수단으로 군사력 사용을 결정했을 때 우리의 자주 국방력이 북한을 완전히 압도할 수 없다면 한반도에서는 지난 50년 전의 한국전쟁과 같은 비극이 되풀이될 것이다.

지금 남북의 군사력이 필살의 전투를 한다면 지난 한국전쟁 때 입은 물적·인적 손실의 몇 수십 배를 넘을 것이고, 복구되기는 영구히 어려울 것이다. 많은 전문가들이 만약 한반도에서 통일이 이루어진다면 그것은 어느 날 갑작스럽게 이루어질 가능성이 매우 높다고 예측하고 있다.

통일에 대한 우리의 대비

우리는 갑작스런 통일에 대한 준비가 부족하다. 특히 자주 국방의 경우, 이번 정상 회담을 기점으로 북한을 불필요하게 자극할 수 있고, 한반도에서의 불필요한 군비 증강을 억제한다는 이유로 군의 주요 전력 증강 사업이 백지화되거나, 전면적인 재조정에 들어가고 있다고 하지만, 주요 전력 증강 사업은 통일 이후 자주 국방에 대비하는 차원에서 반드시 추진되어야 한다.

그리고 지상군 병력만으로는 절대 주변국에 대한 전략적 견제가 불가능하다는 사실을 염두에 두어야 할 것이다. 왜냐 하면 우리 나라는 육군 중심의 남북한 군사력, 특히 70년대 수준을 벗어나지 못하고 있는 북한 공군과 북한 해군의 작전 능력은 통일 이후 한반도의 자주 국방에는 아무런 도움이 될 수 없기 때문이다.

장거리 타격 능력을 갖춘 공군과 대양 작전 능력을 보유한 해군이야말로 통일 한반도의 자주 국방에 핵심적인 역할을 담당할 수 있다.

한반도에도 평화는 오는가?

완전한 평화를 위한 현재 상황을 전쟁 예방 이론에 적응하여 보았을 때, 한반도에는 어떠한 전쟁 예방 이론도 적용하기 힘든 묘한 상황에 놓여 있다. 물론 이것은 한반도라는 지정학적 특성과 한반도의 주변 강국들의 이해 관계가 서로 복잡하게 뒤엉키면서 발생한 문제이다.

물론 이러한 전쟁 예방 이론을 굳이 적용하지 않더라도 한반도의 불안전한 평화는 언제나 전쟁의 불씨를 내포하고 있기 때문에, 우리는 본능적인 공포를 느낀다.

일부에서는 칸트의 영구 평화론을 인용하면서, 한반도의 궁극적인 평화와, 전쟁 예방을 위해서는 한반도 주변국들이 모두 민주화되고 안정되어 국가간 평화 공존을 추구하는 성숙한 국제 사회가 이룩되는 것이 가장 효과적인 방법이라고 역설하고 있다.

그러나 이와 같은 주장은 중국과 러시아, 그리고 북한의 민주화가 선행되어야 한다는 전제 조건이 필요하기 때문에 그 실현 가능성은 매우 낮다.

북한의 변화를 유도한 대북 포용 정책

우리는 지금 세계 어느 곳에서도 시도되지 않았던 새로운 통일 정책을 추진하고 있다. 바로 북한의 개혁 및 개방을 유도하는 대북 포용 정책으로, 지난날 어떠한 통일 정책보다도 합리적이고 이성적인 접근 방법을 취하고 있다. 이 정책은 남북한 정상 회담이라는 가시적인 성과를 이끌어냈고, 북한을 조금씩 변하게 만들고 있다.

하지만 우리가 절대로 간과해서는 안 될 사실은, 이러한 북한의 변화는 북한의 어떠한 도발에도 유연하게 대처할 수 있는 우리의 확고한 군사 대비 태세가 확립되어 있어야만 가능한 것이다.

지금 한반도에는 그 어느 때보다도 평화 분위기가 고조되어 있다. 그러나 앞에서도 말했듯이 불안전한 평화는 언제나 전쟁의 불씨를 내포하고 있다는 사실을 절대 잊어서는 안 될 것이며, 지금은 통일에 대한 보다 성숙한 자세가 필요한 시기이다.

우리 속담에 급할수록 돌아가라는 말이 있다. 모처럼 조성된 남북한 평화 무드를 우리의 조급함 때문에 깨서는 절대로 안 될 것이다. 이미 통일이 되어 단일 민족으로서의 게르만 민족의 저력을 과시하고 있는 통일 독일은, 지구상의 최후의 분단국가인 우리에겐 선망의 대상이다.

그러나 우리는 그들의 통일이 결코 하루 아침에 이루어진 것이 아님을 절대로 간과해서는 안 될 것이다. 더욱이 그들이 통일을 위해 그동안 들였던 노력에 비교해 볼 때 우리의 통일 노력은 이제 걸음마 수준도 되지 않음을 직시해야 할 것이다.

분단 반 세기를 넘어서 이제 겨우 남과 북의 지도자들이 서로 만났을 뿐이다. 항간에는 북의 어려운 경제 사정을 빌미로 경제 원조를 조금 해 주고 만났다고 주장하는 무리들이 있는 것도 사실이다. 하지만 지금 우리의 모습을 뒤돌아보면 너무 서두르고 있다는 느낌을 지울 수 없다.

불과 몇 해 전만 해도 서해안에서 남과 북의 해군이 서로 전쟁 일보 직전인 교전(交戰)을 벌였지 않았던가! 그런데 우리 대통령이 북한을 방문한 다음, 불과 한 달여 사이에 모든 것이 바뀌고 있다.

우리는 기만에 의하여 전쟁을 수행한다. 북한이 손자병법을 연상케 하는 정보전을 취하고 있는 점도 경계해야 할 것이다. 일각에서는 변화의 주체가 되어야 할 북한보다 오히려 우리가 더 변화의 급류를 타고 있다는 조심스러운 경고의 목소리까지 들리고 있다.

더욱이 북한의 변화는 아주 천천히, 그리고 조심스럽게 진행되고 있다. 갑작스런 변화는 북한 정권의 몰락까지도 불러올 수 있기 때문이다. 하지만 갑작스런 변화에 익숙한 우리에겐 북한의 더딘 변화가 다른 의미로 잘못 해석될 수도 있다.

그러나 우리가 진정 원하는 것은 무엇인가? 북한 정권의 몰락과 북한의 혼란인가? 그렇지 않으면 상호 협력을 통한 평화 통일인가? 지금은 정부 당국자들의 좀더 여유 있는 자세가 필요한 시기이다. 그리고 한반도 통일에 있어 무엇보다도 가장 중요한 것은 한반도 주변 국가들과의 긴밀한 공조 체제의 유지일 것이다.

남과 북만 원한다 해서 통일이 이루어질 수는 없다. 특히 우리가 원하든 원하지 않든 간에 한반도 통일에 있어 가장 중요한 위치에 있는 미국의 존재를 절대 간과해서는 안 될 것이다. 그것은 독일 통일에 있어 구소련의 존재가 결정적인 역할을 했듯이, 한반도 통일에는 미국의 존재가 결정적인 역할을 할 것이기 때문이다.

다시 한 번 강조하지만, 미국이라는 우방이 세계 유일의 최대강국으로 존재하는 한, 그리고 대한민국의 국력이 현재 일본 정도의 수준으로 성장하지 않는 한 미국과의 불필요한 마찰은 우리에게 유·무형의 불이익으로 되돌아올 것이 틀림없다.

모처럼의 한반도의 평화 분위기와 통일의 희망을 우리의 조급함과 근시안적인 발상으로 저해해서는 안 될 것이다. 왜냐 하면 통일을 생각하기에는 아직 우리의 준비가 미흡하기 때문이다.

한국전쟁의 역사적 의미

남북한으로 나뉘어 버린 우리 민족의 갈등은 한반도를 지구상 최후의 분단 국가로 만들어 버렸다. 한국전쟁은 우리에게 어떤 의미로 각인되어 있는가?

아무도 모르게 슬그머니 우리 관심사 밖으로 밀려나 버린 한국전쟁의 역사적 의미에 대해서, 늦었지만 우리는 진지하게 생각해 보아야 할 것이다. 분단과 함께 서로 등을 돌려버린 남과 북.

불과 반세기 전 이 땅에서 벌어졌던 골육상쟁(骨肉相爭)의 비극을 모두 망각하고 있는 것은 아닐까? 아니 너무나 가슴 아픈 상처이기에 잊으려 노력하고 있는가?

반 만 년 역사를 통하여 가장 참담한 동족상잔의 비극인 한국전쟁. 제2차 세계 대전 후 냉전 체제하에서 북한의 김일성은 대한민국을 적화할 목적으로 소련과 중공의 지원 아래 휴전선 전역에 걸쳐 기습 남침을 감행하였다.

소련의 항공기 및 탱크와 각종 중장비로 무장한 북한군은 압도적인 군사력의 우세하에 막강한 병력과 화력으로 개전 초기부터 승세를 유지, 남침 개시 3일 만인 6월 28일에 수도 서울을 함락하고, 그 여세를 몰아 낙동강 전선까지 남하하였다. (표 참조)

8월 북한군은 대구 점령을 목표로 낙동강 전선에 전투력을 증강하여 총공격을 개시하면서, 대구 시내 중심가에 포탄이 떨어지고 영천이 함락되는 등 전황이 극도로 불리해졌다. 정부를 비롯하여

6 · 25전쟁 당시 남북 군사력 비교

구분	부대/병력		주요장비	
	남 한	북 한	남 한	북 한
지상군	• 보병:8개 사단 • 해병:1개 부대 • 기타 지원부대 등 9만 6,140명	• 보병:10개사단 • 전차:1개 여단 • 기타 기계화부대 경비대, 특수부대 19만 1,680명	• 곡사포:91문 • 대전차포:140문 • 박격포:960문 • 장갑차:27대	• 곡사포:552문 • 대전차포:550문 • 박격포:1,728문 • 장갑차:54대 • 전차:242대 • 전차:242대
해 군	7,715명	4,700명	• 경비함:28척 • 보조함:43척	• 경비함:30척 • 보조함:80척
공 군	1,897명	2,000명	• 연습/연락기:22대	• 전투기/전폭기/기타 :221대
계	10만5,752명	19만8,380명		

6 · 25전쟁 당시 남북 경제지표 비교

구 분	남 한	북 한	비고(기준년도)
총 인 구(만명)	2.019	975	1949
국 민 총 생 산(억불)	7.1	3.9	1949
식 량 생 산 량(만톤)	345.5	124.4	1950
수산물생산량(만톤)	21.6	27.6	1949
석 탄 생 산 량(만톤)	112.9	400.5	1949
발전시설용량(만kw)	23.1	104.7	1950
철 도 총 연 장(Km)	4.423	3.815	1950
도로총연장(km)	24.932	13.549	1949
무역총액(억불)	1.4	5.1	1949

미8군 사령부까지 부산으로 이동하여 70만 대구 시민은 공포에 사로잡혔다.

　그 유명한 다부동 전투의 필사의 결전으로 낙동강 방어선을 지킨 한국 제1사단·제8사단 10연대, 미국은 제1기병 사단 제25사단 27연대 제2사단 23연대 병력과, 적 북한군은 제3사단 제13사단 제5사단 제15사단 제105전차 사단의 병력이 피아 공방으로 밀리고 밀리는 전투를 벌였다.

다부동과 진동 전투에서 낙동강 최후의 방어선이 무너지면 부산 함락은 불 보듯 뻔할 때, 9월 15일 인천 항구의 협소한 수로와 심한 간만의 차이를 무릅쓰고 261척의 함선으로 작전을 감행하여 인천 교두보를 확보하고 서울로 진격함으로써 북한군의 후방을 차단하여 포위하는 한편, 총반격 작전의 계기를 마련하였다.

인천상륙작전으로 교두보를 확보한 국군과 유엔군은 행주-마포-신사리에서 한강을 도하한 후, 연희 고지와 망우리, 그리고 구의동 일대의 북한군의 저지선을 돌파하여 시가전을 벌인 끝에 11일 만에 북한군을 격퇴하였다.

이 계기로 1950년 9월 27일 오전 6시, 국군 해병대가 중앙청에 태극기를 게양하였고, 북한군에 피탈된 지 90일 만인 9월 28일에 수도 서울을 수복하였으며, 낙동강 전선에서 퇴로가 차단된 북한군은 산악지대를 이용하여 총퇴각하게 되었던 것이다.

마침내 국군 제1사단·7사단 8연대와 유엔군을 비롯해 미군 제1기병단과 합세하여 평양을 방어하고 있던 북한군 혼성 부대 8,000여명의 병력을 포위 공격하여 이들을 격퇴하고, 적도(敵都) 평양을 탈환(1950년 10월 9일)였다.

이로써 한-만 국경선까지 진격하여 전쟁을 완전히 종결 짓는 공세 작전을 벌여 국군 제6사단이 초산을, 제3사단이 혜산진을 점령하고 태극기를 게양함으로써 국군과 유엔군이 낙동강 방어 전선에서 반격을 개시한 지 41일 만에 국경선에 도달하는 쾌거를 올려 전국민에게 통일의 희망을 주었다.

때는 1950년 11월 24일, 6사단은 개천-회천-초산에 주둔하였고, 미 7사단은 풍산-갑산-혜산진까지 출병하였고, 수도사단 제

1사단은 백암-혜산진, 일부는 길주-부령-청진까지 가서 주둔하였다.

완전한 민족 통일을 성립하였다고 방심한 순간, 아니 미군의 오판이 지금의 분단 국가를 만들고 만 것이다. 수많은 젊은 피의 수혈의 대가를 헛되게 만든 강대국이라는 미국의 오판으로 결국 남과 북으로 한민족을 갈라 버렸다.

1949년 10월 1일, 공산 정권을 수립한 중공은 북한 공산 정권을 계속 유지시킴으로써 한-만 국경선으로부터 위협을 제거하여 자국의 안전 보장을 유지하는 한편, 북한을 지원하여 소련으로부터 경제 및 군사 원조를 획득하고, 동북 아시아에서 정치적 주도권을 장악할 목적으로 김일성의 요청을 받아 소련과 협의하에 한국전에 참전한 것이다.

1950년 10월, 한만 국경선인 압록강변의 초산까지 진격한 한국군과 유엔군은 뜻하지 않은 중공군의 침공으로 통일 일보 직전에서 장진호 및 흥남 등의 철수 작전을 전개하였다. 중공군 개입은 당시 인해 전술로 하였기에, 유엔은 어쩔 수 없이 후퇴하게 된 동기가 된 것이다.

한편 평양을 포기하고 임진강-화천-양양을 연결하는 새로운 방어선에서 적을 저지하였으나, 중공군의 신정 설날 공세로 또다시 서울을 철수하여 일명 1·4후퇴라는 오명을 남기게 된 것이다.

한만 국경선 철수 후 끝없이 밀리던 유엔과 국군은 수도 서울까지 작전상 철수해야만 했다. 국군과 유엔군은 평택-단양-삼척을 연결하는 방어선에서 중공군의 동계 공세를 저지하고 전선을 재정비한 후 총반격 작전을 전개하여, 우리 국군과 유엔군은 1951년 3월 15일 수도 서울을 재탈환한 후 38도선 일대까지 전선을 회복하였다.

그러나 1951년 7월 10일, 휴전 회담을 시작한 유엔과 공산측은 1953년 7월 27일에 휴전 협정을 체결하였던 것이다. 이 휴전 협정은 유엔군 총사령관 클라크(Clark) 대장과 북한 측 김일성, 중공군 사령관 팽덕회(彭德懷) 명의로 조인되었다.

특히 우리 정부는 통일 조국의 실현을 고수하며 휴전 회담장에도 참가하지 않았다. 조인식에 정작 주인은 빠진 꼴이 되어 버린 것이다.

이로써 3년여에 걸쳐 계속되었던 한국전쟁은 끝나지 않은 휴전으로 들어감으로써 남북 통일을 염원하던 우리 겨레에게는 커다란 실망과 좌절만을 안겨준 슬픈 역사가 되어 버렸다.

한민족의 운명을 완전히 뒤바꾸어 버린 이 날의 역사적 의미는 인류 역사상 결코 가벼이 간과할 수 없는 사건으로 남았다.